grafit

Chemnitzer Str. 31, D-44139 Dortmund
Internet: http://www.grafit.de
E-Mail: info@grafit.de

Umschlagillustration: Peter Bucker
Druck und Bindearbeiten: Clausen & Bosse, Leck
ISBN 3-89425-291-X
1. 2. 3. 4. 5. / 2006 2005 2004

Horst Bieber

Soko Feuer

Kriminalroman

grafit

Der Autor

Dr. phil. Horst Bieber, geboren 1942 in Essen, Studium der Geschichte, Philosophie und Germanistik. Anschließend Volontariat und erster Redakteursjob. 1970 nach Hamburg zur ZEIT gewechselt (Ressort Politik). Bis 1997 Chef vom Dienst ebendort. Sachbücher und Kriminales: vierzehn Krimis, acht Krimihörspiele, ein ›Tatort‹ und weitere Fernsehspiele. Im Grafit Verlag sind *Eckhoffs Fall* (1999), *Der Abstauber* (2001), *Das graue Loch* (2002) und *Beas Beute* (2003) lieferbar.

Für Gundula und Michael

Personen

Sokomitglieder

Caroline Heynen, Hauptkommissarin im Morddezernat, gilt als integer und ist hartnäckig
Günter Raabe, Ermittler der Abteilung E(rmittlungen) beim LKA, will keine Chefin und kriegt sie doch
Oliver Herzberg, Leiter der Pressestelle des LKA, macht den Aktenführer und ist immer zur Stelle
Iris von Sellin, Psychologin, hat einen Freund und studiert den Feind
Ottfried Stöger, Chef der Abteilung E beim LKA, weiß, wie Entscheidungen gefällt werden
Pete Sanders, Chef der Abteilung Inneres und Verwaltung des LKA, weiß, wie man sich vor Entscheidungen drückt

Politiker

Johann Kayser, Ministerpräsident des Landes Oberleiningen, kommt vom Kurs ab
Peter Göschen, seine rechte Hand, hat die richtige Verbindung
Wolfram Ohnefeldt, Innenminister des Landes Oberleiningen, hat eine Vergangenheit
Maren Liebekind, persönliche Referentin von Ihlefeldt, macht sich Sorgen um die Zukunft
Hugo von Pöttringhausen, MdL und Vorstandsmitglied der *Marlenser,* kennt keine Scham
Dr. Werner Zurwege, MdL und Vorstandsmitglied der *Marlenser,* kennt ein Ziel
Albert Kornemann, Multimillionär und Vorstandsmitglied der *Marlenser,* ist nur am Anfang betroffen

Volker Brill, Fraktionsvorsitzender der Sozialen Volkspartei, will nicht mehr
Heiko Limmer, Fraktionsvorsitzender der Liberalen Mitte, will fünf Prozent

Andere

Prometheus, griechische Sagengestalt, wollte den Menschen helfen und musste leiden
Klaus Heller, nur einer von zwei, will den Menschen nichts Böses und hat teilweise zu Recht gelitten
Doro Lüders, schön und keusch, schätzt die Lage falsch ein
Heinrich Zanker, genannt ›der Zänker‹, Hausmeister, schätzt seine Nachbarn falsch ein
Charlotte Riema, Nachbarin und Nachtvogel, schätzt den falschen Mann
Sabine Lissow, Kollegin von Charlotte, schützt den falschen Mann
Nele Obermann, Exwirtin, hat lange gewartet und wird belohnt
Gudrun Fellner, ›die grüne Kuh‹, hat nie lange gefackelt und wird bestraft
Gesine Wandrey, Nichte von Tante Mathilda, hat ein Wochenendhaus und weiß von nichts
Richard Semper hat sich längst verabschiedet, ist aber nicht vergessen
Alexander und Lothar von Hylo, Brüder, sind wieder im Geschäft und vergessen nichts

Alle Personen und Namen, Taten, Parteien und Organisationen, selbst Stadt und (Bundes-)Land sind frei erfunden. Ähnlichkeiten mit lebenden oder verstorbenen Personen wären rein zufällig.

1.

Ein Schrägstrich im x von *Lux* flackerte unregelmäßig, der Widerschein tanzte auf der unverputzten Mauer. Wenn der Mann sich etwas vorbeugte, blickte er durch eine Schlucht, die von den hohen, fensterlosen Hauswänden links und rechts der Einfahrt gebildet wurde. Von seinem Platz auf dem Hof, am Ende dieser Schlucht, erkannte er auf der anderen Straßenseite den schwach beleuchteten Kinoeingang mit der defekten Neonreklame *Lux.* Das Haus rechts von ihm schien schon nicht mehr bewohnt, auf der Rückseite war es jedenfalls hinter keinem Fenster hell und im linken Haus brannte nur in zwei oberen Zimmern Licht. Das ganze Viertel rund um den stillgelegten Güterbahnhof Terborn-Norringen sollte abgerissen werden, um einem Einkaufszentrum und einem Technologiepark Platz zu machen. Doch der Baubeginn war immer wieder verschoben worden und die geräumten Häuser verfielen. Der Hinterhof stank in der schwülen Wärme durchdringend nach fauligem Abfall, manchmal raschelte es in der Finsternis laut und bedrohlich, als ob die Ratten bereits zu ihren nächtlichen Streifzügen aufgebrochen wären.

Seit zwei Stunden saß der dunkel gekleidete Mann kerzengerade und unbeweglich auf einer alten Kiste und wartete geduldig. Ein Wunder, dass sich in dieser menschenleeren Saarstraße ein Kino gehalten hatte, das am Samstagabend sogar eine Spätvorstellung anbot: *Nackte Wahrheiten.* Früher, zu besseren Zeiten, hatte es über dem Eingang mit dem geschwungenen Vordach eine große beleuchtete Plakattafel gegeben, aber das morsche Holz war längst gesplittert, die Beleuchtung abmontiert. Wie die meisten noch brauchbaren Fensterrahmen und Türen in den Häusern der Saarstraße, aus denen es modrig roch. Irgendwo wummerte Musik und alle zehn Minuten rollte weit entfernt ein Zug, die S-Bahn ins Flusstal gen Osten nach Rollesheim oder in Gegenrichtung, aus dem Tal heraus gen Westen in die Ebene bis Neuenburg.

In der vergangenen Stunde war ein einziges Pärchen an der Einfahrt vorbeigeschlendert, der Mann hatte die Stimmen und Schritte schon lange vorher gehört. Gegen die dunkle, hohe Mauer in seinem Rücken war von der Straße aus nichts zu sehen, davon hatte er sich an den Abenden zuvor überzeugt.

Über das Flackerlicht der Neonröhre legte sich ein helleres Viereck. Die Vorstellung war beendet, höchstens ein Dutzend Kinobesucher kam heraus, der Mann hörte Lachen, Stimmen und Schritte. Zwei Minuten danach war die alte Stille wieder eingekehrt. Wenig später erlosch auch der Schriftzug *Lux.* Obwohl sich seine Augen an die Dunkelheit gewöhnt hatten, brauchte er mehr als eine Minute, bis sich die Einfahrt zwischen den beiden Altbauten wieder als etwas helleres Viereck abzeichnete. Eine halbe Stunde noch. Wie an jedem Abend gingen der Filmvorführer und die junge Frau, die als Kartenverkäuferin und Platzanweiserin arbeitete, Hand in Hand fort.

Der Mann zog die Plastikhandschuhe an und griff nach seiner Tasche, die er über die Schulter schwang. Vorsichtig balancierte er Richtung Straße und untersuchte vor jedem Schritt, dass er keine Blechdose anstieß oder eine Holzlatte zerbrach. Bevor er aus der Dunkelheit trat, lauschte er. Kein Mensch weit und breit.

Aus Vorsicht blieb er auf seiner Seite und überquerte die Saarstraße erst hundert Meter weiter, lief dann im Schatten der Altbauten zum *Lux* zurück und bog in den schmalen Durchgang ein, der zur Rückfront des Kinos führte. Unter seinen Sohlen knirschte Schlacke. Am hinteren Ende des zweistöckigen Gebäudes lag die Personaltür, das billige Schloss öffnete er mit einem einfachen Stahlhaken. Hinter sich schloss er wieder ab und wartete, bis er überzeugt war, dass er sich allein im *Lux* befand. Vor drei Wochen hatte er sich über Nacht einschließen lassen und den Bau erkundet. Vorführraum und Büro lagen im ersten Stock an einem Gang hinter einer feuersicheren Stahltür mit einem modernen Sicherheitsschloss, an das er sich nicht herantraute. Aber neben dem Vorraum mit der Kasse und den Toiletten hatte er eine Abstellkammer entdeckt, in der leere Kartons, alte Programme und Zeitschriften, Toilettenpapierrollen, Papierhandtücher, Putzmittel und Lappen aufbewahrt wurden, genau das richtige Material für seine Absicht. Der Zugang zum Saal befand sich in der Schmalseite, der Leinwand gegenüber, aber links und rechts gab es in den Längswänden je zwei Notausgangstüren, die er entriegelte und durch mitgebrachte Holzkeile vor dem Zufallen sicherte. Die Fluchtgänge führten an der rückwärtigen Schmalseite ins Freie; er öffnete die Türschlösser und zog sie einen Spalt auf, damit Luft nachströmen konnte. Seine Tasche hatte er am Vorhang abgestellt. Durch den dunklen Saal tapste er in den Vorraum. Hinter den Glasschwingtüren war ein altmodisches Scherengitter herabgelassen, er lächelte knapp, es diente wohl weniger als Schutz vor Dieben – was gab es hier schon zu holen? – als vor Obdachlosen. Aber selbst die mieden mittlerweile dieses zum Abriss bestimmte Viertel. Angewidert schnüffelte er. Kalter Mief. Die beiden Angestellten hatten es eilig gehabt, nach Hause zu kommen, und wollten wohl erst morgen lüften.

Die Kammertür war nicht verschlossen. Er riskierte es, seine Stablampe kurz anzuschalten, und schnaufte zufrieden. Noch mehr Papier und Pappe als vor drei Wochen.

Um alles brennbare Material nach vorn zur Bühne zu schleppen, musste er vier Mal laufen. Der trockene Staub aus den roten Plüschbezügen der Klappsitze kitzelte in seiner Nase. Viel Holz, viel mürber Stoff, vor fünfzig oder mehr Jahren eingebaut, als die Brandschutzbestimmungen noch nicht so scharf gehalten waren. Eine Sprinkleranlage existierte nicht. Der Vorhang knisterte regelrecht vor Trockenheit. Eine Hälfte des Papiers und der Pappe stapelte er unter dem

Vorhang auf und steckte eine der billigen Digitalarmbanduhren, die er vor Monaten auf einem Rummel gekauft hatte, in den Stapel. Die andere Hälfte des brennbaren Materials packte er in der siebten Reihe unter zwei Klappsitze. Dort legte er auch die zweite Digitaluhr mit dem Plastikgliederarmband ab. Die Zündsätze hatte er oft erprobt: Zeitungspapier, mit einem brennbaren, farblosen Leim getränkt und über einer dünnen hohen Flasche zu einer festen, fast meterlangen, bauchigen Röhre gewickelt. Die Höhlung stopfte er mit dem eigentlichen Brandsatz zu, den er sich nach einem Rezept aus einem alten auf einem Flohmarkt gekauften Schul-Chemie-Buch zusammengemischt hatte. Magnesium und selbst gemixtes Schwarzpulver als Zündpille. Wegen des Zuckers bröselte das eigentliche Brandgemisch, bis er es erst mit Kerzenwachs, dann mit Stearin verknetete. Auch den Zünder hatte er selbst gebastelt. Ein winziger elektronischer Zählerbaustein steuerte nach fünftausendvierhundert Sekunden einen Transistor durch, der einen Kurzschluss herstellte, wobei ein dünner Metallfaden verglühte. Die Schwarzpulver-Magnesium-Kugel entfachte seinen Brandsatz, alles sehr kompliziert, aber nach vielen Tests und Änderungen inzwischen zuverlässig. Jedes Teil und jede Zutat hatte er einzeln gekauft, über Monate hinweg in verschiedenen Geschäften, und kein Einzelkauf machte ihn verdächtig. Sie würden ihn nicht fassen, das hatte er sich geschworen.

Die erste Röhre steckte er in den Papp- und Papierhaufen unter den Sitzen; die Brandermittler der Feuerwehr sollten die verschmorte Armbanduhr ruhig finden – sie würde hoffentlich diejenigen Elektronikteile seines Zünders und Brandsatzes erklären, die nicht verbrannten, sondern nur verschmorten oder schmolzen. Die zweite Röhre schob er auf der Bühne in den Stapel, über den er den Vorhang drapierte. Von hier oben ahnte er den dunklen Raum vor sich nur, der dünne Strahl der Lampe reichte nicht weit und einen Moment beschlich ihn Unbehagen.

»Na dann!«, befahl er sich leise und schaltete den ersten

Zähler ein, ging schnell in die Sitzreihen zurück und machte den zweiten Brandsatz scharf.

Mit der Tasche über der Schulter verließ er unbemerkt das Gebäude, lehnte die Personaltür nur an und stieg über einen halb eingesunkenen Zaun auf den nächsten Hinterhof. Auf die Straße zurückzugehen riskierte er jetzt nicht mehr. Sein Auto parkte zweihundert Meter weiter in einer dunklen Einfahrt, er lächelte, als sein Blick auf das fantasievoll veränderte Kennzeichen fiel.

Zwanzig Minuten später steuerte er den Wagen in die Einfahrt der zu seinem Hochhaus gehörenden Tiefgarage, schloss das fernbediente Tor, wartete in seiner Nische, bis die Garagenbeleuchtung erlosch, zog auf dem veränderten Kennzeichen T-RE die kurzen schwarzen Klebestreifen ab, damit das echte Kennzeichen T-PL wieder sichtbar wurde, und fuhr mit dem Aufzug von der Garage auf seine Etage.

Den Schatten in einer Nische der Tiefgaragenzufahrt hatte er nicht bemerkt.

Beim Frühstück zappte der Mann durch die Radiosender. Seit sieben Uhr berichteten alle Programme über den Brand in einem alten leeren Vorstadtkino, ab neun Uhr wurden auch Einzelheiten verbreitet: Das *Lux* in der Terborn-Norringer Saarstraße. Bis auf die Grundmauern niedergebrannt, Personen waren nicht zu Schaden gekommen. Anwohner hatten das Feuer erst entdeckt, als es für Löschversuche bereits zu spät war. Die Brandursache war noch nicht geklärt, Polizei und Feuerwehr wollten allerdings Brandstiftung nicht ausschließen. Auf diesen Satz hatte der Mann gewartet.

Die Plastik-Schutzhandschuhe hatte er jeweils im Dutzendpack in verschiedenen Geschäften für Autozubehör erstanden. Er zog ein neues Paar über und schaltete den Computer an. Der Text war gründlich überlegt, viele Entwürfe waren gelöscht worden, bis er zufrieden war: nicht zu lang, aber auch nicht zu knapp.

Oben in die Mitte setzte er halbfett:

Prometheus (I)
An das Landeskriminalamt
- Pressestelle -
Postfach 5567

Diese leichte Drohung mit der Öffentlichkeit musste sein.

Sehr geehrte Damen und Herren,
in der Nacht vom Samstag auf Sonntag habe ich im Kino Lux *in Norringen Feuer gelegt. Ich verlange eine Million Euro in gebrauchten, nicht markierten Scheinen (keine fortlaufenden Seriennummern). Schalten Sie am Donnerstag folgende Anzeige im* Tageblatt, *Ausgabe Terborn: ›Lieber Heinrich, zum überraschenden Erfolg gratulieren die alten Mitstreiter Otto, Richard und Alfred.‹ Sie erhalten dann am Freitag ein Schreiben mit den erforderlichen Einzelheiten, wie und wo das Geld übergeben wird. Die Übergabe findet in der Nacht von Freitag auf Samstag statt. Es gibt nur einen Übergabetermin. Bitte verzichten Sie dabei auf alle elektronischen und chemischen Mätzchen.*

Genau so. Höflich, deutlich, aber nicht zu massiv drohend.

Das Paket Schreibmaschinenpapier aus dem Supermarkt war noch verschlossen, er riss es auf und legte zwanzig Blätter in die Druckerschublade. Auch die Fensterbriefumschläge mit selbstklebendem Verschluss steckten noch in ihrer Cellophanhülle, der Mann besaß einen Heidenrespekt vor den Fähigkeiten der Kriminaltechnik. Selbst die Briefmarke fasste er nur mit Handschuhen an und befeuchtete sie mit einem Schwämmchen, das er unter den Wasserhahn im Bad gehalten hatte. Den fertigen, frankierten Brief schob er in eine ungebrauchte neutrale Plastiktüte.

Kurz nach Mittag fuhr er mit dem Bus in die Innenstadt und bummelte wie ein Sonntagstourist durch die Straßen mit den liebevoll und aufwändig wieder hergerichteten Fachwerkbauten und spätbarocken Hausfassaden. Am Wochenende war die Stadt von Besuchern überlaufen. Am Hauptbahnhof kam er an dem Briefkasten vorbei, der noch am Sonntagnachmittag und -abend geleert wurde. An der rechten Hand trug er einen Plastikhandschuh, er lächelte still vor sich hin, als der Brief im Schlitz verschwand.

Doro gähnte. Am Montagvormittag gähnte sie immer pausenlos, vom Wochenende völlig übermüdet, fertig, geschafft, erledigt. Was sie in die Stunden von Freitagnachmittag bis Sonntagabend an Terminen, Partys, Besuchen, Essen, Festen und Treffs packte, erregte bei den Kolleginnen und Kollegen in der Pressestelle des Landeskriminalamtes halb Bewunderung, halb ungläubiges Entsetzen.

»Du, Olli, schau dir diesen Brief doch mal an.«

Oliver Herzberg musterte sie ungnädig. Wenn sich Dorothee Lüders, im Amt allgemein nur Doro genannt, mit ihrer Vorliebe für aufgeknöpfte Blusen oder weit ausgeschnittene Tops über den Tisch beugte, wurde stets ein erfreulicher An- und Einblick gewährt. Aber mittlerweile wusste Olli, dass Doro ihre perfekte Figur zwar gern vorzeigte, aber ansonsten die keusche Jungfrau praktizierte und voller Häme den dummen Spruch zitierte: ›Das Berühren der Figüren mit den Pfoten ist verboten!‹. Immer häufiger überlegte Olli, dass ihm eine weniger attraktive, dafür aber tüchtigere Sekretärin besser gefallen würde. Aber auch heute sagte er nichts, er war ein höflicher, zurückhaltender, fast schüchterner Mann, der sein Licht unter den Scheffel stellte. Seine Freunde im Amt hatten hinter den Kulissen alle Drähte gezogen, damit ihm die Leitung der Pressestelle übertragen wurde.

»Der kam heute mit der Post.« Doro sagte es so unsicher, dass Olli eine scharfe Bemerkung herunterschluckte und ihr schweigend das Blatt abnahm.

Prometheus (I). Was sollte denn der Quatsch? Eine Million Euro, Himmel hilf, schon wieder so ein Verrückter?

»Okay, mach mal zwei Kopien, eine in die Akten, eine für mich.« Etwas an der Diktion des fehlerfrei getippten Schreibens störte ihn. Natürlich keine Unterschrift, kein Absender. »Und vergiss den Umschlag nicht … Ja, auch kopieren!« Leider war solchen Briefen nicht anzusehen, wie ernst man den Inhalt nehmen musste.

Während Doro im Nebenzimmer kopierte, griff Olli nach dem Lexikon. Prometheus, griechisch, ›Vorbedacht‹. Einer der Titanen. Brachte den Menschen das Feuer auf die Erde, gegen Zeus' ausdrückliches Verbot. Woraufhin Zeus den Menschen die Pandora mit ihrer Büchse bescherte und Prometheus an einen kaukasischen Felsen schmiedete, wo ihm ein Adler täglich die Leber abfraß, die nachts nachwuchs. Erst Herakles beendete diese Marter. Offenbar ein eigensinniger, trotziger Typ, dieser Prometheus.

Doro gähnte erneut, ließ Originale und zwei Kopien auf Ollis Schreibtisch segeln und wankte erschöpft aus dem Zimmer. Automatisch schaute er ihr nach. An ihrer Figur war jedenfalls nichts auszusetzen.

Sanders griente geringschätzig und schüttelte den Kopf: »Blödsinn, Olli. Da hat gestern einer Radio gehört und will sich reinhängen.«

Herzberg antwortete nicht sofort. Sein direkter Vorgesetzter liebte schnelle Entschlüsse und starke Worte, und sobald er sich einmal festgelegt hatte, beharrte er stur auf seinem Entschluss. Das Wort ›flexibel‹ kannte er nicht, allein Feiglinge und Waschlappen lenkten ein oder ließen sich eines Besseren belehren und voreilig urteilten immer nur andere.

»Bist du anderer Meinung?«

»Ich weiß nicht, Pete. Wir sollten doch mal nachfragen …«

»Okay, okay, bring's zu Raabe, der soll sich darum kümmern.«

Auf dem Flur schnitt Herzberg eine Grimasse. Sanders drückte sich gern vor unangenehmen Aufgaben und erst recht vor Situationen, in denen er vielleicht »bitte« sagen musste. Die Jungs aus der Abteilung E würden sich bedanken. Ein anonymer Brief, den keiner ernst nehmen wollte; für alle Fälle aber sollte er bei den Ermittlern deponiert werden, damit man später im Fall des Falles einen Sündenbock zur Hand hatte.

Genauso fasste es auch Raabe auf: »Na prima, Olli, es ist ja nix dran, aber wenn doch, dann sind wir vom E die Lackel.«

»Du kennst doch Sanders ...«

»Am liebsten sehe ich ihn von hinten.«

Herzberg setzte sich, während Raabe den Brief und anschließend die Seite aus dem Lexikon studierte, die Olli kopiert und mitgebracht hatte. Auf eine verquere Art passte der Name zu dem Mann: Raabe hatte dichte schwarze Haare, schwarze Augen und schon jetzt wieder einen schwärzlichen Schimmer auf Kinn und Backen. Die Nase war sehr groß, das gab er selbst zu. Sein Alter ließ sich schlecht schätzen, zwischen dreißig und fünfundvierzig mochte jede Zahl stimmen. Normalerweise bewegte er sich langsam, sogar schwerfällig und scheinbar unbeholfen, eben wie ein großer, schwerer, schwarzer Vogel zu Fuß, aber Herzberg wusste, dass der Kollege ein gefürchteter Karatekämpfer war, schnell und ausdauernd, dazu ausgesprochen gemein, wenn er sich ernsthaft verteidigen musste. Im Amt galt er als ein zwar erfolgreicher, doch schwieriger, weil leicht aufbrausender Einzelgänger, der immer noch den Tag verfluchte, an dem er zum Leiter der Unterabteilung E 3 befördert worden war und seitdem Verantwortung für eine kleine Ermittlertruppe trug.

»Fingerabdrücke ...?«

Herzberg seufzte gequält: »Nein. Die schöne Doro hat ihn ganz normal geöffnet. Und mir dann gegeben. Sanders hat ihn auch angefasst.«

»Gestern am Nachmittag hier am Hauptbahnhof eingeworfen.« Raabe drehte den Umschlag hin und her.

»Sanders meint, der Schreiber hat was im Radio gehört und will sich aufs Trittbrett schwingen.«

»Auch deine Meinung?«

»Achtzig Prozent Ja, zwanzig Prozent Nein.«

Nach einer Weile nickte Raabe zustimmend: »So geht's mir auch. Okay, ich horch mal rum, du guckst in deine schlauen Computer und vorläufig halten wir still.«

»Danke, Günter.«

»Wenn schon Altertum, warum nicht Nero und das brennende Rom? Warum Prometheus, den kaum einer kennt?«

»Vielleicht eben deswegen. Oder er schätzt klassische Musik und speziell Beethoven.«

Als das einzig Vernünftige an seiner Beförderung stellte sich die Tatsache heraus, dass Raabe ein Zimmer für sich allein bekam, zwar klein, nur eine Fensterachse breit, aber groß genug, um nach dem Umräumen eine private Liege aufzustellen. Natürlich brodelte daraufhin sofort die Gerüchteküche, denn Raabe schlich der Ruf nach, die Frauen sehr zu lieben. Und in E 3 arbeitete eine Reihe höchst attraktiver Kolleginnen, von denen es hieß, einige schätzten nicht nur den Chef Raabe, sondern auch den Junggesellen Günter. Dazu schwieg Raabe hoheitsvoll.

Nach zwei Telefongesprächen hatte er den Oberkommissar Arnold Hörster an der Strippe, der sich doch sehr wunderte, wieso das LKA an einem stinknormalen Brand interessiert war. Raabe sagte erst einmal nichts. Vorsichtige oder höfliche Menschen umschrieben das Verhältnis des Landeskriminalamtes zu den Polizeipräsidien immer noch mit »schwierig«, ehrliche nannten es »nach wie vor beschissen«. Die Präsidien verteidigten eifersüchtig ihre Selbstständigkeit und akzeptierten das LKA allenfalls als zentrale Hilfsorganisation für Elektronik und Laboruntersuchungen; schon bei dem Verdacht, das LKA ermittle auf eigene Faust oder wolle sich gar außerhalb seiner gesetzlichen Kompetenzen einen Fall unter den Nagel reißen, sträubten sich bei den meisten Polizisten die Nackenhaare. Hörster machte da keine Ausnahme.

»Nein«, antwortete Raabe endlich betont gleichmütig, »kein besonderes Interesse. Nur eine Frage, Herr Kollege: Kann es beim *Lux* Brandstiftung gewesen sein?«

Jetzt schwieg der Oberkommissar. Auf eine klare Frage durfte er eine Antwort nicht verweigern, das konnte sonst dienstlichen Ärger geben. Und Raabe war dafür bekannt, dass er sich nichts gefallen ließ.

»Ja, könnte«, murrte Hörster endlich.

»Und wenn es Brandstiftung gewesen sein sollte – haben Sie schon ein mögliches Motiv entdeckt?«

»Nein«, schnaubte Hörster empört. »Wir konnten ja erst gestern Nachmittag in die Trümmer.«

Raabe lachte leise. Das war keine Antwort auf seine Frage und Hörster wusste es.

»Also, Herr Kollege?«

»Na ja, wie soll ich – also, dieses *Lux* liegt – oder lag – in einem Abbruchgebiet. Altbauzone, Anfang voriges Jahrhundert, Sanierung lohnt nicht mehr. Die meisten Mieter sind schon weggezogen. Auch Albert Kornemann – das ist der Eigentümer des *Lux* – hat schon verkauft.«

»Wieso verkauft? Ich denke, das Kino ist noch – war noch in Betrieb?«

»War es auch, sollte es bleiben, bis zu dem Tag, an dem die Bagger mit den Abrissbirnen anrücken.«

»Ach nee! Und wieso das? Kann er das begründen?«

»Er ist in Norringen groß geworden, hat als Schüler im *Lux* mit seinen ersten Freundinnen geknutscht und später das *Lux* gekauft und sieht nicht ein, warum er ein Kino schließen soll, in das sich immer noch ein paar Zuschauer verirren.«

»Ein Zuschussbetrieb?«

»Für sich allein gerechnet sicher, und wie sogar. Aber wir sind noch nicht so weit. Vielleicht hilft ihm dieser Verlustschuppen steuerlich bei seinen sonstigen Immobilien.«

»Gibt es eine Feuerversicherung?«

»Als Gebäudeversicherung – nein. Aber natürlich eine

Haftpflichtversicherung für die Zuschauer. Die Versicherung für das Gebäude und die technische Einrichtung hat Kornemann gekündigt, als er die Bruchbude verkaufte.«

»Wann soll denn der Abriss beginnen?«

»Gleich nach Ende der Schulferien.«

»Hm. Hochverehrter Herr Kollege, verraten Sie mir auch noch, warum mir der Name Albert Kornemann so bekannt vorkommt?«

»Vielleicht, weil Sie heute Morgen Zeitung gelesen haben.« Hörster hüstelte anzüglich. »Und zwar den Bericht über das alljährliche Parkfest der *Marlenser.*«

Raabe grunzte zustimmend. Hatte er getan, die *Marlenser* waren ein Verein vermögender, einflussreicher und konservativer Bürger, die sich in Wohltätigkeit übten und häufig dort einsprangen, wo die Landeshauptstadt Terborn und das Bundesland Oberleiningen aus Geldmangel sozial und kulturell wünschenswerte Aufgaben nicht leisten konnten. Die *Marlenser* gaben Zuschüsse zu Kindergärten und Altenheimen, unterstützten Sportclubs sowie das Terborner Stadttheater und die Oper, besserten die Beschaffungsetats der Universitätsbibliothek und verschiedener Museen auf, halfen dem Planetarium, dem städtischen Aquarium und hatten zum großen Teil die Renovierung des fürstlichen Stadtschlosses bezahlt. Und gestern hatte ihr Vorsitzender Hugo von Pöttringhausen, ein konservativer Landtagsabgeordneter, verkündet, dass die *Marlenser* beschlossen hätten, sich an der Renovierung der alten herzoglichen, vom Einsturz bedrohten Orangerie zu beteiligen. Ihre Großzügigkeit bedeutete freilich nicht, dass sie sich vor den Karren einer Partei oder Kirche oder karitativen Organisation spannen ließen, im Gegenteil, die *Marlenser* waren betont überparteilich, konfessionslos und unabhängig. Sie nahmen auch nicht jeden auf; wer sich um Aufnahme bewarb, musste zwei Fürsprecher beibringen und die Abstimmung in der Vollversammlung bestehen. Johann Kayser, der amtierende Ministerpräsident von Oberleiningen, sowie Christoph Landsberg, der Oberbürgermeister von Terborn, waren trotz eifriger Fürsprache mit großer Mehrheit abgelehnt worden.

»Albert Kornemann ist der Schatzmeister in diesem illustren Verein.«

»Es fällt mir wie Schuppen von den Augen. Unser stadtbekannter Millionär und Mäzen.«

»Multi-Millionär bitte. Aus eigener Kraft von Norringen, Seilergasse, nach Millsen, Kanzelstieg. Die Oberleininger Erfolgsstory auf zwei Beinen.«

»Okay, ich bin gebührend beeindruckt. Damit hat sich die Frage nach einem heißen Abbruch erledigt.«

»In der Tat.«

»Dann erzählen Sie mir doch bitte, was Sie über das Feuer selbst wissen.«

»Verdammt wenig. Ausgebrochen ist es nachts zwischen zwei und drei Uhr. Irgendwo in der Nähe der Leinwand und des Vorhangs. Nach allem, was wir im Moment wissen, steckte der ganze Bau voller Holz und Textilien, alles knochentrocken, uralt und vergammelt. Vorbeugender Brandschutz nach den Standards der späten Vierzigerjahre des vorigen Jahrhunderts. Eigentlich ein Wunder, dass es erst jetzt gebrannt hat.«

»Haben Sie in den Trümmern etwas gefunden, was auf Brandstiftung hinweist?«

»Nein.« Plötzlich kicherte Hörster schadenfroh und es hörte sich nicht sehr schön an. »Die Feuerwehr hat heute Morgen zwei Kollegen von der BUE hingeschickt. Vielleicht finden die noch was.«

Brandursachenermittlung. Raabe kniff sich in das Ohrläppchen.

»Warum denn das?«

»Sie kennen doch die Heinis von der Abteilung Spritz und Schlauch. Schön, sie sind recht spät alarmiert worden, das steht fest, in dem Punkt sind sie aus dem Schneider. Aber wie sieht's mit den laufenden Inspektionen aus?«

»Braut sich da was zusammen?«

»Keine Ahnung. Aber ich hatte vorhin schon Ordnungsamt, Gewerbeaufsicht und Bauamt an der Strippe.«

»Na, großartig«, nuschelte Raabe, scheinbar verärgert. »Wenn die drei schon aufgescheucht sind, hätte ich mir meinen Anruf sparen können.«

»Ach so ist das!«, rutschte es Hörster heraus und Raabe grinste schäbig, während er demütig bat: »Halten Sie mich trotzdem auf dem Laufenden, Herr Kollege?«

»Mit Vergnügen.«

Olli Herzberg versprach, sofort alle Artikel über den Brand an E 3 zu schicken – okay, auch alle Videokopien und Abschriften der Rundfunksendungen.

»Ist denn was dran an der ganzen Geschichte?«, erkundigte er sich neugierig, doch sein Freund Raabe winkte ungnädig ab: »Glaub ich nicht. Eher ein Fall von schlampigem Brandschutz.«

»Und dieser Brief ...«

»Den erwähnen wir vorerst gar nicht. Vergattere deine schöne Doro, sie soll bloß ihre große Klappe halten, gegenüber jedermann, sonst kriegt sie Ärger mit mir.«

»Die Drohung wird ziehen. Kann ich ihr nähere Einzelheiten über den möglichen Ärger mitteilen?«

»Es reicht völlig, wenn du sie an die Tatsache erinnerst, dass in meinem Büro eine Liege steht und der Türschlüssel von innen steckt.«

Olli grinste und zwinkerte Raabe zu. Die beiden völlig gegensätzlichen Männer verstanden sich dienstlich und privat ausgesprochen gut, und wenn Raabe wieder einmal sein gefürchtetes Wutgebrüll anstimmte, konnte allein Olli Herzberg seinen Freund Günter zur Ruhe bringen.

Das Feuer im *Lux* hatte weder das linksliberale *Tageblatt* noch die konservative *Landeszeitung* in ihren Montagsausgaben aufgeregt. Ein alter Kasten, der ohnehin bald abgerissen werden sollte, und glücklicherweise war ja kein Mensch zu Schaden gekommen. Ein wenig Nostalgie, ach, wie war es früher doch so schön, als es noch in jedem Stadtteil ein Kino gab, mit Spät- und Schmusevorstellungen am Samstag und Kinderfilmen am Sonntag vor oder nach den Kindergottesdiensten. Das Wort ›Brandstiftung‹ tauchte in den Zeitungsartikeln nicht auf, dagegen hatten sich die Rundfunk- und Fernsehsender offenbar alle auf eine Agenturquelle gestützt, die sich wiederum mit der Standardfloskel absicherte, ›im Moment‹ sei Brandstiftung nicht auszuschließen. Das Regionalfernsehen brachte kurze Sequenzen von den Löscharbeiten und einem noch nach Stunden qualmenden Trümmerhaufen.

Für alle Fälle ging Raabe über Mittag zu seinem Hauptabteilungsleiter E und trug vor. Ottfried Stöger hörte aufmerksam zu. »Was ist mit Brandstiftung?«

»Ich hab eben noch mal mit Hörster telefoniert. Kein Hinweis.«

»Also ein Wichtigtuer oder Spinner?«

Raabe grinste. Beim dicken Ottfried musste man vorsichtig sein, der Kerl besaß ein feines Gehör, und wenn er einen Besucher besonders triefäugig anstarrte und dabei in seinen abstehenden Ohren pulte, dachte er scharf nach.

»Wahrscheinlich, Chef.«

»Aber hundertprozentig bist du auch nicht überzeugt?«

»Nein.«

»Mit anderen Worten – du willst die Entscheidung bei mir abladen.«

»Du wirst besser bezahlt als ich.«

Stöger nickte zerstreut. Diesen KOK Hörster kannte er ziemlich gut, ein Nörgler und schadenfroher Pessimist. Wenn selbst der nicht auf Brandstiftung ermitteln wollte, war an der Sache wohl wirklich nichts dran.

»Okay, wir unternehmen nichts.«

»Kein Versuch, den Schreiber in eine Falle zu locken?«

»Nein.«

Selbst wenn sie die örtliche Polizei nicht einweihten und die Falle mit eigenen LKA-Kräften aufstellten, erfuhren zu viele, dass ein Erpresser mit Brandstiftung drohte. Und sobald etwas an die Presse durchsickerte, brach die Hölle los, das kannte Stöger aus leidvoller Erfahrung. Vor wenigen Monaten hatten sie sich mit einem Unbekannten herumgeschlagen, der Lebensmittel in SB-Märkten vergiftete, um ein Lösegeld von der Supermarktkette zu erpressen. Damals hatten sie die Geschäfte informieren müssen, damit nicht harmlose Kunden gefährdet wurden, und natürlich war die Geschichte trotz aller Vorsichtsmaßnahmen und Schweigegelübde an die Öffentlichkeit durchgedrungen. Aber sie hatten tatsächlich an den angegebenen Stellen Gift gefunden; Stöger dankte heimlich seinem Schicksal, dass es ihn nicht auf eine Position befördert hatte, auf der er die Verantwortung für die weiteren Aktionen übernehmen musste. Halbverrückte und Skrupellose hatten sich von der Tat inspirieren lassen und alle möglichen Drohungen und Erpressungsmanöver gestartet; die Eisenbahn sollte entgleisen, Flugzeuge würden beim Start abgeschossen und bis zum Rand gefüllte Talsperren oder Autobahnbrücken gesprengt. Zum Glück war diese Welle jedoch abgeebbt, nachdem der Lebensmittelvergifter gefasst worden war, und Stöger verspürte jetzt nicht die geringste Lust, einen neuerlichen Schub von Nachahmungstätern zu ermuntern.

Soweit verstanden sich Raabe und Stöger; Stöger würde den Kopf hinhalten müssen, falls sie sich geirrt hatten, und deshalb durften sie ihre privaten Vermutungen äußern.

»Ich ahne, was dich irritiert«, grummelte Stöger und riss den klemmenden Zeigefinger aus seinem Ohr.

»Er will den Staat oder die Regierung erpressen, nicht eine Firma.«

»Das vermutest du, weil er seinen Brief an das LKA geschickt hat.«

»Er droht mit der Öffentlichkeit.«

»Weil er an die Pressestelle geschrieben hat?«

»Der Brief ist am Sonntag eingeworfen worden. Zu dem Zeitpunkt konnte der Schreiber nicht ausschließen, dass sich als Ursache des Feuers im *Lux* zweifelsfrei ein Kurzschluss oder meinetwegen eine Explosion in der Heizung herausstellen würde.«

»Oder ein heißer Abbruch durch einen hoch verschuldeten Kinobesitzer.« Stöger kicherte in sich hinein, was viele abstieß. Denn sein dicker Bauch hüpfte und wabbelte dabei äußerst unästhetisch. »Vielleicht wusste er nicht, wem das *Lux* gehört. Oder gehört hat.«

»Er pokert hoch, ein Spieler, der mal testen will, ob er uns verwirren und verunsichern kann. Vielleicht springt ja was für ihn heraus.«

»Oder er hat das Feuer wirklich gelegt und sich dabei sozusagen ins Knie geschossen.«

»Weil er es so umsichtig getan hat, dass Hörster nicht von Brandstiftung ausgeht? Der Unbekannte hat das Feuer so geschickt gelegt, dass keine Spuren übrig geblieben sind?«

»Denkbar, nicht wahr?«

»Dann müsste er uns mit einem zweiten Feuer überzeugen, dass an seiner Behauptung, er sei der Brandstifter, was dran ist.«

»Dieses Risiko hast du ja sehr elegant bei mir abgeladen, Günter.«

»Soll ich Hörster ...?«

»Nein. Zwecklos. Du machst nur die Pferde scheu. Und dann gute Nacht. Denk an den Lebensmittelvergifter!«

»Also abwarten?«

»Ja, was anderes bleibt uns nicht übrig. Ich kümmere mich um eine Sache. Der Eingang der Bahnhofshalle wird seit der Renovierung elektronisch überwacht. Die Bahner sollen zwei ihrer Kameras so ausrichten, dass eine Kamera ohne Verzerrung die Briefkästen neben den Schwingtüren aufnimmt und die andere den Kasten neben dem Eingang zum Postamt in der Halle. Wir bekommen dann eine Bandkopie mit Uhrzeit und Datum. Das werde ich auf dem kleinen Dienstweg regeln. Aber irgendwie denke ich mir, auch mein Gehalt ist nicht hoch genug, um die Verantwortung allein zu tragen. Einen Teil werden wir ganz weit oben abgeben.« Stöger drückte auf einen Knopf der Gegensprechanlage. »Frau Kirsch, verbinden Sie mich bitte mal mit dem Vize.«

Der Vizepräsident des LKA saß ganz still, die Hände so fest gefaltet, dass die Fingerknöchel weiß leuchteten. Er atmete schwer. Die Tür hatte sich hinter Raabe und Stöger geschlossen. Lächerlich, was die beiden da vorgetragen hatten, aber natürlich wollten sie die Verantwortung abschieben, das hatte er sofort durchschaut. Niemand wollte mehr entscheiden und den Kopf hinhalten, das war mittlerweile das größte Elend des öffentlichen Dienstes. Einschließlich seines bis zur Perfektion entwickelten Reflexes, die Verantwortung, getarnt als ›Zuständigkeit‹, blitzschnell, wie eine heiße Kartoffel, weiterzureichen. Sein direkter Chef, der Präsident des Landeskriminalamtes, war mal wieder seit mehreren Wochen krankgeschrieben und er würde den Teufel tun, sich als Vize und Stellvertreter etwas aufzuladen, was nicht Sache seines Amtes war. Nein, nicht mit ihm; Stellvertreter mussten höllisch aufpassen, dass sie nicht in die Rolle eines Sündenbockes gerieten.

Nach einer Minute lächelte er schmal. Ihr oberster Dienstherr hatte der Führung des Landeskriminalamtes vor einigen Jahren einmal lautstark und beleidigend »Eigenmächtigkeit« gepaart mit »Unfähigkeit« vorgeworfen, nun gut, für Eigeninitiative wurde er offenkundig also nicht bezahlt. Die Akte, die Raabe und Stöger zusammengestellt hatten, war noch dünn und lückenhaft, aber der Inhalt reichte aus für seinen Wunsch, sich eine Entscheidung ganz oben abzuholen.

Er drückte auf einen Knopf der Gegensprechanlage: »Frau Hellmer, machen Sie mir doch bitte einen Termin beim IM. Ja, so schnell wie möglich – heute noch. Ja, es ist dringend.«

Innenminister Wolfram Ohnefeldt schnitt eine hässliche Grimasse, als der Vizepräsident des LKA und Ottfried Stöger sein Zimmer verließen. Stellvertreter eigneten sich so gut für die Rolle eines Sündenbockes, dass gute Stellvertreter als Erstes lernten, welche Entscheidungen sie auf die eigene Kappe nehmen durften und welche sie umgehend nach oben weiterreichen mussten. Wenn Stöger riet, vorerst nichts zu tun, dann durfte der Innenminister sich auf dieses fachliche Urteil verlassen. Aber das hieß nicht, dass er auf jede Rückversicherung verzichten musste. Im LKA gab es – wie er genau wusste – genug Leute, die nur darauf warteten, dass ihr oberster Dienstherr stolperte.

Die Fehde war vor gut fünf Jahren ausgebrochen, nach der Ermordung von Sonia Ohnefeldt. Sie hatte einen früheren Kollegen ihres Mannes besucht, der seinen fünfundsiebzigsten Geburtstag feierte. Wolfram Ohnefeldt, ursprünglich zu der Feier angemeldet, musste diesen Termin wegen einer unerwarteten dienstlichen Besprechung in Berlin absagen und hatte deswegen seine Frau gebeten, an seiner Stelle Elmar Schühl zu besuchen. Weil es sich um eine private Angelegenheit handelte, hatte Sonia den Privatwagen der Familie genommen. Auf der Rückfahrt drängte auf der Landstraße an einer Stelle, die auf einem hohen Damm verlief, ein unbekannter Fahrer den Wagen von der Straße. Sonias Auto überschlug sich mehrmals seitlich, während es den hohen Hang hinunterrollte, und sie war schon tot, als der Wagen unten gegen einen Baum prallte und in Flammen aufging. Natürlich war sofort der Verdacht aufgekommen, der Anschlag habe eigentlich dem damaligen Generalstaatsanwalt Wolfram Ohnefeldt gegolten, der ja ursprünglich nach Aggarthausen hatte fahren wollen. Schließlich war es sein privater Wagen gewesen. Und in der Dämmerung mochte der Täter nicht erkannt haben, dass kein Mann am Steuer saß, sondern eine Frau. Das LKA übernahm die Ermittlungen. Der schuldige Fahrer wurde nie gefunden, auch das Auto nicht, das Sonia Ohnefeldt von der Straße gedrängt hatte. Dem LKA war ernstlich kein Vorwurf zu machen, es hatte alles getan und unternommen, doch eben keinen Erfolg gehabt. Noch heute wurden auf Schrottplätzen Stichproben gemacht; denn aufgrund winziger Lackspuren an Ohnefeldts Auto, die nicht vom Feuer zerstört worden waren, wusste man sehr genau, um welche Marke und welches Modell es sich bei dem gesuchten Wagen handelte. Als wahrscheinlicher Eigentümer wurde ein Autoverleih ermittelt, der Mietvertrag war von der ersten bis zur letzten Zeile gefälscht. Freilich konnte kein Mensch sagen, ob sich das Auto überhaupt noch in Oberleiningen oder in der Bundesrepublik befand, ob es nicht unmittelbar nach dem Anschlag über die Autobahn nach Tschechien und von dort aus weiter in den Ostblock verschoben worden war. Zeit genug hätte es gegeben. Sonia Ohnefeldt und das ausgebrannte Autowrack wurden erst nach Stunden gefunden, von dem Tatort bis zur tschechischen Grenze fuhr man zwei Stunden.

Ohnefeldt hatte sich mit diesem Misserfolg der Ermittlungen nicht abfinden können und wollen. Kurz nach seinem Amtsantritt als Innenminister bestellte er die Spitze des LKA ein. Voller Häme und Wut wusch er Köpfe, mit freudigem Herzen ungerecht und gezielt verletzend, die alten Tricks aus den Staatsanwaltszeiten, als er noch persönlich mit harten Jungs umspringen musste, hatte er nicht verlernt; die vier Männer wehrten sich, ließen sich provozieren, legten wie er nicht jedes Wort auf die Goldwaage und in null Komma nichts tobte der verbale Krieg. Der Präsident des LKA meldete sich anschließend zum ersten Mal für längere Zeit krank und auch sein noch heute amtierender Stellvertreter hatte diese Szene nicht vergessen. Deshalb hatte das LKA dieses faule Ei sofort an den Minister weitergereicht; doch der Minister gab es postwendend zurück. Er ordnete an, eine ›Soko Feuer‹ beim Polizeipräsidenten von Terborn einzurichten, und zwar unter Leitung eines Kriminalbeamten, den der Polizeipräsident aussuchen sollte. Die vier Männer, die den Prometheus-Brief gesehen und gelesen hatten, würden in dieser Soko mitarbeiten. Für Doros Schweigen hatte Vizepräsident Weigand zu sorgen.

Ohnefeldt grinste ihn und Stöger an: »Damit es keine

Missverständnisse gibt: Wer den Text des Briefes oder ein Faksimile an die Öffentlichkeit gelangen lässt oder den Tarnnamen *Prometheus* publik macht, dem ziehe ich die Haut bei lebendigem Leibe ab – ich will nicht wieder so ein Theater erleben wie bei dem Verrückten, der die Lebensmittel vergiftet hat. Haben wir uns verstanden?«

Weigand und Stöger nickten rasch. Ohnefeldt fuhr im selben Ton fort. »Und deshalb wird die Ermittlungsgruppe ›Soko Feuer‹ heißen. Ich wünsche, dass in allen mündlichen und schriftlichen Äußerungen nicht von Prometheus, sondern schlicht von dem Mann oder dem Täter gesprochen wird.«

»Alles klar«, murmelte Stöger zustimmend. »Und was machen wir bis zum nächsten Feuer?«

»Sehen Sie denn keine Möglichkeit, etwas zu tun?«

»Nein. Wir haben keine Ahnung, wo der Mann das zweite Feuer legen könnte.«

Ohnefeldt grunzte anerkennend, weil Stöger schon von ›dem Mann‹ gesprochen hatte. Weigand stand stocksteif und stumm daneben, als sei er an allem nicht beteiligt.

»Ich werde Iris von Sellin in die Soko abkommandieren, vielleicht hilft Ihnen gelegentlich psychologischer Rat.«

»Danke«, sagte Stöger laut. Von wegen psychologischer Rat, Iris von Sellin, die junge und sehr ansehnliche Psychologin des Landeskriminalamtes, war die Freundin des verwitweten Innenministers, das pfiffen die Spatzen von den Dächern der Landeshauptstadt Terborn. Auf diesem Wege hatte der Minister eine Person seines persönlichen Vertrauens zur Kontrolle in die Soko gesetzt.

»Wer übernimmt die Pressearbeit?«

»Wenn Oliver Herzberg den Aktenführer abgibt, bleibt ihm doch Zeit dafür«, sagte Ohnefeldt etwas ungeduldig.

»Was hast du mit Weigand gemacht? Ihm sein Todesurteil verkündet?«

Ohnefeldt fuhr zusammen, er hatte sie nicht eintreten gehört. Seine persönliche Referentin Maren Liebekind lief gerne geräuschlos auf weichen Sohlen und liebte es, andere zu überraschen.

»Nein. Das ist ja leider nicht möglich. Obwohl es einige Typen gibt, bei denen ich das Verbot der Todesstrafe für einen großen Fehler halte.«

Maren Liebekind lachte leise und schüttelte den Kopf, dass ihre kupferroten schulterlangen Korkenzieherlocken flogen. Seit drei Jahren arbeitete sie für Ohnefeldt und beide wussten, dass sie sich auf die gegenseitige Loyalität und Diskretion hundertprozentig verlassen durften. Obwohl Maren Liebekind, Anfang dreißig, mit ihrer Modelfigur und ihrem bezaubernden Gesicht von den Männern umschwärmt wurde wie im Sommer der offene Marmeladentopf von den Wespen. »Was ist los? Was hat Weigand veranlasst, sich in die Höhle des Löwen zu wagen?«

Ohnefeldt gab ihr die dünne Akte ›Prometheus‹ und berichtete, was vorgefallen war. Zu seinem Erstaunen wurde auch Maren bei der Lektüre ernst. »Das klingt nicht nach einem Trittbrettfahrer, der zufällig am Sonntagmorgen Nachrichten im Radio gehört und sich dann an den Computer gesetzt hat.«

»Nein«, gab Ohnefeldt zu. »Tut es nicht. Aber die Sache ist vertrackter. Lies weiter.«

»Ein zweiter Brand als Beweis dafür, dass es sich bei diesem Kino wirklich um Brandstiftung gehandelt hat? Das kann böse enden.«

»Einverstanden, und deshalb haben wir eine kleine Soko gebildet. Nicht im LKA, sondern im Präsidium.«

Maren Liebekind war nicht überrascht, sie kannte die Fehde des Innenministers mit dem Landeskriminalamt.

»Ein paar Leute aus dem LKA werden in dieser Soko mitarbeiten.«

»Du bist doch sonst der Meinung, man solle klotzen, nicht kleckern.«

»Je kleiner die Truppe, desto besser. Zum Schutz vor Trittbrettfahrern. Außerdem soll Kayser keine Chance bekommen, mir ins Handwerk zu pfuschen. Ich will nicht, dass er sich einmischt, alle Pferde scheu macht und wieder mehr Durcheinander anrichtet als Hilfe bringt.«

Maren Liebekind seufzte. Ohnefeldts Abneigung gegen den Ministerpräsidenten Johann Kayser grenzte an Verfolgungswahn. Dass die beiden sich nicht mehr leiden mochten, war ein offenes Geheimnis. Dass Kayser fürchtete, Ohnefeldt wolle ihn entmachten und das Amt des Regierungschefs übernehmen, hatte sie von Peter Göschen erfahren, dem persönlichen Referenten des MP. Göschen und sie waren seit dem Studium befreundet und redeten gelegentlich offener miteinander, als es ihren Herren und Meistern lieb sein mochte. Maren hatte nur einmal mit Peter geschlafen und er hätte es gerne wiederholt, aber sie hielt ihn hin, obwohl auch sie sich mit Vergnügen an diese Nacht erinnerte.

»Hoffentlich geht das gut«, murmelte sie endlich und gab Ohnefeldt die Akte zurück. Dass er seine Freundin Iris von Sellin einweihen würde, gefiel ihr nicht. Die beiden Frauen kamen nicht gut miteinander aus. Maren Liebekind hatte Sonia Ohnefeldt nicht mehr kennen gelernt, aber von allen Seiten gehört, dass die schweigsame, etwas melancholische Sonia der einzige Mensch gewesen war, der Ohnefeldt auf den Teppich der Realität zurückholen konnte, eine Aufgabe, die jetzt ihr zufiel. Iris war dafür zu ehrgeizig und trieb Ohnefeldt an, auf die Nachfolge Kaysers zu spitzen.

»Hast du eine Ahnung, wer sich hinter Prometheus verbergen könnte?«

»Nein«, erwiderte Ohnefeldt so schnell, dass sie ihm nicht glaubte.

In aller Herrgottsfrühe telefonierte Ohnefeldt am Dienstag mit seinem Parteifreund Udo Storck, Polizeipräsident in Terborn. Es bestehe die Gefahr, dass ein Unbekannter versuche, das Land Oberleiningen um eine Million Euro zu erpressen. Deshalb habe er angeordnet, eine Sonderkommission zu bilden, und zwar bei der Kriminalpolizei. Ja, er wisse, dass ein solcher Angriff auf den Staat eigentlich eine Aufgabe für das Landeskriminalamt sei, aber Storck kenne ja sein Misstrauen gegenüber dem LKA. Storck kannte es und verzichtete deshalb auf jeden Einspruch. Nun benötige er – Ohnefeldt – als Leiter der Soko Feuer einen zuverlässigen, fachlich guten und vor allem verschwiegenen Kriminalbeamten und bitte Freund Storck, einen solchen Mann mit der Aufgabe zu betrauen.

Storck rief wenig später zurück. Er habe sich mit dem zuständigen Direktor abgesprochen und der schlage Hauptkommissarin Caroline Heynen vor, Chefin des Ersten Dezernats, tüchtig, geduldig, ausdauernd und loyal, außerdem, soweit bekannt, parteilos. Ohnefeldt war einverstanden.

Sein nächstes Gespräch mit dem Stellvertretenden Ministerpräsidenten Jörg Lambert, Landesminister für Bildung und Wissenschaft und Parteivorsitzender des Koalitionspartners *Liberale Mitte,* verlief auch glatt. Ohnefeldt wusste genau, dass Lambert ihn ein wenig fürchtete, aber mittlerweile noch mehr seinen Koalitionspartner Kayser verabscheute, sodass sie sich schnell darauf einigten, Kayser während seiner »wohlverdienten Ferien an der Ostsee« nicht zu stören, sondern darauf zu bauen, dass auch dieser Erpresser rechtzeitig geschnappt werde.

Danach telefonierte Ohnefeldt lange mit seinem Kollegen, dem Justizminister Grüner, der ihm noch einen persönlichen Gefallen schuldig war, woran Ohnefeldt ihn energisch und nachdrücklich erinnerte. Grüner stimmte allen Vorschlägen und Wünschen Ohnefeldts zu.

Caroline Heynen, von aller Welt Caro genannt, wurde noch vor dem Mittagessen zu ihrem Chef gerufen und erfuhr mit wenig Freude, welche Aufgabe ihr zugedacht war. »Kann ich ablehnen?«

»Nein«, knurrte Kriminalrat Karl Simon gereizt. »Wenn Sie je befördert werden wollen, müssen Sie mit der Soko Feuer Erfolg haben. Wir kriegen vom LKA eine kleine Gruppe zur

Unterstützung, darunter auch Iris von Sellin, mit der Sie sich doch gut verstehen.«

»Wir waren auf dem besten Wege, Freundinnen zu werden.«

»Und? Was hat Sie daran gehindert?«

»Die Tatsache, dass Iris das Bett mit unserem Innenminister teilt.«

»Wollen Sie einem Witwer verargen, dass er sich eine hübsche und kluge Blondine ins Schlafzimmer holt?«

»Nein, aber ich mag keine Blondinen, die bedenkenlos ehrgeizig sind.«

»Ist sie das wirklich?«

»Ich fürchte, ja, Chef.«

»Sie werden schon mit ihr klarkommen. Vom LKA ist übrigens auch Ottfried Stöger dabei, der kann eine Menge Ärger abschirmen.«

»Kennen Sie ihn?«

»Ja, gut sogar. Ein sehr guter Mann. Auf sein Urteil dürfen Sie sich verlassen.«

»Und die anderen?«

»Pete Sanders. Ein unzuverlässiges Großmaul.«

»Na prima. Wahrscheinlich auch strikter Gegner der Emanzipation.«

»Aber sicher doch. Günter Raabe: der Beste aus der Truppe. Der würde auch bei uns Karriere machen. Wenn ich Ihnen ein Rat geben darf: Lassen Sie ihn die Arbeit tun und beschränken Sie sich auf eine Art Aufsichtsfunktion.«

»Das mache ich eigentlich ausgesprochen ungern.«

»Weiß ich doch. Mit Raabe können Sie auskommen, wenn Sie ihm erklären, dass Sie ihm nicht ins Handwerk pfuschen wollen.«

»Wozu werde ich dann in dieser Soko überhaupt gebraucht?«

»Wie gesagt: erstens zur Kontrolle. Zweitens, damit Raabe sich immer darauf berufen kann, er habe nicht eigenmächtig gehandelt, sondern in Absprache mit der Person, die der IM ihm vor die Nase gesetzt hat.«

»Noch jemand, den Sie kennen?«

»Oliver Herzberg. Olli ist etwas schüchtern und muss wohl erst auftauen, aber er ist der beste Kenner der polizeilichen Datenverarbeitung und Systeme, den es gibt.«

»Wann geht's los?«

»Morgen. Sie beschäftigen übrigens als Ihren eigenen Aktenführer Oliver Herzberg. Jan Riedel bleibt hier.«

Für Doro Lüders wurde schon gegen Mittag eine andere Stelle in der Registratur des LKA-Archivs gefunden, verbunden mit einer ungewöhnlich großen Gehaltserhöhung und dem strengen Verbot, weiterhin ihre alten Pressekontakte zu pflegen.

Olli Herzberg seufzte, ihm war klar, dass Innenminister Ohnefeldt ihn in die Soko Feuer gesteckt hatte, damit keine Silbe nach draußen an die Presse drang. Er würde den Aktenführer abgeben müssen. Absolute Geheimhaltung, nicht einmal ein formelles Ermittlungsverfahren – wie hatte Ohnefeldt das bloß gedreht? Und natürlich würde der Innenminister keinen müden Euro an den Erpresser zahlen.

Raabe wollte explodieren, als er hörte, dass man ihm eine Frau vor die Nase gesetzt hatte, aber Ottfried Stöger holte ihn auf den Teppich zurück. »Caro Heynen ist eine sehr vernünftige Frau und hat bereits mit Karl Simon gesprochen. Sie weiß, dass sie nur zur Kontrolle eingesetzt worden ist und für dich im Ernstfall den Kopf hinhalten muss. Stell dich also gut mit ihr! Dann kannst du schalten und walten, wie du willst.«

Die erste Sitzung der Soko Feuer verlief zäh und unergiebig. Pete Sanders knötterte und maulte nur, Ottfried Stöger versuchte, sachlich zu diskutieren, und Günter Raabe starrte die hübsche Caro Heynen an, dass es fast schon peinlich war, sie spürte seine Blicke und blinzelte ihm gelegentlich zu. Sie hatten sich vor der Sitzung unter vier Augen unterhalten und eine Absprache getroffen: Caro würde ihm so wenig wie möglich reinreden und seine Maßnahmen decken, verlangte aber im Gegenzug rechtzeitige und umfassende Information. Damit konnte Raabe gut leben. Olli Herzberg langweilte sich, schrieb aber fleißig mit und wechselte die Tonband-Kassetten. Die Präsidiumsmannschaft, bestehend aus acht abkommandierten Zivilfahndern, lauschte stumm und wunderte sich, dass man mit so dürftigen Anhaltspunkten eine Sonderkommission einrichtete und wie schlecht sich die Kollegen vom LKA verstanden. Raabe erklärte, warum der Innenminister den Erpresserbrief und den Tarnnamen des vermutlichen Täters geheim halten wollte. Sie einigten sich darauf, dass ›der Mann‹ das Feuer im Kino *Lux* gelegt hatte. Sie wurden sich auch einig, dass es sich tatsächlich um einen Mann handelte, einen energischen und intelligenten Einzelgänger, jenseits der vierzig, vorsichtig und umsichtig, der noch darauf achtete, keine Menschen zu gefährden. Stöger würde die Akten über Brandstiftung in Oberleiningen durchackern und dabei auf technisch versierte Täter achten. Raabe und Herzberg sollten alle Fälle von erpresserischer Brandstiftung heraussuchen – der Täter konnte vor kurzem von jedem Ort aus dem Bundesgebiet zugewandert sein – und Pete Sanders durfte einen Kurzlehrgang in Chemie und Technik von Brandsätzen und -zündern absolvieren, sich außerdem mit der Kriminaltechnik vertraut machen: Auf welchem Computerdrucker war der Erpresserbrief gedruckt worden? Was ließ sich über das verwendete Papier sagen? Oder über den Umschlag? Iris räumte ein, dass der Brief aus der Sicht des Mannes hervorragend abgefasst sei, weil das Schreiben so gut wie nichts über den Verfasser und seine Motive verriet. Allenfalls eine etwas altfränkische Höflichkeit, die für einen Schreiber jenseits der vierzig sprach.

»Deutet der Inhalt, deuten die benutzten Wörter auf eine bestimmte Person? Auf eine bestimmte regionale Abstammung?«

»Nein, nicht dass ich wüsste.« Iris nickte in die Runde. »Also ein Mann an die fünfzig, ein Einzelgänger, intelligent, selbstsicher und belesen, hartnäckig und verschwiegen, wahrscheinlich ohne Komplizen. Er wird wohl vermuten, dass wir ihn zum jetzigen Zeitpunkt für einen Trittbrettfahrer halten. Also muss er durch ein zweites Feuer beweisen, dass er es ernst meint.«

Olli mischte sich ein: »Warum legt er Feuer?«

Iris zwinkerte vergnügt. Auf diese Frage hatte sie gewartet. Dieser etwas schüchterne Olli gefiel ihr.

»Er will Geld. Ganz einfach. Und manchmal ist es leichter, den Staat zu erpressen als eine Firma, die weniger Rücksicht auf Gesetze und Öffentlichkeit nehmen muss, wenn sie sich wehrt.«

Caro schaute in die Runde. »Dann warten wir jetzt auf das nächste Feuer, das uns alle davon überzeugen soll, dass unser Mann es ernst meint. Irgendwo – Ort und Objekt sind nicht zu ahnen – und wir kommen überhaupt erst weiter, wenn es einen zweiten Brief gegeben hat.«

»Und bis dahin muss ich noch einmal an den Befehl des IM erinnern: Von den Briefen und dem Kennwort Prometheus darf nichts an die Öffentlichkeit dringen«, mahnte Stöger und war erst zufrieden, als alle nickten.

Während die Gruppe den kleinen Sitzungssaal verließ, drängte sich Raabe an Caro. »Darf ich dich zum Essen einladen?«

»In dieser scheußlichen Kantine?«

»Wenn du magst, in ein kleines italienisches Restaurant. Dort kocht tatsächlich noch die Mama, es gibt keine Speisekarte, du musst essen, was auf den Tisch kommt.«

»Das Risiko reizt mich.«

Caroline Heynen und Günter Raabe waren nicht die einzigen Mutigen. Am Nebentisch saßen Iris und Olli und tranken ihnen zu. Wer hatte da wohl die Initiative ergriffen?

Branddirektor Brandes hatte so feuerrote Haare, dass Caro versucht war, ihn zu fragen, wie viele Feuer er schon ausgelöst habe. Brandes bemerkte ihren Blick und warnte: »Vorsicht, Frau Heynen, meine Sicherungen brennen schnell durch.«

»Das wäre schlimm. Ich brauche nämlich erstens Ihre Hilfe und zweitens Ihre Verschwiegenheit.«

Brandes nickte vergnügt.

»Wir haben vielleicht einen Pyromanen in der Stadt, der am Wochenende Feuer legt. Leider haben wir noch keine Ahnung, wer er ist und wo oder was und wie er zündeln wird. Bis jetzt sieht es allerdings so aus, als lege er keinen Wert darauf, Menschen zu gefährden.«

»Kann sich leicht ändern, schon verstanden. Theater, Altenheime, Krankenhäuser – am besten etwas verstärkte Kontrollen und Prüfungen von Alarmmeldern und Sprinkleranlagen.«

»Bitte, bitte, nicht auffallen!«, flehte Caro und warf Brandes einen ihrer berühmten schmelzenden Blicke zu.

»Geht in Ordnung, Frau Heynen. In dieser außergewöhnlichen Hitze- und Dürreperiode lässt sich so etwas auch in der Urlaubszeit ganz zwanglos begründen. Noch einen Kaffee?«

Brandes hielt Wort und stellte noch am Nachmittag erste Untersuchungstrupps zusammen, die gefährdete Einrichtungen kontrollierten. Die Hitze hatte wirklich alles ausgedörrt, in den städtischen Wäldern und Parks war das Rauchen strikt verboten und für manchen kleinen Betrieb gab es in den nächsten Wochen unangenehme Überraschungen, als ihre Feuerlösch- und -schutzeinrichtungen außer der Reihe kontrolliert wurden.

Caro war immer noch satt und etwas müde, als sie ins Präsidium zurückgehen konnte. Sie übergab die laufenden Fälle an ihren Stellvertreter, den Oberkommissar Hans Kirchbauer, und verabschiedete sich unter vier Augen von ihrem Hauptmeister Jan Riedel, der schmollte, weil er nicht in diese geheimnisvolle Sonderkommission berufen worden war.

»Nein, mein Liebling«, versuchte sie, ihn zu trösten. »Erstens Befehl von Simon. Zweitens ganz in meinem Sinn.

Wenn ich gegen die Wand laufe, sollst wenigstens du keinen Schaden nehmen.«

Sie umarmte ihn und verabredete sich mit Maren Liebekind in der Staatskanzlei.

»Auweia«, stöhnte Maren und fuhr sich mit beiden Händen durch ihre Lockenpracht. »Dieser Prometheus beschäftigt Ohnefeldt schon. Aber du darfst nicht verlangen, dass er sich heute noch an jeden Prozess erinnert, den er geführt hat, nicht einmal an die, in denen die Angeklagten bis zuletzt ihre Unschuld beteuert und dem Ankläger wie den Richtern ewige Rache geschworen haben.«

»Ob Iris mehr weiß?«

»Das bezweifele ich, aber du musst sie schon selber bearbeiten.«

Der Mann hatte am Donnerstag das *Terborner Tageblatt* in seiner Wohnung von der ersten bis zur letzten Zeile gelesen. Der Verstand sagte ihm, dass es zu früh war, jetzt schon auf eine positive Antwort zu hoffen. Enttäuscht faltete er das Blatt zusammen. Sein Magen machte wieder Sperenzchen, er hätte es gern hinter sich gehabt. Außerdem lähmte ihn die stickige Hitze, die ihn um einen erholsamen Schlaf brachte.

Gegen Mittag klopfte es zaghaft an die Bürotür. Er musste zweimal sehr laut »Herein« rufen, bis eine junge Frau eintrat. Sie trug staubige Jeans, einen grauen Arbeitskittel und hatte ihre Haare unter einem grauen Kopftuch versteckt. Anstelle einer Handtasche hing ein heller Leinenbeutel mit dem Aufdruck einer Apotheke über ihrer Schulter.

»Guten Tag«, sagte sie schüchtern. »Sind Sie Herr Heller?«

»Ja«, brummte der Mann, mit seinem widerspenstigen Drucker beschäftigt, der wieder kein Formular zu viel und keins zu wenig eingelegt haben wollte. Er hatte lange gebraucht, sich so an seinen Tarnnamen Klaus Heller zu gewöhnen, dass er automatisch richtig reagierte.

»Ich heiße Monika Ritter. Erinnern Sie sich nicht?«

»Nein, tut mir Leid.«

»Ich habe eine Tochter, Tanja, die bei Ihnen arbeiten möchte. Ich habe ihr eine Erlaubnis unterschrieben.«

»Ach, Sie sind Tanjas Mutter. Was kann ich für Sie tun?«

»Eigentlich nichts, vielen Dank. Ich wollte nur mal sehen, bei wem und was meine Tochter jobben wird.«

Tanja war also älter als vierzehn – jüngere Kinder setzte er nicht ein – und noch keine sechzehn. Ab diesem Alter durfte er Kinder für diese Arbeit stundenweise auch ohne ausdrückliche Einwilligung der Eltern beschäftigen. Er setzte die Kinder auf eine Sammel-Unfall- und -Haftpflichtversicherungsliste und benachrichtigte die Eltern darüber. Bei jüngeren Kindern war er schon aus juristischen Gründen sehr vorsichtig und überkorrekt, rief die Eltern sogar an, ob wirklich Vater oder Mutter die Erlaubnis unterschrieben hatte – es gab sehr junge und äußerst begabte Fälscher. Wenn er sich richtig erinnerte, war Tanja ein schmächtiges Kind mit brauner Zottelfrisur und einem schmalen, blassen Gesicht, ein Mädchen, das zu wenig an die Sonne und an die frische Luft kam.

Weil die Mutter sich neugierig umsah, erklärte er ihr, dass er gerade die Namen der Verteiler und ihre Touren ausdruckte. Die Prospekte hatte er bereits in Fünfzigerpacks gestapelt und einige seitlich mit Farbstiften zur Kontrolle markiert. Daneben standen die Hängetaschen für die Fahrräder. »Wissen Sie, wenn Sie für Gold und Juwelen werben, macht es wenig Sinn, die Prospekte zum Beispiel in Norringen zu verteilen.«

Sie nickte, den Stadtteil Norringen schien sie zu kennen und zu wissen, dass dort die Hunderter für Goldschmuck nicht eben locker saßen.

»Außerdem muss ich darauf achten, in welche Stadtteile ich die Kinder schicke. Jetzt im Sommer bleibt es abends lange hell, aber wenn die Tage kürzer werden, muss ich schon daran denken, dass es bestimmte Gegenden gibt, in die ich nach Anbruch der Dämmerung zum Beispiel Ihre Tochter nicht schicke.«

Sie machte große Augen. Dass man auch daran denken sollte, leuchtete ihr ein.

»Keine Sorge, Frau Ritter. Die ersten Touren fährt Ihre Tochter nicht allein, sondern in Begleitung eines älteren, erfahrenen Mädchens. Vorerst darf sie auch noch nicht in Stadtviertel, in denen es keine separaten Fahrradwege gibt.«

»Das alles beachten Sie?«, staunte sie.

»Nein, das erledigt der Computer für mich. Wir müssen ihn nur mit den Daten füttern.« Wie viel Arbeit in diesen Programmen steckte, erwähnte er nicht, er selbst konnte nicht gut programmieren, das erledigte sein Mitarbeiter Lukas Bode, der in einem scheußlichen Viertel in einer besonders scheußlichen Straße eine der scheußlichsten Dachwohnungen gemietet hatte und freiwillig oft bis Mitternacht hier vor dem Computer hockte und jene Änderungen und Verknüpfungen in den Stadtplan einfügte, die Heller ihm schriftlich hinterließ. Fast jeden Tag fuhr Heller mit dem Fahrrad durch viele Straßen, beurteilte Verkehr, Lage und Beleuchtung, suchte nach Abkürzungen, informierte sich über neue Baustellen und gefährliche Abschnitte mit Schlaglöchern, beobachtete, wo gerast wurde, wo es separate Fahrradwege und Ampeln für Fußgänger und Radfahrer gab, wo die Kinder mit ihren Rädern auf die Fahrbahn ausweichen mussten. Mit Lukas' Hilfe entstand so ein elektronischer Straßenplan, der aus Sicht der Radfahrer und Fußgänger sehr viel besser und präziser und vor allem aktueller war als das Grundprogramm, das Heller für viel Geld gekauft hatte.

»Tanja wünscht sich auch einen Computer. Deswegen geht sie jetzt arbeiten, obwohl ich es lieber hätte, sie würde endlich etwas für ihre Mathe-Zensur tun.«

»Ich mache Ihnen einen Vorschlag: Draußen im Flur hängt ein Brett. Pinnen Sie doch einen Zettel an, dass Sie für Ihre Tochter – Alter und Schulklasse nicht vergessen – ein Mädchen für Mathe-Nachhilfe suchen. Üblicher Stundenlohn. Ein kleiner Rat noch: Schreiben Sie nur Ihre Telefonnummer auf, keine Adresse.«

»Vielen Dank«, sagte sie rasch und verschwand nach draußen. Als sie zurückkam, hatte sich der widerspenstige Drucker beruhigt und spuckte brav Formular auf Formular aus. Heller hatte sich an den Schreibtisch gesetzt und eine Zigarette angezündet.

»Entschuldigen Sie bitte. Ob Sie vielleicht eine Zigarette für mich übrig hätten? Ich arbeite im Stadttheater und da ist das Rauchen streng verboten. Um nicht in Versuchung zu geraten, nehme ich lieber kein Päckchen mit.«

Er fragte nicht, was sie dort machte, der staubige Kittel verriet alles. Sie hatte seinen forschenden Blick bemerkt und lächelte kläglich. »Normalerweise kann man die Arbeit ertragen, aber jetzt ist Spielpause und wir sollen den Fundus auf Vordermann bringen. Ich kann Ihnen flüstern, der Staub liegt dort zentimeterdick, man muss ihn vor dem Wischen zuerst absaugen, und wenn dabei eine Kollegin niest, stehen die andern da wie in einem Sandsturm in der Sahara.«

Er musste lachen, sie plapperte wie ein Wasserfall, weil sie offenkundig Unterhaltung vermisste. Und als sie ihr Kopftuch abgenommen und mit beiden Händen die Haare gelockert hatte, sah sie sogar recht nett aus. Er bot ihr eine Tasse Kaffee an und wartete, bis Lukas Bode aufkreuzte, der Monika Ritter einen scharfen Blick zuschoss. Sie schnitt eine hässliche Grimasse. Heller begleitete sie nach draußen, froh, dem stickigen Büro zu entkommen.

»Haben Sie jetzt noch etwas vor?«, erkundigte sie sich direkt.

»Nein.«

»Dann zeige ich Ihnen mal was, das Sie bestimmt noch nicht gesehen haben.«

Sie führte ihn schräg über die Bahnhofstraße auf den Hof der Gaststätte *Abstellgleis.* An der Hintertür wurden sie von einem kräftigen Mann angehalten. »Wer ist das, Monika?«

»Er heißt Klaus Heller und ist mein Gast.«

»Okay, kennt er die Regeln?«

»Noch nicht. Ich kümmere mich um ihn.«

»Viel Spaß«, sagte der Portier. »Zehn Euro.«

Etwas verwundert löhnte Heller zehn Euro für sie beide. Fast das gesamte Hinterzimmer wurde von einem runden, mit grünem Tuch bezogenen Tisch eingenommen. Vor den Stühlen stand eine junge Frau, die eine lederne Umhängetasche trug. »Wie viel?«, fragte sie knapp.

»Fünfzig«, antwortete Margot Ritter schnell.

»Und Sie?«

»Auch fünfzig«, sagte er, eine Ahnung bekommend, was ihn hier erwartete.

Die junge Frau zählte ungeheuer fix zwei mal zehn Fünfeuroscheine ab und steckte die beiden Fünfziger ein.

»Wird hier gepokert?«, fragte Heller.

»Nein, gewürfelt. Keine Angst, Sie können jederzeit aussteigen.«

Ein älterer Mann setzte sich neben einen Stapel mit Kärtchen, die er gründlich mischte, zog eine Art Fähnchenständer heran, nahm die oberste Karte ab und klemmte sie weithin sichtbar auf den Ständer. »Mindestens acht«, las er laut vor.

»Was heißt das?«

»Sie haben drei Würfel, einen Wurf und müssen mindestens acht Augen erreichen. Wenn nicht, scheiden Sie aus. Legen Sie jetzt einen Fünfer auf den Schieber.«

Heller gehorchte, und als alle Mitspieler ihren Schein abgeliefert hatten, nickte der Spielleiter und die Frau neben dem Mann schüttelte den Becher. Offenbar gehörte es zu den Regeln, dass man die drei Würfel fast bis in die Mitte des Tisches rollen ließ.

»Fünf, vier – eins«, sagte der Kassenhüter in einem merkwürdigen Singsang. »Über acht. Machst du weiter?«

Die Frau mit den zehn Punkten nickte, woraufhin er ihr den Schieber hinhielt, auf den sie einen neuen Fünfer legte. Dann würfelte Heller.

»Drei mal drei«, verkündete der Spielleiter. »Über acht. Machen Sie weiter?«

Heller nickte, berappte einen Fünfer und wartete.

Monika Ritter schaffte »sechs, vier – zwei« und zahlte ebenfalls für die nächste Runde. Nicht alle Spieler kamen über acht, schieden aus, ihre Einsätze blieben auf dem Tisch liegen.

»Der Sieger kassiert alles«, flüsterte Monika. Sie presste sich wie zufällig an Heller und der ahnte, warum sie ihn zu dieser Spielrunde mitgenommen hatte.

Als die Runde durch war, befestigte der Kassenverwalter die nächste Karte auf dem Ständer. »Mindestens zwölf.«

Ein leichtes Stöhnen begleitete die neue Grenze. Diesmal schieden noch mehr Spieler aus. Monika Ritter und Heller schafften es knapp. Sie mit dreizehn, Heller mit zwölf Punkten. Das nächste Kärtchen auf dem Ständer hieß Schlussrunde. »Die meisten Punkte gewinnen.«

Monika brachte es auf vierzehn Augen, Heller würfelte und schnaufte ungläubig. »Drei mal fünf«, sang der Spielleiter »schafft noch einer fünfzehn Punkte oder mehr?«

Keiner warf noch drei mal fünf Augen oder mehr. Der Spielleiter schob Heller den kleinen Stapel Fünfer zu. »Herzlichen Glückwunsch.«

»Danke«, sagte Heller laut, »das war Anfängerglück.«

»Jetzt mit vier Würfeln.«

Monika Ritter wollte noch bleiben, Heller stand auf. »Ich gehe zurück in mein Büro. Wenn Sie möchten, schauen Sie doch noch einmal rein!« Wenn es nicht zu spät wurde, konnte er sie zum Essen einladen.

Sie nickte und er war nicht sicher, dass sie ihn verstanden hatte. Spieler. Kein Wunder, dass die Tochter sich den Computer selbst verdienen musste. Heller hatte nie an dieser Krankheit gelitten, aber einige Menschen getroffen, die sich und ihre Familien durch das Spiel ruiniert hatten.

Heller wartete, bis die gesamte Mannschaft angetreten war, dann ging er auf den Flur und rief nach Tanja Ritter. Sie war tatsächlich das kleine, magere Ding mit dem blassen, etwas nichts sagenden Gesicht.

Sie schaute ihn erschrocken an: »Is' was?«

»Nein. Gar nichts. Deine Mutter war hier und hat mir erzählt, dass du auf einen Computer sparst. Hier. Das schenke ich dir für dein Sparschwein.« Er gab ihr seinen Gewinn und das Kind musterte ihn erschrocken. »Wo wollen wir hingehen? In unser Atelier?«

»Wie meinst du das?«

»Sie wollen mich doch fotografieren, nicht wahr?«

»Nein, wie kommst du denn darauf?«

»Wenn die Männer, die zu uns in die Wohnung kommen, meiner Mutter Geld geben, zieht sie sich aus und lässt sich von den Männern fotografieren.«

Ach du meine Güte, das arme Kind. »Nein, das will ich nicht. Ich schenke dir das Geld, aber nur dir für deinen Computer, nicht für deine Mutter …«

»Ich weiß, sie würde es sofort verzocken.«

Ja, das glaubte er auch. Deshalb wiederholte er nachdrücklich: »Nur für dich und deinen Computer.«

»Vielen Dank. Sie sind wirklich nett.«

So hätte sich Heller nicht bezeichnet, aber es war lange her, dass ein weibliches Wesen ihn »nett« genannt hatte, und deshalb lächelte er geschmeichelt.

Caro Heynen verabschiedete sich ins Wochenende und wollte Raabe zu einem Spaziergang am Bellhorner See überreden. »Da ist es merklich kühler als in der Stadt.«

»Wohl wahr«, stöhnte Raabe. »Aber ich werde mich am Bahnhof in den Kontrollraum der Bahner-Kollegen setzen und ferngucken.«

»Du meinst, er benutzt wieder denselben Briefkasten?«

»Es gibt nicht mehr viele Kästen, die am Sonntagnachmittag und -abend so geleert werden, dass ein Brief am Montag mit Sicherheit im LKA ankommt.«

»Er könnte seinen Schrieb schon früher am Tag einwerfen …«

»Nein, Caro, ich wette mit dir, das ist ein Perfektionist.

Erst muss es im Radio oder im Fernsehen eindeutig heißen ›Brandstiftung‹. Bei einem Schwelbrand nach Kabelarbeiten hat das LKA keinen Grund, auch nur einen müden Euro abzudrücken.«

»Du bist hartnäckig, wie?«

»Gegen Perfektionisten hilft nur Ausdauer. Aber wenn du am Sonntag nicht gar so früh ins Bett gehst, lasse ich mich gerne nach meiner Fernsehorgie zu einem Wein bei dir einladen.«

»Ich sage doch, du bist hartnäckig.«

»Das hilft hoffentlich bei Brandstiftern und schönen Kolleginnen gleichermaßen.«

Er schaute sie fest an und sie schlug die Augen nicht nieder, als sich ihre Blicke begegneten. Caro wurde plötzlich verlegen wie ein schüchternes Schulmädchen; das war ihr schon lang nicht mehr passiert. »Okay, ich besorge etwas zu trinken, einverstanden?«

»Aber immer.« Er warf ihr eine Kusshand zu.

Olli winkte bedrückt ab, als sie zu ihm in das Soko-Zimmer kam. »Nichts, Caro, überall Fehlanzeige.« ›Prometheus‹ als Codewort existierte nicht. Auch die drei Vornamen Otto, Richard und Alfred gehörten nicht zu einem Trio, das in ihren zahlreichen Dateien von Straftätern, Angeklagten oder Verurteilten aufgeführt war. Und die Kombination der Namen Otto, Richard und Alfred tauchte in keiner elektronisch zugänglichen Polizeiakte auf. Gegen Otto und Richard war schon ermittelt worden, auch gegen Richard und Alfred, aber nicht gegen drei Männer mit diesen Vornamen. Fingerabdrücke hatten sie nicht und in der bundesweiten Modus-Operandi-Datei existierte kein Erpresser, der sich auf die Briefpost verließ. Der Brief war auf normalem Achtzig-Gramm-Papier gedruckt, wahrscheinlich mit einem älteren handelsüblichen Laserdrucker. Der selbstklebende Fensterbriefumschlag stammte aus einem Büromarkt und die Briefmarke war mit Leitungswasser angefeuchtet worden. Stöger hatte sich mit Versicherungsspezialisten unterhalten, die meinten, Fernsteuerung von Brandsätzen sei riskant und fehlerträchtig, elektronische Zeitzünder könne heute jeder Schüler mit minimalen Kenntnissen basteln.

»Scheiße!«, sagte Caro laut und ehrlich und Olli zog den Kopf ein, als sei er an allem schuld.

2.

Auf dem leeren, staubigen Dachboden herrschten mehr als fünfunddreißig Grad. Heller hatte die beiden kleinen Luken weit aufgeklappt, aber der kaum spürbare Durchzug kühlte nicht. Die schwarzen Ziegel, auf denen seit Mittag die Sonne gestanden hatte, glühten selbst auf der Innenseite wie Heizkörper. Heller hatte einen Campingklappstuhl und zwei große Flaschen Wasser mitgebracht, aber jeden Schluck schwitzte er umgehend wieder aus. Die Fingerhandschuhe aus Plastik klebten und juckten so unerträglich, dass er sie auszog.

Draußen dämmerte es jetzt. Seit Stunden war niemand mehr durch das Treppenhaus gelaufen, er hatte auf jedes Geräusch gelauscht. Die Zeit wurde lang.

Das Architekturbüro *Petersen & Schroth* lag im dritten, obersten Stockwerk. Die zweite Etage stand leer, von der früheren Existenz der Firma *Gebr. Schwennt, Heizungs- und Klimatechnik,* kündete nur noch eine Inschrift auf der gesprungenen Milchglasscheibe in der Eingangstür. Heller hatte lange überlegt, ob er sich mittags in den alten Schwennt-Büros einschließen sollte, war aber doch auf den Dachboden gestiegen, weil sich dorthin, nach der dicken, absolut gleichmäßigen Staubschicht auf dem Boden zu urteilen, seit Monaten kein Mensch mehr verirrt hatte. Trotzdem hatte er die Tür zum Treppenhaus hinter sich abgesperrt.

Im Parterre fristete das kleine Reisebüro *Bauers Bildungsreisen* eine sichtbar kümmerliche Existenz; auf den Südseeplakaten im Schaufenster schienen selbst die Palmen zu verwelken und die Gauguin-Mädchen schliefen vor Langeweile. Das Nachbarhaus war für einen Neubau abgerissen worden; seit Hellers letzter Kontrollbesichtigung waren die Bauarbeiten vorangeschritten, die Mauern des Erdgeschosses standen bereits, außerdem die Stützen für die Holzverschalung, um die Decke zu betonieren. Auf der anderen Seite des früheren Mietshauses gab es einen Parkplatz, reserviert für Geschäftsleute und Kunden, nicht sehr groß, aber breit genug, dass nach menschlichem Ermessen die Flammen bei der seit Wochen herrschenden Windstille nicht auf das Wohnhaus überspringen sollten.

Zwei Stunden noch, für einen Blick auf die Armbanduhr schaltete er die Taschenlampe kurz an.

Dann läuteten mehrere Glocken Mitternacht. Heller stand auf, zog die Handschuhe wieder an, klappte den Stuhl zusammen und verstaute ihn mit den leeren Wasserflaschen in seiner Tragetasche. Die Tür zum Dachboden versperrte er wieder und schlich die Treppe hinunter in den dritten Stock. Für das simple Schloss der Bürotür brauchte er keine Minute, es war schon erstaunlich, welche Fähigkeiten der Mensch erwarb, wenn er sie brauchte.

Vorsichtig, lautlos drückte er die Eingangstür einen Spalt auf und witterte wie ein gejagtes Tier. Kein Geräusch, kein Licht, aber ein merkwürdiger Geruch, den er nicht sofort erkannte. Er blähte die Nasenflügel – Rauch, kalter Rauch. Hier war noch vor nicht allzu langer Zeit schwer geraucht worden. Und zwar bei geschlossenen Fenstern. Während er oben auf dem Dachboden hockte? Warum hatte niemand bei dieser Hitze gelüftet?

Unruhig trat er ein und klinkte die Tür hinter sich zu. Rechts stand eine andere Tür weit auf, er schlich hin und blieb in der Öffnung stehen, bis sich seine Augen auf das schwache Licht eingestellt hatten, das von den Straßenlaternen hereinfiel. In dem großen Zimmer stank es regelrecht nach Zigaretten und Pfeife. Und nach Alkohol. Er schnupperte erneut, Alkohol und dahinter noch etwas, süßlicher und angenehmer. Parfüm. Zwei Gläser auf einem Schreibtisch, zwei leere Flaschen, zwei überquellende Aschenbecher. Erleichtert nahm er ein Glas hoch und freute sich über die dunklen Schmierflecken am oberen Rand. Lippenstift. Zigarettenstummel, rote Flecken auf den Mundstücken und in dem anderen Aschenbecher Reste von Pfeifentabak. Ein Mann und eine Frau hatten sich mehrere Stunden hier aufgehalten, viel geraucht und zwei Literflaschen Weißwein ausgetrunken. Und die Fenster nicht geöffnet, weil sie nicht hatten auffallen wollen. So ungefähr konnte er sich vorstellen, was sie getrieben hatten; zwei Kissen lagen noch vor der Couch auf dem Boden. Sorgfältig kippte Heller die beiden Aschenbecher in den Papierkorb aus, der fast bis oben hin mit zerknüllten Blättern gefüllt war.

In den anderen Büroräumen sah er sich nur flüchtig um. In einer Zimmerecke standen noch Reißbretter, aber die meiste Arbeit wurde bereits an Computern mit großen flachen Bildschirmen erledigt. Sehr viel technisches Gerät, Heller grunzte zufrieden. Von seinen Brandsätzen würde nichts übrig bleiben, bis eben auf die winzigen elektronischen Teile und den Akku, der den Zündstrom lieferte. Zwar verschmolzen, aber von einem Fachmann vielleicht noch zu identifizieren. Es sei denn, andere Elektronik wurde ebenfalls von den Flammen in der Nähe seiner Zündsätze zerstört. Er schüttelte den Kopf. Besser war es, er entzündete leicht brennbares Material. Er öffnete die nächste Tür und pfiff überrascht vor sich hin. Die schmale Kammer war nicht groß, ein langer Schlauch, aber links und rechts mit deckenhohen Holzregalen voll gestellt. Und auf den Regalbrettern türmten sich Zeichnungen, Papphülsen zum Transport der übergroßen Blätter, Papier und in einer Ecke Büromaterial. An der Wand, der Tür direkt gegenüber, gab es sogar ein kleines Fenster, das er entriegelte und einen Spalt weit öffnete. Der Sog würde es schon aufreißen. Oder die Scheibe sprang in der Hitze, Hauptsache, Luft strömte nach, damit sein Feuer nicht an Sauerstoffmangel erstickte.

Den ersten Brandsatz deponierte er so, dass die herausschießende Stichflamme auf dem rechten Regal einen Stapel Briefpapier erfassen musste, hinter den er Kartons mit Schmierblöcken und Umschlägen schob. Daneben legte er ein Diktiergerät, das mit anderen elektronischen Geräten ein Brett höher aufbewahrt wurde. Die zweite Röhre zielte auf einen Stapel Bauzeichnungen im linken Regal, aus dem er einzelne Blätter herauszog, damit das überstehende Papier leicht anbrennen konnte. Geduldig häufte er Papier und dünne Pappen um beide Brandröhren. Wenn er alle Türen offen ließ und an allen Fenstern die Riegel öffnete, musste es klappen. Er holte den Papierkorb mit den Kippen und der Tabakasche und stellte ihn auf dem Fußboden unter dem ersten Brandsatz ab, überlegte und suchte in dem großen Büroraum nach einem elektronischen Gerät – Handy, Diktiergerät, Taschenrechner oder etwas Ähnliches. Eine Uhr mit Akku und Datumsanzeige, das war für seine Zwecke geradezu ideal; er legte sie unter die Bauzeichnungen, die der zweite Brandsatz entflammen würde.

»Also dann!«

Heller schaltete beide Timer ein und verließ ohne Hast und Aufregung das Büro, verschloss die Tür sorgfältig und tastete sich auf der dunklen Treppe bis in den Keller. Wegen des Hinterausgangs hatte er dieses Objekt ausgewählt und zu seiner Verwunderung war im Keller die Tür zum Hof nur angelehnt. Vom Hof aus gelangte er über eine niedrige Mauer auf einen schmalen Weg, der an den Rückseiten von Gärten vorbeiführte, auf dem längsten Teil der Strecke durch eine übermannshohe Ligusterhecke gegen Sicht abgeschirmt. Dreihundert Meter weiter kreuzte ein größerer Weg, er horchte, hörte nichts und marschierte mit langen Schritten auf die Parallelstraße, wo er seinen Wagen geparkt hatte. Als Heller losfuhr, bemerkte er weit und breit keinen Menschen.

Hausmeister Heinrich Zanker, genannt ›der Zänker‹, hatte wie so oft noch in seiner Werkstatt im Souterrain gearbeitet.

Nun stand er verborgen hinter einer Betonsäule und wartete darauf, dass Heller in die Tiefgarage fuhr. Schon häufiger war ihm aufgefallen, dass Heller in der Nacht von Samstag auf Sonntag immer erst spät zurückkam. Warum sollte der Mann auch keine Freundin haben? Doch letzte Woche hatte der Zänker etwas Störendes an dem alten Wagen wahrgenommen, ohne dass er hätte sagen können, was. Und nun sah er es: das Kennzeichen. Der Zänker kannte fast alle Kennzeichen der Mieter auswendig und wusste genau, welches auf welchen Platz gehörte. Wieso hatte Heller plötzlich ein anderes Kennzeichen an seiner alten Karre? Zanker wartete, bis Heller mit dem Aufzug nach oben gefahren war und schaute sich dann das hintere Nummernschild an. Jetzt war es wieder das alte, das zu der alten Möhre gehörte, für die Heller den Platz gemietet hatte. Wie hatte er es geschafft, so schnell und so geräuschlos beide Kennzeichen zu wechseln – und warum hatte er das getan?

Dummerweise hatte der Zänker sich die andere Nummer nicht gemerkt, das musste er am nächsten Samstag nachholen. Die Idee war nicht schlecht, wenn man mit einer verheirateten Frau schlief und einen Privatdetektiv oder den Ehemann fürchtete. Heinrich der Zänker war großmütig und gar nicht prüde, aber er meinte, dass sein Gehalt nicht so bemessen war, dass er auf eine kleine Erpressungssumme oder ein mäßiges Schweigegeld verzichten sollte.

Hanno Severin hatte sich auf einen gemütlichen Samstagabend mit einer Flasche Wein und einem Krimi gefreut und schlurfte deshalb ausgesprochen mürrisch zur Wohnungstür, als es gegen zweiundzwanzig Uhr Sturm klingelte. Der Anblick der jungen Frau vor der Tür hob seine Laune nicht.

»Hei, Hanno«, legte Doro energisch los, »du erinnerst dich noch an mich?«

Und ob er das tat. Offenherzig bis zum Bauchnabel und abweisend wie ein Stachelkaktus. Vor zwei Wochen hatte er sie auf der Wohnungseinweihungsparty eines Freundes getroffen und wertvolle Stunden damit vergeudet, sie zu überreden, ihn in seine Wohnung zu begleiten. Erst hinterher warnten ihn seine guten Freunde, prustend vor unterdrücktem Lachen: »Doro ist ein Eiszapfen.«

»Darf ich reinkommen?« Sie tänzelte schon an ihm vorbei und diesmal verwirrte und stimulierte ihn das hochfliegende Röckchen nicht.

»Was gibt's?«, brummte er unfreundlich.

»Ich brauche deinen Rat«, sagte sie listig und klappte ihre Handtasche auf. »Am Montag ist dieser Brief im LKA eingetroffen.« Richtig, sie arbeitete in der Pressestelle des Landeskriminalamtes. »Ich musste Kopien für das Ekel von Chef machen und hab gleich eine mehr für mich gemacht.«

Das sah ihr ähnlich. Hanno hatte zwar noch nie gehört, dass ein Mensch an Neugier gestorben war, aber sie könnte der erste sein.

»*Prometheus (I)* …« Was sollte denn das?

»Lies erst mal zu Ende.«

Ein dümmlicher Erpressungsversuch; doch Doro schüttelte den Kopf. »Hanno, ich glaube, dahinter steckt mehr. Noch am Montag sind der Chef und der zuständige Abteilungsleiter bei Ohnefeldt gewesen. Und am Mittwoch bin ich Knall auf Fall ins Archiv versetzt worden. Mit einer ordentlichen Gehaltserhöhung.«

Severin zupfte an seinem Ohrläppchen. Wer Doro kannte und ihr freiwillig das Gehalt erhöhte, musste in der Tat etwas zu verbergen haben. »Und warum erzählst du mir das alles?«

»Du hast doch einen Freund in der Staatskanzlei, nicht wahr? Vielleicht interessiert sich König Johann für den Brief.«

Sieh mal an! Ihr Gedächtnis war exzellent. Sein alter Tennispartner Peter Göschen war persönlicher Referent bei Johann Kayser. »Das ist keine Antwort, Doro.«

»Ich will zurück in die Pressestelle. Da unten im Archiv ersticke ich an Staub und Langeweile.«

Und wahrscheinlich an Arbeit, ergänzte er stumm. Die Archivmäuse waren fleißiger, als der allgemeine Spott ihnen nachsagte, während in der Pressestelle viel per Telefon und durch persönliche Gespräche erledigt wurde. Bei denen man zum Beispiel auch eine solche Kopie an einen Journalisten verkaufen konnte. Schön, er konnte ja mal mit Peter Göschen reden. Aber so billig wollte er sich nicht vor ihren Karren spannen lassen. »Und was kriege ich, wenn ich dir helfe?«

Sie seufzte und begann, ihre Bluse auszuziehen. Als der BH fiel, winkte Hanno ungnädig ab. Wahrscheinlich wusste Doro, wie Kinder entstanden, aber bei ihrem Gesicht konnte er sich nicht vorstellen, dass sie an der natürlichen Methode den geringsten Gefallen fand. Dann doch lieber ein guter Krimi.

Türeschlagend rauschte Doro davon und vergaß in ihrer Wut sogar die Kopie des Prometheus-Briefes. Hanno steckte das Blatt in seine Aktentasche. Es konnte nicht schaden, Freund Peter Göschen zu informieren und vor Doro zu warnen.

In dieser Nacht schlief Heller nicht gut, wälzte sich hin und her und strampelte mehrmals die dünne Bettdecke weg, als ob die Hitze des Dachbodens noch in seinen Knochen waberte. Manchmal würgte ihn die Einsamkeit, aber er hatte gelernt, niemandem zu vertrauen, und dieses Gefühl, in einen riesigen schwarzen Schacht zu stürzen, verging auch wieder. In den ersten Wochen hatte er bei solchen Panikattacken Schlaftabletten geschluckt, doch die vertrug er nicht, den kurzen Schlummer bezahlte er tags darauf mit bohrenden Kopfschmerzen und überwältigender Müdigkeit, die jede Konzentration verhinderten. Gegen Morgen versank er für zwei Stunden in einen bleiernen Tiefschlaf.

Seine Brandsätze hatten nicht versagt. Alle Radioprogramme meldeten das Feuer in dem Altbau an der Friedländer Straße. Diesmal war die Feuerwehr früher eingetroffen, das Haus war nur bis zum ersten Stock niedergebrannt, aber das Reisebüro im Parterre hatte einen immensen Löschwasserschaden erlitten.

Heller lächelte erleichtert, als er den Satz hörte: »Menschen sind nicht zu Schaden gekommen.« Mit Plastikhandschuhen setzte er sich an seinen Computer.

Prometheus (II)
An das Landeskriminalamt
- Pressestelle -
Postfach 5567

Sehr geehrte Damen und Herren,
Sie haben auf meinen ersten Brief nicht reagiert. Deshalb habe ich in der Nacht von Samstag auf Sonntag das Architekturbüro Petersen & Schroth *in der Friedländerstraße durch Feuer zerstört. Meine Forderung erhöht sich auf zwei Millionen Euro. Inserieren Sie am kommenden Donnerstag in den* Neuenburger Nachrichten *wie folgt: ›Lieber Ingomar, im zweiten Anlauf hast du nun doch die Siegespalme errungen. Es gratulieren die Kollegen und Freunde aus dem Club* Dame und Springer.*‹ Alle weiteren Einzelheiten entnehmen Sie bitte meinem ersten Brief.*

Den Brief warf er am frühen Nachmittag am Terborner Hauptbahnhof ein.

Anschließend fuhr Heller mit dem Bus in die Kortumstraße und bummelte sie Richtung Fluss hinunter. Vorsichtshalber hatte er eine dicke Hornbrille mit Fensterglasgläsern aufgesetzt und in seinen linken Schuh eine starke Einlegesohle gesteckt, die seinen Gang schwerfällig machte. Man sollte ihn nicht gleich erkennen. Viel verändert hatte sich nicht, die Linden waren höher und dicker geworden, einige Häuser hatten einen neuen Anstrich erhalten, einige auch ein neues Dach.

Vor der schmalen Fußgängerbrücke über den Fluss stutzte Heller. Das mittelalterliche Wassertor samt Anleger und

Furtbrücke gab es noch, sogar gewaltig und farbenfroh renoviert, aber seine frühere Stammkneipe an dem dreieckigen Zollplatz war verschwunden. Dort erhob sich jetzt ein scheußlicher Hotelbau.

Eine halbe Stunde strolchte Heller durch die Seitenstraßen, weil er hoffte, er habe sich geirrt, aber dann wurde es leider Gewissheit, die schöne, gemütliche Kneipe *Wassertor* gab es nicht mehr.

Auf dem Weg zurück Richtung Kortumstraße begegnete ihm ein älterer Mann, den er kurz entschlossen ansprach: »Entschuldigen Sie bitte, kennen Sie sich in diesem Viertel aus?«

»Das will ich meinen.«

»Es gab hier doch mal eine wunderbare Kneipe, das *Wassertor.* Was ist mit der passiert, wissen Sie das zufällig?«

»Und ob ich das weiß. Abgerissen hat man sie, für dieses scheußliche Hotel *Terborner Hof.*«

»So ein Pech aber auch.«

»Das können Sie laut sagen.«

»Im *Wassertor* wurde doch ein spezielles Bier ausgeschenkt, Moment – *Flößerbräu,* nicht wahr?«

»Ganz recht, die Brauerei ist von einem Konzern geschluckt worden, die produziert jetzt Einheitsware, Wasser mit Kohlensäure und etwas Geschmack.«

»Ich war fünfzehn Jahre in Norddeutschland und habe mich auf ein ordentliches Bier gefreut«, sagte Heller vorsichtig und, siehe da, der alte Knabe biss sofort an. »Was halten Sie von einem kleinen Spaziergang? Es gibt noch eine Kneipe mit einer Hausbrauerei, fünf Minuten entfernt.«

»Gerne, ich komme mit.« Nach zwanzig Schritten fuhr Heller versonnen fort: »Ehrlich gesagt, ich hatte mich nicht nur auf das Bier gefreut, sondern auch auf die Wirtin.«

»Auf die Nele Obermann?«

»Ja, richtig, so hieß sie.«

»Die gibt's noch. Sie arbeitet im Casino Neuenburg und wohnt auch in Neuenburg.«

Die angesteuerte Kneipe hieß *Rackenreuse,* nach dem Fisch, der hier früher in großen Mengen gefangen, geräuchert und weit über die Landesgrenzen von Oberleiningen hinaus verkauft worden war. Die Racke hatte die Industrialisierung und das Abwasser nicht überlebt.

Der alte Knabe, der sich mit »Petzold« vorstellte, war noch auf einem der Reusenleger gefahren und freute sich, dem schweigend, aber aufmerksam zuhörenden Begleiter die Veränderungen in der Stadt und im Wassertorviertel zu schildern. Als »die Nele« das *Wassertor* aufgeben musste, hatte sich eine Delegation von Stammgästen gebildet und sie bestürmt, die *Rackenreuse* zu übernehmen; aber Nele Obermann weigerte sich standhaft. Sobald sie die neue Stelle im Casino gefunden hatte, lud sie ihre Stammgäste zu einem Abschiedsschluck ein. Freund Petzold hatte sie noch einmal im Casino besucht. Aber von Bars und Lokalen mit Chrom, Leder und Neonleuchten, mit Krawatten- und Jackenzwang hielt er nichts. »Sie hat sich kaum verändert«, vertraute er Heller an. »Immer noch so hübsch und proper wie früher. Haben Sie die Nele gut gekannt?«

»Ja«, sagte Heller ehrlich. »Gut gekannt und sehr gemocht. Aber ich bin dann weggezogen. Und Sie wissen vielleicht, wie das so geht, man nimmt sich vor, bald zu schreiben oder anzurufen und dann vergisst man es oder verschiebt es doch. Und plötzlich ist es zu spät.«

»Ja, kenn ich. Wenn Sie mit der Nele reden, grüßen Sie doch bitte herzlich vom alten Petzold.«

»Werde ich tun.«

Noch am Abend rief Heller vom Büro aus an. »Hier ist Frank«, sagte er, gespannt, ob sie sich noch an ihn erinnern würde.

»Frank Busche. Ich werd verrückt. Schön, von dir mal wieder zu hören. Ich habe in der Zeitung gelesen, dass du begnadigt worden bist. Wie hast du mich gefunden?«

»Mithilfe eines deiner alten Verehrer, von dem ich dich

herzlich grüßen soll. Petzold heißt er, ich habe ihn zufällig auf der Straße getroffen, als ich das *Wassertor* suchte.«

»Mit dem *Wassertor* ist's leider vorbei. Der Eigentümer wollte mich rausgraulen und hat die Miete für Lokal und Wohnung so erhöht, dass ich nicht mehr durchhalten konnte.«

»Können wir uns sehen, Nele?«

»Sicher, am besten gleich morgen, da habe ich meinen freien Tag.«

»Gebucht. Am Nachmittag?«

»Kommst du zu mir?«

»Wenn du mir noch deine Adresse verrätst.«

»An der Burgtreppe 19. In Neuenburg. Du musst aber auf dem Markt parken, am Fuß der Treppe gibt es nie einen freien Platz.«

»Ich freue mich.«

»Ich auch, Frank.«

Raabe hatte sogar an Blumen gedacht und Caro schüttelte entgeistert den Kopf. »Was soll ich denn damit? Einen Laden eröffnen?«

»Nein. Ganz ehrlich. Die beiden Geschäfte im Hauptbahnhof waren heilfroh, als ich versprochen habe, gegen einundzwanzig Uhr alle bis dahin nicht verkauften Schnittblumen abzuholen.«

»Das war für die das Geschäft des Tages.«

»Ich weiß nicht. Ich glaube, ich habe mehr rausgeholt.«

»Na, dann setz dich mal in die Küche, bis ich alle meine Eimer zusammengetragen habe. Wie war deine Fernsehorgie?«

»Mäßig. Es ist sehr erstaunlich, wie viele Leute am Sonntag Briefe einwerfen. Obwohl es Faxgeräte und E-Mail und SMS gibt.«

»Kein Mann darunter, der unser Prometheus hätte sein können?«

»Mehr als einer. Aber keiner, der sich verdächtig benommen hätte.«

»Das wäre auch zu schön gewesen. Was trinkst du?«

»Ich richte mich nach dir.«

»Ich bin keine große Bierfreundin. Eher Wein oder Schorle.«

»Dann bitte eine Schorle gegen den Durst, die Luft in dieser Galerie ist schrecklich. Trocken, miefig und dann noch die vielen Raucher.«

Weil er dabei automatisch nach seinen Zigaretten grabbelte, lachte sie ihn aus. Nach der durstlöschenden Schorle ließ er sich zu einem Weißwein aus Radebeul überreden. Sie gingen ins Wohnzimmer und er legte einen Arm um ihre Taille, als sie sich in den Sessel setzen wollte. »Die Couch ist breit genug für zwei.«

»Oh, der Herr hat's eilig.« Trotzdem folgte sie ihm willig.

»Du bist eine sehr schöne Frau«, sagte er ehrlich und sie lächelte. »Musst du mich deshalb immer so anstarren?«

»Nein, ich hänge an deinen Lippen, um kein Wort von dir zu verpassen.«

»Das hört man selten. So ein Kompliment ist einen Schluck wert.«

Sie tranken sich zu, er setzte schnell sein Glas ab und küsste sie. Ein paar Sekunden hielt sie ihre Lippen noch geschlossen, dann gab sie nach und legte die Arme um seinen Hals. Er knabberte an ihrem Ohrläppchen und sie warnte ihn: »Wenn du reinbeißt, gibt es hier einen Toten. Das kann ich nämlich nicht ausstehen.«

Nach dem zweiten Kuss rückte sie näher an ihn heran, streckte die Beine auf der Couch aus und brummte zufrieden, als er während des nächsten Kusses eine Hand auf ihren Busen legte. Dabei blieb es, gegen Mitternacht setzte sie ihn freundlich, aber energisch vor die Tür.

Olli Herzberg hatte freiwillig Frühdienst geschoben und den Brief mit Plastikhandschuhen aus dem Postpacken für die Pressestelle herausgefischt, sodass sie das gute Stück auf Fingerabdrücke untersuchen konnten, bevor es geöffnet wurde.

Das Ergebnis überraschte sie nicht: wie bei dem ersten Brief keine verwertbaren Spuren. Der lebende Prometheus war vorsichtiger als sein antikes Vorbild. Und der Inhalt des Schreibens brachte auch keine neuen Erkenntnisse.

Raabe rief wieder bei Hörster an, der sich wand wie ein Aal: »Möglicherweise Brandstiftung, vielleicht aber auch nicht.« Die Vernehmungen der Mitarbeiter liefen noch und es war nicht ausgeschlossen, dass sich zwei Personen am Samstagnachmittag »außerdienstlich« im abgefackelten Büro aufgehalten hatten, er ein Pfeifenraucher und sie eine starke Zigarettenraucherin, die einen auffälligen Lippenstift benutzte. Hörster hüstelte: »Glühende Pfeifenasche in einem Papierkorb hat schon mehr als einen Bürobrand ausgelöst.«

»Sie halten uns auf dem Laufenden?«

»Mit Vergnügen, Herr Kollege, und eines Tages werden Sie mir erzählen, warum sich das Landeskriminalamt ausgerechnet für Brände am Samstagabend oder frühen Sonntagmorgen interessiert.«

»Versprochen.«

Nele hatte sich in den vergangenen zehn Jahren kaum verändert. Busche hätte sie auf der Straße sofort wiedererkannt, auch wenn die Zeit natürlich nicht spurlos an ihr vorübergegangen war. Doch ihre dichten, festen, winzigen Naturlocken waren immer noch goldblond und ihm fiel wieder ein, dass sie ihn damals gewarnt hatte: »Wenn du mich Pudel nennst, bekommst du Hausverbot.« Ihre dunkelblauen Augen strahlten wie eh und je und ihr voller Mund war groß und weich geblieben. Nach wie vor liebte sie Cordsamthosen und enge Oberteile, ihre Figur war so verführerisch wie vor seiner Festnahme. Und sie legte beide Arme um seinen Hals und presste sich fest an ihn, als sei nichts geschehen.

Er küsste sie und sie stemmte nach einer Weile beide Arme gegen seinen Oberkörper. »Frank, ich ersticke.« Er gab sie frei und legte beide Hände auf ihre Brust. Sie lachte leise auf: »Nicht so eilig, mein Bester. Jetzt haben wir so lange gewartet, da kannst du es noch eine halbe Stunde aushalten. Kaffee oder Tee?«

»Kaffee, du Torhüterin, aber nicht zu viel Wasser.«

Als sie im Wohnzimmer vor den gefüllten Bechern hockten, erkundigte sie sich ernsthaft: »Du hast doch etwas auf dem Herzen? Oder treibt dich nur die alte unerfüllte Liebe zu mir?«

»Unerfüllte Liebe?«

»Mein lieber Frank, ich habe damals viel für dich übrig gehabt, aber du hast es ja nie bemerkt.«

Der Vorwurf traf ihn, weil er nichts erwidern konnte. Für ihn war sie lange Zeit die freundliche, hübsche, auch sexy Wirtin seiner Stammkneipe gewesen, mit der er sich gerne unterhalten, geflachst und auch unverbindlich geflirtet hatte. Aber dass sie mehr von ihm erwartet hatte, war ihm erst sehr viel später aufgegangen. Nele las seine Gedanken: »In puncto Frauen musst du noch viel lernen.«

»Kein Widerspruch.«

»Bist du etwa zu mir gekommen, um mit der Nachhilfe anzufangen?«

»Nein, meine Süße, das nicht. Obwohl du noch immer unverschämt jung aussiehst. Über Nachhilfe in Sachen Erotik reden wir, wenn du mir bei einer anderen Sache geholfen hast.«

»Dann mal raus mit der Sprache.«

»Nele, ich habe nie bestritten, dass ich meinen Chef erstochen habe, nachdem dieser verrückte Richard Semper zweimal auf mich geschossen und mich glücklicherweise verfehlt hatte. Ich habe auch nie geleugnet, dass ich mir Nachschlüssel für das Büro und den Aktenschrank hatte anfertigen lassen, dass ich in der Nacht alles Bargeld aus dem Aktenschrank nehmen wollte, weil Semper mir noch zwei Monatsgehälter schuldete. Aber vorher kam der Kerl in das Büro und begann sofort zu ballern, bis ich ihn niedergestochen habe. Doch ich bin getürmt und habe aus dem Büro kein Staubkörnchen mitgenommen. Geschweige denn hunderttausend Mark oder sogar mehr. Semper lag tot vor dem

Schreibtisch und ich bin wie ein Verrückter aus dem Haus gestürmt.«

»Du meinst also, eine fremde Person, die sich schon im Haus aufhielt, hat das Geld aus dem Tresor genommen?«

»Muss sie ja wohl, denn ich war's nicht. In der Haft hatte ich genug Zeit, mir Gedanken über diese unbekannte Person zu machen. Ich vermute, es war eine Frau, die bereits oben in Sempers Wohnung saß, als ich ins Büro kam; ich hatte – wohlgemerkt – keinen Schlüssel für den Tresor. Der Tresor stand aber am nächsten Morgen weit offen, ohne beschädigtes Schloss. Er war also mit den regulären Schlüsseln geöffnet worden. Und diese Schlüssel trug Semper immer bei sich, an einer langen Kette, die an seinem Gürtel befestigt war. Weißt du überhaupt, warum die mich nach zehn Jahren begnadigt haben?«

Sie schüttelte den Kopf, holte die Kanne und goss Kaffee nach.

»Weil ein unbekannter Mann versucht hat, zwei Schmuckstücke von Semper zu verkaufen. Eines stammte ursprünglich aus einem Einbruch, bei dem der Hausherr ermordet worden war. Und das andere gehörte zum Semper'schen Familienschmuck, der in dem Tresor gelegen hatte und sehr hoch versichert war; deshalb besaß die Versicherung Fotos und Beschreibungen von allen Stücken, die zwar wertvoll, aber grausam scheußlich waren. Und ich hockte zu der Zeit in Lennsen, verurteilt wegen Raubmord, hatte keinen Freigang und auch keinen Hafturlaub, konnte den Schmuck also nicht verkaufen. Ich meine heute noch, ich habe in Notwehr gehandelt, aber ich konnte nicht leugnen, dass ich Semper bestehlen wollte, also meinetwegen Totschlag, aber doch nicht lebenslänglich wegen Raubmordes und dann noch eine besonders schwer wiegende Tat, weil ich mich bis zum Schluss weigerte, den Schmuck herauszurücken, den ich gar nicht besaß. Und dieser widerliche Staatsanwalt drehte in der Verhandlung die Geschichte einfach um. Ich hätte nicht zugestochen, weil Semper zweimal auf mich geschossen hatte, sondern Semper hätte geschossen, weil ich ihn mit dem Brieföffner bedrohte.«

»Und wie ist Semper an dieses geraubte Schmuckstück gekommen?«

»Er war ein illegaler Geldverleiher, was ich schon wusste, als er mich rausschmiss, und dazu war er ein Hehler, wie die Kripo erst viel zu spät festgestellt hat. Jemand hat Geld und Schmuck, wahrscheinlich auch Schuldscheine, aus dem Tresor mitgenommen, ohne zu wissen, wie gefährlich der Schmuck für ihn war.«

»Warum erzählst du mir das?«

»Weil ich hoffe, mit deiner Hilfe die Frau aus Sempers Wohnung zu finden.«

»Nach mehr als zehn Jahren ...?«, zweifelte Nele und kaute auf ihren Lippen.

»Versuchen muss ich es. Du kanntest ihn doch?«

»Ja, ich erinnere mich gut an Semper. Ich mochte ihn nicht besonders leiden.«

»Warum eigentlich nicht?«

»Weil er nur ins *Wassertor* kam, um Frauen aufzureißen. Er war ein widerwärtiger alter Finger. Aber er hatte Geld, machte immer eine gute Zeche und konnte sogar charmant sein und hatte deswegen oft Erfolg.«

»Apropos Geld. Die Kripo hat später bei Semper eine Jahreskarte für das Casino Neuenburg gefunden und dann erfahren, dass Semper an dem Abend vor seinem Tod mehr als hunderttausend Mark gewonnen hatte.«

»Dann erinnere ich mich wieder, wer sein letzter Fang war ... An dem Abend haben wir zusammen am Tresen gehockt und du hast mir erzählt, dass du dir deine Abfindung und die beiden Gehälter, die Semper dir noch schuldete, notfalls mit Gewalt holen würdest.«

»Genau so«, sagte er, verblüfft über ihr gutes Gedächtnis.

Eine Minute rührte Nele nachdenklich in ihrem Becher, dann flüsterte sie: »Das war diese stämmige, etwas rundliche Brünette mit der immer offenen grünen Bluse. Sie trug jeden

Abend grüne Hemdblusen mit langen Ärmeln, die sie hochkrempelte. Die Blusen waren stets fast bis zum Bauchnabel aufgeknöpft. Ihr Männer habt sie wegen des riesigen Busens die ›grüne Kuh‹ genannt. Kannst du dich nicht an sie erinnern?«

Er schaute schuldbewusst zur Seite: »Doch, das kann ich.«

»Sie hat mich mal nach deinem Namen gefragt.«

»Das weiß ich.«

»Woher?«

»Ich bin ihr eines Abends auf dem Zollplatz begegnet, da trug sie keine grüne, sondern eine schwarze Bluse. Sie war über Mittag auf einer Beerdigung gewesen.«

»Richtig, die ganze Alfredstraßen-Kompanie kam später noch ins *Wassertor*.«

»Wie bitte, wer?«

»Die Leute aus der Staatsanwaltschaft. Die war damals in der Alfredstraße untergebracht.«

»Stimmt.«

»Die Grüne und der Mann, den sie an dem Tag beerdigt hatten, arbeiteten in der Staatsanwaltschaft. Willy, so hieß der Verstorbene mit Vornamen, hatte kurz vor seinem vierzigjährigen Dienstjubiläum Selbstmord begangen, weil man ihm fristlos gekündigt hatte.«

»Das haben dir die Leute aus der Alfredstraße erzählt?«

»Ja, an dem Abend, alle kamen noch in dunklen Anzügen und mit schwarzen Krawatten ins *Wassertor*. Nur die Grüne fehlte.«

»Die hatte mich aufgegabelt und in ihre Wohnung mitgenommen.«

Neles Gesicht zuckte: »Hat sie dich ins Bett geholt?«

»Ja. Tut mir Leid, Nele, aber ich denke, wir sollten besser mit der Wahrheit neu beginnen.«

»Ausgerechnet die grüne Kuh!«

»Sie war an dem Tag ziemlich von der Rolle. Einmal wegen der Beerdigung und dann wegen der Kündigung. Man hatte ihr nämlich auch gekündigt, allerdings nicht Knall auf

Fall wie Willy. Sie suchte Anschluss und ich hatte den Eindruck, sie brauchte jemanden, der sie aushalten konnte und wollte. Denn als ich ihr gestand, dass Semper mich rausgeschmissen hatte, rückte sie schnell zur Seite.«

»Das kann gut sein. Sie angelte sich ja immer Männer, die ihre Rechnungen bezahlten. Sie heißt übrigens Gudrun Fellner, falls du das vergessen haben solltest, und wohnt heute im Treidelpfad 28 in Rollesheim.«

»Woher weißt du das?«, fragte Busche verblüfft.

»Wir sind uns vor ein paar Monaten zufällig im Kaufhaus Wenzel über den Weg gelaufen und haben uns sofort wiedererkannt. Deine Gudrun wohnte damals noch in der Korffstraße und war recht beliebt bei ihren Kollegen.«

»Was heißt ›beliebt‹?«

»Sie war immer so durstig, überhaupt nicht prüde und zierte sich nicht lange; deshalb hieß sie nicht nur ›grüne Kuh‹, manche nannten sie auch ›grüne Matratze‹. Ich habe oft gesehen, wie sie allein kam und eine halbe Stunde später eng umschlungen in Begleitung eines Mannes verschwand.«

»Dein Gedächtnis möchte ich haben.«

»Als Wirtin sollte man seine Gäste schon kennen. Wollen wir mal dein Gedächtnis testen?«

»Meinetwegen. Aber mit dir kann ich nicht konkurrieren.«

»Als wir uns das letzte Mal am Tresen unterhalten haben, hast du dir einen dicken Knoten ins Taschentuch gemacht. Warum?«

»Einen Knoten?« Er brummte, irgendwo in seinem Kopf tickte etwas. Ein Knoten im Taschentuch. »Nein, Nele, ich passe. Warum?«

»Ich hatte dir etwas erzählt und du wolltest nicht vergessen, Blumen zu besorgen.«

»Blumen? Für dich?«

Sie nickte fröhlich; Gudrun schien vergeben. Blumen. Wann und weshalb kaufte man Blumen? Dann sah er, dass sie die Lippen spitzte. »Zum Geburtstag.«

»Richtig. Am nächsten Tag wurde ich achtundzwanzig

und hatte dich zum Abendessen eingeladen. In meine Wohnung über dem Lokal. Das *Wassertor* hatte Ruhetag. Blumen – Einladung. Kommt es wieder?«

Busche kaute auf seinen Lippen. Richtig. Es kam wieder. An dem Tag, an dem er vormittags festgenommen wurde, war er abends zum Essen eingeladen gewesen.

»Ich kann dir flüstern, ich war stinksauer, als ich da abends vor meinem schönen Essen hockte und auf einen Herrn wartete, der es nicht einmal nötig hatte, anzurufen und sich zu entschuldigen, dass er nicht kam. So, und nun kommt das, was du wohl suchst. An dem Abend, als du ihn erstochen hast, ist dein Chef Richard Semper mit dieser grünen Gudrun Fellner abgezogen. Zuvor hatte er am Tresen lang und laut geprahlt, dass er an dem Abend hier im Neuenburger Casino endlich mal den großen Reibach gemacht hatte.« Nele schluckte verlegen. »Der Semper zeigte einen Tausender, den er Gudrun anschließend tief in den Ausschnitt steckte. Das hat mich gefreut, denn die liebe Gudu hatte gewaltige Schulden bei mir. Du übrigens auch«, lachte sie plötzlich auf. »Du hast mächtig anschreiben lassen, weil dein Chef dein Gehalt nicht zahlen konnte oder wollte.«

Geistesabwesend drückte er ihren Arm, bis sie leise quietschte. »Frank, ich kann keine blauen Flecken gebrauchen.«

»Warst du eifersüchtig auf diese Gudrun?«

»Nein. Aber du warst ja blind und hast nie kapiert, dass ich bei dir nur auf den ersten Schritt gewartet habe. Bis zu meinem Geburtstag; ich hatte mir gesagt, es hat keinen Zweck, mich zurückzuhalten, bis ich alt und grau bin, jetzt ergreife ich die Initiative. Ich wusste ja nicht, dass du schon dieser ordinären Schlampe in die Finger gefallen warst. Oder gab es damals noch eine andere Frau, von der ich nichts wusste?«

»Ja, die gab es«, bestätigte Busche knapp. »Die Frau in Sempers Wohnung über dem Büro war also Gudrun Fellner?«

»Gut möglich, Frank. Nach dem Tag hat sie sich nicht mehr im *Wassertor* blicken lassen.«

»Warum hast du das alles nicht der Kripo erzählt?«

»Weil mich nie ein Mensch danach gefragt hat.«

»Das ist nicht dein Ernst!«

»Ehrenwort, nie hat mich einer danach gefragt. Ich hatte mir sogar alles sofort aufgeschrieben, um nichts zu vergessen, nachdem ich im *Tageblatt* gelesen hatte, dass du an meinem Geburtstag nicht freiwillig weggeblieben warst. Das Merkheft habe ich bis heute aufgehoben, willst du es mal sehen?« Busche schüttelte ungeduldig den Kopf. »Und dann hieß es in der Zeitung, dass du gestanden hattest, Semper erstochen zu haben.«

Busche griff wieder nach ihrem Arm und presste ihn, dass Nele zu wimmern begann: »Aua, Frank! Bitte! Lass meinen Arm heil!«

»Entschuldigung.«

»Was ist an dem Abend eigentlich genau passiert?«

»Ich hatte mir Nachschlüssel für das Büro und den Aktenschrank machen lassen. Ich wollte alles Geld klauen. In dem Schrank lagen immer einige Hundert Mark Bargeld und Semper schuldete mir zwei Monatsgehälter. Ich sollte ihn doch verklagen. Außerdem hatte ich noch ein Zeugnis und, wie ich meinte, eine ordentliche Abfindung von ihm zu bekommen. Aber ich hatte kaum den Schreibtisch geöffnet, als er auch schon ins Büro stürmte, die Pistole in der Hand. Er brüllte sofort los: Busche, du geile Drecksau, jetzt bist du dran, und schoss das erste Mal; die Kugel klatschte in die Wand neben der Verbindungstür. Er schoss ein zweites Mal, wieder daneben, die Kugel ging in die Zimmerdecke. Doch da hatte ich schon den Brieföffner in der Hand und stieß zu. Es war ein anatomischer Volltreffer, genau ins Herz, Semper fiel über den Schreibtisch und rührte sich nicht mehr. Ich habe noch versucht, seinen Herzschlag zu fühlen, und dabei muss ich mein Hemd, vor allem die Manschetten, mit seinem Blut verschmiert haben. Dann bin ich aus dem Büro gerast, habe die Haustür mit einem gewaltigen Krach hinter mir ins Schloss geworfen und bin nach Hause gerannt. Ohne einen Pfennig Geld aus dem Schreibtisch, ohne das geringste

Stück aus dem Tresor. Den Schlüssel zum Tresor habe ich nicht einmal angefasst. Am nächsten Morgen erschien die Kripo bei mir. Sie hatten gar keinen Verdacht, sondern eine Putzfrau hatte Sempers Leiche gefunden, die Polizei alarmiert und der Kripo ganz harmlos gesagt, am besten wüsste wohl der langjährige Angestellte Frank Busche über alles Bescheid. Deshalb erschien die Kripo bei mir. Ich habe sofort alles gestanden, das Oberhemd mit den Blutflecken lag noch im Badezimmer vor dem Wäschekorb.«

»Warum hatte Semper dich eigentlich rausgeschmissen?«

»Wir hatten in der letzten Zeit viel Streit. Er zog für unsere Verhältnisse wahnsinnige Summen aus dem Geschäft, um seine Pokerrunden und seine Frauengeschichten zu finanzieren. Wahrscheinlich auch für seinen illegalen Geldverleih. Dass er auch ein Hehler war und deshalb seinen Tresor vor mir immer verschlossen hielt, hat die Kripo erst Jahre später, durch das Geständnis eines Einbrechers, herausgefunden. Bis dahin hatte sie mir nicht geglaubt, dass mir der Tresor nie zugänglich gewesen war ...«

»Der Raub blieb also an dir hängen?«

»Ja.« Busche lachte bitter. »Ich kann dir flüstern, die haben meine Wohnung, meinen Keller und mein Auto bis auf den letzten Stein und die letzte Schraube auseinander genommen, aber nichts gefunden.«

»Wo soll denn dann der Tresorinhalt abgeblieben sein?«

»Ganz einfach: Ein nie gefundener Komplize von mir ist nachts zu mir in meine Wohnung gekommen und hat die Beute übernommen. Es hätte auch eine Komplizin sein können, verstehst du? Deswegen habe ich damals deinen Namen nicht genannt. Die hätten dich doch auch durch die Mangel gedreht. Dieser Staatsanwalt Ohnefeldt war ein fieser Typ, der mir kein Wort geglaubt hat und pausenlos über den Mund gefahren ist, zuerst während der Verhöre, später in der Verhandlung. Gudrun hatte mir schon erzählt, dass Ohnefeldt ein besonders scharfer Hund und vor allem unglaublich ungeduldig sei.«

»Sie kannte ihn?«

»Sicher, sie arbeitete doch in der Staatsanwaltschaft.«

Nele zupfte an ihrem Ohrläppchen. »Ich bin nie zum Prozess gegangen, habe aber alles im *Tageblatt* darüber gelesen. Dieser Ohnefeldt war übrigens auch eine Zeit lang Stammgast im *Wassertor*.«

»Ich hätte lebenslänglich sitzen können, wenn nicht das Schmuckstück aufgetaucht wäre. Als das passierte, da war der Senior Bülow, mein Verteidiger, schon gestorben und sein Sohn, auch Anwalt, hat meinen Fall übernommen. Bist du sicher, dass Ohnefeldt ebenfalls Stammgast im *Wassertor* war?«

»Aber ja doch. Immer wenn jetzt unser Innenminister im Fernsehen erscheint, muss ich daran denken, dass er bei mir *Flößerbräu* und *Grüne Lampe* getrunken und der Gudrun dabei in den Ausschnitt geschielt hat.«

»Gibt's diesen Likör eigentlich noch?«

»Klar, ich habe eine Flasche im Kühlschrank. Willst du einen?«

»Gerne, danke. Aber nur einen kleinen, Nele, ich vertrage nichts mehr nach zehn Jahren Abstinenz.«

»Da freut sich aber deine Leber, wie?«

»Kann sein, dafür macht mir mein Magen schwer zu schaffen, Krämpfe aus heiterem Himmel und kein Arzt weiß, warum.«

Der grüne Kräuterlikör schmeckte so bittersüß wie früher, aber Busche riss sich zusammen. Bloß nicht trinken und dann ins Plaudern kommen.

Sie setzte sich neben ihn und rückte bereitwillig näher, als er einen Arm um ihre Taille legte.

»Was ist los, Nele? Eine so schöne Frau und kein Freund?«

»Er hat sich vor einem Monat für immer verabschiedet, als eine alte Schülerliebe wieder auftauchte, die in der Zwischenzeit kräftig geerbt hatte. Und wie sieht es bei dir aus?«

»Finde mal eine nette, attraktive Frau, die sich mit einem

Raubmörder einlässt, der nur durch Gnadenerlass draußen ist. Ich lebe unter falschem Namen in Terborn, damit mich die Presse und die alten Kumpel aus dem Knast nicht ständig belagern.«

Nele seufzte verständnisvoll und er überlegte, dass er vor zehn, zwölf Jahren ein ziemliches Rindviech gewesen sein musste, wenn er ihre Zuneigung nicht bemerkt hatte.

Sie erwiderte seinen Kuss, wehrte ihn aber ab, als er versuchte, das Oberteil hochzuschieben.

»Nicht so schnell, Frank. Du musst verstehen, zehn Jahre sind eine lange Zeit, die kann ich nicht von jetzt auf gleich auslöschen. Komm bald wieder, ich freue mich, aber du musst dir und mir Zeit lassen.«

»Okay, Nele, vielen Dank für deine Hilfe, ich melde mich bald wieder, sehr bald ... Ja, das ist versprochen.«

Die Brandermittlung fand keinen Anhaltspunkt. Bei dem Feuer war zu viel elektronisches Büromaterial zerstört worden, um auf eine Fernsteuerung oder einen elektronischen Zeitzünder für Brandsätze zu schließen. Einen Schachclub *Dame und Springer* gab es seit acht Jahren nicht mehr, und als der Club noch existierte, war dem Sieger der internen Meisterschaft ein riesiger Turm aus bunt bemalter Pappe ausgehändigt worden. Die alten Mitgliederlisten waren vernichtet, denn das Clubhaus, eine bessere Baracke am Rande der Kleingartenanlage *Fröhlicher Landmann,* war nach einem Blitzeinschlag abgebrannt.

Ohnefeldt krächzte vor Wut. »Dann lassen wir am kommenden Sonntagnachmittag alle Briefkästen im Hauptbahnhof und an der Hauptpost überwachen.«

Caro winkte gelassen ab: »Das ist die beste Methode, Aufsehen zu erregen, Herr Minister. Wir müssten jeden befragen, der um diese Zeit zufällig einen Brief einwirft.«

Dem musste Ohnefeldt zustimmen, sobald er sich etwas beruhigt hatte.

Caro Heynen ging mit Iris von Sellin einen Wein trinken. »Mir scheint, dass der Minister den Fall wie einen persönlichen Angriff auffasst.«

Iris schnaufte überrascht. »Dir auch?«

»Hast du eine Ahnung, ob das wirklich so ist?«

»Nein, ich weiß nur, was du auch weißt: Er hat Angst vor einem zweiten Fall vergifteter Lebensmittel. Außerdem verträgt er sich mit König Johann sehr schlecht und will deshalb nicht, dass der MP etwas von diesem Problem erfährt und sich einmischt. Vor allem fürchtet er, dass die Geschichte seine Chance verkleinert, die Nachfolge Kaysers anzutreten.«

»Hat er wirklich eine Chance?«

»Ja. Du kannst dir nicht vorstellen, wie es in der Fraktion brodelt. ›Hier stehe ich, ich kann auch ganz anders‹ ist noch eines der harmloseren Spottwörter. Kayser redet viel und tut nichts, das *Tageblatt*, das früher die Koalition so verteidigt hat, höhnt jetzt, Kayser wolle mit dem tristen Alltagsgeschäft nichts mehr zu tun haben und unterhalte sich lieber auf Wolke sieben mit dem lieben Herrgott von gleich zu gleich. King John hat schon längst nicht mehr alle Minister hinter sich. Lambert und Grüner etwa haben bereits mehr oder minder offen die Fronten gewechselt, was Kayser aber nicht wahrhaben will. Während die Opposition Punkte sammelt. Warte mal ab, wie die nächsten Kommunalwahlen ausgehen. Wenn es dann zum großen Aufstand der Partei und Fraktion gegen Kayser kommen sollte, hat Ohnefeldt gute Chancen.«

Frank Busche hatte einen Termin mit Erwin Miletzki, der sein Geld mit vielen halbseidenen und krummen Geschäften verdiente. Was er Busche jetzt anzubieten hatte, klang jedoch recht ordentlich, fast seriös. Erwin wollte ein kostenloses Wochenblatt herausgeben und verteilen, das sich ausschließlich durch Kleinanzeigen finanzierte, die nach Rubriken und den zwölf Stadtteilen geordnet waren. Drucktermin am

Mittwochvormittag, Vertrieb am Mittwochnachmittag. Erstauflage stolze sechstausend Exemplare, Druckort Keuderitz, acht Kilometer nördlich von der Terborner Stadtgrenze, Anlieferung am Mittwochmittag per Laster in der Bahnhofstraße. Als Busche sich nach Format und Gewicht des Blattes erkundigte, wurde Erwin misstrauisch. »He, was soll das? Was interessiert Sie, wie groß und schwer mein Blatt sein wird?«

Busche seufzte. So viel Unverstand hätte er einem künftigen Verleger nicht zugetraut. »Meine Austräger sind Schulkinder, die mit dem Fahrrad fahren, sie müssen aus Sicherheitsgründen die Blätter in Hängetaschen transportieren. Das begrenzt die Menge, das Format und das Gewicht.«

Erwin überlegte lange und nickte endlich zögernd. »Ich habe ein Muster dabei, Herr Heller.«

»Fein, kann ich das mitnehmen?«

»Aber keinem Menschen zeigen!«

»Wo denken Sie hin.«

Busche sagte nicht, dass er diese Nullnummer für den Fall der Fälle als Beweis aufheben würde. Denn der so umtriebige wie bedenkenlose Erwin organisierte unter anderem auch Wäscheshows in den Gemeinden gleich jenseits der Stadtgrenze, auf denen wohl auch Wäsche verkauft, die aber in erster Linie von zum Teil blutjungen Mädchen vorgeführt wurde. Als eine Werbeagentur anfragte, ob der *Zustell- und Verteilerdienst Klaus Heller GmbH* für diese Shows Reklamezettel in den Stadtrandvierteln verteilen könne, hatte Busche sich so eine Show einmal angesehen. Striptease oder Tabledance oder Peepshow in einem Rotlichtlokal waren ehrlicher, und deshalb hatte er abgelehnt. Nicht aus moralischen Gründen, die lagen ihm völlig fern, aber Busche hatte keine Lust, von Polizei oder Staatsanwaltschaft wegen möglicher Beihilfe zur Prostitution verhört zu werden oder Ärger mit dem Jugendamt zu kriegen, wobei jederzeit sein Pseudonym gelüftet werden konnte. Außerdem musste er damit rechnen, andere wichtige Kunden zu verprellen, die nicht viel einbrachten, aber gut waren für seinen Ruf. Zum Beispiel verteilte er mehrere Kirchenblätter und Gemeindebriefe.

Tatsächlich flog wenig später nach einem flammenden Protestartikel in einem dieser Blätter Erwin mit seinen Shows auf. Einige Vorführdamen entpuppten sich als minderjährige Mädchen, deren Eltern so taten, als hätten sie von dieser Tätigkeit ihrer Töchter nichts gewusst. Das wiederum bezweifelte Busche. Wahrscheinlich hatte es die Eltern einfach nicht interessiert. Busche war oft erstaunt, mit welchen Fragen sich die Jungen und Mädchen an ihn wandten, und wenn er sie wegschicken wollte: »Das müsst ihr mit euren Eltern besprechen«, bekam er immer häufiger zu hören: »Ach die! Die haben doch keine Zeit für mich.« Manchmal kochte er vor Wut. Da gab er sich alle Mühe, bei Dämmerung ›seine‹ Mädchen nicht durch unsichere Viertel zu schicken, und dann erschienen diese Girls in hautengen Hosen und knappen, nabelfreien und fast durchsichtigen Oberteilen, als wollten sie auf dem Roten Platz nach Kunden anstehen. Busche hatte keine Kinder, aber er hörte oft mit Interesse zu, wenn sich die Kids auf dem Gang vor seinem Büro unterhielten, bevor sie losradelten, und er staunte immer häufiger, was die Kinder nach und zum Teil sogar vor der Schule so trieben.

Eine Mutter war einmal vorbeigekommen, um sich beim »Herrn Heller« zu beschweren, weil er ihre Tochter angefaucht hatte, sie solle nicht wie eine Fünfeuronutte herumlaufen. Der Streit mit der Mutter endete in einer Klagearie unter vielen Tränen, der Ehemann und Vater hatte eine andere und war ausgezogen, sie musste den ganzen Tag in einer Fabrik schuften – denn natürlich zahlte der Scheißkerl weder für sie noch für die Tochter – und hatte, wie sie das formulierte, keinen Bock, sich abends noch groß um die beiden Kinder zu kümmern. Ihr Freund wollte um keinen Preis etwas mit diesen »verdammten Gören« zu tun haben. Wie schön, dass die Ältere wenigstens nachmittags was Vernünftiges zu tun hatte, sich nicht herumtrieb und nicht auf dumme Gedanken kam.

Daran erinnerte sich Busche, als er die Nullnummer des Erwin'schen Wochenblattes studierte. Zwischen den Anzeigenrubriken – Autos, Fahrräder, alte Möbel, gebrauchte Fernseher, Haushaltgeräte, auch die sprichwörtlichen Tauschanzeigen – Hochzeitskleid gegen Babywiegen und Strampelhosen – waren auch winzige, fünf bis zehn Zeilen lange Artikelchen gedruckt, Stadtteil-Ereignisse, Leserbriefe, Tipps und Ratschläge: Die Bezirksversammlung hatte getagt und beschlossen ... die Kreuzung Sachsenring–Thüringer Straße sollte ausgebaut werden und einen Fußgängertunnel mit Radfahrerstreifen bekommen. Eine halbe Seite über die Racken, die früher in großen Mengen aus dem Fluss gefischt worden waren. Na ja, redaktionell stellte das keine Glanzleistung dar, aber die Anzeigen waren, soweit Busche das beurteilen konnte, harmlos – vielleicht bis auf die Rubrik Bekanntschaften und Freundschaften. Aber keine Werbung für Rotlichtschuppen und offenkundig unseriöse Geschäfte. Was sich alles hinter den ›Secondhandshops‹ verbarg, wie viel gestohlene Ware dort verhökert wurde, sollte die Kripo überprüfen. Busche setzte sich an den Schreibtisch, begann zu rechnen und ein Angebot zu formulieren.

Günter Raabe fuhrwerkte in seiner Küche, als Caro abends kam.

»Es riecht gut«, lobte sie. »Was wird das?«

»Marinierte Auberginenscheiben in Eier-Muskat-Teig gebacken.«

»Himmel. Wo hast du kochen gelernt?«

»In der Küche meiner Mutter. Sie war viel unterwegs und hat mir notgedrungen manches sehr früh beigebracht. Vom Kochen über Bügeln, Flicken bis zum Knopfannähen und Strümpfestopfen.«

»Kein Wunder, dass du nicht verheiratet bist.«

»Und das sagt eine emanzipierte Frau«, tadelte er.

»Warum war denn deine Mutter so viel unterwegs?«, lenkte Caro hastig ab.

»Sie war auf Ausgrabungen, hauptsächlich im Nahen und Mittleren Osten.«

»Und dein Vater?«

»Der ist mit dem Auto tödlich verunglückt, als ich sechs Jahre alt war.«

»Das tut mir Leid.«

»Kein Grund – ich bin ganz ordentlich aufgewachsen. Ich hatte viele Väter und Ziehmütter.«

»Das verstehe ich nicht.«

»Meine Mutter lehrte an der Universität und ich habe viele Nachmittage in ihrem Archäologischen Institut verbracht und die armen Studenten und Assistenten gnadenlos terrorisiert. Wer wollte dem Sohn der Ordinaria schon etwas verbieten oder abschlagen? Ich muss ein ziemliches Ekel gewesen sein.« Dann schaute er hoch, sah ihr Gesicht und lachte laut los. »Spuck's ruhig aus, das bin ich heute noch.«

»Heute nur manchmal«, beteuerte sie schnell. »Soll ich den Tisch decken?«

»Das wäre eine große Hilfe. Ich weiß noch genau, von wem ich dieses Gericht gelernt habe – marinierte Auberginen in Muskat-Eier-Teig.«

»Von wem?«

»Sie hieß Sonia Mariano, eine schwarzhaarige Schönheit aus dem Tessin, intelligent und zielstrebig. Sie heiratete später einen viel versprechenden Juristen namens Wolfram Ohnefeldt.«

»Unseren jetzigen Herrn und Meister.«

»So ist es. Mutter und ich waren sogar zur Hochzeit eingeladen.«

»War Sonia wirklich so schön, wie alle erzählen?«

»Noch schöner, Caro. Schön, intelligent, reich und etwas geheimnisvoll verschlossen. Und was sie wollte, hat sie bekommen, weil sie auch noch klug und fleißig war. Sie wollte diesen Ohnefeldt und sie hat ihn bekommen. Wer Sonia sah, war hingerissen. Ja, auch ich habe mich im zarten Alter von zwölf Jahren unsterblich in sie verliebt und hätte für sie den Mond vom Himmel geholt. Nur einen Wunsch konnte sie sich nicht erfüllen. Sie hatte keine Kinder, dabei wünschte sie sich so sehr einen Jungen und ein Mädchen.«

»Und warum bekam sie keine Kinder?«

»Liebste Caro, ich habe mich mit meiner Mutter sehr gut verstanden, aber es gab Geheimnisse, die sie auch mir nicht verriet, wenn sie versprochen hatte, sie für sich zu behalten.«

»Dann müsstest du eigentlich einen guten Draht zu Ohnefeldt haben.«

»Ich glaube nicht, dass er sich noch an mich erinnert. Selbst wenn, dass ich im LKA arbeite, reicht wohl aus, mich als Feind zu betrachten. Meine Mutter hielt ihn übrigens für einen ziemlichen Filou und hat Sonia von einer Heirat mit ihm dringend abgeraten.«

»Ich halte diese so genannte Fehde für albern.«

Einen Moment starrte Raabe an die Decke. »Tja, wenn es nur einen Augenzeugen für den Anschlag gegeben hätte, dann wäre eine Ringfahndung früher begonnen worden und vielleicht erfolgreich gewesen. Aber das ausgebrannte Auto wurde erst gegen Mitternacht gefunden, Stunden nach dem Anschlag, und da konnte der Täter längst in Tschechien sein.« Er schluckte. »Zum Glück war Sonia schon tot, als das Feuer ausbrach.«

»Wie ist sie gestorben?«

»Sie hat sich das Genick gebrochen, während der Wagen die Böschung hinunterrollte. Ein schauerlicher Tod für eine so schöne Frau. Weißwein oder Rotwein?«

»Weißwein-Schorle, einverstanden?«

Er klopfte ihr zart auf den Po und sie sprang fauchend in die Höhe, als habe er sie auf ewig beleidigt.

Caros Wut verflog beim Essen, das sie mächtig lobte.

»Sonst was Neues?«

»Nix, absolut nix. Wir treten auf der Stelle.«

Am Morgen fuhr Busche zum Alten Markt und suchte das Schilling'sche Kontorhaus. Es stand noch, aber die meisten Mieter waren ausgezogen, die Geschäfte im Erdgeschoss aufgegeben.

Im Parterre prangte auf der Riffelglasscheibe in der Eingangstür noch halbrund in altmodischer Fraktur das Motto: *Hier finden Sie, was Sie in anderen Geschäften vergeblich gesucht haben.* Wer früher eingetreten war, um dieses vollmundige Versprechen zu überprüfen, musste als Erstes seinen aus den Fugen geratenen Geruchssinn unter Kontrolle bringen. Es duftete nicht, sondern roch durchdringend bis überwältigend nach einer Mixtur aus Maiglöckchen, Lavendel, Tee, Gewürzen aus aller Herren Länder, Salmiak, Sandelholz, Muskat, Kaffee, Jasmin, Flieder, Rosenöl und Orangenblüten, unterlegt mit etwas Bohnerwachs und Terpentin. Wer diesen Empfang klag- und folgenlos bewältigt hatte, durfte stöbern. Gesine Wandreys Tante Mathilde hatte, während sie auf den nie eintreffenden Ehemann wartete, Handarbeiten gelernt. Folglich quollen die Regale über von Strick- und Stickvorlagen, Nadeln und Stickrahmen, Wolle, Knöpfen und Nähseiden in Hunderten von Farben. Im Hinterraum gab es Quinoa und exotische Gewächse aus Asien, Südamerika und von den pazifischen Gewürzinseln. Pflanzliche Öle und Fette, Essenzen, Naturfarben, Zuckerrohr, Süßholz, Jute, Leinen, Hanf – den andere Geschäfte zu der Zeit noch nicht zu führen wagten. Natürlich war mit diesem Sammelsurium kein Geld und erst recht kein Gewinn zu machen, und Mathilde Wandrey behauptete auch nie, dass der Laden sich trage. Sie hatte sehr viel Geld geerbt – der Großteil war sicher und zinsträchtig angelegt, sie vertrieb sich in ihrem Kontorhaus die Zeit und plauderte viel und vergnügt mit Kunden und Kundinnen. Dabei plagte sie nur ein einziger Kummer: Nichte Gesine, eine umschwärmte Schönheit aus dem ärmeren Zweig der Familie Wandrey, gab zu verstehen, dass dieses Leben nichts für sie sei. Gesine besuchte nach einer Schneiderlehre eine Designer- und

Modeschule – insoweit war, wie Tante Mathilde lobte, der Apfel nicht weit von der Stute gefallen – und eröffnete ein paar Schritte vom Geschäft der Tante entfernt in der Weizengasse ein Modestudio, das vom ersten Tag an hervorragend lief und prächtigen Gewinn abwarf. Tante und Nichte verstanden sich erstklassig, was freilich dramatisch endete, als ein schöner Mann mit dunklen Locken und schmalem Oberlippenbärtchen auftauchte, den Gesine unbedingt heiraten wollte, obwohl Tante Mathilde ihn für einen Erbschleicher und/oder professionellen Heiratsschwindler hielt. »Dann schon lieber diese Null von Busche, diese massive Handlungsgehilfen-Mentalität auf zwei Beinen.« Gesine setzte ihren hübschen, aber auch dicken Lockenkopf durch und die Tante behielt Recht. Richard Semper, der Mathilde Wandrey seit langem geschäftlich kannte und ihre finanziellen Verhältnisse sehr schätzte, hatte einmal beiläufig erzählt, dass Gesine und Ehemann nach Nürnberg gezogen waren, dort hatte der Ehemann eine andere junge, hübsche, gut betuchte Junggesellin ohne kritische Tante erobert und Gesine sitzen lassen, nachdem ihm wohl klar geworden war, dass er an das Erbe, das Gesine zu erwarten hatte, nicht herankommen würde. Denn darauf hielt Tante Mathilde ihren breiten Daumen fest und unerschütterlich. Allerdings dachte der abgängige Schönling auch nicht daran, für Gesine einen müden Pfennig Unterhalt zu zahlen. Mehr aus Not denn Neigung eröffnete die Verlassene wieder ein Modegeschäft, das – wie Richard Semper neidvoll berichtete – einschlug wie der Blitz in zundertrockenes Holz.

Busche hatte nie herausgefunden, für welche der beiden Wandrey-Damen sich sein Chef Semper wirklich interessiert hatte. Mathilde war älter gewesen, wenn auch immer noch recht ansehnlich, und eben stinkreich; Gesine jünger, sehr hübsch, sexy, aber arm. Es war Semper wohl wie Buridans Esel gegangen.

Gesine hatte Busche, nicht lange, bevor der Schwarzhaarige die Szene betrat, einmal in einer lauen Maiennacht mit zunehmendem Mond und starkem Blumenduft gestanden, er gefalle ihr sehr, weil er ein netter, starker und hilfsbereiter Mann sei, dabei legte sie ihren blonden Lockenkopf vertrauensvoll an seine breite Schulter. Das Lob, der Blumenduft und ihr Parfüm führten sie dann zu einer unvergesslichen Nacht ins Bett. Dieses Bett stand in einem Wochenendhaus der Mathilde Wandrey am Velstersee, weit ab von jeder Straße, und Gesine hatte Busche feierlich einen Schlüssel überreicht, den er noch immer an seinem Bund trug, doch mehr war aus der Maiennacht nicht geworden. Was vielleicht damit zu tun gehabt hatte, dass Mathilde Wandrey Frank Busche für einen Waschlappen und eine Null hielt, der zu viel für seine Muskeln und zu wenig für sein Gehirn und sein Bankkonto tue. Mit dieser ihrer Meinung, in der sie vom auf Busche eifersüchtigen Richard Semper bestärkt wurde, hielt sie nicht hinter dem Berg. Busche hatte aus dem Gefängnis einmal an Gesine geschrieben, aber keine Antwort bekommen, was ihn noch heute kränkte.

Das *Modestudio Gesine Wandrey* gab es noch in Nürnberg, wie Busche festgestellt hatte. Wenige Wochen nach seiner Entlassung war er an den Velstersee gefahren: Auch das Wochenendhaus existierte noch, der Schlüssel passte nach wie vor in das Schloss der festen Eingangstür und der nächste Nachbar, der Busches Namen nicht kannte, bestätigte, dass Gesine Wandrey das von ihrer Tante geerbte Haus noch nicht verkauft hatte – Busche durfte sich dort also immer noch mit Fug und Recht aufhalten. Vor allem im festen, gemauerten Keller war nichts verändert worden. Es gab nach wie vor die »Schatzkammer«, wie Gesine den Innenraum ohne Fenster getauft hatte, wo man hinter einer Stahltür über den Winter jene Wertsachen einlagerte, die man nicht in die Stadt transportieren wollte.

Die Männer vom Bauamt erschienen auf die Minute pünktlich und machten düstere Gesichter.

»Tut uns aufrichtig Leid, Herr Heller, aber den Mietvertrag werden wir nicht verlängern können. Die ganze Strecke zwischen Bahnhofsvorplatz und Rubensweg soll bebaut werden. Und das heißt, dass wir auch Ihren Hochbunker abreißen müssen.«

»Darauf freue ich mich schon«, brummte Busche. »Ich wollte schon immer mal sehen, wie bei einer Sprengung nebenan die Neubauten und Hochhäuser zusammenfallen.«

»Sicher, das war ein Fehler. Man hätte zuerst diesen Bunkerklotz beseitigen und dann links und rechts an der Straße bauen sollen. Doch den schönen großen Rums werden Sie nicht erleben, das macht man heute mit mehreren kleinen Erschütterungssprengungen und den Rest ganz konventionell mit Bagger und Abrissbirne. Eine schriftliche Kündigung erhalten Sie in den nächsten Wochen.«

»Bis wann habe ich noch Zeit?«

»Bis zum Herbst nächsten Jahres sicherlich.«

»Bieten Sie mir ein vergleichbar günstiges Grundstück und Gebäude an?«

»Nein, das können wir nicht.«

»Prima. Dem allgemeinen Fortschritt bringen wir mit Freude unsere persönlichen Opfer.«

Die richtige Wut wollte sich indes nicht einstellen. Er hatte immer gewusst, dass er hier nur auf Zeit saß, und zwar so lange, bis die Liegenschaftsverwaltung des Bundes einen Käufer gefunden hatte. Ein Hochbunker an der belebten Bahnhofstraße, nur wenige Hundert Meter vom Hauptbahnhof entfernt: Ein solches Grundstück würde sich auf Dauer ein findiger Unternehmer nicht entgehen lassen. Wahrscheinlich musste auch die Kneipe schräg gegenüber ausziehen.

Er war nie wieder im *Abstellgleis* gewesen. Doch heute ging er über die Bahnhofstraße, bestellte etwas zu essen und fragte, ob er den Wirt oder die Wirtin sprechen könne. Eine schlanke Frau in seinem Alter kam an seinen Tisch, er stellte sich vor: »Klaus Heller. Mir gehört der Reklamevertrieb drüben in dem Hochbunker.«

»Guten Tag«, sagte sie freundlich. »Ich heiße Erika Blume, was kann ich für Sie tun?«

»Heute Morgen war eine Delegation von Bauamt und Stadtplanungsdezernat bei mir, mein Mietvertrag wird nicht verlängert, weil die Fläche bebaut werden soll. Hat man Ihnen auch angekündigt, dass Sie hier ausziehen müssen?«

Sie nickte bedrückt: »Vor drei Wochen schon. Man will auf dieser Straßenseite mit der Bebauung anfangen.«

»Haben Sie eine Ahnung, wohin Sie ziehen können?«

»Nein. Aber bei mir ist das nicht gar so schlimm, Herr Heller. Ich werde meinen Bierlieferanten fragen. Die Brauereien suchen oft nach Pächtern, um eine ihrer Wirtschaften zu besetzen. Haben Sie schon mal in der Sparkasse gefragt, die wissen doch immer gut Bescheid.«

»Nein, da war ich noch nicht. Vielen Dank für den Tipp, Frau Blume.«

»Gern geschehen, Herr Heller, und viel Erfolg.«

Bei der Sparkasse war Busche nicht gerade beliebt. Weil er seine jugendlichen Austräger bar bezahlte, entführte er der Kasse regelmäßig das Klein- und Münzgeld, nicht zur reinen Freude der Kassierer. Deshalb trompetete er auch sofort: »Nein, heute kein Kleingeld, sondern ein billiges Grundstück mit einem soliden Lager- und einem Büroraum. Man will mir meinen Mietvertrag für den Bunker nicht verlängern.«

»Ja, das haben wir schon gehört«, brummte der Mann hinter dem Schalter. »Ich fürchte, wir können Ihnen nicht helfen, sondern müssen Sie an einen Makler verweisen.«

»Das ist mir zu teuer.«

»Haben Sie schon mal Opa Steiner gefragt? Der kennt doch Gott und die Welt.«

Opa Steiner war in der Bahnhofstraße so bekannt wie ein bunter Hund. Er hatte die siebzig überschritten, war groß, hager und drahtig, weißhaarig und anscheinend unverwüstlich. Seit Jahren züchtete er in den oberen fensterlosen Etagen des Hochbunkers Champignons und andere Pilze. Busche hatte sich die Zucht noch nie angeschaut, aber im

Herbst und Frühjahr lieh er Opa Steiner ein paar der kräftigsten Jungen aus, die am Stadtrand bei Reitställen und Züchtern Pferdeäpfel einsammelten und in den dunklen Bau hochschleppten, außerdem Stroh, Moos, faulendes, morsches Holz und auch verrottendes Laub. Im Herbst wurde das Material wieder heruntergeholt und auf eine Müllkippe gebracht. Den Jungen machte das Spaß. Denn Opa Steiner zahlte gut und half den erlahmenden Kräften der Träger wohl auch mit Alkohol auf, was Busche weniger gefiel.

Heute wartete Busche, bis die schwere Eisentür kreischte und Opa Steiner heraustrat. »Was? Kündigen? Wo soll ich denn hin? Was bilden die sich ein. Die ruinieren mich glatt.«

Nach einer Viertelstunde beruhigte Opa Steiner sich und versprach, einmal nachzudenken, wohin man vielleicht ausweichen könne. Busche verspürte fast ein schlechtes Gewissen. Wenn seine Aktion ›Prometheus‹ klappen sollte, würde er diesen Kleinvertrieb ohnehin aufgeben – er spielte Theater, aber zur Tarnung musste er so tun, als gefährde man sein Lebenswerk.

Caro Heynen traf sich erneut mit Iris von Sellin. Die gab ihr nach einiger Zeit die Kopie achselzuckend zurück. »Ein vorsichtiger Mensch. Klingt so, als habe er den Grundtext auf einer Festplatte gespeichert und setze nur die aktuellen Angaben ein. Kann ich die Kopie behalten?«

»Sicher. Warum, wenn ich fragen darf?«

»Vielleicht fällt dem ehemaligen Staatsanwalt etwas ein.«

»Durch den zweiten Brief wissen wir, dass es sich nicht um einen Trittbrettfahrer oder einen Spaßvogel handelt. Er meint es ernst.«

»Steht denn fest, dass es sich um Brandstiftung gehandelt hat?«

»Jein. Das Pärchen hat anfangs viel getrunken und geraucht, ist dann zum Wesentlichen geschritten …«

»… gelegen«, verbesserte Iris spöttisch.

»Oder so. Das sollte eigentlich lang genug gedauert haben,

dass aus einem Papierkorb, in den glühende Asche gekippt worden ist, richtige Flammen herausschlagen können.«

»Höher als die Glut der Triebe. Also Zeit zum Löschen.«

»Oder die Feuerwehr zu alarmieren.«

Sie liefen eine Weile stumm nebeneinander her, bis Caro schnaufte: »Du denkst also auch, dass dahinter mehr steckt als der simple Wunsch, viel Geld zu erpressen?«

Iris holte tief Luft: »Komisch, ja, das tue ich. Und weißt du auch, warum?«

»Ich ahne es. Weil er so höflich mit einer Million angefangen hat und sich nun unverändert höflich auf zwei Millionen steigert.«

»Die nächste Forderung wird auf drei Millionen lauten.«

Sie sahen sich an und lachten unbehaglich.

»Der gute Wolfram will partout nicht zahlen.«

»Wenn er sich noch lange weigert, muss unser IM einen Nachtragshaushalt für Prometheus beantragen.«

»Wird er nie tun, Caro. Ihr sollt bitte schön den Kerl fangen.«

Jetzt lachten sie sich an, offen und fröhlich. Unter anderen Umständen wären sie gute Freundinnen geblieben.

»Der griechische Prometheus ist schwer betrogen worden«, meinte Caro. »Ich habe in letzter Zeit viel Schwab, *Klassische Sagen des Altertums*, studiert. Die Jungs gingen damals mächtig rabiat zur Sache.«

»Ja, unser Nachahmer fühlt sich auch betrogen, und wenn er etwas von griechischer Mythologie versteht, um den besten Teil seines Lebens.«

»Das klingt tatsächlich nach einem gewaltigen Fehlurteil.«

»An dem der Staatsanwalt Ohnefeldt seinerzeit beteiligt war?«

»Gut denkbar.«

Hörster meldete sich freiwillig bei Raabe, der viel Süßholz raspeln musste, um den empörten und beleidigten Kollegen zu besänftigen. Es habe in der Tat schon nach dem ersten

Brand eine Forderung gegeben, die auf Befehl des Innenministers geheim gehalten worden war – »bloß keine Wiederholung dieser Geschichte mit dem Lebensmittelvergifter«. Hörster fühlte sich trotz dieser Erklärung getäuscht und schmollte.

Der fleißige und unermüdliche Olli Herzberg erschien kurz vor Dienstschluss bei Caro, um über das Ergebnis seiner Rundfrage bei den Präsidien und Landeskriminalämtern zu berichten. Er trug einen Stapel Papier und Ausdrucke unter dem Arm und beschwerte sich: »Mensch, Caro, das war vielleicht eine Schweinearbeit.«

Sie nickte mitleidig. Das mit großer Verspätung und großen Vorschusslorbeeren eingeführte polizeiliche Informationssystem *INPOLneu* hielt nicht das, was sich die Praktiker an Erleichterung, Übersichtlichkeit und Treffsicherheit erhofft hatten.

»Tut mir Leid, Caro, kein Ermittlungsverfahren gegen einen Erpresser, der mit ungezielter Brandstiftung droht. Abgesehen von einzelnen Fällen aus der Landwirtschaft. Zurzeit überhaupt keine Brandstiftung in Serie.«

»Pyromanen? Frisch aus dem Knast oder der Psychiatrie entlassen?«

»Sorry, Fehlanzeige.«

Raabe grunzte nur, als Caro ihm das Ergebnis von Ollis Recherchen erzählte. »Beweisen kann ich ja nichts, Caro, aber der Knabe will nicht nur Geld, der will auch Rache oder Vergeltung.«

»Das denken Iris und ich auch.«

»Es lebe das Gefühl!« Damit griff er nach ihr und zog sie auf den Sessel herunter.

Über Mittag fuhr Frank Busche mit der Schnellfähre nach Neuenburg, kaufte sich am Anlieger die *Neuenburger Nachrichten* und setzte sich auf eine schattige Bank am Uferweg, wo er das dünne, unter Anzeigenschwund leidende Blatt von der ersten bis zur letzten Zeile studierte. Kein Inserat. Diesmal war er tief enttäuscht, weil er doch gehofft hatte, zwei Beweise würden genügen.

Am späten Nachmittag brachten zwei Jungen Unruhe ins Büro. Wie die Wilden kamen sie von ihrer Tour zurückgestürmt und redeten so hastig auf Busche ein, dass der alle Mühe hatte, sie zu verstehen. Im Oleanderweg Nr. 3 hatten sie zwei »komische Männer« beobachtet, die sich an den vergitterten Seitenfenstern und den Rollläden vorne neben der Haustür zu schaffen gemacht hatten, so, als wollten sie einbrechen. Die Besitzer der Villa waren verreist, das wussten die Jungen, weil sie in Busches Büro einen Zettel vorgefunden hatten, keine Prospekte, Zeitungen oder anderes Papier in den Briefkasten zu stecken, damit niemand schon von außen sehen konnte, dass die Villa zurzeit nicht bewohnt wurde. Busche ließ sich von den beiden hoch und heilig versichern, dass sie keine Gespenster gesehen hatten. Dann rief er die Polizei an und gab durch, was die beiden Jungen ihm berichtet hatten.

Die Polizei nahm seine Meldung ernst, legte sich auf die Lauer und fasste tatsächlich in der Nacht eine seit längerer Zeit gesuchte Bande von Einbrechern bei dem Versuch, in das Haus einzusteigen.

Für die Ergreifung der Täter war eine hohe Belohnung ausgesetzt, Busche wehrte am Freitag ab, als man ihm einen Teil der Belohnung zuerkennen wollte, und meinte, das ganze Geld verdienten nur die beiden Austräger. Wegen seiner »Hochherzigkeit«, wie es später im *Terborner Tageblatt* hieß, wollte ein übereifriger Fotograf unbedingt Bilder von ihm schießen. Busche hatte alle Mühe, den aufdringlichen Fotografen und den neugierigen Lokalreporter abzuwimmeln. Das fehlte ihm gerade noch, aktuelle Bilder von ihm in der Zeitung.

Er hatte Glück, es gab am Samstag keine Fotos, aber ein Hohelied auf den bescheidenen Mann Klaus Heller.

Der Ministerpräsident segelte auf der Ostsee. Der Wind verdiente die Bezeichnung nicht, die Segel flappten lustlos, es war selten genug Fahrt im Boot, um zu steuern. Vor dem Bug gluckerte es einschläfernd. Dafür brannte die Sonne aus einem makellos blauen Himmel. Cornelia hatte sich auf der Luftmatratze ausgestreckt und schien zu schlafen; zum Glück warf das Vorsegel genug Schatten, sonst wäre sie schon durchgebraten gewesen.

Seine Leidenschaft fürs Wasser hatte Johann Kayser erst spät entdeckt und wie alles, was er unternahm, voller Eifer und Energie umgesetzt. Doch bei der ersten Tour auf einer Hochseeyacht merkte er, dass seine Kräfte und seine Ausdauer nicht mehr reichten. Drei Tage waren sie vor einem Sturm gelaufen, der auch den alten Seebären Respekt abnötigte, und Angst kroch in ihm hoch, als Kayser fühlte, dass seine Muskeln nicht mehr das brachten, was Crew und Schiff von ihm verlangten. Gegen den Muskelkater kämpfte er noch an, doch ohne die Kameraden hätte ihn die Mutlosigkeit überwältigt. Vor der Fahrt hatte er noch heimlich gelästert, als sein Skipper ernsthaft behauptete, körperliche Leistung und Ausdauer seien eines, aber in Gefahrensituationen seien Spannkraft und der Wille durchzuhalten wichtiger. Nach dieser Fahrt leistete er dem Skipper unter vier Augen Abbitte und begrub seine Träume von einer Seglerkarriere. Der Skipper half ihm, ein Boot auszusuchen, das seinem Temperament und seinen Fähigkeiten entsprach, sehr zu Cornelias Erleichterung, die im Urlaub faulenzen wollte und sich beim Segelsetzen ausgesprochen ungeschickt anstellte – was Kayser längst als ihre Form des Protestes durchschaut hatte.

Nach einem leichten Schwächeanfall in der letzten Sitzungswoche hatte Kayser seiner Frau versprochen, die gesamte sitzungsfreie Zeit zu einem erholsamen Urlaub zu nutzen. Jetzt kämpfte auch er gegen den Schlaf. Dieses sanfte Schlingern lullte ihn ein wie eine Wiege das Baby. Als das Handy bimmelte, fuhr er zusammen.

»Ja?«

»Hier ist Peter Göschen. Tut mir Leid, wenn ich Sie störe, Herr Ministerpräsident, der Kurier mit der Post war eben da. Ich möchte Ihnen gern etwas zeigen.«

»Wichtig?«

»Ich weiß nicht recht. Auf jeden Fall merkwürdig. Es handelt sich um einen Brief an das LKA.«

Der MP zögerte und schaute auf seine Frau, die sich räkelte und gähnend aufrichtete.

»Okay. Wir kommen an Land.«

Cornelia balancierte in das Cockpit und einen Moment ließ er sich ablenken, stolz auf seine Frau und ihre Jungmädchenfigur, die sie trotz der beiden Kinder behalten hatte. Dass sie Mitte vierzig war, glaubte keiner, der sie das erste Mal sah, und Kayser wusste nie so recht, ob er ihre knappen Bikinis lobend bewundern oder sie auf die nötige Würde hinweisen sollte, die sie als Ehefrau des Ministerpräsidenten nun einmal aufbringen musste. Wie immer er sich entschied, sie lachte ihn aus. Der Mann, der Cornelia Kayser etwas befehlen konnte, musste erst noch geboren werden.

»An Land? – Das ist gut, ich hab Hunger.«

Jetzt barg sie die Segel – auffällig geschickt; er sagte nichts und startete den Motor.

Göschen referierte ausdruckslos, was ihm sein Freund Hanno Severin am Telefon über Doros Besuch berichtet hatte. Der MP schüttelte den Kopf. »Die LKA-Spitze war also bei Ohnefeldt? Wie hat der entschieden?«

»Das weiß ich nicht. Soll ich nachfragen?«

Kayser winkte energisch ab. Er wollte erst überlegen. Göschen betrachtete seinen Chef unauffällig von der Seite. Dass der Ministerpräsident seinen Innenminister nicht mehr ausstehen konnte, wusste er, kannte allerdings den Grund nicht. Bis kurz vor der letzten Wahl hatten sie ausgesprochen gut zusammengearbeitet, dann musste etwas vorgefallen sein, über das beide eisern schwiegen.

Kayser hatte einen Entschluss gefasst: »Nein, wir fragen

nicht nach. Ohnefeldt soll auf keinen Fall erfahren, dass wir von der Erpressung wissen.«

Göschen nickte eifrig. So etwas hatte er vermutet.

Der MP zwinkerte ihm vertraulich zu. »Sie kennen sich doch in den Ämtern aus. Wen können wir fragen, wie Ohnefeldt sich entschieden hat, und gleichzeitig sicher sein, dass er nichts von unserem Interesse erfährt?«

Nach einer Weile zuckte Göschen die Achseln: »Auf Anhieb fällt mir nur ...«

Kayser hob rasch die Hand: »Keine Namen, Göschen! Bitte! Ich weiß von nichts. Und so soll es auch bleiben.«

Göschen lächelte zerknirscht. Wie konnte er das vergessen? Persönliche Referenten wurden unter anderem auch dafür bezahlt, dass sie lautlos Dinge erledigten, von denen der Chef später ehrlichen Herzens behaupten wollte: »Das weiß ich nicht. Davon hab ich nie gehört. Den oder die kenne ich nicht, hab ich nie getroffen.«

»Alles klar, Herr Ministerpräsident. Geht in Ordnung.« Von seiner guten Beziehung zu Maren Liebekind hatte Göschen nie etwas erwähnt und war jetzt recht froh, dass er sie nicht gestehen musste. Kaysers permanentes Misstrauen erschwerte ihm das Leben schon genug ...

»Geld spielt keine Rolle, das wissen Sie.«

Göschen nickte und verzog sich zum nächsten Telefon. Handyverbindungen wurden vom Netzbetreiber irgendwo gespeichert.

Zum Frühstück sammelte Busche die Reste seiner Vorräte zusammen und durchstöberte ergebnislos den Kühlschrank nach etwas Appetitanregendem zum Mittagessen. Nix, nur traurige Leere. Also schnappte er sich Netz und Korb, am Hessenplatz war heute Wochenmarkt. Der Aufzug surrte aus dem Parterre hoch, seine Nachbarin aus Wohnung Nr. 4 stieg aus, grüßte freundlich und gähnte herzhaft. Busche lachte leise und sie funkelte ihn aufgebracht an. Dass sie eine Nachtschwärmerin war, hatte er bereits festgestellt, doch heute sah sie so aus, als habe sie die ganze Nacht hindurch schwer geschuftet.

Sie spürte seinen forschenden Blick und jammerte plötzlich kläglich: »Ich arbeite in einem Lokal und gestern hatten wir eine geschlossene Gesellschaft – bis vor zwei Stunden. Dann noch aufräumen und abrechnen. Und das bei dieser mörderischen Hitze.«

Unwillkürlich schaute er auf die Uhr – ein Uhr mittags. Das war wirklich hart. »Ich geh auf den Markt, soll ich Ihnen etwas mitbringen?«

»O ja, etwas Obst, ganz gleich was, Hauptsache frisch – und wehe, Sie klingeln vor fünf Uhr. Dann massakriere ich Sie hier auf der Fußmatte.« Sie lachte und er staunte über ihre dunkle, rauchige, leicht kratzige Stimme. Sie müsste ohne Mühe Zarah Leander imitieren können.

»Abgemacht.«

Er strolchte vergnügt über den Markt und kaufte ein, wartete bis halb sieben, bevor er über den Flur ging und klingelte. Auf dem Türschild stand *Charlotte Riema*. Sie hatte ein paar Stunden geschlafen und sah besser aus, nicht mehr so grau und versumpft, gähnte aber unverändert.

»Ich heiße übriges Klaus Heller.«

»Charlotte Riema.«

»Ein perfekter Hausmann bin ich nicht, deshalb habe ich Ihnen mitgebracht, was am besten aussah. Nektarinen. Und Weintrauben. Mit Kirschen ist es wohl vorbei, sie sind unverschämt teuer geworden.«

»Ganz richtig, vielen Dank für Ihre Mühe.«

»Keine Ursache, gern geschehen«, sagte er ehrlich.

»Was bin ich Ihnen schuldig?«

»Darf ich Ihnen das Obst schenken?«

»Nur unter einer Bedingung.«

»Und die wäre?«

»Dass wir als gute Nachbarn zum Du übergehen. Ich heiße Charlotte, meine Freunde nennen mich aber Charly.«

»Einverstanden«, sagte er schnell.

Sie gähnte immer noch, während er sich verabschiedete. Vor der Haustür traf er auf Heinrich den Zänker, der ihn neugierig musterte.

In seinem Büro träumte Busche vor sich hin und musste sich zusammenreißen, um einen vernünftigen Verteilerplan aufzustellen. Und natürlich kamen ausgerechnet heute spät noch drei größere Lieferungen, die er in den Lagerschuppen einräumen musste.

Punkt zwanzig Uhr erschien Lukas Bode und half, für die nächste Tour die verschiedenen Pakete und Päckchen zusammenzustellen. Lukas war ein schweigsamer, etwas mürrisch wirkender, aber zuverlässiger Jugendlicher, der keine Freunde zu haben schien und jünger aussah, als er war. Die anderen Kinder gingen ihm aus dem Weg; Busche wusste nicht, warum. Als er einmal Tanja Ritter, die sich gut in die Mannschaft eingefügt hatte, nach dem Grund fragte, hatte sie widerstrebend geantwortet: »Er behandelt alle Frauen wie Dreck und nutzt sie gleichzeitig aus.«

»Was soll das heißen?«

Tanja schüttelte den Kopf und schoss aus Busches Büro auf den Flur zu den anderen Austrägern.

Caro saß mit der Soko-Mannschaft zusammen, sie gönnten sich nach einem langen Tag Wein und Laugenbrezeln und grübelten. Die Untersuchung des Brandortes hatte keine Spur von Prometheus ergeben. Und die Frage nicht entschieden: gezielte Brandstiftung oder Fahrlässigkeit? Zwischen dem Eigentümer des *Lux* und den beiden Architekten Petersen und Schroth schien es keine private oder geschäftliche Verbindung zu geben. Wenn es Brandstiftung war, verfügten sie bislang über keinen Hinweis auf die Art des Brandsatzes und der Zündtechnik. Fest schien nur zu stehen, dass Prometheus auf Brandbeschleuniger verzichtete. Feuerlegende Erpresser waren seit über zehn Jahren in Oberleiningen und in den angrenzenden Bundesländern Hessen, Thüringen und Bayern nicht aufgetreten. Die Befragung der

Nachbarn war ergebnislos verlaufen. Iris von Sellin schüttelte auch nur den Kopf. Kino bzw. Architektenbüro: Das ergab keinen Sinn, Prometheus – so mussten sie im Moment vermuten – hatte zwei Objekte rein zufällig ausgesucht oder auch danach, wie leicht er in der Nacht dort eindringen konnte. Als Ohnefeldt von diesem Fehlschlag erfuhr, schäumte er wieder, änderte aber seinen Entschluss nicht: Keinen Cent würde er bezahlen.

Raabe sah Caro nachdenklich an: »Ich hätte einen Vorschlag!«

»Heraus damit!«

»Wir lösen diese Runde auf und trinken zu zweit einen ordentlichen Wein.«

Caro zögerte. Dass Raabe mit ihr schlafen wollte, war ihr klar, und eigentlich wollte sie es auch, scheute nur die möglichen dienstlichen Komplikationen.

»Was macht die Videoüberwachung der Briefkästen?«

»Läuft. Sollen wir von allen Männern, die zur fraglichen Zeit Briefe einwerfen oder eingeworfen haben, Standbilder anfertigen?«

»Würde ich tun, ja.«

»Am Sonntag werde ich ein paar Männer mit Funkgeräten in der Nähe der Briefkästen postieren, damit ich sie sofort alarmieren kann, wenn ich auf dem Monitor etwas Auffälliges bemerke.«

»Gute Idee. Und was ist mir unserem Wein?«

»Warum nicht, Caro?«

Um Mitternacht mahnte Benno, der fürsorgliche Wirt: »Liebe Caro, wenn du morgen arbeiten musst, ist jetzt Schluss.«

»Danke, Benno«, antwortete sie mit schwerer Zunge. »Wir müssen morgen nicht arbeiten. Das erledigt ein anderer für uns.«

Raabe trat ihr auf den Fuß, um sie zu bremsen, und etwas gekränkt wandte sie sich an den Schwarzhaarigen: »Stimmt das etwa nicht?«

»Natürlich stimmt das, meine Schöne, aber es soll doch keiner wissen, dass die Kripo Fremde für sich arbeiten lässt.«

Das leuchtete ihr ein und auf dem Heimweg war Caro dankbar für seine feste Hand unter ihrem Ellbogen – sie hatte noch nie gemerkt, wie uneben und löchrig dieser Bürgersteig war. Vor der Haustür hatte sie Mühe, den Schlüsselbund aus der Handtasche zu kramen. Er stand daneben, grinste breit und dachte nicht daran, ihr zu helfen. Dafür griff er auf der Treppe fest zu und sorgte dafür, dass sie nicht stolperte.

In ihrer Diele begann sie herzzerreißend zu gähnen. »Du musst leider gehen!«, sagte sie stotternd. »Mein Bett finde ich allein und heute möchte ich es nicht mit dir teilen.«

»Das ist sehr schade«, bedauerte er.

»Nicht traurig sein, mein tapferer Vogel!«

3.

Das kleine, sehr diskrete Hinweisschild auf den *Club 99* an der B 111 war kaum zu erkennen. Eine schwache rote Birne beleuchtete den Text, der überdies von Zweigen fast verdeckt wurde, und bei Tempo achtzig bemerkten die meisten Fahrer nicht einmal die schmale Einfahrt zwischen dichten und hohen Sträuchern. Das restaurierte Fachwerkhaus lag so weit von der Straße entfernt hinter einem Waldstreifen, dass selbst in pechschwarzer Nacht die erleuchteten Fenster für Autofahrer so gut wie unsichtbar blieben.

Busche hatte lange überlegt, ob er sich an ein so großes Objekt wagen sollte. In der Nacht von Samstag auf Sonntag lief vermutlich in dem Puff das Hauptgeschäft; anders als bei den früheren Brandstiftungen gefährdete er diesmal Menschen. Hoffentlich waren noch ein paar Besucher wach und nüchtern genug, dass sie rechtzeitig Alarm schlagen konnten. Außerdem beunruhigte ihn der Gedanke, die Flammen könnten auf den Wald übergreifen, der bis an das Grundstück heranreichte und nach der regenlosen Sommerhitze zundertrocken zu sein schien. Aber es wurde Zeit für eine spektakuläre Aktion, damit die im Landeskriminalamt aufwachten. Am Freitag hatte er noch einmal die Umgebung erkundet. Gut zwei Kilometer konnte er vom Parkplatz *An der Dickte* aus auf einem breiten, ebenen Weg laufen; am späten Abend würden ihm kaum Spaziergänger oder Ausflügler begegnen. Trotzdem hatte er sich einen Schnauzbart angeklebt und die wuchtige Brille mit Fensterglas aufgesetzt, bevor er aus seinem Auto stieg.

Den *Club 99* hatte er vor Monaten durch Zufall gefunden, an einem trüben, schwülen Tag, als er auf dem Parkplatz hielt, um sich die Beine zu vertreten. Gleichmäßige Bewegung war die beste Vorbeugung gegen seine Magenkrämpfe. Zwei Wege waren ausgeschildert, er nahm auf gut Glück den rechten und marschierte los. Nach zwei Kilometern gluckerte rechts ein winziger Bach in einer Art Miniaturschlucht von der Höhe herunter und parallel zu diesem Einschnitt war am Hang ein Kletterpfad ausgetreten. Es ging recht steil hinauf, zehn Minuten hatte er gebraucht, bis er keuchend und verblüfft innehielt: Der Pfad endete vor einem Jägerzaun und dreißig Meter hinter dem Zaun erhob sich ein großes Fachwerkhaus. Mitten im Wald. Scheinbar unbewohnt.

Er war an dem Zaun entlangspaziert und hatte das Schild neben der Tür entziffert: *Club 99.* Die Laternen an der Front des Hauses waren noch nicht eingeschaltet, aber trotz der einsetzenden Dämmerung erkannte er das rote Glas. Leise schmunzelnd war er den Pfad wieder hinuntergeklettert. Der Henker mochte wissen, warum ihm eine bestimmte Einzelheit fest im Gedächtnis geblieben war: An der Schmalseite des breiten, niedrigen, frisch geweißten Hauses war unter dem vorkragenden Dach Brennholz aufgestapelt, große Klötze, wie für einen Kamin, und dünnere Scheite zum Anzünden. Selbst wenn die Hauswand mittlerweile nicht mehr aus Fachen und Flechtwerk bestand – die teerschwarzen Balken mussten doch Feuer fangen.

Für seine Zwecke war der Himmel angenehm klar, die Sterne funkelten so hell, dass er selbst auf dem Trampel-Kletterpfad vielen Wurzeln und Steinen ausweichen konnte. Er ließ sich Zeit, die Tasche über seiner Schulter wog wie Blei, und er wusste, dass bei zu großer Anstrengung sein Magen wieder rebellieren würde. Am Zaun setzte er sich auf den Boden und atmete gleichmäßig durch, bevor er, zur Kontrolle, geduckt nach links und nach rechts schlich. Eine Stunde hatte er sich noch eingeräumt.

Jetzt brannten die beiden roten Laternen neben dem Eingang, die Fenster zeichneten sich als hellere Vierecke ab. Ab und zu steuerte ein Auto den Parkstreifen an, der auf der anderen Seite des Hauses lag, er konnte die Wagen hören und verfolgte das Licht ihrer Scheinwerfer, wie es über die Bäume und Blätter glitt, und wenn dann die Haustür geöffnet wurde, drangen auch Musik und Stimmen bis zu seinem Versteck. Einmal schrak er fürchterlich zusammen, als ein Fenster geöffnet wurde, aber niemand schaute heraus, es sollte wohl nur gelüftet werden. Minuten später wurde es auch wieder geschlossen; jemand zog innen die Vorhänge vor.

Mitternacht.

Er rappelte sich auf und lief mit seiner Tasche ein Stück zurück. Dort, wo der Kletterpfad auf den Jägerzaun stieß, herrschte die größte Dunkelheit und diese Stelle war vom Haus aus nicht einzusehen. Bis jetzt war niemand um das Gebäude herumgegangen. Die Tasche ließ er zurück und klemmte die beiden Zündrollen unter die Arme. Die Strecke über die freie Fläche bis in den Schatten der Hauswand und zum aufgestapelten Holz kam ihm unendlich lang vor.

Dann blieb beinahe sein Herz stehen. Rechts hörte er dumpfe Schritte, die sich der Hausecke näherten. Zwei Personen. Instinktiv legte er sich flach auf den Boden und verbarg sein verräterisch helles Gesicht in den Armen. Ja, zwei Personen, er sah sie kurz gegen den klaren Nachthimmel. Sie trugen etwas zwischen sich.

»Der spinnt doch wohl!«, grummelte eine scharfe Frauenstimme.

Vor Angst wagte er nicht, den Kopf zu heben.

»Der Kunde ist halt König.« Eine zweite Frau; einen Moment glaubte Busche, sein Atem setze aus. Diese dunkle, rauchige, leicht kratzige Stimme kannte er; das war seine Nachbarin Charlotte Riema. Um Gottes willen, gleich würden sie über ihn stolpern, wie nah wollten sie denn noch ... Und Charly kannte seinen Namen. Wie gut, dass er sich nicht näher mit ihr eingelassen hatte. Er musste darauf achten, dass er ihr gegenüber nie erwähnte, dass er wusste, wo und wie sie ihr Geld verdiente.

»Bei dieser Hitze auch noch ein Kaminfeuer.«

»Reg dich ab, er hat eine gewaltige Meise, aber er löhnt für uns alle.«

Eine Frau kehrte ihm den Rücken zu, keine zwei Meter von ihm entfernt, sie bückte sich, richtete sich auf. Etwas polterte dumpf. Das Atmen fiel Busche schwer.

»Hast du noch mal mit Pierre ...?«

»Nein. Das ist zwecklos.«

»Für fünfundzwanzig Riesen muss die fleißigste Oma lange stricken.«

»Das kannst du laut flüstern.«

Eine Weile warfen sie stumm Scheite aufeinander.

»Noch etwas Kleinholz.« Die andere Frau hatte hörbar schlechte Laune.

»Ja, ja.« Charly trat noch einen Schritt zurück, jetzt konnte er ihre Schuhe berühren, wenn er den Arm ausstreckte. Kleinere Holzscheite, offenbar hatten sie einen großen Henkelkorb mitgebracht ... Bei jeder ihrer Bewegungen wehte eine Mischung aus Alkohol und Parfüm über Busche hinweg. Und Zigarettenrauch; er riskierte ein Auge, ein rot glühender Punkt, nein, zwei, beide Frauen rauchten, hatten die Zigaretten in den Mundwinkeln hängen.

»Das reicht.«

»Okay.«

Wie konnte man mit solch hohen Absätzen laufen?! Die fremde Frau machte einen Schritt weg, beugte sich nach vorn, richtete sich auf und dann entfernten sich die Geräusche.

»Manchmal stinkt mir der Laden ...«

Busche wagte es, den Kopf um Millimeter zu heben. Das Pärchen trug tatsächlich einen schweren Korb zwischen sich.

»Und jetzt noch diese geschwänzte Arschgeige ...«

Die Schritte verstummten, die beiden Frauen waren um die Hausecke gebogen, sie hatten Holz geholt und ihn nicht bemerkt. Der Schweiß brach Busche aus, als habe er einen Wasserhahn aufgedreht, und wenig später raste sein Puls.

Nun beeilte er sich. Mit einer Hand ertastete er eine Lücke in den Scheiten und legte dort den ersten Brandsatz hinein, etwas schräg nach oben gerichtet, damit die Flamme mit Sicherheit auf Holz traf. Den zweiten schob er zwischen große Klötze und verkeilte ihn mit kleinen Spänen, die über die vordere Öffnung hinausreichten. Nichts wie weg!

In seiner Hast stürzte er auf dem Trampelpfad hangabwärts, danach riss er sich zusammen. Jetzt mit einem Knöchelbruch hier liegen bleiben! Auf dem breiten, glatten Weg Richtung Parkplatz lief er fast, die Unruhe trieb ihn voran. Vor der Einmündung des Weges auf den Parkplatz sah er sich sorgfältig um. Außer seinem Auto waren noch zwei andere Wagen abgestellt, deshalb schlich er im Schutz der Büsche und Bäume bis zur Einfahrt und löste sich erst dort aus dem Dunkel, um quer über die Fläche zu gehen. Falls in den beiden Autos Liebespärchen saßen, sollte es so aussehen, als ob er von der Straße käme. Der Motor sprang sofort an.

Heinrich der Zänker hatte schlechte Laune, so lange hatte er samstags auf diesen verdammten Mistkerl Heller noch nie warten müssen.

Als Busche seinen Wagen in die Nische der Tiefgarage rangierte, stand der Hausmeister hinter einer Säule und notierte sich die fremden Buchstaben, die ihm letzte Woche aufgefallen waren. Kurze Zeit später ging Busche zum Aufzug und fuhr nach oben. Zanker schaute sich das Auto genau an; beide Schilder trugen wieder die alten, bekannten Buchstaben und Ziffern. Er schaute sich die Kennzeichen im Licht seiner Taschenlampe an. Originalschilder mit gültiger TÜV-Plakette. An den Schraubenköpfen keine Spur von abgesplittertem Lack oder Farbe. Wie zum Teufel schaffte Heller das? Dann bemerkte er winzige schwarze Fasern an den Buchstaben, zog sie herunter und staunte, wie intensiv sie an seinen Fingen klebten. Natürlich – schwarzes Isolierband. Mit kurzen Stücken ließ sich aus einem L ein E und aus einem P ein R kleben. Aus der Nähe fiel es wahrscheinlich sofort auf, aber aus der Ferne ...

Klaus Heller gurkte also am Samstagabend mit gefälschten Nummernschildern durch die Gegend. Was immer er trieb: Auf keinen Fall wollte er durch seinen Wagen identifiziert werden können. Interessant! Da half nur eines: Zänker musste ihn am nächsten Samstag verfolgen und sehen, was Heller am Abend so anstellte. Dahinter steckte wohl doch mehr als eine verheiratete Freundin.

Die ersten Vormittagsnachrichten erwähnten den Brand eher beiläufig. Eine Gastwirtschaft – Busche verzog spöttisch den Mund – in einem Wald an der B 111. Das Fachwerkhaus war in der Nacht bis auf die Grundmauern niedergebrannt, die Gäste hatten ins Freie fliehen müssen, als sie vom Feuer überrascht wurden, aber es hatte keine Verletzten gegeben. Der Sachschaden ließ sich noch nicht abschätzen.

Nach dem Frühstück setzte Busche sich an seinen Computer.

Prometheus (III)
An das Landeskriminalamt
- Pressestelle -
Postfach 5567

Sehr geehrte Damen und Herren,
leider haben Sie auch auf mein zweites Schreiben nicht reagiert. Deshalb habe ich in der Nacht von Samstag auf Sonntag den Club 99 *an der B 111 durch Feuer zerstört. Meine Forderung erhöht sich auf drei Millionen Euro. Inserieren Sie am Donnerstag im* Tageblatt, *Ausgabe Rollesheim wie folgt: ›Lieber Willy, die alten Kollegen wünschen dir zum 40. Jubiläumstag zwar verspätet (entschuldige bitte), aber herzlich Glück, alles Gute und Gesundheit. Alfred, Gudu, Ingo und Pongo.‹ Alle weiteren Einzelheiten entnehmen Sie bitte meinem ersten Schreiben.*

Den Brief warf er am frühen Nachmittag wieder am Hauptbahnhof in Terborn ein. Eine füllige Frau mit einer schweren Reisetasche und einem breiten Strohhut rempelte ihn an, für den Bruchteil einer Sekunde drehte Busche seinen Kopf so, dass sein Gesicht voll von der Kamera erfasst wurde.

Raabe traute seinen Augen nicht. Dieser große, kräftige Mann mit der weit fortgeschrittenen Glatze und dem dichten Haarkranz war doch am vorigen Sonntag schon an diesem Briefkasten gewesen. »An dem großen Kerl mit der hellen Jacke und den dunklen Laufschuhen dran bleiben!«, brüllte er in das Funkgerät.

Die zwei Männer, die gerade in der Nähe des Briefkastens spazierten, schalteten schnell und hefteten sich an Busches Fersen. Doch an den Schwingtüren verloren sie ihn aus den Augen. Eine junge Frau mit einem breiten Kinderwagen, besetzt mit schreienden Zwillingen, kam herein und hinderte sie daran, Busche nach draußen zu folgen. Der hatte seine Verfolger nicht bemerkt, sondern ging ruhig weiter und drängte sich durch eine kleine Gruppe lebhaft diskutierender Männer, die ihm noch Platz machten, aber den ungeduldigen Beamten in Zivil nicht ausweichen wollten. Als die Polizisten endlich freie Bahn hatten, war Busche in einem abfahrbereiten Bus verschwunden, und weil zur gleichen Zeit drei

Busse losfuhren, konnten die Fahnder nicht feststellen, in welchen er eingestiegen war.

Enttäuscht gaben sie an Raabe in die Galerie durch: »Sorry, wir haben ihn verloren.«

Raabe ließ sich das Band zurückspulen. Da war der Verdächtige, gut sichtbar. »Von dem Mann bekomme ich Standfotos, ja? So schnell, so groß und so scharf wie möglich, bitte!« Das letzte Wort klang wie ein Befehl und der Techniker von der Bahnpolizei schaute ihn gereizt an.

Caro meldete sich sofort am Handy. »Ich hätte ihn beinahe gehabt, aber er ist uns entwischt. Doch wir kriegen Bilder von ihm.«

»Ein Wein zum Trost?«

»Gern. Mit Blumen oder ohne?«

»Ohne! Meine Eimer sind noch voll.«

Am späten Nachmittag holte Busche Nele Obermann in Neuenburg ab. Sie fuhren mit der S-Bahn nach Rollesheim und Nele klingelte vergeblich bei Gudrun Fellner. Die Nachbarn im Haus Treidelpfad Nr. 28 konnten nicht weiterhelfen. Gudrun Fellner sei für ein paar Tage mit ihrem Auto weggefahren – nein, niemand wusste wohin, und keiner konnte sagen, wann sie zurückkommen würde. Aber sie habe nur einen kleinen Koffer ins Auto gelegt.

Busche war enttäuscht, aber weil es sich so anhörte, als sei sie nur für ein paar Tage verreist, werde also zurückkommen, riss er sich zusammen. Nele und er machten einen langen Spaziergang auf dem Treidelpfad Richtung Millsen und Werlebach, bevor sie nach Neuenburg zurückfuhren.

»Was willst du eigentlich von dieser Gudrun? Sie direkt fragen, ob sie in der Wohnung oben gewartet hat, während unten Semper erstochen wurde?«

»Nein, dann würde sie wohl lügen. Ich erinnere mich an eine Fotografie, die sie in ihrer alten Wohnung an der Wand in der Diele hängen hatte, und die möchte ich mir gern in aller Ruhe ansehen.«

Für dieses Feuer interessierten sich Zeitungen, Rundfunk und Fernsehen sehr, aber weniger wegen des Brandes oder des Brandschadens, sondern wegen der Besucher des *Clubs 99,* die vom Feuer überrascht worden waren. Einige hatten im Adams- und Evakostüm vor den Flammen ins Freie fliehen müssen und standen noch splitterfasernackt vor den brennenden Hausresten, in denen ihre Kleidung, Papiere und Wertsachen verbrannten, als kurz nach Feuerwehr und Polizei auch die Fotografen und Journalisten eintrafen. Es gab ein großes Hallo und bald auch zünftige Schlägereien, weil einige Männer sich nicht knipsen lassen wollten und den Fotografen, unterstützt vom männlichen und weiblichen Clubpersonal, gewaltsam die Kameras wegnahmen, um die Filme oder Speicherchips herauszureißen. Die Polizei hatte alle Hände voll zu tun, die Massenkeilerei aufzulösen und die widerspenstigen Clubbesucher dazu zu bringen, Namen und Anschriften zu nennen und den Hergang zu schildern.

Tageblatt und *Landeszeitung* – beide korrekt, seriös und auch eine Spur langweilig – verzichteten auf Personenbilder und deutliche Worte. Das *Morgenecho,* etwas knalliger und für eine heiße Sex-and-Crime-Story auf der ersten Seite immer zu haben, nahm kein Blatt vor den Belichter, und was es nicht zeigen konnte, weil die Bilder vernichtet worden waren, beschrieb es mit viel Liebe zum pikanten Detail.

Caro schickte Olli Herzberg los, möglichst viele Negative, Fotos und Einzelheiten einzusammeln: »Es wäre nicht das erste Mal, dass sich ein Brandstifter den Erfolg seines Tuns aus nächster Nähe anschaut.«

»Schon verstanden.« Der ernsthafte Olli war bei den Journalisten aus der Landeshauptstadt recht beliebt, mit ihm redete man offen. Natürlich würden die Schreiber sich fragen, warum sich das LKA für ein Feuer in einem Nachtclub interessierte, andererseits war es nicht ungewöhnlich, dass sich das LKA mit den Besitzern oder Betreibern eines Nachtlokals auseinander setzte. Pete Sanders durfte sich um die Eigentümer des Clubs und ihre Finanzverhältnisse kümmern. Caro trug ihm auf, wenn irgend möglich, eine Liste mit den Namen der regelmäßigen Gäste zu besorgen, auch und gerade jener, die ausgerechnet in der Brandnacht nicht im Club gewesen waren.

Raabe telefonierte wieder einmal mit Hörster, der diesmal schadenfroh brummte: »Das ist nicht unser Revier, verehrter Kollege, sondern dafür sind die Superboys und Supergirls von Neustadt an der Eltz zuständig.«

»Himmel hilf! Aber Sie haben doch schon etwas gehört – oder?«

»Natürlich, Brandstiftung. Wahrscheinlich in einem Stapel von Feuerholz, der an einer Schmalseite des Fachwerkbaus aufgeschichtet war. Reden Sie mal mit Dorberg von unserer Brandursachenermittlung, die Neustädter haben uns um Amtshilfe gebeten, nachdem unsere Wehren ohnehin den größten Teil des Feuers gelöscht haben. Dorberg will seinen Bericht gegen achtzehn Uhr fertig haben.«

»Danke, Herr Kollege.«

»Sie haben ja nur Angst, mit den Neustädtern zu telefonieren. Welcher Staatsanwalt ist bei Ihnen eigentlich zuständig?« Die Neustädter wurden als die Ostfriesen von Oberleiningen verspottet.

»Kann schon sein, wir haben alle Angst vor den Neustädtern.« Die Frage nach dem Staatsanwalt überhörte Raabe elegant.

Dorberg brummte ungehalten, weil er eigentlich hatte nach Hause gehen wollen, ließ sich aber erweichen. »Eindeutig in diesem Feuerholzstapel an der zur Waldschlucht gelegenen Schmalseite des Hauses. Eine der – hm – Damen befand sich drinnen in der Nähe dieser Wand, als das Feuer im wahrsten Sinne des Wortes schlagartig durchbrach. Die Hauswand muss förmlich explodiert sein, nachdem sich das Feuer in das Flechtwerk gefressen hatte. Kein Kurzschluss oder so, das Feuer hat nachweislich außerhalb des Hauses begonnen.«

»Einverstanden, aber wie ist dieser Brennholzstapel in Brand geraten?«

»Lassen Sie uns doch noch etwas Arbeit für morgen«, schnarrte Dorberg gereizt. »Blitzschlag und Selbstentzündung scheiden wohl aus, obwohl es verflucht schwülwarm und alles zundertrocken war.«

Der übliche Brief, wieder am Hauptbahnhof Terborn eingeworfen, enthielt den schon bekannten Wortlaut und ergab wie befürchtet keine Spuren.

Bei der täglichen Abendsitzung herrschte bedrücktes Schweigen. Allen war klar, dass sich etwas geändert hatte. Der erste Brand hatte kaum Sachschaden angerichtet, der zweite schon sehr viel mehr und jetzt waren zum ersten Mal Menschenleben gefährdet gewesen. Prometheus zog die Daumenschrauben an, doch Ohnefeldt hatte sich weiter unnachgiebig gezeigt. »Der Staat lässt sich nicht erpressen.«

Die Kollegen von der Bahnpolizei hatten gespurt und Standbilder abgeliefert, die Caro verteilte. »Günter meint, dieser Mann sei das zweite Mal zur richtigen Zeit am richtigen Briefkasten gewesen.«

Pete Sanders durfte mit einem Bild morgen die Busfahrer befragen, die am späten Sonntagnachmittag Dienst gehabt hatten und eine Linie gefahren waren, die den Hauptbahnhof berührte. Weil solches Klinkenputzen so gar nichts mit James Bond zu tun hatte, wollte Sanders sich weigern, aber da hatte er sich in Caro verrechnet, die ihn, sobald Ohnefeldt gegangen war, vor noch versammelter Mannschaft so herunterputzte, dass Sanders ganz klein mit Hut wurde. Dieses verdammte Weib. Aber sie war befreundet mit der Freundin des Ministers – das konnte Ärger geben. »Schon gut, Chefin, ich zische ab.«

»Ein Wunder, dass er an dem Wort ›Chefin‹ nicht erstickt ist«, murmelte Raabe.

Als sie das Präsidium verließen, sagte Raabe zu Caro: »Hörster hat mich heute gefragt, welcher Staatsanwalt für den Fall zuständig ist.«

»Da ist er nicht der Erste«, gab Caro zurück. »Zuständig wäre Heike Saling.«

»Deine spezielle Freundin?«

»Noch so eine Bemerkung und du stellst unsere gute Zusammenarbeit aufs Spiel.«

»Warum könnt ihr euch eigentlich nicht leiden?«

»Das geht dich nichts an!«, fauchte Caro, die ein schlechtes Gewissen verspürte. Der Grund hieß Jan Riedel, der mit der jungen Staatsanwältin gut auskam. Zu gut, wie Caro argwöhnte. Deswegen hatte sie unfreundliche Bemerkungen über die ›Bauchbinden der Saling‹ verbreitet, die in der Tat eine Vorliebe für extrem kurze Röcke besaß. Was sie sich figürlich leisten konnte. Und zu Verhandlungen musste sie eh eine lange Robe überziehen. Die Saling revanchierte sich mit gleichfalls unangebrachten Sottisen über Caros enge Hosen und Storchenbeine. Caro musste sich eingestehen, dass sie seit Tagen nicht mehr an den Hauptmeister Jan Riedel gedacht hatte.

Nach einer Weile meinte Raabe trocken: »Die Saling ist eigentlich ein recht forsches Weib.«

»Was willst du damit sagen?«

»Wenn sie sich nicht meldet, hat das wohl nichts mit Angst vor dir zu tun.«

»Sondern?«

Raabe musterte sie besorgt: »Justizminister Grüner frisst unserem Innenminister Ohnefeldt aus der Hand, wie allgemein bekannt. Außerdem hat Ohnefeldt noch viele Freunde in der Justiz aus seiner Zeit als Generalstaatsanwalt.«

Caro blieb stehen: »Fängst du jetzt auch schon mit wilden Verschwörungstheorien an?«

»Wieso wilde Theorien? Auch in der Politik gibt es Freundschaften und vor allem Seilschaften. Die sind mächtig und manchmal gefährlich, weil sie eben nicht im Gesetzbuch oder im Amtsblatt stehen.«

Am nächsten Morgen sah die Lage nicht besser aus. Die Soko-Mitglieder studierten die Vernehmungsprotokolle und knirschten vor Wut mit den Zähnen.

Für die Akten brauchte Caro eine Stunde und hinterher verstand sie die Nöte und den Zorn der Kollegen. Keine verwertbaren Spuren, keine Zeugenaussagen, keine Hinweise, dazu ein Modus Operandi, der es nicht erlaubte, ein Muster abzuleiten, wo und warum Prometheus wahrscheinlich das nächste Mal zuschlagen würde. Nur die Zeit stand fest, in der Nacht von Samstag auf Sonntag.

Iris hatte angemerkt, dieser feste Zeitpunkt spreche für einen Junggesellen oder Witwer, jedenfalls für einen allein lebenden Berufstätigen, der niemandem erklären musste, warum er ausgerechnet in der Nacht von Samstag auf Sonntag stets unterwegs war. Half ihnen das wirklich weiter?

Ein Teil der Soko schien an gezielter Brandstiftung zu zweifeln und Caro überlegte, ob sie diese Bedenken nicht schriftlich für den Minister festhalten sollte: ein altes, abbruchreifes Kino. Ein mit Papier voll gestopftes Büro, in dem außerhalb der regulären Arbeitszeiten ›gefeiert‹ worden war. Und jetzt ein Bordell der gehobenen Preislage, untergebracht in einem alten Fachwerkhaus der ehemaligen herzoglichen Försterei.

Die Briefe konnte jeder geschrieben haben, dem aufgefallen war, dass es regelmäßig in den Nächten von Samstag auf Sonntag brannte.

Der Verfasser brauchte nur ein FM-Radio mit den Frequenzen der Feuerwehr und der Polizei. Wegen der miesen Finanzlage des Landes Oberleiningen besaßen längst noch nicht alle Polizeifahrzeuge und -dienststellen Funkgeräte mit Verschlüsselungszusätzen.

Erstaunlicherweise hatte der Exstaatsanwalt den von Iris vorgetragenen Gedanken eines Zufalltäters oder hartnäckigen Trittbrettfahrers schroff zurückgewiesen. Nicht zum ersten Mal grübelte Caro darüber nach, was Ohnefeldt vermuten und verschweigen mochte, und Raabes verkniffener

Miene entnahm sie, dass der Schwarzhaarige derselben unerfreulichen Überlegung nachhing.

Den Brandermittlungsbericht las Caro mit steigendem Interesse. Wie schon bekannt, war das Feuer nachweislich an einer fensterlosen Schmalseite des Hauses ausgebrochen, und zwar in einem dort an der Wand aufgetürmten Stapel von Brennholz. Laut Aussage der Wirtschafterin des Clubs – so bezeichnete sie sich und es klang besser als ›Puffmutter‹ – war der Stapel wenigstens acht Meter breit, über zwei Meter hoch und zwischen sechzig und neunzig Zentimeter stark gewesen. Der größere Teil hatte aus groben Scheiten bestanden, ein kleiner Teil war bereits zu Anbrennholz zerhackt worden. Geschützt wurde das knochentrockene Holz durch das weit überkragende Dach. In der Nacht von Samstag auf Sonntag hatten nun zwei »Damen« in einem Korb Brennholz für den Kamin geholt und zu der Zeit nichts Auffälliges an oder in dem Brennholzstapel festgestellt.

»Moment mal!«, sagte Caro halblaut vor sich hin. »Brennholz?«

»Ja, Brennholz«, nickte Raabe, »lies ruhig weiter!« Er schmunzelte, schüttelte aber den Kopf, als Caro ihn fragend anschaute.

Tatsächlich Brennholz. Für ein Feuer im Kamin. Trotz einer Außentemperatur, die auch in der Nacht noch bei fünfundzwanzig, sechsundzwanzig Grad Celsius lag. Auf den speziellen Wunsch eines speziellen Gastes. Die Wirtschafterin hatte sich unendlich geziert, bis sie mit der Sprache herausgerückt war: Der Gast spielte wieder einmal Adam und Eva und die Vertreibung aus dem Paradies. Die Rolle des Adams reservierte er für sich, dagegen durften so viele Evas und Schlangen teilnehmen, wie sie wollten, er löhnte für alle und sorgte mittels eines heftigen und großzügig bezahlten Kaminfeuers dafür, dass sie sich nicht verkühlten oder gar erkälteten.

»Der scheint nicht alle Tassen im Schrank zu haben«, murmelte Caro und Olli Herzberg antwortete trocken:

»Aber genügend Geld in der Brieftasche und ausreichend Potenz.«

»Für eine kleine Orgie?«

»So klein scheint sie nicht gewesen zu sein.«

Was zutraf; von den zwölf Mitarbeiterinnen des Clubs hatten sich zum Schluss sieben an der Vertreibung aus dem Paradies beteiligt, die insoweit ja tatsächlich stattgefunden hatte, als dass alle in paradiesischer Nacktheit vor dem Feuer ins Freie flüchten mussten. Zum Entzücken der Zuschauer.

Dann blätterte Caro um, hielt einen Moment den Atem an und krümmte sich vor Lachen. »Adam« hatte sich formvollendet als Hugo von Pöttringhausen, MdL in der Fraktion der konservativen *Bürgerallianz* vorgestellt, während die Wirtschafterin heulte, an allem sei nur Hugo der Hurenbock schuld.

»Das darf nicht wahr sein.«

»Unser IM wird sich mächtig freuen.«

»Hugo von Pöttringhausen.« Einer der großen Kulturmäzene und zurzeit Vorsitzender der *Marlenser*, Sponsor und Menschenfreund. »Wenn das bekannt wird …«

»Das wird den Hugo nicht stören«, warf Olli ein. »Er ist nicht und war nie verheiratet, macht aus seinen sexuellen Vorlieben kein Geheimnis, und wenn jemand deswegen sein Geld nicht mehr annehmen will, würde ihn das auch nicht jucken.«

»Du meinst, er ist nicht erpressbar?«

Olli zögerte und zuckte die Achseln.

»Das würde ich nicht sagen«, mischte sich Raabe ein. »Aber ich denke mir, bei ihm wird es so schnell keiner versuchen.«

Diese Einschränkung bedachte Caro eine Minute und nickte zögernd. »Kennt ihn jemand?«

»Nicht persönlich. Nur aus der Zeitung …«

»Das Geschreibsel ist nicht übertrieben – fürchte ich, Caro.« Olli Herzberg hatte seine Gewährsleute angerufen.

Über den potenten Hugo wurde einiges geschrieben, viel erzählt und noch mehr gemunkelt; aber es stimmte, dass der

Polit-Clown seine Marotten nicht leugnete, sondern immer äußerst freimütig herumposaunte, was er gerade wieder ausgeheckt, getrieben oder angestellt hatte. Natürlich schützte ihn sein Vermögen wie ein unsichtbarer Panzer, aber darüber hinaus blitzten hinter der scheinbaren Dummheit und Frivolität eine boshafte Intelligenz und Härte durch, die viele Menschen zu Recht zögern ließen, ihm dumm zu kommen oder ihn anzugreifen. Hugo war nicht ungefährlich, dazu rachsüchtig und ausgesprochen nachtragend und manch einer bedauerte es inzwischen sehr, sich mit ihm angelegt zu haben.

»Weißt du, was er sich als Neuestes hat einfallen lassen?« Olli seufzte vergnügt. »Die Staatskanzlei ist doch im alten Pagenfeld-Palais untergebracht. Hugo hat sich nun daran erinnert, dass er mit der letzten Besitzerin, Amalie Aurelia Gräfin von und zu Pagenfeld, um siebenundzwanzig oder einunddreißig Ecken verwandt und ihr einziger Erbe gewesen ist. Im Moment lässt er nach Amalie Aurelias Grab forschen, um festzustellen, ob sie dort rotiert. Denn von seiner hoch verschuldeten Erbtante wisse er nicht mehr viel, nur das: Sie war völlig unsozial, antidemokratisch bis auf die Knochen und sie hasste das Volk. Der Gedanke, dass in ihren Räumen eine Regierung der *Sozialen Volkspartei* mit Beteiligung der *Liberalen Mitte* amtiere, müsse sie umtreiben, ihr die ewige Ruhe rauben, womit zweifellos der Tatbestand Paragraf 168 Strafgesetzbuch, Störung der Totenruhe, erfüllt sei.«

»Ein Spinner.«

»Sicher, aber leider weiß man vorher nie, wann er nur spinnt und wann er es ernst meint.«

»Moment mal, Olli, willst du damit sagen, dass er Prometheus sein kann?«

»Das würde ich ihm unbedingt zutrauen. Er mag Kayser nicht und Ohnefeldt noch weniger, die beiden haben sich im Landtag schon gewaltig gefetzt.«

»Aber Brandstiftung …«

»Na und? Bis jetzt ist doch nichts passiert. Das *Lux* sollte abgerissen werden. Der Eigentümer sitzt mit Hugo im Vorstand der *Marlenser.* Das Reisebüro ist sicherlich gegen den Löschwasserschaden versichert. Und mit den Architekten wird Hugo wohl eine uralte Fehde gehabt haben.«

Caro winkte ab. Eine schöne Spekulation, aber sie führte nicht weiter. »Und was plant Hugo zurzeit?«

»Keine Ahnung.« Olli gluckste. »Aber was immer Hugo im Schilde führt – das kleine Intermezzo im *Club 99* wird ihn davon nicht abhalten.«

»Auch nicht, wenn es bekannt wird?«

Olli schüttelte den Kopf und Raabe pflichtete ihm bei: »In den Zeitungen habe ich seinen Namen sowieso nicht gelesen.«

»Der Einsatzleiter hat richtig und rechtzeitig geschaltet und Hugo vor der Presse abgeschirmt.« Im Hinausgehen fügte Olli resigniert hinzu: »Hugo hat darauf bestanden. Der Polizei obliege auch der Schutz seiner Intimsphäre, selbst vor einem brennenden Puff, und es bleibe seinem Urteil überlassen, wo und mit wie vielen Personen er intim zu sein wünsche, gegen Barzahlung und ohne Gewalt anzuwenden.«

Raabe lachte laut auf und Caro nickte versonnen. Es gab eine Dreistigkeit des guten Gewissens, gegen die schlecht anzukommen war, selbst als Polizistin. Oder Innenminister. Erst recht, wenn der Selbstbewusste politisch Ärger bereiten konnte. »Woher stammt Hugos Reichtum?«

Olli Herzberg kehrte um und grinste feist. »Er ist der habituelle Gesamterbe, wie er sich ausdrückt. Der Letzte einer weit verzweigten Familie, die er jetzt nach und nach beerbt. Wie es heißt, erbt er jährlich mehr, als er ausgeben kann. Trotz aller seiner Eskapaden.«

»Prima«, sagte Caro trocken. »Dann schreibt mir mal die Adressen der beiden Frauen, der Holzholerinnen, auf.«

»Die werden ihre Anwälte benachrichtigen«, warnte Raabe.

»Na und? Bei Menschen gefährdender Brandstiftung darf das Landeskriminalamt doch wohl ein paar Fragen stellen, oder? Erst recht, wenn die zuständigen Neustädter Terborn um Amtshilfe bitten.« Caro rieb sich energisch das Kinn.

Wenig später kannte sie die Namen: Sabine Lissow war nicht vorbestraft, Charlotte Riema, von Kolleginnen und Kunden nur ›Charly‹ genannt, war einmal bei einem Ladendiebstahl erwischt worden.

Abends hockte Caro in ihrem riesigen Wohnzimmer, das ihr sehr leer vorkam, trank trotz aller guten Vorsätze zu viel Weißweinschorle und grübelte. Pete Sanders war ohne positives Ergebnis von seiner Befragungstour vom Busbahnhof zurückgekommen.

Seit sie den letzten Prometheus-Brief gelesen hatte, plagte Caro der Gedanke, sie habe etwas vergessen, übersehen oder nicht richtig verstanden. In dem Brief steckte eine Botschaft, die sie noch entschlüsseln musste. Als Raabe später anrief, wimmelte sie ihn unter einem Vorwand ab.

Diese Unruhe hatte die Nacht überdauert und zwickte Caro noch beim Frühstück. Je länger sie über den Fall nachdachte, desto weniger gefiel ihr die ganze Chose und eigentlich bereute sie bereits ihre Zusage, die Soko zu leiten. Aus Verbitterung machte sie einen Abstecher in die Räume des Ersten Kommissariats.

Herta Wassmuth inspizierte sie von oben bis unten. »Sie schweben heute wieder einmal geheimnisumwölkt rein temporär durchs Präsidium, nicht wahr?«

»Muss ich, Herta. Das Wohl der Nation, die Existenz des Staates und die Sicherheit Ihrer Rente stehen auf dem Spiel.«

»Ah ja, schon verstanden!«, versetzte die Grauhaarige ungerührt. »Sie sind also unerreichbar – haben Sie Ihr Handy eingesteckt?«

»Hab ich.«

»Auch eingeschaltet? Akku geladen?«

»Beides bereits kontrolliert.«

»Was ist mit Ihrer Waffe?«

»Die hab ich nicht gefunden«, gestand Caro verschämt.

»Könnten Sie nachher mal in meinem Zimmer …?« Sie verstummte, weil in Hertas Augen etwas aufglomm, was alle Mitarbeiter der Mörderei aus bitterer Erfahrung nur zu gut kannten.

Prompt schnellte Hertas Hand vor: »Sie schulden der Kaffeekasse noch zwanzig Euro. Ohne Mäuse läuft in Sachen Knarre gar nichts.«

»Ich hab's geahnt!«, grämte sich Caro und zückte ihr Portmonee. Ihr Vorzimmerdrachen kochte anerkanntermaßen den besten Präsidiumskaffee, doch Hertas Methoden, die Beiträge für die gemeinsame Kasse einzutreiben, streiften oft den Tatbestand der Nötigung.

»Heißen Dank. Ihre Waffe liegt in der untersten Schreibtischschublade rechts ganz hinten und den Sicherheitsschlüssel haben Sie neuerdings an Ihrem Bund, ein flacher mit einem roten Plastikdreieck.« Während sie die eroberten Geldscheine glatt strich, funkelte Herta Caro von der Seite an: »Ihr Stellvertreter macht sich übrigens gut. Wenn Sie noch lange wegbleiben, brauchen wir Sie nicht mehr.«

Hertas Tiefschläge waren gefürchtet, weil sie meist auf den Punkt trafen.

»Ich bin gerührt, Herta …«

Doch die hörte schon nicht mehr zu, wedelte mit einer Hand, als wolle sie Fliegen fangen, und malträtierte anschließend die Tastatur ihres Computers. Selbst ihr Nacken glänzte vor Konzentration und Diensteifer. Mit Herta auszukommen musste man lernen. In vierzehn Jahren Mörderei hatte sie so viele Kolleginnen und Kollegen, ganz abgesehen von Schuldigen und Zeugen, Großmäulern und Angsthasen kommen und gehen sehen, dass nichts und niemand mehr Herta Wassmuth erschütterte, geschweige denn einschüchterte. Am allerwenigsten eine zerstreute Chefin.

Seit der Sanierung des so genannten Kasernenviertels erstrahlten viele Häuser in der Ulanengasse und dem parallel verlaufenden Husarenweg in den Uniformfarben und dem früheren Glanz der Namensgeber. Neue, finanzkräftige Mieter hatten schon viele alte Bewohner verdrängt; anstelle eines Schnellimbisses, den Caro wegen der selbst gemachten Kartoffelpuffer und des süßsauren Linsengemüses sehr geschätzt hatte, lud nun eine Austern-Champagner-Kaviar-Hummer-Bar ein. Gegenüber war die Lotto-Annahmestelle verschwunden, von der das Gerücht umlief, hier habe das Glück in Form von sechs Richtigen acht Mal zugeschlagen; eine Galerie für moderne Plastik verschreckte mit scheußlichen Ausstellungsstücken im Schaufenster. Nach wie vor parkten Autos im Halteverbot, aber Kleinwagen waren gar nicht mehr und Mittelklassewagen nur noch vereinzelt vertreten. Im Erdgeschoss des Hauses Nr. 11, das der Totalrenovierung zum Teil widerstanden hatte, residierte ein Juwelier, der es zwar auch nicht für nötig befand, die Schaustücke mit Preisschildchen auszuzeichnen, aber wenigstens Sinn für Formen und Farbe verriet. Große Steine, glatte Flächen, vielleicht Platin, vielleicht poliertes Aluminium, wie sollte Caro das wissen? Sie schlenderte zur Haustür.

S. Lissow wohnte laut Klingel im ersten Stock und öffnete auch nach dem vierten Schellen nicht. Also drückte Caro auf gut Glück den Knopf *K. Heimrich,* der Öffner schnarrte, eine Automatik schaltete die Treppenhausbeleuchtung an, sobald die Beamtin die Tür aufschob. Hinter ›K.‹ verbarg sich eine Katharina oder Kathrin, weißhaarig, um die siebzig Jahre alt, die in ihrer Wohnungstür stand und Caro neugierig taxierte.

»Guten Morgen, Frau Heimrich«, grüßte Caro betont höflich und ärgerte sich, dass sie heute nicht, wie ursprünglich geplant, ihren superkurzen Rock angezogen hatte. »Entschuldigen Sie bitte die Störung, mein Name ist Heynen, Caroline Heynen, und ich suche Sabine Lissow.«

»Guten Tag«, erwiderte die Nachbarin zurückhaltend. »Sabine – Frau Lissow ist nicht da.«

»Oh! Ist sie verreist? Für längere Zeit weg?«

»Sicher für ein paar Tage.«

»So ein Pech aber auch!«, jammerte Caro. »Ich bin nur auf der Durchreise hier und dachte, da schaust du doch mal bei der Bine rein …«

»Sabine liegt im Krankenhaus, im Elisabeth-Krankenhaus«, unterbrach die Weißhaarige Caro resolut.

»Nein! Was ist denn los? Was hat sie? Etwas Schlimmes?« Von Körpersprache verstand Caro mehr als die meisten Menschen, und deswegen registrierte sie ausdruckslos, dass die alte Dame sich aufrichtete, als wollte sie einen Schritt in den Schutz ihrer Wohnung zurücktreten, und unwillkürlich beide Hände zu Fäusten ballte. Für Sekundenbruchteile irrte ihr Blick ab, sogar ihre Stimme schraubte sich um eine halbe Oktave in die Höhe. »Sie hatte einen Unfall. Am Montag.«

Caro mochte privat wie beruflich nette, alte, ehrbare Damen, die so schlecht und so offenkundig logen, und bedankte sich, ihrer Rolle getreu, so überschwänglich wie überstürzt, bevor sie die Treppe hinuntersprang.

Die Patientin war in einem Vierbettzimmer untergebracht, in dem Caro zu ihrer Erleichterung nur noch eine andere tief schlafende Frau antraf, als sie hereinkam, begleitet von einer kurz angebundenen Schwester, die sich maßlos ärgerte, dass sie eine Kriminalbeamtin außerhalb der Besuchszeit hereinlassen musste. Sabine Lissow ließ das Buch sinken und blinzelte unschlüssig.

»Frau Lissow?«

Sie nickte und Caro zog leise einen Hocker heran. »Guten Tag, mein Name ist Heynen, Kripo Terborn.« Jede Wette, dass die Patientin nicht zum ersten Mal einen Dienstausweis studierte. »Ich habe ein paar Fragen an Sie.«

»Um was geht es denn?« Sabines Stimme klang leise und heiser, aber das mochte damit zusammenhängen, dass ein riesiges Pflaster ihren rechten Mundwinkel zusammenhielt. Das blaue Auge links und der Bluterguss unter dem rechten Auge würden vergehen, aber sie konnte von Glück sagen, wenn die Wunden auf der Stirn und am Unterkiefer ohne

Narben verheilten. Beide Hände locker mit Mull verbunden, nun ja, kein Zweifel möglich, diese und ähnliche Bilder hatte Caro zu oft gesehen, um sich zu irren.

»Was ist passiert?«, erkundigte sie sich im Flüsterton.

Vor der Antwort zögerte Sabine Lissow zu lange. »Ich bin gestürzt. Auf der Treppe. Vor meiner Wohnung.«

»Tja, diese Treppen kenne ich, Frau Lissow, die haben zwei Beine und zwei Fäuste und haben in der Regel scheußliche Manieren. Wer hat Sie so zugerichtet?«

»Niemand, ich sagte doch, ich bin gestolpert und gefallen …«

»Das erzählen Sie Ihrer Großmutter! Wer?«

Obwohl es ihr Schmerzen bereitete, presste Sabine die geschwollenen Lippen zusammen. Darauf wollte und würde sie nicht antworten, doch sie machte sich nicht klar, wie viel sie damit schon preisgab. Sie fürchtete den Schläger immer noch und das grenzte den Kreis der Verdächtigen gewaltig ein.

»Na schön, ganz wie Sie wollen! Aber wann Sie die Treppe so unglücklich hinuntergepurzelt sind, das wollen Sie doch nicht verheimlichen?«

»Am Montagnachmittag«, erwiderte Sabine giftig.

»Ah ja! Also nachdem Sie zum Feuer im *Club 99* vernommen worden sind?«

»Ja.«

»Das Protokoll hatten Sie auch schon unterschrieben?«

»Ja.« Die Boys und Girls aus Neustadt an der Eltz waren vielleicht nicht sehr helle und gründlich, aber flink.

»Gut. Dann reden wir mal über den Brand.«

»Was soll denn …«

»Es gibt eine winzige Neuigkeit, Frau Lissow. Die Spezialisten von unserer Feuerwehr haben herausgefunden, dass das Feuer in dem Brennholzstapel an der Rückwand des Hauses ausgebrochen ist.«

»Ja, meinetwegen, aber wieso …?«

»Von diesem Stapel haben Sie und Ihre Kollegin Charlotte Riema kurz zuvor Holz geholt, für ein Kaminfeuer, das ein

Kunde für eine – nun ja – spezielle Vorstellung gewünscht hat.«

»Das bestreite ich ja gar nicht.«

»Ich weiß. Aber merkwürdig ist es schon, nicht wahr? Sie holen Holz und wenig später bricht an genau der Stelle Feuer aus.«

Caros Andeutung verschlug Sabine Lissow die Sprache, sie wurde bleich und stammelte endlich: »Wollen Sie ... glauben Sie etwa ...?«

»Was ich glaube, spielt keine Rolle. Dem Staatsanwalt muss ich Beweise vorlegen, nur die zählen. Aber vielleicht glaubt ein anderer, ein Herr Treppe zum Beispiel, dass Sie den Club angezündet haben. Absichtlich. Aus Wut, Zorn, Rache, gegen Bezahlung, was weiß ich. Oder aus Versehen, durch eine weggeworfene Zigarette etwa. Also verpasst er Ihnen eine Abreibung.«

»Das ist ... das ist doch Blödsinn!«

»Wirklich?« Caro lächelte schräg und holte eine Visitenkarte heraus. »An Ihrer Stelle würde ich mir das alles gut überlegen, Frau Lissow, und mit einem Rechtsanwalt bereden. Und wenn Sie zu einem vernünftigen Schluss gekommen sind, rufen Sie mich an. Oder kommen Sie zu mir.« Sie drückte der erstarrten Patientin die Karte in die Hand. »Vergessen Sie nicht – wer einmal zugeschlagen hat, tut es auch ein zweites Mal. Tschüss, und gute Besserung.«

»Wiederseh'n«, murmelte Sabine widerwillig. Mit den kurzen, dunkelblonden Locken und dem zierlichen puppenhaften Gesicht erinnerte sie Caro an einen süßen, unschuldigen Fratz, doch die Verletzungen und ihre wissenden Augen straften diesen Eindruck Lügen.

Auf dem Parkplatz drehte Caro sich noch einmal um. Ihr hatte immer gefallen, dass der alte Bau früher bis zu den Regenrinnen mit wildem Wein bewachsen war. Das Grün hatte dem alten Gemäuer viel von seiner massiven, bedrohlichen Hässlichkeit genommen. Wahrscheinlich hatte es gute, medizinische wie hygienische Gründe gegeben, die dicken

Ranken zu kappen, aber mit den nackten Backsteinmauern stellte es sich jetzt als ein Haus für Kranke dar, nicht mehr als eines für Genesende.

Vom Elisabeth-Krankenhaus aus musste Caro quer durch die Stadt fahren. Weil die Frankfurter Straße im Norden einen Teil des vierspurigen Ringes 2 bildete, ordnete sie sich bald rechts ein und folgte den Hinweisschildern auf die Häuser Nr. 183 bis 191. Die neun quadratischen Klötze in der Landschaft hatte sie oft mit Schaudern vom Auto aus betrachtet, aber diese in Beton erstarrten Planungsverbrechen noch nie aus der Nähe angesehen. Neun identische Hochhäuser, jedes mit – sie zählte am Eingang von Nr. 185 gewissenhaft die Reihen der Klingelknöpfe – sechzig Parteien. Zwischen den Bauten dienten zweigeschossige Garagen als Verbindungstrakte, die Rasenflächen waren zu hartem Lehm zertrampelt, Bäume und Büsche abgestorben, verdorrt, mutwillig zerstört. Die Müllcontainer quollen über und stanken in der Hitze bestialisch, die Gehwegplatten schwankten, an den Wänden platzte die Oberfläche ab. Ohne die überreichlichen Graffiti, die einen unverkennbaren sexuellen Realismus einerseits und gewaltige Rechtschreibschwächen – nach den neuen wie nach den alten Regeln – andererseits offenbarten, hätte Caro sich umgehend in eine schwere Depression geflüchtet. Seltsam, fast jeder kannte den Satz, dass man einen Menschen auch mit seiner Wohnung erschlagen kann, doch entsprechend handeln wollten nur wenige. Die Haustür klemmte, ein Stoß mit der Schulter genügte, sie zu öffnen, und im Aufzug hielt Caro sich die Nase zu. Dagegen blitzte der dunkelgrüne Bodenbelag im neunten Stock vor Sauberkeit und gefährlicher Glätte, auf dem Treppenpodest standen mehrere Schemel und Bänkchen mit blühenden Topfblumen, es roch durchdringend nach Reinigungsmitteln mit Limonenduft-Zusatz.

Nr. 4, jawohl, *Charlotte Riema,* neben der Klingel ein ordentlicher Pappstreifen; Caro stellte sich auf die schwarz-weiß gewürfelte Fußmatte direkt vor den Spion. In dieser Umgebung tat man gut daran, seine Gäste vor dem Öffnen gründlich zu inspizieren.

Caro hatte Glück. Nach einer Minute wurde die Tür einen Spalt weit aufgezogen, gesichert durch zwei massive Sperrketten, und eine Frau erkundigte sich abweisend: »Was wollen Sie?«

»Frau Riema, Charlotte Riema? Mein Name ist Caroline Heynen, ich hätte Sie gerne gesprochen.« Dabei hielt sie ihren Dienstausweis vor den Spalt. Sie hörte ein Stöhnen; so etwas kannte Charlotte Riema also.

»Um was geht es denn?«

»Um das Feuer im *Club 99.*«

»Aber dazu hab ich doch schon ausgesagt. Und das Protokoll unterschrieben. Am Sonntag noch.«

»Ich weiß, aber es gibt immer noch ein paar unklare Punkte.«

Widerwillig gab Charlotte Riema nach: »Meinetwegen, Moment …«

Die Ketten rasselten, und als sie für Caro die Tür aufzog, musterte sie ihre Besucherin ungnädig. Caro sah Charlotte Riema an, dass die losquengeln wollte, aber nach einem Blick auf Caros fröhliche Miene änderte sie blitzschnell ihre Taktik. Schließlich verdiente die Dame ihre Euros im Gewerbe und konnte sehr präzise beurteilen, wann man eine Polizistin beleidigen und nerven durfte oder besser bescheiden kleine Brötchen buk. Zurzeit waren maximal mittelgroße Semmeln angesagt. Als sie ins Wohnzimmer voranglitt, bewunderte Caro den Ausblick auf einen perfekten Rücken unter einem ziemlich durchsichtigen Negligee.

In den Schmelz der Jugend hatte das harte Leben einige tiefe Kratzer gerissen, was Charlotte durch Erfahrung überspielte und vollwertig ersetzte, und trotz ihrer Aufmachung, trotz der vielen Puppen, des ganzen Reisesouvenir-Tinnefs und der kitschig bunten Plastikblumen im Wohnzimmer unterschätzte Caro weder Charlotte Riemas Intelligenz noch ihre Kaltschnäuzigkeit. Natürlich würde Charlotte ihre Besucherin nach Strich und Faden verschaukeln, wenn die nicht höllisch aufpasste.

Deshalb ließ Caro sie die Geschichte des Kaminfeuers wiederholen; Charlotte wich von ihrer ersten Aussage nicht ab, und dass sie vor Ungeduld mit dem Fuß wippte, brachte Caro auf die Idee, dass der luftige Aufzug vielleicht einem Mann galt, den sie jeden Moment erwartete.

»Okay, ich hab eben Ihre Freundin Sabine Lissow im Krankenhaus besucht …«

»Keine Freundin! Kollegin!«, wehrte Charly Riema ab.

»Na fein, also Kollegin. Sie wissen, was ihr passiert ist?« Die Pokerkarten waren ausgeteilt, nun begann das Bluffen und nach einer Bedenkpause nickte Charlotte vorsichtig: »Sie ist die Treppe hinuntergefallen.«

»Wie heißt denn diese Treppe?«

»Wieso – wie meinen Sie das?«

»Frau Riema!«, mahnte Caro geduldig. »Sie wollen doch eine alte Polizistin nicht in den April schicken.«

Eine gute Minute kaute Charly auf ihren Lippen und grübelte, das Kinn auf beide Fäuste gestützt, den Blick zu Boden gerichtet. Der dünne Morgenmantel war zur Seite geglitten und enthüllte ein Paar sehenswerter Beine, sie hatte Caro einen Sessel angeboten und sich vor ihr so auf die Couch platziert, dass Caro die körperlichen Vorzüge nicht übersehen konnte. Irgendwo tickte eine Uhr aufdringlich laut. Wovon lebte sie, jetzt, nachdem der Club abgebrannt war? Würde sie jemals wieder gemeinsam mit Sabine Lissow in einem Etablissement unterschlüpfen? Selbst wenn sie früher Sabine als ›Freundin‹ bezeichnet hatte, würde sie nun nachrechnen, was höheren Gewinn abwarf, schweigen oder schwätzen. Beinahe hätte Caro ihr zugezwinkert, als Charlotte den Kopf hob und ein prüfender Blick über die Beamtin hinweghuschte. Mit deiner Sorge liegst du ganz richtig, meine Liebe, entweder packst du jetzt aus oder diese dämlich grienende Bullette vor dir wird sehr ungemütlich.

»Teulemans, Pierre Teulemans.«

»Wer ist das?«

»Bines – Freund.«

Nun, ›Freund‹ klang schöner und harmloser als ›Zuhälter‹, aber Caro runzelte die Stirn: »Woher kenne ich den Namen?«

»Er ist Geschäftsführer vom *Club 99.*«

Richtig, den Namen hatte sie in den Akten gelesen. »Und warum hat Teulemans seine Freundin ins Krankenhaus geprügelt?«

»Das wollte Bine nicht verraten.« Charly Riema zog den Stoff züchtig über die Oberschenkel und Caro verschluckte ein schmutziges Kichern.

»Hat es was mit dem Feuer zu tun?«

»Mit dem Brand? Wie meinen Sie das?« Charlys Erstaunen war entweder meisterhaft gemimt, was Caro ihr so recht nicht zutraute, oder ehrlich, was sie irritierte.

»Die Brandsachverständigen haben festgestellt, dass das Feuer in dem Holzstapel ausgebrochen ist, von dem Sie und Sabine Holz für den Kamin geholt haben.«

»Ja, und was hat …?«

»Möglicherweise nimmt Teulemans an, Sie und Sabine hätten das Feuer gelegt. Absichtlich oder aus Versehen. Und deswegen hat er zugelangt.«

Mit offenem Mund staunte Charly die Kriminalbeamtin an, auf diese Idee war sie noch nicht gekommen und sie gefiel ihr gar nicht. Geduldig hielt Caro ihren Blicken stand, bis Charlys Augen zuckten und sie fast triumphierend widersprach: »Nein.«

»Was heißt ›nein‹?«

»Wenn Teulemans wirklich glauben sollte, wir beide hätten das Feuer – verschuldet, läge ich jetzt auch im Krankenhaus.«

»Er neigt zur Gewalt?«

»Na klar doch. Gewalttätig, geil, gemein und geldgierig. Nein, wegen des Feuers hat er Sabine sicherlich nicht vermöbelt.«

»Sondern?«

»Sie will weg von ihm. Hat die Schnauze voll von ihm. Aber er lässt sie nicht gehen, sondern verlangt eine – eine ...«

»Ablöse, sprechen Sie's ruhig aus!«

»Eben.«

»Wie viel verlangt er denn?«

»Fünfundzwanzig Riesen.«

»Heiliger Bimbam. Mehr nicht? Wie will Sabine Lissow diese Summe jemals zusammenkriegen?«

Bis jetzt hatte Charly beide Hände entspannt auf den Oberschenkeln liegen gehabt, nun umklammerte sie plötzlich ihre Knie: »Sie wollte sich das Geld leihen.«

»Ah ja, verstehe. Und von wem?«

»Von Freunden.« Der gleichgültige Ton misslang ihr gründlich.

»Bitte, Charly«, blubberte Caro gemütlich. »Keine Märchenstunde.«

»Von einem – Stammkunden«, verbesserte sie ärgerlich.

»Leihen?«

Charly Riema nickte kläglich.

»Ich muss jetzt mal laut denken. Wenn eine Prostituierte sich von einem Stammfreier fünfundzwanzigtausend Euro leihen will, drängt sich einer fantasielosen Kripofrau wie mir sofort der Begriff ›Erpressung‹ auf. Und weil ich das Strafgesetzbuch schon mal vor Augen habe, blättere ich um und lande bei den Bestimmungen über Beihilfe. Ganz automatisch denke ich so, das ist so ein blöder Reflex.«

»Ja, ja, schon gut«, fauchte Charly. »Sparen Sie sich das Theater. Jede von uns hat Stammkunden im Club. Bine auch, und einer kommt sogar recht häufig für eine sehr spezielle Nummer. Okay, das ist sein und Bines Bier, so lange er ordentlich löhnt und nicht mehr verlangt als vorher vereinbart. Wir regen uns auch nicht auf, wenn die Freier unbedingt unter falschem Namen antreten wollen.«

»Hauptsache, die Kohle stimmt.«

»So ist es! Vor zwei oder drei Wochen ist Bine ganz aufgeregt zu mir gekommen. Charly, hat sie gejubelt, ich hab rausgefunden, wie mein Gerhard richtig heißt, und ich kann mir gut vorstellen, dass der mir die fünfundzwanzig Riesen vorstreckt.«

»Das heißt, Sie wussten von der Ablöse ...«

»Natürlich, sie hatte mich doch auch schon angebettelt.«

»Hat Bine Ihnen verraten, wie dieser – dieser Gerhard richtig heißt?«

»Nein, das nicht.« Sie zuckte die Achseln und das Oberteil rutschte mächtig, doch Charly bremste es gekonnt einen Zentimeter vor dem Absturz. »Sie hat nur rumgelabert, er sei ein großes Tier aus der Politik. Und habe sicher kein Interesse daran, dass seine sexuellen Vorlieben bekannt würden.«

Ein kalter Finger strich Caros Rückgrat entlang. »Hat dieser Promi die fünfundzwanzig Mille ausgespuckt?«

»Nein«, entgegnete Charlotte gleichmütig, »das nicht.«

»Also wollte er nicht?«

»So hat Bine das nicht erzählt. Es wäre was dazwischengekommen.«

»Dazwischengekommen? – Was heißt das?«

»Keine Ahnung, Frau Kommissarin. Das Wort hat Bine benutzt – ›dazwischengekommen‹.« Und wenn Charly wirklich wusste, ahnte oder vermutete, was sich hinter dieser Vokabel verbarg, würde sie es nicht freiwillig aussprechen. Um ihren Hals zu retten, scheute sie keine Sekunde, eine Freundin oder Kollegin unter Wasser zu treten, aber sie würde sich nicht mit in die Tiefe ziehen lassen. Die Gedanken hinter ihrer glatten Stirn las Caro wie in einem offenen Buch.

»Also gut, dann hätte ich noch eine – nein, zwei Fragen.« Charlys unverhohlene Erleichterung reizte zum Lachen. »Hat Sabine einmal angedeutet, wie sie hinter den richtigen Namen ihres Stammkunden Gerhard gekommen ist?«

Die Vorstellung, die Polizistin gleich loszuwerden, beflügelte Charly regelrecht; zum ersten Mal lächelte sie offen und das machte sie hübscher als die professionelle Freundlichkeit, die zwar ihre Mundwinkel nach oben bog, aber die Augen nicht erreichte. »Durch die Zeitung. Da war irgendein Bericht mit vielen Fotos und auf einem dieser Bilder hat sie ihren Gerd erkannt. Der richtige Name stand drunter.«

»Wissen Sie zufällig, in welcher Zeitung ...«

»Nein.« Sie schüttelte den Kopf, dass ihre lange Mähne pendelte.

»Und wann war das? Wann hat Bine ihren Gerhard identifiziert und wann hat sie Ihnen erzählt, etwas sei dazwischengekommen?«

Charlotte gab sich sichtlich Mühe, aber das Ergebnis fiel mager aus. Der Artikel mit den Fotos musste vor zwei oder drei Wochen erschienen sein, ja, ziemlich sicher Ende Juni. Und »dazwischengekommen« – sie wollte nicht die Hand ins Feuer legen, aber das Wort war erst vor kurzem gefallen – also, wenn sie's nicht beeiden musste, Anfang dieser Woche. Auf jeden Fall unmittelbar nach dem Feuer im Club. Bestimmt. Denn als sie das Brennholz für den Kamin holten, hatte Bine noch geschimpft, nur fünfundzwanzig Riesen, und sie könne diesem geilen Vollidioten mit seiner Adam-und-Eva-Nummmer was husten oder ihm die Eier ohne Narkose tätowieren. Caro lachte leise, so was Ähnliches hatte sie schon vermutet. Und als sie dann nackt im Wald bibberten und zuschauten, wie der Club trotz der Löscharbeiten total abbrannte, hatte Bine gewimmert, jetzt wäre sie schon mit einer Wolldecke, einem Taxi und einem Hunderter für die Heimfahrt zufrieden.

Das Telefon unterbrach ihr Gespräch und brachte sie in die Gegenwart zurück. Beim zweiten Läuten murmelte Charlotte Riema etwas Unverständliches und sprang hoch. Der Apparat stand auf einem niedrigen Schrank neben der Wohnungstür, sie kehrte Caro den Rücken zu und lehnte sich dekorativ an den Türrahmen. »Ach du. – Ja. – Nein, die war noch nicht hier. – Was meinst du? – Nein, natürlich nicht.« Charly drehte den Kopf so weit, dass sich ihre Blicke trafen, und jetzt wehrte Caro sich nicht gegen ihren Versuch, sie als Komplizin einzuspannen. »Wo denkst du hin? – Ich erzähle doch den Bullen nichts …« Ihre Hand streichelte Busen und Hüften. »Klar, du kannst dich auf mich verlassen. – Mach ich, gute Besserung, tschüss.« Sie legte auf und streckte sich, doch auf eine weitere Vorstellung verzichtete Caro lieber.

»Eine kluge Entscheidung, Charlotte Riema«, lobte Caro. »Wir sind im Geschäft.«

»Was für ein Geschäft?« Verständnislos plinkerte Charlotte mit den Lidern und Caro fiel erst jetzt auf, dass Charly für eine Frau sehr groß war.

»Wir beide schweigen über unser nettes Gespräch. Eisern! Vor allem gegenüber Sabine Lissow und Pierre Teulemans.«

»Das ist – ja, natürlich.« Nun atmete Charly tief durch und verschränkte die Arme vor der Brust.

»Was wollte Bine eigentlich machen, wenn sie aus dem Club verschwunden war?«, fragte Caro neugierig.

»Eine ehemalige Kollegin vom Roten Platz hat's geschafft und einen gut gehenden Schnellimbiss am Herzogenpark eingerichtet, dort wollte Sabine mitmachen.«

»Halten wir ihr die Daumen. Liebe Charly, eine unangenehme Frage müssen Sie noch beantworten. Warum lässt Teulemans eigentlich Sie in Ruhe?«

»Er hat einmal einen Fehler begangen und an Minderjährige Stoff verkauft, nachdem er sie angefixt hatte. Die Beweise liegen bei meinem Anwalt im Panzerschrank, solange mir nichts passiert. Das bleibt aber unter uns, ja? Ich möchte gerne überleben.«

»Ist Teulemans so gefährlich?«

»Noch gefährlicher, fast so schlimm wie die Leute, für die er arbeitet.«

»Kennen Sie die?«

»Nein. Erstens ist das die Wahrheit und zweitens würde ich Ihnen die Namen nicht verraten, selbst, wenn ich sie wüsste.«

»Weiß Sabine auch Bescheid?«

»Darüber nicht. Aber sie kommt aus Anklam in Fünfneuland und spricht ganz leidlich Russisch. Die meisten anderen Frauen stammen aus Osteuropa und beherrschen deswegen ein paar Brocken Russisch. Sabine dient als Dolmetscherin – verstehen Sie?«

»Ja. Das bleibt alles unter uns, Frau Riema. Mein Wort.«

Als perfekte Gastgeberin brachte Charlotte Caro zur Wohnungstür. Schräg gegenüber schloss ein großer, kräftiger, gut aussehender Mann mit weit vorangeschrittener Glatze und einem dichten grauen Haarkranz die Tür zur Wohnung Nr. 6 auf und warf einen belustigten Blick erst auf Caro, dann auf Charly, die einen Schritt in den Flur vortrat.

»Hallo, Klaus!«, winkte Charly dem Nachbarn kokett zu.

»Tach, Charly.«

Caro überlegte scharf: Wo hatte sie dieses Gesicht schon gesehen? Und in welchem Zusammenhang? Caros gerunzelte Stirn und Charlys Negligee regten wohl seine Fantasie an, wahrscheinlich in die falsche Richtung, sinnierte Caro düster. Der Mann kam ihr bekannt vor; sie hatte ihn oder wenigstens sein Bild vor nicht allzu langer Zeit irgendwo gesehen.

»Wie geht's dir?« Das war ja ein Ding, Charly versuchte, den Nachbarn in ein Gespräch zu verwickeln.

»Danke, gut, dir hoffentlich auch. Wir sehn uns.« Damit verschwand der kräftige Grauhaarige in seiner Wohnung. Als sich Caro zu Charly umdrehte, rührte sie ihr bittender Ausdruck, der so überhaupt nicht zu einer hartgesottenen Frau passte.

»Ein Freund?«, tastete Caro sich vor.

»Ein Nachbar. Ein guter Nachbar.« Charly rang mit sich. »Er weiß nicht, was ich … womit ich …«

»Schon verstanden, Frau Riema. Von mir erfährt er es nicht. Aber er kommt mir so verflixt bekannt vor. Wie heißt er und was treibt er beruflich?«

Charly sah Caro fast strafend an. »Er heißt Klaus Heller

und hat in dem alten Hochbunker an der Bahnhofstraße einen kleinen Betrieb, der Reklamezettel und Prospekte verteilt.«

Bahnhofstraße – es rieselte Caro eiskalt den Rücken herunter. Der Mann auf dem Videoband der Überwachungskamera. Der Mann am Briefkasten, hinter dem Raabes Leute vergeblich hergelaufen waren.

Im Auto rief sie sofort Raabe an, der tief grunzte. »Das darf nicht wahr sein! Solche Zufälle glaubt kein Staatsanwalt.«

»Bis gleich.«

Während der Fahrt gluckste Caro vor sich hin. Charly durfte Mitte dreißig sein und der Kräftige – wie hieß er noch? Ja: Klaus Heller – war wohl ein mittelprächtiger Vierziger. Doch wo stand geschrieben, dass Topf und Deckel im selben Jahrzehnt gefertigt sein mussten.

Ohnefeldt nahm zur allgemeinen Überraschung an der täglichen Soko-Abendbesprechung teil. Sein Gesicht wurde leer, als er die Aufnahme betrachtete: »Das soll Prometheus sein?«

»Er kann, aber er muss nicht Prometheus sein«, berichtigte Raabe.

»Okay, Sie werden ihn ja wohl im Auge behalten. Vor allem müssen Sie nachprüfen, ob er wirklich einen Betrieb in der Bahnhofstraße hat.« Das klang sehr nach dem alten, ungeduldigen Staatsanwalt, aber Caro hörte die Unlust heraus. Denn wenn es stimmte, dass Heller einen Betrieb in der Bahnhofstraße hatte, gab es harmlose Erklärungen für seine sonntäglichen Besuche am Briefkasten vor der Bahnhofshalle. So würde es zumindest der Richter sehen, den sie – welcher Staatsanwalt sollte das übrigens tun? – um einen Durchsuchungsbeschluss angehen mussten: Mit welcher Begründung? Ein Kleinunternehmer machte sich nicht dadurch verdächtig, dass er an zwei Sonntagen hintereinander in seinem Büro arbeitete und abends bei einer Post in der Nähe Briefe einwarf.

Ohnefeldt schüttelte den Kopf und ging rasch wieder. Die

Erwähnung von Ermittlungsrichter und Staatsanwaltschaft hatte ihm nicht gefallen.

Selbst dem geduldigen Olli war das nicht entgangen, doch er war vorsichtig genug, mit seiner Bemerkung zu warten, bis alle Präsidiumskollegen das große Soko-Zimmer verlassen hatten: »Was hat unser IM gegen ein formelles Ermittlungsverfahren gegen Unbekannt?«

Caro und Raabe zuckten gleichzeitig die Achseln. Olli ließ nicht locker: »Und wie sollen wir so einen Durchsuchungsbeschluss oder eine Beschlagnahme erreichen, geschweige denn einen Haftbefehl?«

»Das musst du Ohnefeldt schon selbst fragen«, knurrte Raabe.

Olli musterte ihn düster. »Das erinnert mich an das schöne Sprichwort, bitte wascht den Pelz, aber macht ihn nicht nass.«

Raabe wollte etwas saftig Unfreundliches antworten, aber Caro schnalzte rechtzeitig mit der Zunge.

Caro hockte sich an ihren Computer und schrieb die Berichte über ihre Besuche bei Sabine Lissow und Charlotte Riema. Während sie abspeicherte, polterte Raabe ins Zimmer. »Stimmt. Klaus Heller GmbH, Werbe- und Prospektvertrieb.«

»Und was wissen wir über ihn?«

»Nichts. Der Junge ist sauber, geboren in Neustadt an der Saale, nicht vorbestraft, ledig, taucht bundesweit in *INPOLneu* und bei uns im Landessystem PAPS nicht auf. Obwohl –« Er schnitt eine Grimasse.

»Obwohl was?«

»Mir gefällt gar nicht, dass der Mann, der vielleicht Prometheus ist, auf einer Etage mit einer Frau zusammengluckt, die vielleicht den *Club 99* abgefackelt hat.«

»Du übernimmst Heller, ich kümmere mich um Charlotte Riema.«

»Und wo bleiben unsere schönen Weinabende?«

Sie warf ihm eine Kusshand zu. »Setz dich, Günter, ich habe was Hübsches, was ich leider nicht offiziell verbreiten kann.«

Raabe amüsierte sich prächtig, als sie ihren Verdacht erläuterte, dass Hugo von Pöttringhausen, MdL in der Fraktion der konservativen *Bürgerallianz* und Vorsitzender der *Marlenser,* mit einer Prostituierten aus dem *Club 99* so gut bekannt war, dass er ihr fünfundzwanzigtausend Euro hatte leihen wollen. »Das wird Ohnefeldt freuen.«

»Und wir brauchen Fingerabdrücke von diesem Klaus Heller, vielleicht hat AFIS etwas über ihn.« Das bundesweite System für den Abgleich von digitalisierten Fingerabdrücken hatte schon mehr als einen Täter Jahre nach seiner Tat überführt und mehr als ein Verbrechen aus der Vergangenheit geklärt.

Heinrich der Zänker hatte Caro aus dem Küchenfenster seiner Wohnung im Haus Nr. 183 beobachtet und das Behördenauto und die Polizeifunkantenne sofort erkannt. Wen hatte diese zierliche Polizeibeamtin im Nebenhaus besucht? Hatte sich die Kripotante nach ihm und seiner Tätigkeit in der Kellerwerkstatt erkundigt?

Keine Stunde später bummerte er gegen Charlys Wohnungstür, die ihn durch den Türspion identifizierte und klugerweise nicht öffnete.

»Mach auf, du blöde Fotze!«, brüllte Heinrich, der eine recht genaue Vorstellung davon hatte, wie Charly ihr Geld verdiente; er war sogar bereit, auf eine Barzahlung zu verzichten, wenn er dafür eine Naturalleistung erpressen konnte.

Charly machte sich keine Illusionen über Heinrichs Absichten und hielt die Tür geschlossen, lief stattdessen zum Telefon und alarmierte Heller, der den ewig schnüffelnden Heinrich ebenfalls nicht ausstehen konnte.

»Was machen Sie denn da für einen Krach?«, schnauzte er Zanker an, der wütend und erschrocken herumfuhr, weil er nicht gehört hatte, dass in seinem Rücken eine Wohnungstür geöffnet worden war.

»Das geht dich einen Scheißdreck an! Kümmere dich um deinen eigenen Mist!«

»Das geht nicht, bei dem Lärm, den du hier veranstaltest.«

»Ach nee, ein Witzbold. Verpiss dich in deine Bude, du Arschloch, sonst knallt's!«

Busche holte tief Luft, mit dem Zänker wurde er jederzeit fertig. »Ich glaube, dir Wichser fehlt es an Manieren. Ich bring dir gerne welche bei, du eierloser Schwanzlutscher.«

Aus ihrer Wohnung rief Charly laut und vernehmlich: »Der traut sich doch nur an kleine Schulmädchen heran.«

»Da hörst du's«, sagte Busche deutlich.

»Ach nee. Und durch welche Betten drückst du Hurensohn dich an den Samstagabenden?«, brüllte Heinrich unbeherrscht. »Und warum gurkst du dazu mit gefälschten Kennzeichen herum?«

Busche erstarrte. Der ›Hurensohn‹ ließ ihn kalt, aber die Frage nach den Samstagabenden und den Autokennzeichen beunruhigte ihn.

»Neidisch, du Stinkwanze?«

Heinrich stürmte auf Busche los, der genug Zeit hatte, einfach zur Seite zu treten. Zänker, von seinem Schwung weitergerissen, stolperte über Busches Schuh und knallte mit dem Kopf gegen die Wand, dass es durch das ganz Treppenhaus dröhnte. Danach drehte er sich wie ein plumper Balletttänzer auf einem Fuß, verlor das Gleichgewicht und stürzte die Treppe hinunter. Auf dem nächsten Treppenabsatz zertrümmerte Heinrich das Bänkchen mit den Blumentöpfen. Er heulte vor Schmerzen auf, als sein Gesicht innige Bekanntschaft mit einem Kaktus machte.

»Das war genug Lärm, hast du mich verstanden? Das nächste Mal breche ich dir alle Knochen. An deiner Stelle würde ich mich auf diesem Stockwerk nicht mehr sehen lassen.«

Heinrich blinzelte; Busches sachlicher, fast gelangweilter Ton flößte ihm mehr Angst ein als jedes drohende Gebrüll. Trotzdem wollte er einen starken Abgang hinlegen: »Keine

Sorge. Huren, hinter denen die Kripo her ist, interessieren mich nicht.«

Charly kam abends zu Busche in die Wohnung und bedankte sich für seine Hilfe. Beide rätselten, was den Zänker veranlasst haben mochte, sich so aufzuführen. Busche wollte des Hausmeisters letzte Worte nicht preisgeben.

»Er hat schon mehr als eine Mieterin belästigt«, sagte Charly schließlich.

»Dann musst du in Zukunft gut aufpassen.«

»Werde ich, keine Angst.« Dabei zupfte sie verheißungsvoll an ihrem Oberteil, doch Busche stellte sich blind und taub.

Sie war schon aufgestanden, um sich zu verabschieden, als er sich sehr beiläufig erkundigte: »Wer war denn eigentlich diese attraktive Frau, die dich heute besucht hat?«

Charly schaltete schnell. Man konnte auch mit der Wahrheit lügen, wenn man es etwas geschickt anstellte. »Eine Kriminalbeamtin.«

»Ach nee! Und was wollte sie von dir?«

»Sie hat sich nach einer früheren Kollegin aus meiner Kneipe erkundigt, die offenbar eine ganz blödsinnige Erpressung versucht hat.«

Busche sagte nichts, sondern schluckte trocken. Das hatte ihm gerade noch gefehlt, eine Kripofrau hatte ihn gesehen und wusste nun, dass er eine Prostituierte kannte, die in einem von Prometheus niedergebrannten Nachtclub arbeitete. Oder gearbeitet hatte. Man konnte noch so sorgfältig planen, gegen den verdammten Zufall war kein Kraut gewachsen. Und der Zänker hatte ihm klar gemacht, dass er nicht so regelmäßig am Samstagabend unterwegs sein durfte.

»Na, bis bald mal«, sagte er so gleichmütig, dass er Charly überzeugte. »Ich wünsche dir eine gute Nacht.«

Busche fuhr nach Rollesheim, kaufte dort ein *Tageblatt*, bummelte am Fluss entlang, bis er eine Bank im Schatten fand – es war immer noch tierisch heiß und schwül –, wo er die Zeitung von der ersten bis zur letzten Zeile durchackerte. Ab und zu schaute er hoch und musterte geistesabwesend den schwarzhaarigen Mann mit der großen Nase, der zwei Bänke entfernt saß und sichtlich lustlos ein Taschenbuch las. Sein Inserat fand Busche nicht und stopfte das zerlegte Exemplar wütend in einen Papierkorb.

Doch diesmal überwand er seine Enttäuschung schneller. Die Botschaft war also noch nicht angekommen. Na schön, wenn sie nicht wollten – er hatte noch einige unangenehme Überraschungen für sie vorbereitet.

Das Büro schenkte Busche sich heute; das Werbematerial für Freitag war schon auf die Austräger verteilt und am Samstag konkurrierten nur wenige Kaufhäuser gegen die dicken Wochenendausgaben der Tageszeitungen mit Auto- und Immobilienmarkt.

Busche fuhr nach Hause und rief Nele Obermann an: »Können wir uns sehen?«

»Leider erst nach meinem Dienst.«

Den Nachmittag verbrachte Busche zuerst grübelnd in seiner Wohnung, dann marschierte er durch den Herzogenpark. Sollte er es riskieren weiterzumachen oder musste er abbrechen? Was konnte die Kripo feststellen? Dass er in Wahrheit Frank Busche hieß, wegen Raubmordes zu einer lebenslangen Freiheitsstrafe verurteilt und nach zehn Jahren vorzeitig entlassen worden war? Gut, er lebte unter falschem Namen und mit falschen Papieren. Das war sicherlich strafbar, obwohl er als Klaus Heller brav alle Steuern und Abgaben zahlte. Aber wie konnten oder wollten sie ihm nachweisen, dass er Prometheus war und dreimal Feuer gelegt hatte?

Die Papiere hatten ihm die Hylo-Brüder besorgt, aus Dankbarkeit, weil er sie im Knast vor den Angriffen einer Bande von jugendlichen Neonazis geschützt hatte. Die Hylos entsprachen mit ihren schwarzen Haaren und dunklen Augen nicht dem arischen Musterbild dieser unbelehrbaren Rassefanatiker. Sie waren Nachfahren von Süddeutschen, die vor Jahrhunderten auf den Balkan ausgewandert waren, und sprachen ein sehr altertümliches, stark dialektgefärbtes Deutsch, das mit rumänischen, bulgarischen und ungarischen Brocken durchsetzt war, Wörtern und Redewendungen aus drei Sprachen, die sie fließend beherrschten. Die Neonazis bezeichneten die Hylos als Zigeunermischlinge, mit denen sie nicht Zelle an Zelle leben wollten. Die entscheidende Schlacht hatte im Duschraum stattgefunden, und als der Anführer der Bande mit einer schweren Schädelverletzung vor der gekachelten Wand am Boden lag, war der Aufsichtsführende zu ihm hingegangen, hatte ein Stück glitschige Seife zu dem am Boden Liegenden geschoben und ihm dann die nackten Fußsohlen damit eingerieben.

»Du hast Glück, Busche, ich gehöre noch zur alten Truppe der echten Antifa und freue mich über jeden alten oder neuen Nazi, der außer Gefecht gesetzt wird. Er ist auf seiner eigenen Seife ausgerutscht, als er dich angreifen wollte, und dann mit dem Kopf gegen die Wand geknallt, alles klar?« So hatte dann auch das Ergebnis der offiziellen Untersuchung gelautet.

Die Hylos vermittelten Busche an Knut Petersen, der ihn zuerst nach seinen Geburtsdaten fragte und dann Wochen nichts von sich hören ließ. Busche hatte schon geglaubt, aus der Geschichte werde nichts. Dann rief ihn Petersen an und jubelte am Telefon: »Unglaublich. Busche, komm sofort und bring Geld mit!« Er hatte auf Wegen, die er nie offen legte, einen Klaus Heller ausfindig gemacht, am selben Tag zwar nicht in Neustadt an der Saale, sondern in Neustadt an der Eltz geboren – aber davon abgesehen war die Ähnlichkeit der Lebenswege fast verboten. Beide hatten im selben Jahr die Hauptschule abgeschlossen, danach eine kaufmännische Lehre absolviert, anschließend ihren Wehrdienst geleistet. Beide waren sie ledig, hatten keine Kinder, waren nicht vorbestraft und arbeiteten in ihren erlernten Berufen. Geburtsurkunde, Schulzeugnis, Gesellenbrief, Wehrpass, Führerschein, Pass und Personalausweis, Bescheinigungen der Krankenkassen und BfA, kurz alles, was der ordentliche Mensch an Papieren brauchte. Petersen hatte hervorragende Arbeit geleistet, er war auch nicht billig. Nachdem Busche alle Unterlagen eingesteckt hatte, war er wortlos aus dem Haus seiner Schwester in Neustadt fortgegangen und hatte sich in Terborn die scheußliche Wohnung in der Frankfurter Straße besorgt und mit seinem ›neuen‹ Namen Klaus Heller den Vertrieb übernommen, den ihm die Hylos auf Kredit besorgt hatten. Seitdem achtete er peinlich darauf, alle Steuern, Abgaben und Gebühren zu zahlen und alle Vorschriften auf Punkt und Komma einzuhalten, um ja nicht aufzufallen. Denn eine neue Identität ließ sich kaufen, doch neue Fingerkuppen nicht. Noch im Knast hatte er begonnen, die Aktion Prometheus zu planen.

Busche kam zu dem Schluss, dass man ihm bisher nichts beweisen konnte. Sechs Zündsätze bewahrte er noch im Bürolager auf, in einem einbruchssicheren Stahlschrank. Für die Festplatte seines Computers in seiner Wohnung lag eine CD mit einem Formatierungsprogramm bereit, um den Inhalt der Festplatte unwiederbringlich zu löschen. Auch Lukas Bode traute sich nicht zu, den Inhalt einer Festplatte wiederherzustellen, über die ein Formatierungsprogramm gelaufen war, das anschließend die gesamte Festplatte mit sinnlosen Folgen von Einsen und Nullen füllte.

Allerdings war Busche neben dem Fehler, regelmäßig am Samstag unterwegs zu sein, ein weiterer unterlaufen: Bis jetzt hatte er jedes Mal denselben Briefkasten am Hauptbahnhof benutzt. Hoffentlich war das niemandem aufgefallen. Das nächste Mal musste er unbedingt einen anderen Briefkasten benutzen. Aber materielle Beweise hatte er nirgendwo hinterlassen und er würde nicht mehr so dumm sein, alles sofort zu gestehen. Von den Hylos hatte er nichts zu befürchten, die wussten nichts von seiner Aktion, und Knut Petersen, der geniale Fälscher, würde im eigenen Interesse schweigen.

Raabe lag auf dem Rücken und streichelte Caros weiche Hüften, ärgerte sich aber, wenn sie wieder einmal schmerzhaft an seinen schwarzen Brustlocken zupfte. »Muss das sein? Das tut weh.«

»Du hast so viele Haare auf der Brust, du wirst diese wenigen doch nicht vermissen.«

»Bleib sachlich, Frau! Ist dieser Heller nun Prometheus oder nicht?«

»Woher soll ich das wissen?«

»Unterstellt, der Name Heller ist falsch, was hilft uns das?« Sie mussten Olli einspannen, damit der eine Computer-Kontrolltour veranstaltete – Schule, Bundeswehr oder Ersatzdienst, Krankenkasse, Rentenversicherung und so weiter.

»Nichts, selbst wenn wir es beweisen können. Wir müssten ihn auf frischer Tat ertappen. Und in seiner Wohnung die Tatwerkzeuge finden.«

»Wenn du damit Computer, Drucker und Briefpapier meinst – vergiss es. Alles handelsübliche Ware. Und von den Prometheusbriefen wird er bestimmt keine Durchschläge, Kopien oder Zweitausdrucke in seiner persönlichen Ablage aufbewahren.«

»Also müssen wir am kommenden Samstagabend Klaus Heller verfolgen, wenn er sich auf prometheische Tour begibt.«

»Und wie kommen wir an seine Fingerabdrücke?«

»Legal überhaupt nicht. Es gibt ja noch nicht einmal ein formelles Ermittlungsverfahren.« Und illegal besorgte Abdrücke konnten im Hauptverfahren als Beweismittel verworfen werden – das wusste jeder halbwegs gewiefte Anwalt.

»Ich werde morgen Abend mit Iris ein kleines Besäufnis arrangieren. Sie weiß unter Garantie mehr, als sie uns erzählt.«

»Kann sein, aber lade lieber Maren Liebekind ein. Sie weiß noch mehr. Und hübscher ist sie außerdem.«

»Welcher Mann, der dich im Arm hält, denkt daran.«

Caro stellte sich taub. »Und wir müssen uns an Heller hängen.«

Unter den Kollegen aus dem Präsidium hatte Caro ein bekanntes Paar aus der Zielfahndung entdeckt, dessen Erfolge allseits gerühmt wurden. Er hieß Hans-Peter Joseph, ihren Namen hatte Caro vergessen. Weil sie sich so ähnlich sahen, jung und hübsch und harmlos, nannte alle Welt sie sowieso nur Josef und Josefine. Ihr größter Vorteil war, dass sie völlig unauffällig waren. Wenn sie Hand in Hand hinter einem ›Objekt‹ herschlenderten, fielen sie keinem anderen Passanten auf, und wer sie überhaupt registrierte, dachte allenfalls: »Da schwänzen schon wieder zwei die Schule.«

Auch Busche bemerkte sie nicht, obwohl sie ihm den ganzen Tag auf dem Fahrrad folgten und sich über sein Verhalten wunderten. Er radelte kreuz und quer durch Terborn, blieb unvermittelt stehen, stieg ab, holte einen Block hervor und notierte etwas, nachdem er sich die nächstliegende Hausnummer angesehen hatte. Manchmal machte er unvermutet kehrt, fuhr ein Stück zurück und bog in einen Weg zwischen zwei Häusern ein, holte wieder sein Notizbuch hervor und schrieb eifrig. Josef und Josefine zerbrachen sich die Köpfe, was das sollte. Baldowerte er etwas aus? Ganz dreist, am helllichten Tag? Dagegen sprach, dass er manchmal Fußgänger anhielt und sich offenbar nach dem Weg erkundigte.

»Was soll das bloß?«

Sie kamen der Lösung des Rätsels näher, als sie am Nachmittag beobachteten, wie Busche eine junge Radfahrerin anhielt, die an ihrem Rad zwei Tragetaschen befestigt hatte, in denen sich, wie Josef und Josefine wussten, Prospekte, Werbebriefe und Faltblätter befanden. Busche radelte weiter und Josef klopfte seiner Josefine auf den Rücken. »Los, hinter dem Mädchen her und mach dein Engelsgesicht.«

Aus der Ferne beobachtete er, wie sich Josefine ganz vergnügt mit dem jungen Mädchen unterhielt.

»Das war Tanja. Klaus Heller ist ihr Boss. Er schaut sich Straßen und Kreuzungen, Radwege und Baustellen an, die in einen elektronischen Stadtplan eingetragen werden. Das nächste Mal, wenn die Kinder ihre Tourenpläne bekommen, sind dann die neuesten Engpässe und Baustellen oder auch Abkürzungen eingetragen.«

Caro war nicht begeistert, dass Josefine ein Mädchen angesprochen hatte. Aber Josefine beruhigte sie. »Ich habe gesagt, dass ich Heller vom Sehen kenne, weil ich mal im *Abstellgleis* gegenüber gekellnert habe. Nein. Kein Wort von Polizei oder Fahndung, bestimmt nicht, Frau Heynen.«

Am Abend wurden Josef und Josefine Zeugen eines ungewöhnlichen Zwischenfalls. Sie beobachteten den Hochbunker und sahen zwei der Austrägermädchen in hohem Tempo auf den Hof radeln. Beide Mädchen hatten geweint und schluchzten erneut auf, als Busche herauskam und sie nach dem Grund fragte. »Der Stinker!«

Die Söhne des Stinkers, älter und größer und stärker als die Mädchen, hatten die beiden überfallen, ihnen die Werbeprospekte weggenommen und sie geschlagen … »Wir sollen uns nie mehr sehen lassen, und wenn sie uns noch einmal mit Werbematerial erwischen würden, ging's uns erst richtig schlecht.«

»Seid ihr sicher, dass es die Söhne des Stinkers waren?«

»Ganz sicher, Herr Heller.«

Anton Stax verdankte seinen Beinamen seiner Abneigung gegen Duschen, Vollbäder und frische Wäsche. Außerdem roch er aus dem Mund, dass Elefanten in die Knie gingen. Stax betrieb ebenfalls einen Austrägerdienst, hatte aber einen großen Teil seiner früheren Kunden an Busche verloren.

»Na, dem werden wir mal einheizen.« Busche schwang sich auf sein Rad.

Die Mädchen folgten ihm, und außerdem hatte er, was er nicht bemerkte, Josef und Josefine im Schlepptau. Vor dem Büro des Stinkers qualmte und glimmte ein Scheiterhaufen.

Busche fischte sich zwei kaum angekokelte Prospekte heraus. Ein vielleicht siebzehnjähriger Junge schrie: »Was machen Sie da? Verschwinden Sie, aber dalli!«

Busche sah hoch, einer der Stax-Söhne. Laut antwortete er: »Donnerwetter, bist du mutig. Hast du denn eine trockene Windel an?«

Der Junge stürmte mit erhobenen Fäusten auf Busche los, Josef und Josefine entschieden, sich nicht einzumischen. Busche holte weit aus und versetzte dem Jungen eine gewaltige Ohrfeige, die ihn auf den brennenden Haufen schleuderte. Dort blieb er einen Moment betäubt liegen, bis ihn die Hitze an seinem Rücken wieder auf die Beine brachte. Fluchend hinkte er davon.

»Na warte, du Arschloch. Das wirst du mir bezahlen.« Der Stinker stand in der Tür und schüttelte seine Fäuste.

Busche lachte laut. »Dann mal los, du versoffener Feigling!«

Stax stürmte vor, ohne an seine Deckung zu denken. Als er mit Busche zusammenprallte, hob der sein Knie und stieß es mit aller Kraft in die Weichteile des Stinkers. Stax brüllte und taumelte zur Seite. Josef keuchte mitfühlend, den Schmerz konnte er sich gut vorstellen, auch den nächsten, als Busche dem Stinker mit voller Wucht in den Magen trat.

»Nicht fair, aber wirkungsvoll«, murmelte Josefine zustimmend. Sie verbargen sich hinter einem Lieferwagen, hatten alles gesehen und konnten jedes Wort verstehen; Busche sprach klar und deutlich.

»Hör zu, Stinker. Deine Missgeburten haben meine Mädchen überfallen und ihnen die Prospekte von *Zeitelmann & Co.* gestohlen. Ihr habt sie nicht gründlich genug verbrannt.« Dabei schwenkte Busche die beiden geretteten Exemplare. »Ich weiß, Zeitelmann war mal Kunde bei dir, aber du säufst zu viel und du bist zu unzuverlässig, Stinker.«

»Du hast mich gezielt unterboten.«

»Kein Gedanke daran. Ich nehme pro Stück so viel wie du – aber wenn ich unterschreibe, dass ich am Mittwoch verteile, wird bei mir am Mittwoch ausgetragen. Und zwar korrekt.

Meine Austräger versenken nicht die Hälfte der Prospekte im nächsten Papiercontainer. Deswegen meine letzte Warnung: Wenn du oder deine Rotzbengel meine Austräger noch einmal anrühren oder belästigen, schlage ich dich zum Krüppel. Dich und deine Missgeburten. Und wenn ich die nicht gleich finde, glaube ja nicht, dass ich mich scheue, deine Frauen zu verprügeln. Alles klar!?«

Stax blieb stumm. Busche streckte ihm die beiden angekokelten Exemplare hin. »Die werde ich deinen Kunden zeigen und vorführen, wie du dir Geschäfte vorstellst.«

Als Josef und Josefine in der Soko-Runde berichteten, was sie beobachtet hatten, meinte jemand aus der Präsidiumsmannschaft fast bewundernd: »Ein harter Brocken.«

»Das kannst du laut sagen«, flötete Josefine zustimmend.

»Aber ausgesprochen nett und fürsorglich zu seinen Schützlingen«, warf Josef ein.

Die Geschichte bekam einen unerfreulichen Dreh, als den Kollegen im Präsidium die Fotos gezeigt wurden, die sie mittlerweile von allen Personen geschossen hatten, die mit Klaus Heller, seinem Betrieb oder seiner Wohnung in Berührung kamen. Heller hatte eine Hilfe, Lukas Bode, nicht vorbestraft, angeblich polizeilich unauffällig.

»Ein Zuhälter«, erklärte Hauptkommissarin Anja Wessel entschieden, »noch neu im Geschäft, aber schon recht erfolgreich. Hat drei Mädchen laufen. Und für ein so genanntes Fotomodell, eine hoch verschuldete Zockerin, vermittelt er Kunden für Nacktaufnahmen.«

»Ob sein Chef daran beteiligt ist?«

Die Frage wurde heftig diskutiert. Caro hatte sich aus dem Referat Wirtschaft eine Modellrechnung anfertigen lassen, wie viel man mit so einem Vertrieb wohl verdienen konnte. Wenn Heller seinem Helfer Lukas Bode nur eine Art Taschengeld bezahlte und der diese Tätigkeit im Hochbunker in erster Linie als willkommene Tarnung gegenüber dem Finanzamt betrachtete, kam Heller so gerade über die Runden.

»Vorausgesetzt, man verteilt wirklich nur Werbung.«

Das war ein berechtigter Einwand. Auf Austräger achtete niemand. Sie konnten eine Menge legaler und illegaler Sachen unbemerkt verteilen, vorausgesetzt, diese Dinge fielen durch Größe und Gewicht nicht auf, was nun in der Tat auf Rauschgiftpäckchen und -briefchen zutraf. Josef und Josefine mussten noch einmal ran. Sie hatten auch die Kinder beobachtet. »Nein, die stecken wirklich nur Papier in die Briefkästen oder Zeitungsröhren.« Die Kinder klingelten nicht und warteten nicht auf Hausbewohner.

»Trotzdem!«, ordnete Caro an. »Für alle Fälle. Ihr beiden Hübschen guckt euch mal genau an, was da in den Zeitungsröhren steckt.«

Josefine seufzte, sie fuhr nicht so gern Fahrrad, aber anders konnten sie den Kindern nicht auf den Fersen bleiben.

Bei dem inzwischen üblichen Wein regte sich Raabe mächtig auf: »Wie lange sollen wir die Kollegen an der Nase herumführen – nur weil der Herr Innenminister kein formelles Ermittlungsverfahren wünscht? Hat er vielleicht was gegen die Saling?«

»Das glaube ich nicht. Wahrscheinlich kennt er sie nicht einmal.«

Ohnefeldt wünschte auch, dass sich die Soko auf keinen Fall mit dem Landtagsabgeordneten Hugo von Pöttringhausen unterhielt. »Hugo ist sozusagen tabu, weil er großen politischen Ärger verursachen kann.«

Auf Caros harmlose Frage, welchen Ärger denn, verstummte Ohnefeldt und beendete abrupt das Gespräch.

Auch Maren Liebekind hatte passen müssen: »Da läuft was, völlig richtig, Caro, aber er schweigt wie ein Fisch. Immerhin zeigt er sich begeistert, wie viele Leute du auf den möglichen Brandstifter angesetzt hast.«

»Das nutzt mir vielleicht was!«, schäumte Caro.

Es klopfte sehr zaghaft an die Tür und deshalb schaute Caro unwillig hoch: »Ja, herein!« Auf den ersten Blick erkannte Caro ihre Besucherin nicht wieder, doch dann rutschte ihr heraus: »Ich werd verrückt.«

»Nein, verrückt bin ich ...«, erwiderte Sabine Lissow kläglich und blieb an der Tür stehen, eine Hand auf der Klinke, als überlege sie nicht zum ersten Mal, ob Abhauen oder Bleiben vernünftiger sei. Das scheußliche Veilchen war etwas abgeklungen oder sehr geschickt überschminkt, die Schrammen schienen auch zu heilen und die dicke Lippe war mächtig abgeschwollen.

»Setzen Sie sich«, sagte Caro freundlich und lächelte etwas angestrengt, bis Sabine folgte und ihr den Laufzettel hinschob. »Was kann ich für Sie tun? Eine Tasse Kaffee?«

»Haben Sie nicht was Stärkeres?«

»Nein«, schwindelte Caro.

»Schade. Ich will – ich möchte – vielleicht sollte ich doch ...« Sabine Lissow verhaspelte sich endgültig und Caro betrachtete sie eine Weile aufmerksam.

»Ich will Ihnen mal helfen. Sie fürchten, ich könnte Ihnen Schwierigkeiten machen, weil Sie versucht haben, sich eine große Summe Geld – na, sagen wir – zu leihen.«

Sabine Lissow nickte zaghaft.

»Gut. Dann schlage ich Ihnen ein Geschäft vor. Wenn Sie mir ehrlich erzählen, warum Sie heute zu mir gekommen sind, verspreche ich Ihnen, das Wort ›Erpressung‹ nicht mehr in den Mund zu nehmen und die ganze Geschichte zu vergessen.«

»Echt?«

»Hundert pro.«

Eine Weile druckste Sabine Lissow noch herum, bis sie tief Luft holte: »Dieses Schwein von Teulemans ist heute Morgen wieder bei mir gewesen und hat mir gedroht.«

»Der Geschäftsführer vom *Club 99?*«

»Jeschäftsführer is jut«, knurrte sie so aufgebracht, dass ein Berliner Tonfall durchbrach. »Nur ein Teil des Ladens gehört ihm und außerdem ist er ein ganz gemeiner und dreckiger Lude.«

»Er ist auch Ihr Zuhälter?«

»Ja, leider.«

»Dann schlage ich vor – erzählen Sie von Anfang an.«

Weil Caro ihre Besucherin nicht einschüchtern wollte, faltete sie die Hände auf der Tischplatte und rührte den Kugelschreiber nicht an. Auf ihr Gedächtnis durfte Caro sich verlassen und Sabine Lissow musste sich erst einmal warm reden. Bei schwierigen oder hilflosen Zeugen war Geduld mehr als die halbe Miete.

Also, der Anfang ... der Anfang war ... durch eine frühere Schulfreundin, die sie hier in Terborn wiedergetroffen hatte, war Sabine auf den Strich geraten, zu Anfang eigentlich mehr aus Neugier, dann hatte sie eine Weile auf dem früheren Appellplatz, der heute allgemein der Rote Platz hieß, sehr gut verdient, leider auch mehr gesoffen, als ihr bekam. Deshalb hatte sie nicht aufgepasst, als sich einer an sie heranmachte, ein gewisser Pierre, der sich erst einschleimte und ihr dann vorschlug, doch lieber in einem ›Club‹ zu arbeiten, wo sie wirklich ordentlich Kies schaufeln könne. Na ja, zu der Zeit mochte sie den Dreckskerl noch ganz gut leiden, er tat ja auch sehr liebevoll, also machte sie, was er von ihr wollte, und ehe Sabine sich's versah, knöpfte er ihr abends die Mäuse ab.

»Im *Club 99*?«

Sicher! Das mit dem Kies stimmte, sie lernte schnell und nahm die Freier mächtig aus, aber was nutzte ihr das, wenn der Großteil des Geldes in Pierres Taschen verschwand? Und von Liebe war schon bald keine Rede mehr, im Gegenteil, wenn sie nicht spurte, schlug Teulemans zu. Tja, und dann begriff Sabine endlich, wozu sie und ihre Freundin Charly und noch zwei, drei deutsche Huren wirklich gebraucht wurden – der Club wurde regelmäßig mit Frischfleisch beliefert.

»Damit meinen Sie ...?«

Genau. Junge Frauen, meistens aus Osteuropa, die mit tollen Versprechen in den goldenen Westen gelockt und zur Prostitution gezwungen wurden. Im Club wurden sie ›eingeritten‹, Caro schüttelte sich bei dem Wort und Sabine grinste einen Moment verächtlich. Da draußen, tief im Wald, ließen sie sich wie in einem Gefängnis einsperren, ohne Geld, ohne Pass, ohne Sprachkenntnisse – etwas Russisch, wenn es hochkam, und sie, Sabine, musste dolmetschen, wobei sie eine Menge über die Methoden erfuhr, wie man die Frauen zuerst nach Deutschland brachte und dann gefügig machte – mit Pillen und Schlägen, durch Drohungen mit Strafen, Auslieferung, Rache an ihren Familien und Schande in der Heimat.

»Eines Tages wollte ich aufhören. Eine Freundin hat's auch geschafft und betreibt einen Schnellimbiss. Das große Geld verdient sie nicht, es ist harte Arbeit, aber der Laden läuft und sie braucht eine Hilfe. Das hab ich dem Pierre auch gesagt, der hat mir in den Bauch geboxt und dann gehöhnt, fünfundzwanzig Riesen und ich dürfte gehen.«

Eine ungewöhnlich saftige Ablöse, die sie nie zusammenbringen würde, das wusste Teulemans genau. Er hätte auch fünf Millionen fordern können, die eine wie die andere Summe war für Sabine unerschwinglich. Das war Teulemans klar, so wie die Tatsache, dass er sie nicht gehen lassen durfte, sie hatte zu viel über die Geschäfte im *Club 99* erfahren.

»Ein paar Tage später habe ich in der Zeitung das Bild eines Mannes gesehen.«

»In welcher Zeitung?«

»Im *Tageblatt*. Den Mann kannte ich, das ist ein Stammkunde, der hat ein paar sehr ausgefallene Vorlieben und mir hat er immer gesagt, er heiße Gerhard, nur Gerd und nicht mehr.«

»Und wie heißt er wirklich?«

Sabine zögerte eine ganze Weile, bis ihr wohl klar wurde, dass kein Weg zurückführte. »Hugo von, den Nachnamen hab ich vergessen, der ist so kompliziert.«

Caro grinste. »Hugo von Pöttringhausen?«

»Ja. Genau der. Kennen Sie ihn?«

»Nein, aber auch ich lese ab und zu in der Zeitung von ihm. Er ist Landtagsabgeordneter.«

»Stimmt.«

»Und was hat Hugo gesagt, als Sie ihn um fünfundzwanzig Riesen gebeten haben?«

»Begeistert war er nicht. Aber dann hatte ich einen lichten Moment. Wenn ich erst einmal nicht mehr im Club arbeiten müsse, könne ich ihn doch ganz privat besuchen. Wann immer und wo immer er wolle. Ohne Bezahlung. Der Vorschlag hat ihm ganz gut gefallen.«

»Haben Sie denn nun Ihr Ablösegeld bekommen?«

Zu Caros Erstaunen traten Sabine Tränen in die Augen. »Nein, das Geld ist mit seiner Jacke im Club verbrannt. Wir mussten beide so rasch vor den Flammen nach draußen flüchten, dass Hugo seine Sachen nicht mehr mitnehmen konnte.«

»Das ist blöd.«

»Aber als wir vor dem Club im Wald herumstanden, hat Hugo mir versprochen, dass er es mir nochmal besorgt.«

»Ein großzügiger Mann.«

»Ja. Eigentlich auch ganz nett, bis auf seine perversen Sexwünsche. Na gut. Kleine Webfehler hat jeder Mann. Nobody is perfect.«

»Sie auch nicht?«

»Nein, ich lüge zu gern.« Dabei lachte Sabine so fröhlich, dass Caro einstimmen musste. »Hugo wollte die Paradiesnummer abziehen. Kennen Sie die?«

»Aus den Akten, ja.«

»Charly und ich haben Brennholz geholt.«

»Beide mit brennenden Zigaretten im Mund.«

»Na und? Deswegen haben wir doch den Club nicht angezündet.«

»Vielleicht nicht absichtlich …«

»Auch nicht aus Versehen, schminken Sie sich das ab!«

»Mir ist ziemlich wurscht, wie das Feuer entstanden ist. Aber was ist mit Pierre Teulemans?«

Nach allem, was Sabine bereits erzählt hatte, riskierte Caro damit keinen Schuss ins Blaue, es musste ein Volltreffer werden. Sabine zerlegte es fast vor Wut und Hass. Ja, dieser Schweinehund war am Montag zu ihr in die Wohnung gekommen – ja, am Montag nach dem Brand im *Club 99* – und hatte sie krankenhausreif geprügelt. Diese Drecksau, dieser Mutterficker, Caro hatte keinen Bedarf an neuen Schimpfwörtern und hob deshalb energisch eine Hand; Sabine brach auch prompt ab.

»Er war also davon überzeugt, Sie hätten das Feuer – absichtlich oder durch Fahrlässigkeit – verursacht?«

»Klaro, weil ich doch weg wollte und er auf seinen fünfundzwanzig Riesen bestand.«

»Diese – Abreibung fand am Montag statt?«

Richtig, am Tag nach dem Brand. Über Mittag war sie ins Krankenhaus eingeliefert worden, Caro lächelte dünn. Zu dem Zeitpunkt war Prometheus' Brief im LKA eingetroffen und andere Spuren waren von der Soko nicht mehr verfolgt worden. Weder fahrlässige Brandstiftung noch mögliche andere Täter. Die schlimmste aller Fallen hatte bereits zugeschnappt, nämlich die selbst gebastelte Vorurteils-Scheuklappen-Falle: Prometheus und kein anderer Täter. Eine erste Aussage hatte Sabine noch am Sonntagvormittag machen müssen und danach wollte kein Mensch mehr was von ihr wissen – ausgenommen dieser …

Caro ließ Sabine gehen, ohne das Wort ›Protokoll‹ zu erwähnen. In einem normalen Fall hätte sie jetzt Hugo befragt, ob er wirklich fünfundzwanzigtausend Euro in bar dabei gehabt hatte, die von dem Feuer vernichtet worden waren. Oder konnte ein Brandstifter, der nur den Diebstahl vertuschen wollte, das Geld vorher aus der Jacke geklaut haben? Aber Hugo war Landtagsabgeordneter und auch noch von der konservativen Opposition, gut verständlich, dass Ohnefeldt keine Vernehmung wünschte.

Für alle Fälle sprach Caro aber ein ausführliches Gedächtnisprotokoll auf Band.

In der Abendrunde berichtete Caro, was Sabine Lissow gestanden hatte. Sonst gab es nichts Neues zu vermelden. Olli Herzberg hatte sich ohne Erfolg ›elektronisch‹ um Klaus Heller gekümmert, Caro hatte sich mit Raabe darauf geeinigt, die möglichen Verbindungen Klaus Heller und Charlotte Riema nicht näher zu erläutern. Noch stand nicht fest, ob und wie die Wohnungsnachbarn zusammenhingen.

Olli überfiel Caro und Raabe nach der Konferenz: »Caro, da stimmt doch was nicht. Dieser Heller hat bis jetzt ein stinknormales Leben geführt.«

»Was soll das heißen?«

»Grund- und Hauptschule, kaufmännische Lehre, Bundeswehr, reguläre Arbeit. Nicht verheiratet, nicht vorbestraft, von Kindern nichts bekannt. Warum sollte der plötzlich ein solches Erpressungsmanöver starten?«

4.

Das *Möbelstudio Braam* hatte Busche nie zu betreten gewagt. Schon beim ersten Schaufensterbummel waren ihm die Videokameras unter den Decken aufgefallen, und während er, scheinbar tief versunken, die seiner Meinung nach weit überteuerten Ausstellungsstücke bewunderte, bemerkte er im Inneren drei junge Männer, die nacheinander betont unauffällig und harmlos durchs Parterre schlenderten. Die Gefahr schien einfach zu groß, dass eine der Kameras ihn aufnahm oder einer der Hausdetektive sich später an ihn erinnerte.

Auch der Personaleingang in einer Seitenstraße war optisch und elektronisch gesichert, ein Pförtner hinter schusssicherem Glas öffnete per Knopfdruck die Tür. Mittlerweile belegte das Studio einen ganzen Häuserblock, an drei Straßen zogen sich Schaufenster hin und an der vierten Straße, einer schmalen, dunklen Einbahnstraße, lag die Lieferantenzufahrt auf einen kleinen Hof mit einem ferngesteuerten Tor, durch zwei Kameras gesichert.

Zuerst hatte Busche daran gedacht, sich abends einschließen zu lassen, doch dann richtete er es ein, kurz nach zwanzig Uhr wie ein enttäuschter, weil zu spät gekommener Kunde vor den Glastüren des Haupteinganges zu stehen, während sich innen die Scherengitter senkten. Auf die beiden Männer, die drinnen gerade die Hunde freiließen, konnte er nur einen kurzen Blick werfen. Danach verwarf er diesen Gedanken.

Auch der erste Stock gehörte zu Braam: Büros, Personalräume, eine Kantine, wie Busche nach dem mittäglichen Geschirr- und Besteckgeklirr hinter den geklappten Fenstern vermutete. Für die Zugänge zum zweiten und dritten Stockwerk, in denen sich Rechtsanwälte, Makler und mehrere kleine Firmen eingemietet hatten, waren die Treppenhäuser umgebaut worden; es gab keine Möglichkeit, sich nach Geschäftsschluss abends oben zu verstecken und nachts in das Braam'sche Erd- oder Bürogeschoss zu gelangen. Eine Zeit lang spielte Busche sogar mit dem Gedanken, ausnahmsweise direkt vorzugehen, ein Schaufenster einzuschlagen und die Brandsätze mit dreißig oder sechzig Sekunden Zündverzögerung zwischen die Dekoration zu werfen. Aber bei der Vorstellung, wie er danach flüchten müsste, wurde ihm übel. Wenn er die Brandsätze in einem Möbelstück versteckte? Auch davon kam er ab; seine Rollen waren zu groß, um sie unauffällig herumzutragen. Und der Henker mochte wissen, wie gründlich abends die Kontrolle ausfiel.

Zwei Wochen lang war er immer wieder einmal um den Block herumgeschlichen, hatte oft daran gedacht, Braam von seiner Liste zu streichen, bis ihm die Lösung geradezu angeboten wurde. Um neunzehn Uhr dreißig hielt vor dem Eingang auf der Rückseite der Lieferwagen eines privaten Express-Paketzustelldienstes, das Tor fuhr zur Seite, der Wagen setzte rückwärts an eine Rampe. Ein älterer, schwerfällig laufender Mann kam aus dem Lager heraus und half dem Fahrer, mehrere Pakete und Päckchen nach hinten zu tragen, nahm dann das Klemmbrett, das ihm der Fahrer hinhielt, und zeichnete mehrere Positionen ab. Während der Fahrer einstieg, humpelte der Alte zur Pförtnerloge, die nicht mehr besetzt war, und wartete, bis der Lieferwagen hinausgefahren war, schloss dann mit einem Schalter in der Loge das Tor und hinkte zurück zur Tür in das Lager.

Busche wartete bis zum nächsten Freitag. Die letzte Anlieferung fand wieder gegen neunzehn Uhr dreißig statt. Und am Samstag bremste gegen fünfzehn Uhr ein Zustellauto vor dem Gitter, hupte ungeduldig und wurde hereingelassen.

Vielleicht ging es so. Vom Neustädter Büro des Zustelldienstes, wo er sich telefonisch erkundigte, erfuhr Busche, dass er Pakete, die mit Sicherheit am frühen Samstagnachmittag in Terborn noch ausgeliefert werden sollten, am Freitag bis einundzwanzig Uhr in der Filiale Siemensstraße in Neustadt/Eltz aufgeben müsse. Mit verstellter Stimme bedankte er sich höflich.

Den Timer erprobte er zweimal. Um achtzehn Uhr am Freitag eingeschaltet – vierundzwanzig Stunden bis zum Samstag achtzehn Uhr plus acht Stunden – zweiunddreißig Stunden. Das Gerät funktionierte einwandfrei. Ein fester Karton, Holzwolle, Klebeband, ein mit viel Mühe hergestellter und auf dem Farbtintenstrahldrucker produzierter Aufkleber *Arling & Sohn, Dekorationsstoffe.* Alles nur mit Handschuhen angefasst.

Am Freitag war Busche nach Neustadt gefahren. Die Annahmestelle war voll, niemand achtete auf ihn, den beiden Schalterbediensteten stand der Schweiß auf der Stirn; Pakete, Papiere und Geld wurden ihm regelrecht aus der Hand gerissen, und als Busche das Gebäude verließ, war er sicher, dass sich niemand an ihn erinnern würde. Ausnahmsweise wollte er seinen Brief früher schreiben und nicht auf die Radionachrichten warten.

Prometheus (IV)
An das Landeskriminalamt
- Pressestelle -
Postfach 5567

Sehr geehrte Damen und Herren,
auch auf meinen dritten Brief haben Sie nicht reagiert. Deshalb habe ich in der Nacht von Samstag auf Sonntag im Einrichtungshaus Möbelstudio Braam *Feuer gelegt. Meine Forderung steigt auf vier Millionen Euro. Inserieren Sie am Donnerstag im* Talboten, *Ausgabe Millsen, wie folgt: ›Lieber Hotte, zu Deinem vierten Silberpokal gratulieren Dir die vier Verrückten – Acko, Dilli, Jona und Paule.‹ Weitere Einzelheiten entnehmen Sie bitte meinem ersten Schreiben.*

Heinrich der Zänker hatten den ganzen Abend mit einem Auge in die Tiefgarage geschielt. Dieser verdammte Kerl ließ sich heute aber entsetzlich viel Zeit. Und dann endlich surrte der Aufzug.

Der Zänker verschluckte fast seine Zunge – was sollte denn das? Heller trug einen dunklen Anzug, weißes Oberhemd und eine blau-weiß getupfte Krawatte. Ging man neuerdings so auf kriminelle Tour? Warum veränderte Busche heute die Nummernschilder seines Wagens nicht? Zanker hastete zu seinem Karren und brauste hinter Busche her, der seinen Verfolger nicht wahrnahm, sondern in aller Ruhe über die Landstraße Richtung Neuenburg gondelte. Der Zänker war so wütend, dass er nicht bemerkte, wie sich ein anderes Auto an seine Stoßstange heftete.

Raabe war sich unsicher: Wer verfolgte da Busche? Ein Komplize? Oder ein Verfolger – zum Beispiel ein Privatdetektiv?

Noch bevor der Dreierkonvoi das Ortseingangsschild Neuenburg passierte, hatte Raabe über Funk erfahren, dass ein gewisser Heinrich Zanker ihr Objekt Klaus Heller verfolgte. Zanker war Hausmeister in den Hochhäusern an der Frankfurter Straße, in denen Klaus Heller und Charlotte Riema wohnten. Reiner Zufall? Zanker war für sie kein unbeschriebenes Blatt, im Gegenteil, vorbestraft wegen Einbruch, Beihilfe zum Einbruch, Körperverletzung, Diebstahl und räuberischer Erpressung.

Raabe schluckte trocken. Was hatte das alles zu bedeuten?

Caro rief über Handy an. Sie observierte Charlotte Riema und die hatte sich den ganzen Nachmittag und frühen Abend nicht aus ihrer Wohnung bewegt. Als Raabe erzählte, was er wusste und beobachtete, wurde Caro nervös: Wenn Charly ihre eigenen Pläne und sich mit dem Hausmeister zusammengetan hatte, um Heller in einer Falle zu locken?

In Neuenburg steuerte Busche zuerst die S-Bahn-Station Neuenburg an. Er hatte sich nicht geirrt, im Bahnhofsgebäude gab es neben den schon geschlossenen Fahrkartenschaltern noch einen Briefkasten, der am Sonntag um zehn Uhr geleert wurde.

Heinrich wartete vor der Einmündung der Zufahrtsstraße zum Bahnhof und Park-and-Ride-Parkhaus, Raabe stand gut hundert Meter entfernt. Danach fuhr Busche die Auffahrt zum Spielcasino hoch, das in dem alten Burggemäuer untergebracht war, kurbelte gelassen durch die Serpentinen, zahlte an der Einfahrt zum Casino-Parkplatz brav seine fünf Euro Parkgebühren und stellte seinen Wagen in der Nähe des Haupteingangs ab.

Zanker wollte ihm folgen, doch der Wächter an der Schranke schüttelte energisch den Kopf: »Ins Casino können Sie nur mit Jacket, Hemd und Krawatte.«

Der Hausmeister versuchte witzig zu sein. »Das ist mein neuester und bester Blaumann, heute zum ersten Mal angezogen.«

»Tut mir Leid, ich darf keine Ausnahme machen.«

Weil Zanker noch mit dem Wächter verhandelte, hielt Raabe in größerem Abstand.

Es half nichts, der Zänker musste vor der Schranke wenden und raste wild fluchend wieder den Hügel hinunter, vorbei an Raabe, der die Welt nicht mehr verstand.

Der Wächter knöpfte Raabe ebenfalls fünf Euro ab und Raabe verzichtete darauf, seinen Dienstausweis zu zücken. Als er das Schild las: *Zutritt nur mit Jacket und Krawatte*, ahnte er, warum Zanker umgekehrt war. Er alarmierte Caro, dass der Hausmeister äußerst schlecht gelaunt nach Hause zurückkam.

Heller war bereits im Casino – oder im angrenzenden Hotel? – verschwunden. Raabe ging auf gut Glück ins Casino.

Busche war tatsächlich ins Casino gegangen und hatte für hundert Euro Jetons gekauft, hockte sich an einen Roulettetisch, weil Roulette das einzige Spiel war, das er kannte. Um diese Zeit gab es noch viele freie Plätze, der große Betrieb war noch nicht angelaufen und Busche setzte in aller Ruhe und sehr vorsichtig. Lieber die einfachen Chancen, gerade oder ungerade, rot oder schwarz, manque oder passe. Als Busche nach zehn Spielen noch immer nichts veloren hatte, riskierte er einige einfachere Kombinationen und das Glück blieb ihm treu.

Der Chefcroupier musterte ihn unbewegt von seinem erhöhten Stuhl, die junge Frau, die Busche gegenübersaß und mit ihrem langen Rechen über das grüne Tuch fegte, zwinkerte ihm aufmunternd zu. Er wurde kühner und langsam begannen die anderen Spieler auf den Mann zu achten, der seine kleine Glückssträhne zäh und systematisch nutzte. Das Häufchen von Jetons vor Busche wuchs. Endlich legte er einen Großteil seines Gewinns auf einzelne Zahlen, gewann hintereinander mit dreizehn und Zero, entrichtete seinen Obulus für den *tronc* und verspürte ein Gefühl, das ihn an Monika Ritter erinnerte. Den letzten Gewinn seiner Serie erzielte Busche durch Zufall, er hatte versehentlich einen Jeton so gelegt, dass er vier Zahlenfelder berührte, und kassierte zu seiner Verblüffung. Beim nächsten Spiel verlor er und hörte plötzlich Tanjas dünne Stimme: »Sie verzockt alles sofort.«

Trotz der freundlichen Enttäuschung auf dem Gesicht der jungen Frau ihm gegenüber raffte Busche seinen Gewinn zusammen und stand auf, ging zur Kasse und traute seinen Ohren nicht, nachdem der Kassierer gezählt hatte. »21.552 Euro.« Ja, er konnte einen Verrechnungsscheck über zwanzigtausend Euro bekommen und den Rest in bar.

Raabe hatte seine fünfzig Euro umgehend verloren und überlegte nun, ob er noch etwas opfern solle. Immerhin: Sein Objekt ließ sich den Verrechnungsscheck auf Klaus Heller ausstellen. Danach schien es eher unwahrscheinlich, dass er plante, im Casino Feuer zu legen. Trotzdem beobachtete Raabe weiter aus einiger Distanz, was Heller nun unternahm.

Busche schlenderte zur *Granatenbar.* Die alte Burg hatte im 19. Jahrhundert zeitweise als landesherrliches Munitionsdepot und Zeughaus, später vorübergehend auch als Zuchthaus gedient und war erst vor zehn Jahren teils zu einem Casino, teils zu einem Luxushotel umgebaut worden. In der Bar herrschte Ruhe. Die Verlierer hofften noch, ihre Pechsträhne wenden zu können, die Sieger kassierten ab und es gab also wenig Grund, aus Freude oder Verzweiflung die großkalibrigen und alkoholstarken *Mörserkartuschen* zu bestellen, die Spezialität der *Granatenbar.*

Nele Obermann unterhielt sich mit einer rothaarigen Frau und kam sofort auf ihn zu. »Ich traue meinen Augen nicht. Was treibt dich zu mir?«

»Erstens die Liebe, zweitens der Durst und drittens die Angeberei.« Damit zeigt er ihr den Verrechnungsscheck. Sie riss die Augen auf. »Ich glaub's nicht. Ehrlich erworben? Klaus Heller – ist das dein Künstlername?« Dabei zwinkerte sie ausgelassen und Busche nickte knapp. Nele würde ihn nicht verraten.

»Ein Croupier hat mir dabei geholfen. Und eine junge Frau, die immer über den Tisch gurkte, bei den anderen Spielern Jetons einsammelte und an mich austeilte.«

»Du hast sicher Eindruck auf sie gemacht.«

»Muss ich wohl. Aber eigenlich wollte ich Eindruck auf dich machen.«

»Das freut mich, aber ich habe Dienst bis ein Uhr.«

»Was mache ich so lange allein?«

»Hast du schon gegessen?«

»Nein.«

»Es gibt hier ein sehr nettes Restaurant.«

»Nele, ich habe weder Hunger noch Durst, offen gesagt, ich möchte, wenn möglich, dich haben.«

»Das ist möglich, mein Lieber, aber erst nach ein Uhr.«

»Trinkst du denn ein Glas Champagner mit mir?«

»Das würde ich ausnahmsweise zur Feier des Tages schon tun.«

Sie tranken sich zu, von Raabe scharf beobachtet, der sein Geld behalten und sich vorgenommen hatte, diesen Klaus Heller nicht aus den Augen zu lassen. Die attraktive Frau mit den blonden Pudellöckchen und Heller kannten sich offenbar gut. An seinem dünnen Whisky hielt Raabe sich fast eine Stunde fest, rief zwischendurch Caro an und wollte sie überreden, nach Neuenburg zu kommen.

»Das heißt doch, Heller würde mich sehen?«

»Ja. Durchaus möglich. Er sitzt an der Bar und unterhält sich mit einer sehr attraktiven Bardame, das heißt, wenn sie Zeit für ihn hat, hier beginnt jetzt der Betrieb.«

»Nein, das Risiko, dass Heller mich erkennt, ist mir zu groß. Andererseits, das Risiko, dass du an der attraktiven Bardame hängen bleibst, ist auch nicht zu unterschätzen.«

»Sie turtelt unverdrossen mit diesem Heller, Caro, und sie hat schon winzige hellgraue Strähnen in ihren Haaren.«

»Pfui, du Macho. Es können nicht alle Menschen deine Schuhcremefarbe auf dem Kopf herumtragen.«

»Das nimmst du sofort zurück, sonst komme ich nachher nicht zu dir.«

»Wer sagt denn, dass du überhaupt erwünscht bist?«

»Das hoffe ich doch stark.«

»Na schön, dann erscheine mal. Aber erst schließen wir diese merkwürdige Episode ab.«

Später rief Caro ihn an: »Einer in einem blauen Arbeitskittel ist wieder zurückgekehrt. War der auch im Casino?«

»Das muss Freund Zanker sein, der aus mir noch unerfindlichen Gründen Klaus Heller verfolgt hat. Ich vermute, wegen seines Blaumanns hat man ihn abgewiesen.«

»Soll ich ihn fragen?«

»Lieber nicht. Das bereden wir erst in aller Ruhe.«

Busche ließ sich von Nele überreden und ging in das *Biwak*, aß eine Kleinigkeit und schlug die Zeit tot. Trinken wollte er nicht.

Als er in die Bar zurückkam, strahlte sie: »Ich kann früher gehen. Heute ist nicht viel los, bei dieser Hitze wollen die Leute nicht auch noch vor Aufregung schwitzen. Die Kolleginnen sind einverstanden, dass ich mich mit einem alten Freund verdrücke …«

»Mein Auto steht vor dem Casino.«

»Lass den Karren dort stehen. Es gibt eine Abkürzung, einen Personaleingang.«

Raabe staunte nicht schlecht, als er von der Toilette zurückkehrte und weder Klaus Heller noch die Attraktive mit den blonden Löckchen sah. Sie hatte ein kleines Schildchen an dem Oberteil getragen: *Nele.*

Die beiden waren offenbar gegangen. Ihren Familiennamen und ihre Anschrift konnte Raabe später erfragen – auch Caro war einverstanden, dass er das Casino verließ.

»Also vor meinem Haus.«

»Bin schon unterwegs.«

Caro hatte gerade ihr Handy wieder eingesteckt, als ein großer schwarzer Wagen vor der Seitentür zur Garage hielt. Drei Männer stiegen aus und Caro war bereit, jede Summe zu verwetten, dass sich da ein etwas dicklicher, kleiner Mann von zwei Leibwächtern begleiten ließ. Sie notierte das Kennzeichen und lauschte. Aus der Garage war nichts zu hören; nach zwanzig Minuten erschienen die drei Männer wieder und fuhren davon.

Olli schob Spätdienst und erledigte für Caro die Halteranfrage. »Ein alter Bekannter, Caro. Aloys Junkermann.«

»Kannst du bitte eine Streife herschicken, sie soll erfragen, was Junkermann bei dem Hausmeister wollte. Ich fahre hinter Junkermann her.«

»Sei vorsichtig, Caro! Er ist auf Reststrafenbewährung draußen und mag sicherlich keine neugierigen Polizistinnen.«

Caro beherzigte Ollis Warnung mit der Folge, dass der große schwarze Wagen an der nächsten Ampel bei Tiefgelb über die Kreuzung huschte und sie vor dem roten Licht scharf bremsen musste. Das war sicher ein Zeichen, deshalb bummelte sie gemütlich zu ihrer Wohnung, vor der schon ein aufgebrachter Raabe wartete.

Der Personaleingang entpuppte sich als eine Gittertür in der alten Burgmauer und von dort aus mussten sie etwa zweihundert Meter die Burgtreppe hinunterlaufen. Nele hatte ihre Dienstschuhe mit den hohen Absätzen in einen Stoffbeutel gesteckt und war mit einem Seufzer der Erleichterung in flache Slipper geschlüpft. Es war angenehm kühl geworden.

Sie gingen Hand in Hand, blieben ab und zu stehen und küssten sich wie frisch verliebte Teenager; Busche freute sich erneut, dass er nicht versucht hatte, mit seiner Nachbarin Charly besser bekannt zu werden.

In ihrer Wohnung riss Nele alle Fenster auf und fiel Busche in den Arm, als er Licht anknipsen wollte. »Du reichst mir vollkommen als Besucher. Schnaken, Mücken und Motten müssen draußen bleiben.« Sie setzte sich auf die Bettkante. »Wehe, du reißt die Knöpfe ab.«

Unter dem luftigen Oberteil trug Nele einen durchsichtigen BH, der wie von selbst fiel, Busche drehte sie um und küsste hungrig ihren Busen.

Caro spendierte eine zweite Weißweinschorle, als sie nackt aus dem Bad kam, und Raabe stürzte das kühle Gesöff wie ein Verdurstender hinunter.

Heinrich der Zänker baute in seiner Wohnung eine Reihe gut gekühlter Bierflaschen vor sich auf und begann, sich systematisch zu besaufen.

Nach der ersten Flasche rief er Charly Riema an und erkundigte sich, was sie für einen Hausbesuch verlange – notfalls würde er auch zu ihr kommen.

Sie hing mit einem sehr unfeinen Fluch ein, der das Ansehen seiner Eltern verletzte, und Zanker hebelte den Kronkorken von der zweiten Flasche.

Als die Polizisten an seiner Wohnungstür Sturm läuteten, öffnete er nicht.

Aloys Junkermann wurde indirekt ein prometheisches Opfer. Er öffnete mit einem Nachschlüssel einen Nebeneingang der *Merkur*-Galerie. Weil bei der vom Ordnungsamt vorgeschriebenen Zusatzprüfung der Warnanlage ein Defekt im zentralen Rauchmeldesystem festgestellt worden war, hatte die Galerieverwaltung angeordnet, dass zwei Mann nachts zusätzlich Feuerwache gingen.

Als Junkermann die Tür aufstieß, schalteten die beiden Männer gerade das Licht an. Über Funk alarmierten die Feuerwächter die Wachmannschaft. Zwei Helden stürmten los und versuchten, mit gezogener Waffe Junkermann & Co. zu stellen. Junkermann und seine Männer schossen sofort, aber einer der getroffenen Wachmänner konnte noch einen gezielten Schuss auf Junkermann abgeben. Aloys ging zu

Boden. Die inzwischen automatisch alarmierte Polizei konnte ihn ohne Widerstand auflesen.

Doro saß in ihrer kleinen Wohnung und heulte vor Wut. Das erste Wochenende ohne Einladung und Party. In der Registratur fühlte sie sich wie vom richtigen Leben abgeschnitten, niemand rief privat an, niemand dachte mehr an sie, kein Mensch lud sie ein. Und dieser blöde Hanno Severin hatte sich auch nicht wieder gemeldet. Doro war nicht dumm, sie wusste genau, dass ihre Technik, die Männer aufzureizen und dann vor den Kopf zu stoßen, nicht das reinste Entzücken auslöste. Genauso war ihr klar, dass die meisten Journalisten sie wegen ihrer Tätigkeit in der Pressestelle des LKA umworben hatten, aber dass sie so wenig wirkliche Freunde besaß, erschütterte sie schon. Und so deutlich wie dieser Stoffel von Hanno Severin hatte ihr bisher noch kein Mann die Meinung ins Gesicht gesagt. Was nützte ihr das höhere Gehalt, wenn sie keine Möglichkeit mehr hatte, es unter anderen Menschen auszugeben.

Sie überlegte und rief dann Peter Dietz vom *Morgenecho* an. Dietz war großzügig und ein Profi, er würde seine Informantin schützen. Auch wenn er unangenehm unruhige Hände hatte, die sie dauernd abwehren musste. Sei's drum!

»Hei, Peter, hier ist Doro. Wie geht es dir?«

»Danke, mittelprächtig. Und dir?«

»Auch bescheiden. Peter, ich hab was für dich.«

»Und was?«

»Eine Geschichte, die sie im LKA unter der Decke halten wollen, auf Anweisung des Innenministers.«

»Das hört sich gut an. Wie viel willst du?«

So direkt mochte Doro es eigentlich nicht. Aber Peter Dietz verlor nicht gerne Zeit, weder beruflich noch privat.

»Tausend. Einverstanden?«

»Das entscheiden wir, wenn du mir die Story genau erzählt hast. Wo treffen wir uns?«

»Bei dir? Ich soll nicht mehr mit Journalisten sprechen.

Dienstliche Anweisung. Es darf uns also keiner zusammen sehen.«

»Okay. Du weißt ja, wo ich wohne. Und wenn du ausnahmsweise über Nacht bleiben willst, musst du eine eigene Zahnbürste mitbringen.«

Doro kicherte schrill, überlegte lange und ging dann ins Bad, um aus dem Toilettenschränkchen die noch original verpackte Reservezahnbürste zu holen.

Am Sonntagmorgen überschlugen sich die Radionachrichten wegen des Großbrandes in der Terborner Aschaffenburger Straße.

Caro meinte treuherzig, Raabe solle doch einmal den Fernseher anschalten, der Fall interessiere sie möglicherweise, und Raabe widersprach natürlich nicht. Also schaltete er den Fernseher ein und zappte, bis er auf aktuelle Lokal- und Regionalberichte stieß. Caro saß auf seinen Knien und stöhnte: »Diesmal hat er aber gewaltig zugeschlagen.«

Sie zweifelten eigentlich beide nicht daran, dass Prometheus am Werk gewesen war.

Das Feuer war in den Lagerräumen des *Möbelstudios Braam* ausgebrochen, »wahrscheinlich Brandstiftung«, wie der Reporter einen vorsichtigen Kriminalbeamten zitierte, obwohl im Moment noch kein Hinweis darauf vorlag, wie oder von wem das Feuer gelegt worden war. Die Rauchmelder hatten schnell Alarm gegeben, die Sprinkleranlage war auch angesprungen, bevor die Flammen die Verkaufsräume erreicht hatten. Ein Sachverständiger erklärte umständlich, dass sich der Brandschaden in Grenzen gehalten hätte – wenn Flammen und heiße Luft nicht durch zwei unzureichend abgesperrte Lüftungsschächte regelrecht nach oben gesogen worden wären und das dritte und vierte Stockwerk in Brand gesetzt hätten. Dort platzten rasch Fensterscheiben; Holztüren, Fußbodenbeläge und Zimmermobiliar brannten durch, und als die Feuerwehr eintraf, wütete das Feuer in den oberen Etagen so sehr, dass es nicht mehr eingedämmt werden konnte. Trotz des Einsatzes von zuletzt acht Berufswehren fraß sich das Feuer nach unten in das erste Stockwerk durch und zerstörte die Büros und Sozialräume des Einrichtungshauses. Die eigentlichen Verkaufsräume blieben dagegen vom Feuer weitgehend verschont, das Ausmaß des Wasserschadens stand noch nicht fest und auch im Lager war nur ein Viertel der eingelagerten Ware Opfer der Flammen geworden.

Der Nachtwächter und seine Freundin, beide vom Feuer überrascht, lagen mit Rauchvergiftungen im Krankenhaus. Sie waren noch nicht vernehmungsfähig.

Über Mittag brachte das Regionalfernsehen weitere Einzelheiten. An einigen wenigen Stellen hatte das Feuer doch das Erdgeschoss erreicht. Nele kuschelte sich an Busche und jubelte; auf die Firma Braam war sie offenkundig nicht gut zu sprechen, weigerte sich aber, die Gründe zu nennen.

In der Nähe einer nachträglich eingebauten Personaltreppe war die Decke eingebrochen, es bestand die Gefahr, dass tragende Wände beschädigt waren. Ein fassungsloser Michael Braam kämpfte vor der Kamera mit den Tränen. Sein Einrichtungsstudio würde über Wochen, wenn nicht Monate geschlossen bleiben. Ein Sachverständiger bestätigte kühl und knapp, dass Einsturzgefahr bestand, wenn auch nicht für den gesamten Block, so doch für Teile des Gebäudes, und zwar zwischen Lager und Verkaufsräumen. Der Sachschaden? – Er zuckte lässig die Achseln. Viel zu früh, ihn abzuschätzen. Natürlich auf jeden Fall immens.

Busche drückte trotz Neles Protest auf die Ausschalttaste und lächelte schräg. So hatte er sich das in seinen kühnsten Träumen nicht vorgestellt. Aber wenn sie jetzt schon so genau den Ort lokalisiert hatten, an dem das Feuer ausgebrochen war, würden sie bald dahinterkommen, wie der Brandsatz in das Lager geraten war. Diese Methode durfte er nicht noch einmal benutzen.

Busche pustete sanft auf Neles Nacken.

»Ich kann die Brüder Braam nicht leiden«, gestand sie unvermittelt.

»Und warum nicht?«

»Sie haben mich mal an der Bar handfest belästigt. Und einer von ihnen hat mich ausgelacht, als ich mich wehrte und drohte, sie anzuzeigen – eine Frau, die hinter einer Bar stünde, sei doch eine halbe Nutte. Nur ihr Preis sei höher.«

»Was hast du daraufhin getan?«

»Ich hatte gerade einen schönen, großen Cocktail fertig, den hab ich ihm ins Gesicht gekippt. Daraufhin wollte er mich schlagen, aber Bertis Mannschaft war sofort zur Stelle und hat beide Braams gewaltsam an die frische Luft befördert.«

»Bertis Mannschaft?«

»Der Chef der Truppe wird Berti gerufen. Unser Sicherheitspersonal. Schließlich gibt es in einem Casino eine Menge Bargeld.«

Busche hatte die Braam-Brüder nie kennen gelernt. Aber Gesine Wandrey war nicht lange nach der gemeinsamen Maiennacht in Tränen ausgebrochen und hatte ihm anvertraut, dass sie als Siebzehnjährige von den Braam-Brüdern nach einem Sommerfest des Reiterclubs vergewaltigt worden war. Damals hatte sie nicht gewagt, es ihrer Tante Mathilde zu erzählen oder zur Polizei zu gehen. Busche hatte sich schon vor seinem Prozess vorgenommen, es den beiden kräftig heimzuzahlen, was er aber für sich behalten hatte, erstens aus Vorsicht und zweitens, weil ihn Tante Mathildes Urteil, er sei ein Waschlappen, noch immer kränkte. Vielleicht war er auch deshalb im Knast so hart geworden.

Caro hatte nach Raabes Aufbruch noch zwei Stunden wie eine Tote geschlafen und wachte erst nach Mittag auf, schaltete das Radio ein und wusste nun mit absoluter Gewissheit: Braam – das war Prometheus' Werk.

Raabe knurrte nur am Handy: »Danke, meinem Kopf geht's ganz ordentlich. Wenn der Kerl das Rathaus abfackelt, wird Ohnefeldt hoffentlich löhnen. Danke für die wundervolle Nacht.«

»Das wollte ich doch sagen, Günter, vielen Dank.«

»Du siehst, wir sind ein Herz und eine Seele.«

»Mal sehen, wie lange das so bleibt. Sind wir uns einig: Was wir vor dieser wundervollen Nacht erlebt haben, bleibt vorerst unser Geheimnis?«

»Sind wir, Caro. Ich kümmere mich morgen mal um diesen neugierigen Hausmeister.«

Peter Dietz vom *Morgenecho* bedankte sich nach dem Frühstück bei Doro und drückte ihr ein Päckchen Hunderter in die Hand.

Sie hatte mehrfach alles erzählt, was sie wusste, und das war nicht eben viel: ein anonymer Erpresserbrief, von dem sie nicht einmal eine Kopie vorweisen konnte. Ein niedergebranntes Kino, das ohnehin bald abgerissen werden sollte – und dafür eine Million Euro? Von den anderen Brandstiftungen und der gestiegenen Forderung des Schreibers wusste Doro nichts. Ein Besuch der Spitze des LKAs beim Innenminister – gehört. Gerüchte, keine Beweise. Eine Sonderkommission, angesiedelt im Polizeipräsidium statt im LKA. Ein Deck- und Erkennungsname des Schreibers, das war alles, und selbst für Peter Dietz, der jederzeit aus einem verlorenen Schlüsselbund einen reißerischen Aufmacher schreiben konnte, etwas mager. Allenfalls mit dem Namen Prometheus konnte Dietz wuchern.

Noch in der Nacht hatte er einen Vertrauensmann im Präsidium angerufen, der ihm gegen Honorar Informationen verkaufte. »Ja, es gibt eine Soko Feuer, geleitet von der Hauptkommissarin Caroline Heynen. Ansonsten ist das große Schweigen ausgebrochen.«

Nachdem Doro recht beschwingt abgezogen war, rief Dietz im LKA an und wurde an das Innenministerium verwiesen. Dort landete er in Ohnefeldts Vorzimmer, doch der Minister dachte nicht daran, sich mit Dietz zu unterhalten, sondern schickte Maren Liebekind vor, die sich mit Dietz verabredete.

»Ich kann Ihnen nicht viel sagen, Herr Dietz«, wehrte sie gleich ab. »Das Wichtigste wissen Sie ja schon. Es hat nach dem Feuer im Kino *Lux*, das vielleicht – vielleicht! – Brandstiftung war, einen Erpresserbrief mit der Forderung von einer Million Euro gegeben; den Schreiber und möglichen Brandstifter suchen wir noch.«

»Wir?«

»In der Soko Feuer arbeiten Kollegen und Kolleginnen aus dem Landeskriminalamt mit.«

»Bisher ohne Erfolg.«

»Richtig. Aber Sie kennen uns ja, wir sind hartnäckig und zäh.«

»Der anonyme Schreiber nennt sich Prometheus?«

»Ja, aber Sie würden die Ermittlungsarbeiten und mögliche Kontaktaufnahmen sehr erschweren, wenn Sie diesen Namen veröffentlichen würden.«

»Gibt es denn Kontakte?«

»Ja, gibt es, aber über die Form und den Inhalt werde ich Ihnen nichts verraten.«

»Auch nicht vertraulich?«

»Lieber Herr Dietz, darf ich Sie daran erinnern, dass im Fall des Lebensmittelvergifters alle Chefredakteure Vertraulichkeit zugesichert hatten und nur das *Morgenecho* sich nicht daran gehalten hat?«

»Ja, das war ein Fehler«, meinte Dietz gelassen, »das wird nicht wieder vorkommen.«

»Darauf verlassen wir uns lieber nicht, schon allein mit Blick auf die finanziellen Folgen einer Indiskretion.«

Dietz hörte, welche Glocken, die seinem Verleger nicht gefallen würden, da geläutet wurden, und stand auf, bedankte sich und ging etwas kleinlaut fort. Das war keine Story, auch bei den Zeitungen trafen anonyme Briefe mit den unmöglichsten Forderungen ein, die zwar sorgfältig archiviert wurden, aber weder beachtet noch die Forderungen gar erfüllt. Dass Ohnefeldt dem *Morgenecho* keine vertraulichen Informationen zukommen ließ, wunderte Dietz nicht – der Klops mit dem Lebensmittelvergifter war auch zu groß gewesen. Wochen nach dieser Affäre hatten *Tageblatt* und *Landeszeitung*, aber nicht das *Morgenecho*, eine Aufstellung des Innenministeriums veröffentlicht, was die Aktionen und Drohungen der Trittbrettfahrer die öffentliche Hand gekostet hatten.

Maren wunderte sich, dass Dietz im Archiv seiner Zeitung nicht herausgefunden hatte, dass es seit Wochen regelmäßig in der Nacht von Samstag auf Sonntag brannte. Ohnefeldt dagegen war begeistert, dass sie Dietz so elegant abgewimmelt hatte.

»Jetzt bräuchten wir nur noch einen Hinweis auf die undichte Stelle im LKA oder im Präsidium.«

»Das war diese Doro. Sie hat nämlich nur den ersten Brief gesehen. Das *Lux* und eine Million Euro.«

Doro wurde noch am selben Tag fristlos entlassen und erschien wutschnaubend bei Peter Dietz. »Du hast mich verraten, du Schwein.«

Er schwor alle Eide, dass er ihren Namen nicht einmal angedeutet, geschweige denn ausgesprochen hatte. Sie glaubte ihm nicht und Dietz grübelte den ganzen Tag darüber nach, welches Detail in Doros Information stecken mochte, an dem diese Liebekind die Herkunft der Information erkannt hatte. Bevor Dietz das nicht entdeckt hatte, würde er keine Zeile über Prometheus und die Erpressung des Landeskriminalamtes schreiben. Ihm war nicht einmal aufgefallen, dass am Sonntag die Spitze des Innenministeriums vollzählig zum Dienst angetreten war.

Die Vormittagskonferenz war auf Ohnefeldts Bitte verschoben worden, damit er daran teilnehmen konnte. Die Mannschaft verstand sehr gut, warum er das Treffen seiner persönlichen Referentin mit Peter Dietz ausführlich schilderte, und bei dem kurzen Satz, Doro sei fristlos entlassen worden, grinste er wie ein hungriger Kannibale.

»Was ist mit dem Mann auf dem Foto?«, erkundigte sich Ohnefeldt. »Wissen Sie inzwischen, wer er ist?«

»Wir haben einen Namen, ja, wir glauben auch zu wissen, wo der Mann wohnt und was er beruflich treibt. Aber wir haben nicht den geringsten Beweis dafür, dass er am Wochenende Brände legt«, antwortete Caro.

»Solche Beweise können wir im Moment auch nicht beschaffen, Herr Minister«, ergänzte Raabe höflich. »Wir müssten ein formelles Ermittlungsverfahren einleiten. Alle anderen Beweise nutzen uns nichts, wenn der Beschuldigte sich einen guten Anwalt nimmt und der uns in der Hauptverhandlung ganz kühl wegen illegal beschaffter Beweise vorführt.«

Ohnefeldt knötterte: »Aber Sie haben diesen Mann doch mit der Kamera erfasst. Was haben Sie denn überhaupt mit ihm angestellt?«

»Nichts«, sagte Caro ruhig. »Er hat zwei Mal am Sonntagnachmittag einen Brief am Hauptbahnhof eingeworfen. Das macht ihn nicht verdächtig.«

Dass er außerdem neben einer Frau wohnte, die unter Umständen den *Club 99* – ob fahrlässig oder vorsätzlich – angezündet hatte, erwähnte Caro nicht. Die Ungeduld des Exstaatsanwaltes war nur zu bekannt.

»Und? Was sagt er zu seinen Briefen?«, drängelte Ohnefeldt.

»Nichts. Wir haben ihn noch nicht vernommen.«

»Dann wird es aber höchste Zeit!«, blaffte Ohnefeldt Caro an, doch so leicht konnte man sie nicht einschüchtern: »Und mit welcher Begründung? Dass wir ihn möglicherweise verdächtigen, Brände in Serie zu legen, die wir ansonsten geheim halten? Als Beschuldigter muss er dann gar nichts aussagen und kann sich sofort einen Anwalt nehmen.«

Ohnefeldt winkte ärgerlich ab. »Schon gut, Frau Heynen. Machen Sie weiter, wie Sie es für richtig halten.«

Der klägliche Rest war schnell diskutiert. Der große Mann war am vergangenen Sonntagabend nicht am üblichen Briefkasten im Terborner Hauptbahnhof erschienen, obwohl der Brief in Terborn abgestempelt war, zwar früher als üblich, aber in Terborn. Raabe ließ sich von einer etwas schnippischen Angestellten der Post telefonisch belehren, dass diese »kleinen Nester« rings um die Hauptstadt schon längst keine eigenen Briefpostzustelldienste mehr besaßen und ganz bestimmt keine, in denen am Sonntag gearbeitet würde. Die Kästen wurden am Samstag und Sonntag von einem Fahrer geleert, der die Post nach Terborn brachte, wo sie abgestempelt und auf die diversen Transporte verteilt wurde.

»Also kann ein Brief, der in Terborn abgestempelt worden ist, durchaus in – sagen wir – Neuenburg eingeworfen worden sein?«

»Ja, natürlich.«

Raabe verfasste eine Aktennotiz und sagte in der Soko-Runde nichts.

Die Sache wurde völlig verworren, als sie in den bei Teulemans wegen des Brandes im Forsthaus beschlagnahmten Unterlagen den Namen Josef Braam fanden: ein Stammkunde mit hohen Spielschulden im *Casablanca* am Roten Platz. Trotz mehrfacher Mahnungen hatte er nicht gezahlt und war deshalb drei Tage vor dem Brand im *Clubs 99* von zwei Männern ›besucht‹ worden. Seitdem trug er einen gebrochenen Finger in Gips. Für das Feuer im Club besaß Josef Braam kein Alibi. Auch Pierre Teulemans, der sich über das Verhör tierisch aufregte, konnte für den Brand im *Möbelstudio Braam* kein Alibi beibringen. Ohne die Feuer im Kino *Lux* und in dem Architekturbüro hätte es sich um eine gewaltsame Abrechnung unter ganzen und halben Ganoven handeln können.

Die Geschichte bekam noch eine weitere verwirrende Wendung, als Caro von Herta Wassmuth erfuhr, dass am Sonntagabend in die *Merkur*-Galerie eingebrochen worden war. Die Täter hatten einen Nachschlüssel benutzt, aber zu spät bemerkt, dass sie einer zusätzlichen Streife in die Finger liefen. Wer dann mit der Ballerei begonnen hatte, blieb vorerst unklar. Ein Nachtwächter wurde tödlich, Aloys Junkermann schwer verwundet.

Caro schrieb eine kurze Protokollnotiz, mit der sie den für diesen Fall zuständigen Kollegen Garster herzlich erfreute. Heinrich der Zänker gestand nach kurzem Zögern, dass er den Nachschlüssel für die *Merkur*-Galerie anhand eines Wachsabdruckes angefertigt hatte, und wurde eingebuchtet.

Busche hatte das *Tageblatt* abonniert und leistete sich den Luxus, die Zeitung zum Frühstück hochzuholen. So bekam er durch Zufall mit, dass im Nebenhaus Heinrich der Zänker unter lautem Protest festgenommen und abgeführt wurde.

Die Kollegin Wetzel hatte für Caro ein Memo verfasst. Teulemans war am *Club 99* finanziell beteiligt und Alleineigentümer des *Casablanca* und des *Moulin Rouge,* beide am Roten Platz gelegen. Im *Casablanca* gab es Tabledance und Poker in den hinteren Räumen, das *Moulin Rouge* bot Peepshows und die üblichen separaten, privaten Vorstellungen. Teulemans war nicht harmlos und galt im Gewerbe als unnötig brutaler, schwatzhafter und unzuverlässiger Kumpan, weshalb man ihn an riskanten, aber gewinnträchtigen Geschäften nicht beteiligte. Caros Gedächtnisprotokoll über Sabine Lissows Aussage hatte die Kollegin Wetzel sehr erstaunt.

»Ob unser Prometheus weiß, was eine moderne digitale Vermittlungsanlage an Ortung und Verfolgung von Gesprächen zu leisten vermag?«

Raabe grunzte erheitert, Caros gedrechselte Sätze waren nicht nach seinem Geschmack, aber er schrieb die Frage auf. So langsam rundete sich ihr Bild von Prometheus ab. Und wurde, aus polizeilicher Sicht, von Tag zu Tag unerfreulicher. Und entfernte sich von Klaus Heller, der immer noch beschattet wurde.

»Ich habe mir aus Marburg dieses Gesichter-Vergleichs-Programm besorgt und auf unsere große VAX geladen, Günter. Wer zeichnet mir die Rechnung ab?«

Raabe schnaufte wütend. Die simple Methode, Abertausende von Fernsehaufnahmen hintereinander anzuschauen, hatte nichts mehr gebracht. Spätestens nach einer Stunde konzentrierter Aufmerksamkeit schaltete man ab.

»Brandes hat auf meine Bitte die abgefackelten Gebäude miteinander verglichen. Und mich auf eine Idee gebracht. Sollen wir mal anhand der Bauunterlagen prüfen, ob an allen vier Gebäuden eine bestimmte Firma beteiligt war?«

»Nein, das lohnt wohl nicht. Die Bauten standen doch schon seit zehn oder mehr Jahrzehnten.«

»Was ist mit Schornsteinfegern oder Heizungs- und Öltankinspektoren. Also mit Leuten, die immer wieder mal diese Gebäude betreten konnten, ohne aufzufallen?«

»Kannst du dir ein Motiv vorstellen, wie und warum die bis jetzt abgebrannten Häuser oder Hauseigentümer zusammenhängen?«

Olli hatte oft über dieser Frage gegrübelt, ohne auch nur eine halbwegs plausible Antwort zu finden.

»Siehst du? Es führt kein Weg daran vorbei, wir müssen Prometheus' Motive herausfinden.«

Am Nachmittag hatte Busche eine unangenehme Begegnung. Vor dem neu eröffneten Kaufhaus *Brodersen* versperrte ihm eine stämmige Brünette mit einem runden Gesicht den Weg, stemmte beide Fäuste in die Seite und rief laut und fröhlich, sodass sich mehrere Passanten nach ihr umdrehten: »Ich werd verrückt, der Frank.«

Die beiden Zivilfahnder waren zu weit weg, um den Ausruf zu verstehen.

Weil jeder Mensch, der seinen richtigen Vornamen kannte, eine Gefahr für sein Incognito darstellte, blieb Busche stehen und musterte die Frau unschlüssig. Sie lachte ihn an: »Sag bloß, du kannst dich nicht mehr erinnern. Ich bin die Grete.«

Nach eine halben Minute funkte es. Grete Stark. Sie war mit ihm auf die Terborner Berufsschule gegangen, schon damals recht groß und kräftig für ein Mädchen. Lange brünette Haare, ein großer, fester Busen, den sie in strammen BHs und engen Pullovern voller Stolz präsentierte, dazu weite Röckchen und lange Beine. Alle Jungs waren hinter ihr her gewesen, und das nicht nur wegen ihrer Figur, sondern auch wegen ihres Rufes. Wer Grete ins Kino einlud und ihr außerdem ein Eis spendierte, konnte angeblich alles von ihr bekommen. Und wenn Grete jemanden leiden mochte, nahm sie ihn mit in die Wohnung der Mutter in Norringen – der Vater hatte schon lange das Weite gesucht. Unter dem Spiegel in der Diele gab es Schubladen für Handschuhe und Schals, und wer auf das obere Brett einen Heiermann legte, wurde unter Garantie von Gretes Mutter nicht gestört. Allenfalls konnte es passieren, dass sie nach einer Stunde zaghaft an Gretes Tür klopfte und jammerte, sie habe schrecklichen Durst. Ein zusätzlicher Heiermann bescherte eine weitere ungestörte Stunde. Gretes Mutter Anna trank und Busche hatte damals diese verheerende Krankheit noch nicht gekannt, sondern staunte nur, dass Mutter Anna ihre Tochter für ein Fünfmarkstück an jedermann verkaufte.

Frank Busche war nur einmal mit Grete in die Wohnung gegangen; der Gedanke, dass die Mutter draußen saß, trank und auf die Geräusche im Zimmer ihrer Tochter lauschte, hatte ihn gestört. Grete merkte es schließlich und schlug vor, ins *Lux* zu gehen. Er musste zwei Logenplätze kaufen und wunderte sich, dass Grete die Kartenverkäuferin fragte, ob sie die Loge allein hätten. Die Verkäuferin hatte nur genickt und Busche merkwürdig gemustert. Sobald der Hauptfilm begann, rutschte Grete auf ihrem Sitz unruhig hin und her, legte ein Knie über die Armlehne und griff nach seiner Hand, die sie zwischen ihre nackten Beine schob. Ihr Höschen steckte sie in ihren Beutel und flüsterte: »Nun mach schon!« Er war so aufgeregt gewesen, dass sie ihm helfen musste, den Reißverschluss aufzuziehen und die Hose aufzuknöpfen. Er hatte bis dahin noch nie mit einer Frau geschlafen und wurde nun von einer Kennerin verführt.

Doch Grete hatte verschwiegen, dass ein Nachbarssohn bis über beide Ohren in sie verschossen war. Sie trafen Albert Kornemann anschließend vor dem *Lux* und ihre heißen Gesichter verrieten dem Eifersüchtigen, was sie getrieben hatten. Mit Kornemann, einem kleinen, etwas dicklichen Typen, wäre Busche in einem ehrlichen Kampf leicht fertig geworden, doch der schickte Helfer vor, die Busche noch am selben Abend ziemlich vermöbelten. Busche hätte Kornemann diese Niedertracht gern heimgezahlt, aber dazu hatte sich nie eine Gelegenheit ergeben. Deswegen hatte Busche auch laut aufgelacht, als er nach dem Feuer im *Tageblatt* las, wem das *Lux* gehörte, verspürte aber doch ein mulmiges Gefühl und fragte sich, ob Kornemann diesen Vorfall wirklich vergessen hatte. Von Grete verabschiedete Busche sich nun so schnell wie möglich.

Später packte Busche alle Werkzeuge und zwei Brandsätze in sein Auto und fuhr nach Schlüpen. Seine Verfolger schüttelte er zufällig an einer umspringenden Ampel ab. Der Stadtteil war im Krieg schwer getroffen und nie wieder richtig aufgebaut worden. Ab und zu geriet er in die Schlagzeilen, wenn bei den wenigen Aufräumarbeiten wieder einmal ein Blindgänger entdeckt und entschärft wurde. In der Nähe des Stichkanals kannte Busche eine halb verfallene Werkhalle, in der nicht einmal Kinder spielten. Dort stellte er seinen Wagen in einer durch hohe Mauern abgetrennten Nische ab und spazierte gelassen fast eine halbe Stunde bis zur nächsten Bushaltestelle. Die Begegnung mit Grete war ihm auf den Magen geschlagen. Nach fast zwanzig Jahren hatte sie ihn auf der Straße wiedererkannt. Busche war leichtsinnig gewesen, als er jeden Samstag mit oberflächlich veränderten Kennzeichen aus seiner Tiefgarage losgefahren war.

Am Abend bummelte er zum Hauptbahnhof und nahm dort einen Bus zur Frankfurter Straße.

Caro folgte ihm leise vor sich hin schimpfend, für eine Beschattung zu Fuß hätte sie sich besser bequemere Schuhe angezogen.

Am Morgen darauf leistete sich Caro einen gefährlichen Patzer. Sie hatte in der Nähe der Haltestelle *Frankfurter Straße West* auf Heller gewartet und stieg mit ihm in denselben Bus. Busche fand noch einen Sitzplatz, sie lehnte sich gegenüber der Mitteltür an die Wand. In einer Kurve warf es sie nach vorn; Caro rempelte mehrere Fahrgäste kräftig an, musste sich laut entschuldigen, einige Leute drehten sich nach ihr um, auch Busche. Als sich ihre Blicke trafen, erkannte er Caro sofort wieder. Sie sah es an seinem Augenzucken, und damit war sie für eine Beschattung verbrannt. Über Handy rief sie einige Kollegen zum Busbahnhof und zeigte ihnen die Zielperson.

Doch wenn Busche jetzt seinen Bunker verließ, schaute er sich sorgfältig um, was den Kollegen die Arbeit erschwerte.

Caro beichtete Raabe ihr Missgeschick, der zu ihrem Erstaunen ruhig blieb und nur die Achseln zuckte.

»Pech. Dafür kochen wir jetzt den Hausmeister weich.«

Zanker wurde vorgeführt und Caro und Raabe lachten den finsteren Heinrich fröhlich an. »Das war Pech, Zanker.«

»Was?«

»Dass die Hauptkommissarin gesehen hat, wer Sie am Samstag besucht hat.«

»Na und? Sind Besucher verboten?«

»Ein Toter bei einem Einbruch, zu dem Sie den Nachschlüssel geliefert haben. Das wird teuer, Zanker. Und dann noch Ihre kleinen Erpressungen und ewigen Belästigungen.«

»Meinen Sie! Welcher Mieter hat sich denn über mich beschwert?«

Caro und Raabe schwiegen. Offenbar war da was und Zanker hatte die Intelligenz nicht gefressen – er würde reden. Tatsächlich, es dauerte eine, zwei Minuten: »Warum haben Sie ausgerechnet mich überwacht, dieser Heller ist doch viel interessanter?«

»Wirklich?«

»Jeden Samstagabend fährt er los und kommt erst spät in der Nacht wieder. Und jedes Mal verändert er seine Kennzeichen.«

»Wie soll er das denn anstellen?«, zweifelte Raabe.

»Schwarzes Isolierband, kleine Stückchen an die Buchstaben geklebt. Und schon wird aus PL ein RE.«

»Und das soll Heller machen? Warum denn?«

»Was weiß ich? Fragen Sie ihn doch mal!«

»Hat er sich auch über Sie bei der Hausverwaltung beschwert?«

»Nein, der Arsch schlägt lieber sofort zu. Aber seine Nachbarin ...« Heinrich biss sich auf die Lippen, doch es war zu spät.

Caro holte tief Luft. »Sie meinen Charlotte Riema?«

»Na klar. Die Hure hat doch was mit dem Heller.«

»Woher wollen Sie wissen, dass sie eine Prostituierte ist?« Caro grinste den Zänker an.

»Ich hab sie mal auf dem Roten Platz getroffen.«

»So so.« Caro blubberte gemütlich. »Beihilfe zum Mord – das wird eine ordentliche Haftstrafe, Zanker. Vor allem bei Ihrer Latte von Vorstrafen.« Sie ließen in der Sprechzelle einen ziemlich verstörten Heinrich Zanker zurück.

Auf der Fahrt zu den Hochhäusern an der Frankfurter Straße nervte Caro mal wieder über Funk Olli Herzberg, der sofort nachforschte. Aber Heinrichs Hinweis brachte nichts. Aus T-PL hatte Heller höchstwahrscheinlich T-RE geklebt. Ein Auto mit diesem Kennzeichen war in den vergangenen Brandnächten nicht aufgefallen. Caro seufzte, Heinrich Zanker war kein Zeuge, den sie in einem Prozess dem Gericht präsentieren mochte. Nicht einmal dem Haftrichter.

Charly Riema sperrte sich anfangs, bis Caro ihr erklärte, warum der Hausmeister in Polizeihaft saß. Dann berichtete Charly lang und breit, was zwischen dem Zänker, ihrem Nachbarn Heller und ihr vorgefallen war. Keine Schlägerei, sondern der wütende Heinrich war einen Treppenabsatz hinuntergepurzelt. Caro hatte den Eindruck, dass sich Charlys Begeisterung für Klaus Heller merklich abgekühlt hatte.

»Ich fürchte, er hat schon eine Freundin«, antwortete Charly auf Caros direkte Frage. Das stimmte. Sie wussten inzwischen sogar, um wen es sich handelte. Nele Obermann, eine Barfrau im Spielcasino Neuenburg, die früher eine eigene Kneipe *Wassertor* gepachtet hatte. Charly verzichtete auf eine Anzeige wegen Beleidigung gegen den Hausmeister.

Im Aufzug wurde Raabe laut und ungeduldig. »Wir müssen uns endlich diesen Heller vorknöpfen.«

Caro schüttelte den Kopf. »Wegen der Aussage eines notorischen Lügners und Betrügers, der mit Heller eine private Fehde austragen will? Da möchte ich Vernünftigeres und Überzeugenderes vorzuweisen haben.«

Raabe schaute sie misstrauisch von der Seite an: »Liebe Caro, ich habe manchmal den Eindruck, dass du Prometheus gar nicht fangen willst.«

Sie blies viel Luft aus: »Sagen wir mal so: Mein Eifer hält sich in Grenzen, so lange ich den starken Eindruck habe, dass wir für den Minister eine private Angelegenheit bereinigen sollen.«

Kurz nach Mittag klopfte Opa Steiner heftig an Busches Bürotür. »Auf, auf, Herr Heller!«, jubilierte er. »Wir müssen los.«

»So, so! Wohin denn?«

»Ins Haus Abendfrieden am Linnépark.«

»Wollen Sie sich zur Ruhe setzen?«

»Ganz im Gegenteil. Tut mir Leid, eigentlich wollte ich schon früher zu Ihnen kommen. Doch zurzeit ruft die Arbeit und wir gehorchen ihr.«

Auf der Fahrt sagte Opa Steiner fast ehrfurchtsvoll: »Wissen Sie, dass Sie im Abendfrieden gleich mehrere Steine im Brett haben?«

»Ach du meine Güte, das liegt doch schon Ewigkeiten zurück.«

»Die Schwestern und der liebe Herrgott vergessen nichts.«

Im Haus Abendfrieden lebten drei Dutzend Senioren, die nicht unter Alzheimer, aber zum Teil unter schweren Altersdemenzen litten, und in drei Fällen hatten Busches Austräger alte, sichtlich hilflose Leute auf den Straßen angetroffen; sie waren aus dem Heim zu einem Spaziergang aufgebrochen und hatten sich völlig verirrt. Busche hatte dafür gesorgt, dass die Polizei die Verwirrten auflas und ins Heim zurückbrachte. Anschließend hatte Busche die alte Villa aus der Zeit der Wende vom 19. zum 20. Jahrhundert mal besichtigt, ein schönes und erstaunlich gut erhaltenes Jugendstilgebäude, mehrfach mit Verstand und Sorgfalt modernisiert und renoviert, mit einem großen Garten, einem so genannten Gärtner- und Kutscherhaus für das Personal, dazu Pferdestall und Wagenschuppen. Die beiden großen, modernen Garagen nahmen sich daneben fast billig aus.

Busche stieß Opa Steiner an: »Wie geschaffen für meine Zwecke. Hoffentlich dürfen die Heimleute die nicht gebrauchten Gebäude zu gewerblichen Zwecken vermieten.« Manchen seiner mehr als egoistischen ›Kinder‹ würde es gut tun, einmal alten Menschen zu helfen, zum Beispiel mit ihnen durch den angrenzenden wunderschönen Linné-Park zu spazieren oder auch im Garten zu arbeiten. Es gab sogar eine breite gepflasterte Zufahrt auf den Hof, für die Anlieferer hervorragend geeignet.

Opa Steiner riss Busche aus seinen Täumen: »Nur der Keller taugt nichts«, klagte er. »Sie verteilen Ihre Reklameprospekte, Herr Heller, und ich weiß immer noch nicht, wo ich meine Pilze züchten soll.«

»Noch haben wir ja Zeit zu suchen«, tröstete Busche und Opa Steiner blühte bei dem ›Wir‹ sichtlich auf.

Das erste Gespräch mit dem Heimverwalter verlief recht positiv. Die Nebengebäude wurden nicht benutzt und standen frei zur Vermietung oder auch zum Verkauf. Die vorgeschlagene Miete lag im Rahmen dessen, was sich Busche ausgerechnet hatte. Über weitere Einzelheiten sollten die Anwälte verhandeln. Wenn Busche das Gärtnerhaus umbaute, konnte er im Parterre sein Büro einrichten und im ersten Stock eine geräumige Wohnung, besser und größer als die Puppenstube in der Frankfurter Straße. Der ehemalige Pferdestall und die frühere Remise ergaben zwei großartige Lagerräume für das Material.

Busche lud Opa Steiner zu einem Bier ein und erschrak, als er auf dem Heimweg zwei betont unauffällige Gestalten bemerkte, die sich an seine Fersen hefteten. Diesmal schüttelte er sie nicht ab, sondern nahm sie bis zu seinem Hochbunker mit. Opa Steiner hatte nichts bemerkt.

Auch an diesem Donnerstag kein Inserat. Busches Laune sank und abends hatte er Mühe, sich vor Nele zusammenzunehmen.

Raabe saß zwei Tische weiter und spitzte vergeblich die Ohren.

Die Soko tagte und kam nur zu dem Schluss, dass Prometheus diesmal von seinem bisherigen Schema radikal abgewichen war. Das *Lux*, das Architekturbüro und diesen Puff hatte er vergleichsweise leicht in Brand stecken können. Bei Braam traf das nicht zu.

»Warum hat Prometheus sich die Mühe gemacht, ausgerechnet dieses Möbelstudio abzufackeln?« Stöger kratzte seinen knurrenden Bauch.

Caro erwiderte: »Ich denke, zum ersten Mal verbindet Prometheus die Erpressung mit einem persönlichen Motiv. Außerdem brauchte er einen spektakulären Brand, um das LKA unter Druck zu setzen.«

Sanders stöhnte: »Mist! Es wäre wohl leichter, jene Terborner Bewohner aufzulisten, die keine Rechnung mit den Braam-Brüdern offen haben, als diejenigen, die mit ihnen noch ein Huhn rupfen wollen.« Er pochte mit den Knöcheln auf einen kleinen Stapel Akten. Josef Braam hatte trotz seines frommen Vornamens einige sehr unfromme Delikte begangen, war aber nur zweimal angeklagt und nur einmal verurteilt worden. Sein Bruder Michael hatte sich auf die geschäftlichen Aufgaben konzentriert und mehr als einen Handwerker und Lieferanten übers Ohr gehauen. Ottfried Stöger und Pete Sanders waren noch damit beschäftigt, alle Geschädigten aufzustöbern.

Iris von Sellin hatte den Auftrag, auf das nächste Brandziel zu schließen. Ein Wohnhaus? Eine Kirche? Ein Theater? Ein Museum? Eine Schule? Ein Bahnhof? Eine U-Bahn-Station? Sie musste passen. Im Moment war nichts ausgeschlossen. Nicht einmal das Parlament oder das Planetarium. Oder die Staatskanzlei.

Seit Dienstag achtete die Schutzpolizei bei verstärkten Streifen unauffällig auf Gebäude, die besonders leicht zu betreten waren, organisierte für das Wochenende abweichende Kontrollrouten und befragte noch einmal in der Nachbarschaft der bisherigen Brandorte die Anwohner, ob dort nachts ein uralter VW-Passat mit dem Kennzeichen T-RE gesichtet worden war. Caro ärgerte sich über Raabes eigenmächtige Anordnung: »Du tust gerade so, als sei unser Heller ohne jeden Zweifel Prometheus.«

»Bietest du einen anderen oder besseren Kandidaten?«

Caro musste verneinen, was sie sehr verstimmte. Raabe musterte sie scharf. »Caro, wenn's am Wochenende noch einmal brennt, nehme ich mir diesen Heller zur Brust. Mit richterlichem Segen oder ohne.«

»Leg dich lieber nicht mit Ohnefeldt an.«

»Ich werde den Teufel tun. Aber ich bin es leid, hier nur Indianer zu spielen. Jetzt will ich jemanden an den Marterpfahl binden.«

5.

Am Samstagvormittag hatte sich der Himmel etwas bezogen, zwei Stunden lang nieselte es staubfein. Zu einem richtigen Regen langte es noch nicht, doch ein schwacher Wind vertrieb die Schwüle, die auch nicht wiederkehrte, als sich die dünnen, niedrigen Wolken verzogen.

Das Thermometer war um fast zehn Grad gefallen, und als die Dämmerung heraufzog, breitete sich am Himmel wieder ein grauer Schleier aus. Busche fröstelte, obwohl er einen dicken Pullover trug. In den Straßenrinnen standen noch die Pfützen, weil die gluckernden Gullys mit Lehm, Staub und zu früh vertrockneten Blättern verstopft waren. In dem graukühlen Licht wirkten die düsteren Fabrikgebäude links und rechts fast bedrohlich. Busche hatte seinen Wagen aus der Halle auf ein Trümmergelände gefahren und hinter einer halb eingestürzten Mauer so versteckt, dass man ihn von der Straße aus nicht sehen konnte. Hinter der Halle, in deren Wänden große Löcher klafften, erkannte er gerade noch die Schornsteine der stillgelegten Hütte. Selbst an Werktagen war das Viertel fast menschenleer.

Caro und Raabe fluchten durchs Telefon. Heller hatte sie am Busbahnhof abgehängt, und zwar so beiläufig, dass sie nicht wussten, ob er sie bemerkt hatte oder rein durch Zufall vor dem Bahnhof in einen Menschenpulk geraten war. Sie hatten nicht sehen können, in welchen Bus er umstieg. Seinen Wagen benutzte er heute wie schon an den Tagen zuvor nicht.

Von der Endstation Schlüpen musste Busche gut dreißig Minuten durch eine Trümmerlandschaft bis zum Gelände am Stichkanal laufen, wo er seinen Wagen untergestellt hatte. So weit er sehen konnte, hatte sich niemand an seinem Auto zu schaffen gemacht.

Busche war müde und gähnte nach dem Fußmarsch, er

schlief immer schlechter und in seiner Depression quälte er sich jetzt erneut mit der Frage herum, ob er das Recht hatte, einen fremden Menschen zu schädigen, Arbeitsplätze zu gefährden, Hoffnungen zu zerstören, Not auszulösen. Zum Hass gehörte Kraft, das wurde ihm von Tag zu Tag bewusster, und Busche befürchtete, dass er seine Kraft überschätzt hatte; die Überzeugung, dass ihm Unrecht geschehen war, reichte nicht aus, alle Pläne in die Tat umzusetzen. Am Donnerstag hatte er wider alle Vernunft gebetet, im Millsener *Talboten* möge das Inserat stehen, damit er seine Aktion beenden könne. Nichts. Sie stellten sich tot. Busche musste also weitermachen. Warum zwangen sie ihn dazu?

Die Mauer zwischen der verfallenden Drahtzieherei und dem kleinen Betrieb *Kunststoffguss Wilhelm Bräuker* in Terborn-Schlüpen war an vielen Stellen zusammengebrochen. Links über der Schulter trug Busche einen schweren Beutel mit Werkzeug. Nachtwächter gab es in diesem Gebiet so wenig wie Einbruchssicherungen. Was sollte hier auch groß gestohlen werden?

Der Bräuker'sche Betriebshof war klein und aufgeräumt. Der einstöckige Bürotrakt lehnte sich an eine Hofseitenwand hinter der Halle, von der Straße aus gesehen, und das Stahltor der Halle war mit mehreren Schlössern gesichert. Auch die Eingangstür zu den Büros schien massiv zu sein. Busche schlug eine Scheibe ein, klinkte das Fenster auf und stieg in das ebenerdige Büro. Die Zimmertür führte auf einen langen, schmalen Gang entlang der Hallenwand und gegenüber dem Eingang fand er die Tür, die ihn in die Halle führte. Trotz seiner Bedrückung hätte Busche fast laut gelacht: Der Schlüssel steckte. Er zog ihn ab, ging in die Halle, verschloss den Zugang hinter sich und schob den Schlüssel in eine Tasche seines Overalls, kontrollierte zweimal, ob er auch den Reißverschluss zugezogen hatte.

In der Halle war es nicht so düster, wie er befürchtet hatte. Die Fenster in den beiden Längswänden saßen hoch oben unter der Decke und schimmerten matt, sobald sich seine

Augen an das Dämmerlicht gewöhnt hatten, wie zwei hellgraue Bänder. Die Maschinen hoben sich als schwarze Blöcke ab. Vorsichtig tastete Busche sich an der Wand entlang, bis er die Querwand gegenüber dem Hallentor erreichte. Dort riskierte er es, einmal kurz die Taschenlampe anzuknipsen. Die normale Beleuchtung wagte er nicht anzuschalten, wer wollte wissen, ob nicht ein zufälliger Passant sich darüber wunderte, dass hier am späten Samstag noch gearbeitet wurde. Drei Türen, aus Metall, mit massiven Vorhängeschlössern gesichert. Busche nahm den Bolzenschneider aus dem Beutel und setzte die Schneiden an den Bügel.

Nach dem ersten Schloss schwindelte ihm so, dass er sich auf den Boden setzen musste. Erst nach einer Viertelstunde rappelte er sich wieder auf, sein Herz pochte immer noch dumpf und das Blut rauschte in den Ohren. Schloss Nummer zwei und drei erschöpften ihn noch mehr. Jetzt hätte er einen Schluck Kaffee gebrauchen können, aber die Thermoskanne lag in seinem Büro. Die Zeit lief ihm davon.

In den fensterlosen Magazinen hinter den Stahltüren waren Säcke, Fässer, Tonnen und Kisten und große Papiertüten in Regalen gestapelt. Busche schaltete nun zur Orientierung die Taschenlampe ein. Im mittleren Lagerraum fand er eine Schubkarre, auf die er einen Sack und eine Tonne wuchtete. Die Aufschriften sagten ihm nichts, von Chemie verstand er zu wenig, nahm nur an, dass diese Kunststoffe leicht brennbar waren, weil überall große Schilder vor Feuer und offenem Licht warnten und Rauchen verboten war. Mit Sack und Tonne fuhr Busche zur entferntesten Maschine, schnitt dort die Tüte auf. Weißliche Perlen rieselten heraus, der aus dem Sack aufsteigende Staub reizte zum Niesen. Den größten Teil von dem Zeug schüttete Busche zu einem kleinen Wall rund um die Maschine auf, bis er den Sack hochheben und in einen Trichter auf halber Höhe der Maschine entleeren konnte. Der Inhalt der Tonne folgte, ein klebrig-gelbliches, mehlfeines Pulver. Zurück ins Lager, noch einen Sack und eine Tonne geholt. Von der Maschine häufte Busche Richtung Magazin einen kleinen Wall aus Perlen und Pulver auf. Zweimal musste er Nachschub holen, dann reichte der kleine Wall bis ins Lager. Vor der mittleren Tür legte Busche Abzweigungen aus Pulver und Perlen bis in die Lagerräume rechts und links. Er keuchte, der Schweiß floss ihm den Nacken hinunter, der Rücken schmerzte, und wenn er Staub aufwirbelte, juckte der Dreck auf der nassen Haut unerträglich. In allen drei Räumen Säcke zerschneiden, Deckel aufstemmen und Tonnen umkippen, Kisten auf den Boden zerren, bis ihr Inhalt mit den Zündbahnen verbunden war. Busches Lungen brannten. Nein, die restlichen Maschinen konnte er nicht mehr auffüllen, seine Beine zitterten, als sollte er jeden Moment vor Schwäche umfallen. Zwei Minuten zwang er sich zur Ruhe, sammelte danach sein Werkzeug ein. Die zerschnittenen Schlösser ließ er liegen, sie würden nicht verbrennen, aber die Feuerwehr gleich auf die richtige Spur lenken: Brandstiftung. Die Brandsätze legte Busche im mittleren Lager, einen auf den Boden, dass die Stichflamme in den kleinen Hügel schlagen musste, von dem der Zündwall abging. Den zweiten platzierte er auf dem untersten Regalbrett neben einem Pappkarton, der über und über mit Brandwarnungen beklebt war. Zum ersten Mal ängstlich, schaltete Busche beide Zeitzünder ein.

Die Tür vom Bürogang zur Halle verschloss er, ließ den Schlüssel außen stecken, überlegte und stieg dann wieder durch das eingeschlagene Fenster ins Freie. Es nieselte erneut staubfein und auf seiner Stirn spürte Busche einen leichten Windhauch.

Die Rückfahrt wuchs sich zu einer einzigen Qual aus. Das Brennen in den Lungen und Augen wollte nicht aufhören und sein Mund kratzte trotz des Wassers, mit dem er gurgelte, um wieder schlucken zu können. Als sich die Schwäche gelegt hatte, fuhr Busche ins Büro und deponierte sein Werkzeug in einer verschließbaren Kiste im Lager, fuhr dann nach Hause und hätte vor Erleichterung fast gebrüllt, als er auf seinem Garagenplatz den Zündschlüssel abzog.

Kaum hatte er sich auf dem Bett ausgestreckt, krallte die Faust in seinem Magen zu, dass er aufheulte und ihm die Tränen in die Augen schossen.

Caro und Raabe hatten sich mit ihrem Wagen in die Tiefgarage gestellt, um auf Heller zu warten. So weit sie sehen konnten, war sein Kennzeichen nicht verändert und bei näherer Betrachtung klebten an den Buchstaben auch keine schwarzen Fäden von Isolierband.

»Da siehst du, was von der Beobachtungsgabe dieses widerlichen Hausmeisters zu halten ist!«, murrte Caro und Raabe musste ihr Recht geben.

»Ob er bei seiner Freundin war?«

»Glaub ich nicht, die hat am Samstag Hochbetrieb in ihrem Casino.«

»Trotzdem, ruf lieber an.«

Es dauerte etwas, aber schließlich wurde Caro im Casino mit der Bar verbunden.

»Obermann.«

»Guten Abend, Frau Obermann, mein Name ist Schäfer. Ich hätte gern mit Herrn Heller gesprochen.«

Im letzten Moment erinnerte sich Nele daran, dass Frank Busche unter dem Falschnamen Heller lebte. »Tut mir Leid; Herr Heller war heute noch nicht hier. Kann ich etwas ausrichten?«

»Nein, vielen Dank, das ist nicht nötig. Guten Abend.«

Das Feuer entwickelte sich zu einer mittleren Katastrophe, deren Ausmaß erst zu überblicken war, als Busche vormittags fassungslos am Radio hing und nicht glauben wollte, was er hörte. Die Reporter überschlugen sich. Die Brandsätze hatten nur zu gute Arbeit geleistet, offenbar hatte das Feuer im Nu das gesamte brennbare Material in den drei Lagerräumen erfasst. Irgendwann platzten dann entweder die Fenster in der Fabrikationshalle oder ein Teil des Daches stürzte ein, wie auch immer, Luft strömte nach, Flammen, gegen die der schwache Nieselregen nichts ausrichten konnte, schossen hoch und eine Gaswolke fand ihren Weg ins Freie. Der leichte Westwind trieb sie erst auf den Ortsteil Schlüpen, dann auf Kumpfer zu, bis der Wind seine Fracht in das Flusstal Richtung Millsen und Werlebach-Rollesheim hineinblies. Aus der Verbindung mit dem Regenwasser entstanden Säuren, die eine breite Bahn der Zerstörung und Verwundungen hinterließen. Fernsehen und Rundfunk unterbrachen ihre Programme und gaben Alarmmeldungen durch. In letzter Minute konnte die Bevölkerung mit Sirenen und Kirchenglocken gewarnt und evakuiert werden, und zwar mithilfe einiger Bundeswehreinheiten, die auf eigene Faust ausrückten und die kopflos herumirrenden Menschen auflasen und auf den Kuppen der Talhöhen absetzten. Doch für einige Bewohner von Schlüpen und Kumpfer kam die Räumung zu spät, sie lagen mit Verätzungen und Vergiftungen in den Krankenhäusern, zwei Kleinkinder schwebten am Sonntagmittag in Lebensgefahr. Sechstausend Männer, Frauen und Kinder wurden in Notunterkünften versorgt.

Den ersten Löschangriff hatte eine freiwillige Wehr noch ahnungslos mit Wasser vorgetragen, zum Glück musste sie vor den explosionsartig hervorbrechenden Nebelwolken fliehen; dann waren aus einhundert und mehr Kilometer Entfernung die Berufswehren mit schwerem Atemgerät angerückt und hatten Tonnen von Schaum verspritzt, BGS-Einheiten schafften Sand heran, Technisches Hilfswerk traf ein. Die Bevölkerung floh: nur weg, ab nach Süden oder Norden, bloß raus aus der Hauptwindrichtung West und aus dem Flusstal. Alle Sanitäts- und Rettungsdienste aus einem Umkreis von sechzig Kilometern waren bis weit in den Vormittag im Einsatz, und wie immer bei einem Unglück stellten sich auch sofort die Aasgeier ein. Die Polizei nahm die ersten Plünderer in Schlüpen und Kumpfer fest. »Krieg, es ist wie im Krieg«, schluchzte ein junger Malteser-Hilfsdienstler in das Mikrofon. Ein Feuerwehrmann verstarb an einem Herzschlag.

Busche saß bewegungslos in seinem Sessel und spürte nicht, wie ihm die Tränen hinunterrannen. Am frühen Nachmittag stritten sich die Experten über Schuld und Ursache. Ein dicker Mann in zerrissenem Hemd, mit breiten Pflastern auf dem Gesicht, schwor alle Eide, dass seine Belegschaft am Freitagnachmittag die Druckgussmaschinen geleert und gereinigt und die Magazinräume ordnungsgemäß verschlossen hatte. Er selbst hatte alles kontrolliert, als Letzter seinen Betrieb verlassen, den Hauptschalter für die Maschinen und ihre Kesselheizungen auf Null gedreht. Damit waren alle elektrischen Leitungen in der Halle und in den Büroräumen vom Netz getrennt, es konnte sich nicht um einen Kurzschluss gehandelt haben. Seit acht Jahren verarbeiteten sie Kunststoffgranulate, nie war etwas passiert, sie hatten immer alle Vorschriften und Auflagen peinlich genau befolgt. Es musste sich um Brandstiftung handeln, es gab keine andere Erklärung. Seine Stimme, anfangs dick vor Tränen, überschlug sich bald vor Erregung.

Erst spät setzte sich Busche an den Computer.

Prometheus (V)
An das Landeskriminalamt
- Pressestelle -
Postfach 5567

Sehr geehrte Damen und Herren,
Sie haben auch auf mein viertes Schreiben nicht reagiert, und deshalb habe ich in der Nacht von Samstag auf Sonntag Feuer in der Kunstoffgießerei Wilhelm Bräuker *gelegt. Meine Forderung erhöht sich auf fünf Millionen Euro. Setzen Sie am Donnerstag ein Inserat in das* Terborner Tageblatt, *Ausgabe Werlebach, mit folgendem Text: ›Lieber Johannes, im fünften Anlauf ist es also gelungen. Es gratulieren alle Freunde aus dem Skatclub* Blanke Zehn.‹ *Alle weiteren Einzelheiten entnehmen Sie bitte meinem ersten Schreiben.*

Den Brief warf Busche, weil die Zeit drängte, wieder am Terborner Hauptbahnhof ein, Minuten vor der letzten Leerung. Weil sich vor dem Kasten, den er bisher benutzt hatte und der von der Überwachungskamera erfasst wurde, mehrere Betrunkene lautstark stritten, ging er um den kleinen Auflauf herum in die Poststelle und benutzte den dortigen Briefkasten. Die Kamera, die auf den Kasten direkt am Eingang der Bahnhofshalle gerichtet war, nahm Busche an diesem Sonntag nicht auf, weil die betrunkenen Krakeeler ihn abschirmten.

Stöger hatte es nicht gewagt, auch die Poststelle selbst überwachen zu lassen, um die Postler nicht misstrauisch zu machen. Pete Sanders, der mit Raabe die Monitore beobachtete, alarmierte die Bahnpolizei, doch die Kollegen kamen zu spät; als sie die betrunkenen Schreihälse vertreiben konnten, hatte Busche den Bahnhof schon wieder unbemerkt verlassen.

Die Soko hatte nicht daran gezweifelt, dass sich Prometheus melden würde. Das war sein Feuer, seine Handschrift, aber weder der Brief noch die Trümmer der völlig heruntergebrannten Fabrik ergaben neue Spuren. Mit einer Ausnahme: Die Brandursachenermittler hatten drei mit einem Bolzenschneider durchtrennte Vorhängeschlösser in den Trümmern etwa vor den Magazintüren gefunden, was Bräukers Behauptung stützte, er habe am Freitag alles vorschriftsmäßig verschlossen. Neu war auch, dass sich Ministerpräsident Kayser aus seinem Urlaubsort an der Ostsee meldete, allen Helfern und vor allem der Bundeswehr dankte, den Opfern unbürokratisch schnelle finanzielle Hilfe versprach und den Innenminister aufforderte, im Falle einer Brandstiftung den Täter umgehend zu fassen.

Am Montagvormittag glühten die Telefondrähte, Ohnefeldt berief für den Dienstag eine Konferenz im LKA ein und der Vize des LKA beglückwünschte sich, dass er so schnell aus der Schusslinie abgetaucht war.

Iris von Sellin rief Caro an: »Es ist so weit, Johann der Große mischt sich ein …«

»Wer bitte?«

»Der MP. Der Ministerpräsident. Johann Kayser, genannt König Johann. Es geht jetzt um Wolframs Kopf. Gibt es gar keine Hoffnung, den Scheißkerl zu fassen?«

»Vielleicht bei der Geldübergabe. Doch selbst das würde ich nicht versprechen. Ich fürchte vielmehr, Prometheus hat sich schon längst was ganz Ekliges ausgedacht.«

»Eklig für uns?«

»Natürlich.«

Über den Brand in der *Kunststoffgießerei Wilhelm Bräuker* wurde abends von ARD und ZDF in aller Ausführlichkeit berichtet. Kayser saß vor dem Fernseher und biss die Zähne zusammen. »Ich bete nur, dass sich jetzt nicht wieder Prometheus bei Ohnefeldt meldet. Das wäre sein Ende!«, murmelte er laut genug, dass Cornelia Kayser und Peter Göschen es deutlich verstanden.

Göschen kannte den Gesichtsausdruck seines Herrn und Meisters und hielt deshalb den Mund, aber Cornelia fragte naiv: »Wer ist Prometheus, warum sollte der sich bei Ohnefeldt melden? Was hat Oberleiningen mit den alten Griechen zu tun? Was läuft denn da ab?«

Der Gedanke, dass er unter Umständen seinen Urlaub vorzeitig beenden musste, um den Brandopfern persönlich sein Mitgefühl auszusprechen, vergrätzte den MP derart, dass er alles erzählte, was er von Göschen über die Affäre Prometheus erfahren hatte.

Doch sein geliebtes Weib reagierte anders, als er wohl gehofft hatte. Statt auf Ohnefeldt zu schimpfen, stichelte sie: »Was hat er denn falsch gemacht, lieber Jo? Hätte er sich erpressen lassen sollen? Lieber ein schwacher als ein herzloser Staat? Das kennen wir doch alles aus den Siebzigerjahren.«

»Da hat man dir doch noch die Windeln gewechselt«, brauste Kayser auf und sie nickte fröhlich: »Mit schönem

Erfolg, wie du siehst. Ich habe viel über diese Zeit gelesen. Ein Staat lässt sich nicht erpressen.«

»Nein, meine Beste, aber er fängt die Erpresser.«

»Ich darf dich an den armen Horst Herold erinnern. Wenn der genügend Personal und Ausrüstung gehabt hätte …«

»Bitte nicht wieder diese Debatte. Das bekomme ich von Ohnefeldt bei jeder Kabinettssitzung zu hören.«

»Könnte es vielleicht sein, dass er Recht hat?«

Göschen verhielt sich mucksmäuschenstill, um nicht aufzufallen. Dass Cornelia Kayser einen eigenen Kopf hatte und durchaus nicht immer mit ihrem Mann einer Meinung war, behaupteten alle, die das Ehepaar länger kannten, aber in der Öffentlichkeit ließen die beiden sich normalerweise keine Differenzen anmerken. Nun saß er als Zeuge in der ersten Reihe.

»Du könntest Ohnefeldt anrufen und ihm sagen, dass du auf seiner Seite stehst«, schlug sie vor.

Doch damit hatte sie in ein Wespennest gestochen. »Ich? Ohnefeldt? Dem Kerl verdanke ich doch, dass wir bei der letzten Wahl so viele Stimmen verloren haben, dass ich jetzt mit den Schei… Liberalen koalieren muss.«

Göschen schnappte nach Luft. Deswegen also. Cornelia war schneller: »Ich glaube, du bildest dir zu viel ein, mein Lieber. Du hättest auch so Stimmen abgegeben. So begeistert waren die Wähler nicht mehr von dir und dem Sauhaufen deiner *Sozialen Volkspartei*. Was soll Ohnefeldt denn verbockt haben?«

»Die Gebietsreform.«

Aha. Göschen hätte beinahe laut gelacht. Nach den ungeschriebenen Regeln einer Medien- und Stimmungsdemokratie hatten sie die Gebiets- und Verwaltungsreform in der Tat zu spät, zu kurz vor der Wahl angeleiert. Der unvermeidliche Unmut der Wähler und der durch die Reform betroffenen Mitarbeiter des öffentlichen Dienstes hatte bis zum Wahltag angedauert. Das stimmte. Doch dass es so spät geworden war, hatten sie dem großen Cunctator König

Johann selbst zu verdanken, der wieder einmal gezaudert hatte, sich über Monate nicht entschließen konnte, und dann, als der Unmut hohe Wellen schlug, sich zu fein – oder zu feige? – war, durch die Ortsvereine zu tingeln und dort für die Reform zu werben. Das tat an seiner Stelle – von der Presse sehr genau registriert und respektvoll kommentiert – Innenminister Wolfram Ohnefeldt, was dem MP nun auch nicht recht war. Dabei hatte sich die Reform fast wider Erwarten als Erfolg herausgestellt. Sie sparten tatsächlich Geld und vor allem Personal, und wenn sie heute überhaupt auf Landesebene kleine Reformen finanzieren konnten, verdankten sie das dem Ohnefeldt'schen Konzept. Doch wehe, das wagte jemand in Kaysers Gegenwart anzudeuten: Dann startete der MP wie eine Rakete unter die Decke. Er fürchtete, was er nie offen zugab, einen möglichen Konkurrenten – wohl wissend, wie sehr seine Beliebtheit in der *SVP*-Fraktion und bei den Wählern zusammengeschmolzen war.

Cornelia staunte mit offenem Mund. »Und wenn du nun Ohnefeldt losgeworden bist – wer soll dann bitte schön Innenminister werden?«

Göschen hielt den Atem an – das würde eine kleine Sensation werden.

»Zurwege«, murrte Kayser.

»Das ist doch nicht dein Ernst!«, blaffte Cornelia ihren Mann an. »Dieser Schleimer und Schürzenjäger?«

»Ja, genau der. Erstens stößt er nicht alle Leute vor den Kopf wie dein hoch geschätzter Ohnefeldt. Zweitens kann er uns für den nächsten Wahlkampf die nötigen Spenden beschaffen. Und drittens wird er uns die *Marlenser* vom Leibe halten.«

»Was haben die *Marlenser* mit der Wahl zu tun?«, fragte Cornelia, so verblüfft wie Göschen.

Kayser sprach so laut, dass Göschen endlich schaltete. Dieser Teil des Gepräches war auch und gerade für seine Ohren bestimmt. »Bisher noch nichts. Aber einige *Marlenser* munkeln, man solle eine Partei oder wenigstens eine Wählerinitiative gründen. Und wenn die antreten sollte, dann gute Nacht. Dann kann sich die *Soziale Volkspartei* die absolute Mehrheit endgültig abschminken. Dann wird es sogar für die Koalition knapp.«

Göschen holte tief Luft; endlich verstand er das Geschäft. Die *Liberale Mitte* musste jetzt schon vor der Fünf-Prozent-Hürde zittern, erst recht, wenn eine Wählerinitiative wie die *Marlenser* antrat – liberal-konservative, erfolgreiche Geschäftsleute mit extrem großer Abneigung gegen alle zentralstaatlichen Regelungen und Organisationen. Es reichte, wenn die neue Partei in und um Terborn ein Ergebnis knapp an fünf Prozent erreichte; das wäre das parlamentarische Ende der *Liberalen Mitte,* die in den ländlichen Kommunen und in den Kreistagen nicht vertreten war und dort keine schlagkräftige landesweite Organisation besaß. Die *Marlenser* würden nie und nimmer mit Kayser eine Koalition eingehen, das wusste König Johann ganz genau. »Und das alles soll Zurwege verhindern?«

»Wir haben eine Art Gentlemen's Agreement. Wenn er die *Marlenser* davon abhält, in die Landespolitik zu gehen, bekommt er das Innenministerium.«

»Und Ohnefeldt?«

»Finanziell hat er schon ausgesorgt, und wenn er keine Schwierigkeiten macht, lässt sich ein ordentlicher Posten beim BKA finden. Oder bei Europol. Der steht ohnehin Oberleiningen zu. Das habe ich mit dem BMI ausgehandelt.«

»Ich kenne BMW. Wer oder was zum Teufel ist BMI?«

»Der Bundesminister des Inneren.«

Cornelia Kayser schwieg zwei Sekunden beeindruckt, dann stellte sie die Frage, die auch Göschen auf der Zunge brannte: »Warum will Zurwege ausgerechnet Ohnefeldts Ministerium? Das Frauenministerium würde doch viel besser zu diesem geilen Hurenbock passen.«

Kayser bemühte sich vergeblich, ein schockiertes Gesicht zu machen. Von seiner Frau war er manches gewohnt. »Neli! Das geht zu weit.«

»Wieso? Dann werde ich Gleichstellungsbeauftragte des Landes. Du sollst mal sehen, wie der Laden dann läuft.«

»Dass er laufen wird, bezweifle ich nicht. Die Frage ist bloß – wohin.«

Göschen musste wider Willen kichern und begegnete dem kühl-abschätzigen Blick Kaysers. Der alte Fuchs hatte ihn nicht vergessen, sondern die ganze Zeit über gewusst und gewollt, dass sein Persönlicher aufmerksam zuhörte.

»Wie viel brauchst du denn für den Wahlkampf?«

»Im Augenblick fehlen uns etwa drei Millionen Euro.«

»Und die will Zurwege herbeischaffen?«

»Ja, von seinen Bekannten bei den *Marlensern.*«

Busche war müde und gähnte herzhaft, als Martin und Manuela ins Büro platzten: »Wir haben was, Herr Heller!«

»Was habt ihr?«

»Das ideale Gebäude für Opa Steiner. Groß und dunkel und so, wie es aussieht, auch billig zu mieten.«

»Ach nee!«

»Das alte Umspannwerk an der Köpenicker Straße.«

Busche überlegte. Das konnte in der Tat etwas sein, wenn er sich recht erinnerte. Als Umspannwerk brauchten es die Stadtwerke schon lange nicht mehr, die elektrischen Einrichtungen war seit Jahren demontiert und die ursprünglichen Pläne, daraus einen Jugendtreff zu machen, waren an den notorisch leeren Kassen der Stadt Terborn gescheitert und dem Unwillen der *Marlenser*, dafür zu spenden.

»Prima«, sagte er gelassen, »geht gleich mal zu Opa Steiner. Der wird sich freuen.«

So war es auch. Opa Steiner stürzte sofort an das Telefon, um mit Stadtwerken und Bauamt zu verhandeln, und versprach der gesamten Heller-Mannschaft ein riesiges Fest, wenn es klappen sollte.

»Sie haben einen tollen Haufen«, lobte er gegenüber Busche, der fröhlich zustimmte. Was die Fahrer und Fahrerinnen unterwegs entdeckten, bemerkten, auflasen und beim Fundbüro ablieferten, war fast unglaublich – fast so unglaublich wie das, was die Menschen unterwegs verloren: Geldbeutel, Eheringe, Zahnprothesen, Brillen, Feuerzeuge, Führerscheine, Personalausweise, Klappmesser, Monatsfahrkarten, Fotos, Schlüssel.

Der kleine Konferenzsaal war düster und kühl, es roch durchdringend nach Bohnerwachs. An dem langen Tisch saßen fünf Männer und zwei Frauen. Niemand sprach ein Wort, bis eine junge Frau hereinstürzte und hastig kleine Stapel Kopien verteilte. Danach verließ sie sofort, ohne ein Wort, den Raum wieder, sichtlich froh, sich dem Gewitter entziehen zu dürfen, das über den Köpfen schwebte. Ohnefeldt kaute auf den Lippen, schoss ab und zu wütende Blicke auf den Schwarzhaarigen, der sich in seiner Haut sichtlich unwohl fühlte, aber den Rücken steif hielt. Neben Raabe saß Olli, den Ohnefeldt ab und zu misstrauisch musterte. Olli fiel es schwer, nicht zu Iris hinüberzuschauen.

»Dann können wir ja wohl!«

Raabe referierte knapp und eine Spur zu sachlich, um ihm seine Gelassenheit glauben zu können. Der fünfte Brief war also eingetroffen, wieder am Hauptbahnhof Terborn am frühen Sonntagabend eingeworfen. Diesmal in der Poststelle. Neue Forderung: fünf Millionen Euro. Wie bei den Schreiben zuvor keine verwertbaren Spuren, keine Hinweise auf Motiv und Person des Mannes.

»Wieso bist du eigentlich so sicher, dass es sich um einen Mann handelt?«, unterbrach ihn Iris, die neben Ohnefeldt saß und sich jetzt vorbeugte. Sie hatte ihre Haare straff nach hinten gebürstet und in einem festen Knoten zusammengefasst. Sie trug ein enges, grausam bunt kariertes Flanellhemd, unter dem sich ihr schöner Busen deutlich abzeichnete, und eine blau-gelb gewürfelte Fliege von einer Größe, die vermuten ließ, sie versetze sie irgendwie in Rotation und werde dann von ihr fortgezogen wie von einem Propeller.

Raabe stutzte, Iris zwinkerte ihm zu.

»Sicher sind wir nicht, Iris«, antwortete Raabe beherrscht. »Aber alles spricht nach unseren Erfahrungen mehr für einen männlichen Täter als für eine Frau.«

»Aber ihr habt eine Frau in Erwägung gezogen?«

»Natürlich.« Raabe wartete einen Moment, aber Iris lehnte sich wieder zurück. Auch für den fünften Brief waren derselbe Drucker benutzt, das gleiche Schreibpapier, der gleiche Umschlag verwendet worden. Eine von langer Hand geplante Erpressung. Hilflos zuckte Raabe mit den Achseln. Bisher habe sich aus den Brandobjekten, den Stadtteilen, in denen es gebrannt hatte, und den Zeitungsausgaben, in denen das LKA inserieren sollte, keinerlei Muster oder System ergeben, allenfalls die banale Erkenntnis, dass der Täter sich in Terborn und Umgebung auskannte. Raabe verstummte, weil sich Ohnefeldt räusperte.

»Ich habe Frau von Sellin gebeten, sich noch einmal das gesamte Material anzuschauen, und zwar so, als habe sie es bisher noch nicht gesehen, und der Runde vorzutragen, welche Schlüsse sie daraus zieht. Bitte, Iris.«

»Vielen Dank, Herr Minister. Meine Damen, meine Herren, fangen wir mit der erstaunlichsten Tatsache an, nämlich, dass es bei keinem der Feuer, die Prometheus für sich beansprucht, eindeutige Beweise für Brandstiftung gibt. Das letzte Feuer vielleicht ausgenommen. Günter, widersprich mir bitte sofort, wenn ich mich irre oder zu kühne Behauptungen aufstelle.«

»Ja, einverstanden.«

»Nummer eins, dieses abbruchreife Kino in Terborn-Norringen.«

»Kein zweifelsfreier Beweis für Brandstiftung«, räumte Raabe ein und schielte dabei auf den Minister, der die Zähne zusammenbiss.

»Einen heißen Abbruch zwecks Versicherungsbetrugs schließt du aus?«

»Hundertprozentig. Erstens, weil der alte Schuppen schon

verkauft war und wenige Wochen später sowieso abgerissen werden sollte, zweitens, weil eine Gebäudeversicherung nicht mehr existierte, und drittens, weil der frühere Eigentümer finanziell über jeden Verdacht erhaben ist.«

»Okay. Selbstentzündung?«

»Möglich, aber wo und wie – Fehlanzeige. Oder eben doch eine Zigarette, brennend oder noch glimmend von einem Kinobesucher weggeworfen, absichtlich oder aus Versehen.«

»Alles klar. Nummer zwei, dieses Architekturbüro.«

»Auch nicht eindeutig. Einer der Chefs hat zugegeben, dass er mit einer neuen Mitarbeiterin – hm – privaten Einstand gefeiert hat. Mit einer sehr bereitwilligen jungen Frau, wir haben sie – besichtigt.«

»Eine intime Feier mit viel Alkohol und vielen Zigaretten?«

»Ja. Das Feuer ist mit großer Wahrscheinlichkeit in einer Abstellkammer für Papier und Büromaterial ausgebrochen und dort haben die Ursachenermittler Reste eines zusammengeschmolzenen Papierkorbs gefunden.«

»In den das Paar seine Kippen und Pfeifentabakreste gekippt hatte?«

»Das bestreiten beide vehement, aber nicht unbedingt glaubhaft. Sie bestreiten auch, dass sie den Papierkorb in die Vorratskammer gestellt haben. Am Boden des Korbes haben wir Material entdeckt, das von elektronischem Gerät stammen kann, also zum Beispiel von einem digitalen Zeitzünder. Oder von einer Armbanduhr oder einem elektronischen Feuerzeug.«

»Glaubst du dem Pärchen?«

»Fifty-fifty. Sie müssen bei jeder Aussage bedenken, was die Feuerversicherung davon halten wird.«

»Schön. Also auch hier eine natürliche – äh – ungewollte Brandursache nicht auszuschließen.« Iris fingerte an dem Knoten ihrer Fliege, als Raabe nickte. »Nummer drei, dieser Puff-Club an der B 111. Zwei Frauen haben zugegeben, dass sie Brennholz von jenem Stapel geholt haben, in dem das Feuer ausgebrochen ist.«

Weil Iris breit grinste, fuhr Raabe eilig fort: »Zwei starke Raucherinnen, beide sauer über das, was ihnen bevorstand.«

»Kannst du ausschließen, dass eine von ihnen wütend oder gedankenlos – jedenfals ohne böse Absicht – ihre noch brennende Zigarette in den Holzstapel gefeuert hat?«

»Nein, kann ich nicht.«

»Also auch hier denkbar, dass nicht Prometheus Feuer gelegt hat.«

»Sicher.« Raabe entspannte sich, vermied es aber nach wie vor, in Ohnefeldts Richtung zu blicken.

»Kannst du dir ein finanzielles Motiv für eine Brandstiftung vorstellen?«

»Ja, schon. Aber viel eher ein anderes Motiv. Der Geschäftsführer dieses Puffs heißt Pierre Teulemans. Die Kollegen haben ihn seit Jahren in Verdacht, für die hiesige Niederlassung der organisierten Kriminalität zu arbeiten – genauer: für eine Mädchenhändler-Gruppe.«

»Denkst du an einen Racheakt?«

An Stelle von Raabe antwortete Caro. »Weniger an persönliche Rache als an eine geschäftliche Auseinandersetzung im Milieu. Über diesen *Club 99* sind Osteuropäerinnen eingeschleust worden, das wissen wir, könnten es aber vor Gericht nicht beweisen. Diese Schleusergruppe hat Konkurrenz von Kosovo-Albanern bekommen, die sehr brutal zulangen und im *Club 99* ihre Frauen unterbringen wollten. Teulemans hat abgelehnt, es soll zu einer Schießerei gekommen sein, wie gemunkelt wird, und so ein kleines Warnfeuerchen – zur besten Geschäftszeit – würde in das Schema passen.«

»Ich habe eine Aktennotiz gelesen, dass ein säumiger Schuldner, dem Teulemans einige Schläger auf den Leib geschickt hat, aus Revanche den Club abgefackelt haben könnte.« Dass auch der Minister die Akten so sorgfältig studierte, beeindruckte die Runde sichtlich.

Als Erster erholte sich Raabe von der Überraschung. »Völlig korrekt, Herr Minister. Wir haben diese Spur aus einem simplen Grund nicht weiter verfolgt. Selbst im Milieu ist nicht allgemein bekannt, dass Teulemans Miteigentümer des *Club 99* ist.«

Caro nickte zustimmend: »Teulemans ist zweifelsfrei nicht nur Geschäftsführer, also Angestellter, sondern am Club und allen dort ablaufenden Geschäften finanziell beteiligt. Er behauptet, und das Gegenteil können wir ihm nicht beweisen, dass die Feuerversicherung nur etwa achtzig Prozent des Sachschadens deckt – von der anderen Geschäftsschädigung ganz zu schweigen.«

»Damit meint er die unerwünschte Publicity für die Kunden?« Iris warf Caro einen amüsierten Blick zu.

Caro blieb ernst. Die ganze Veranstaltung gefiel ihr nicht, anders als Iris von Sellin. Die These von dem raffinierten Trittbrettfahrer hatte sie über Stunden mit Raabe diskutiert. Beweisen oder widerlegen ließe sich die These erst, wenn das geforderte Lösegeld ohne Aufsehen gezahlt und dann am nächsten Wochenende noch einmal ein Feuer gelegt wurde, für das Prometheus am Tag darauf erneut eine wiederum um eine Million Euro erhöhte Erpressungssumme forderte. Iris hatte abgewinkt, sie glaubte, eine bessere Theorie belegen zu können, und Caro wartete gespannt, was Ohnefeldt dazu sagen würde, der diese Theorie angeblich noch nicht kannte. Denn für Ohnefeldt, nicht für die Soko fand diese Veranstaltung statt.

»Wir reden nicht viel im Bett«, hatte Iris geflüstert und Caro war auf den Tonfall eingegangen: »Einverstanden, und wie ist es beim Frühstück?«

»Da liest er Zeitungen.«

»Natürlich«, bestätigte die Hauptkommissarin jetzt trocken. »Es ist eine Sache, wortwörtlich nackt im Wald zu stehen, und eine sehr viel andere, sich auch noch vor Pressefotografen verstecken zu müssen.«

Trotz der Situation erklang ein leises und unverkennbar schadenfrohes Gelächter.

Iris rückte ihre Fliege in waagerechte Position, bevor sie

fortfuhr: »Nummer vier. Dieses Möbelkaufhaus. Der Brand ist im Lager ausgebrochen.«

Jetzt antwortete wieder Raabe. »Ja. Genauer: in jenem Teil, in dem angelieferte, aber noch nicht ausgepackte Ware zwischengelagert wird. Wir haben den Verdacht, dass der Brandsatz in einem Paket von einem privaten Zustelldienst geliefert worden ist.«

»Ist eine Selbstentzündung gänzlich ausgeschlossen? Oder ein Versehen des Nachtwächters?«

»Nein.« Raabe schüttelte energisch den Kopf. »Der Knabe ist so zuverlässig wie ein Dreiunddreißigeuroschein. Hat in seiner Bude gesoffen und immer wieder über Nacht Frauen mitgebracht, was ihm streng verboten war. Außerdem …« Er brach ab und drehte sich zu einem jungen Mann, der die ganze Zeit über an seinem schmalen Kinnbärtchen gezupft hatte und nun mit unangenehm hoher, kratziger Stimme das Wort ergriff: »Braam hat viele Feinde. Betrogene Ehemänner einerseits, übers Ohr gehauene Geschäftspartner auf der anderen Seite. ›Halbseiden‹ ist eigentlich noch zu sehr Kompliment für ihn. Die Staatsanwaltschaft hat fünf Verfahren wegen Verdachts des Betrugs, der Unterschlagung oder Untreue mangels Beweisen einstellen müssen. Es gibt namhafte Hersteller, die Braam nicht mehr beliefern. Andere verlangen Vorkasse.«

»Wie sieht Braams finanzielle Situation aus?«

»Bescheiden bis beschissen.« Der Ziegenbärtige meckerte. »Der Laden könnte eine hübsche Schadenssumme gut gebrauchen.«

»Ist er denn ausreichend versichert?«

»Für den jetzt eingetretenen Schaden? – Nein. Wir wissen heute aber auch, dass seinerzeit beim Umbau gepfuscht worden ist. Diese alten Entlüftungsschächte sind entgegen der Baugenehmigung nicht richtig verschlossen worden und die Sachverständigen erklären unisono, ohne diesen künstlichen Zug hätte sich das Feuer auf den Lagerraum beschränkt.«

»Wer muss für die Folgen dieses Fehlers aufkommen?«

»Darüber streiten die Juristen noch.«

»Wenn ich also behaupten würde, die Braams hätten den Brand selbst gelegt und sich nur ins Knie geschossen, weil diese Schächte für sie völlig unerwartet das Feuer verbreitet haben – würdest du mir widersprechen?« Iris flötete so verführerisch, dass auch Ohnefeldt grinste.

»Nein«, erwiderte der Bärtige gemütlich, »würde ich nicht.«

»Kannst du ausschließen, dass ein persönlicher Feind dieser Braams das Feuer gelegt hat? Um sich an ihm zu rächen?«

»Kann ich nicht ausschließen.«

»Gibt es solche Feinde?«

»Mehrere. Einen gewissen Dieter Croll zum Beispiel. Er hat eine Tochter Jennifer, die bei Braam Azubi war und von beiden Brüdern nach einer Betriebsfeier vergewaltigt worden sein soll, worauf der Vater im Gerichtssaal geschworen hat, die Braambande umzubringen.«

»Hat er das Feuer gelegt?«

»Unwahrscheinlich. Er hat ein Alibi, liegt mit einem Trümmerbruch des linken Beines im Krankenhaus.«

Caro schmunzelte in sich hinein. Zumindest Raabes Taktik durchschaute sie jetzt; der Schwarzhaarige war bereit, für die LKA-Gruppe die sachliche Verantwortung für einen Fehlschlag der Ermittlungen zu tragen, aber er würde es nicht hinnehmen, dass ihm persönlich Nachlässigkeit vorgeworfen wurde. Deshalb diese Experten, die sich um bestimmte Aspekte der Prometheus-Feuer gekümmert hatten.

Sie nickte. »Der letzte Fall, diese Kunststofffabrik.«

»Kunststoffgießerei«, verbesserte Raabe höflich.

»Eindeutig Brandstiftung?« Iris legte den Kopf schräg, die Fliege schnellte in eine fast senkrechte Position und kitzelte ihre Nase, Iris nieste.

»Ja.« Raabe stöhnte. »Ich – wir glauben dem alten Herrn. Dass er alles vorschriftsmäßig abgeschlossen und abgeschaltet hatte.«

»Aber wer hat das Feuer gelegt? Wie und von wem sind die Vorhängeschlösser aufgeschnitten worden?«

»Der alte Bräuker ist so gut wie pleite. Nach allem, was wir in der kurzen Zeit herausfinden konnten, ein ehrlicher, aufrichtiger Mann, der von seinen geschäftlichen Schwierigkeiten überrollt wird. Sich nicht mehr zu helfen weiß.«

»Traust du ihm zu, dass er seine Firma abgefackelt hat?«

»Im Moment – nein«, antwortete Raabe ohne Zögern. »Aber in seinem Umkreis, zum Beispiel in seiner Familie, mag es jemanden geben, der denkt, er habe ihm damit einen Gefallen getan.«

»Deswegen sind auch die aufgeschnittenen Vorhängeschlösser zurückgelassen worden?«

»Gut möglich. Um den alten Herrn von dem möglichen Vorwurf der Fahrlässigkeit zu entlasten.«

»Danke, fein. Lieber Günter, wenn ich jetzt also Advocatus oder korrekter Advocata Diaboli spiele und behaupte, es gibt gar keinen Brandstifter Prometheus, die fünf Brände hängen überhaupt nicht zusammen – dann könntest du nicht widersprechen.«

Raabe lächelte schwach und schüttelte den Kopf: »Nein, könnte ich nicht. Bis auf die Briefe natürlich …«

»Siehst du, und das hat mich bei der erneuten Lektüre der Akten irritiert. Prometheus liefert keine Beweise, keine Hinweise, er legt keine Spuren, hinterlässt nichts, er verlangt einfach, dass wir ihm die Behauptung glauben, er habe die fünf Feuer gelegt. Damit kein sechster Brand passiert, sollen wir ihm mal so eben fünf Millionen Euro aushändigen. Ein ausgesprochen merkwürdiges Verhalten, nicht wahr?«

Die ganze Runde nickte und brummelte wie auf Kommando zustimmend.

»Meine – zugegeben: sehr persönliche – Interpretation ist: Prometheus hat so etwas selbst einmal erlebt. Oder genauer: erlitten. Er hat etwas vorgetragen, behauptet, was man ihm nicht geglaubt hat. Vielleicht, weil er seine Behauptung nicht beweisen konnte. Deshalb zwingt er uns jetzt, ihm einfach zu glauben. Er wird seine Taktik nicht ändern, sondern Wochenende für Wochenende zündeln, bis wir ihm das verlangte Geld aushändigen.«

»Wer hat ihm nicht geglaubt, Iris?«, fragte Ohnefeldt interessiert und eine Spur erbost, als ahnte er, wohin das Gespäch steuerte.

»Prometheus ist von Zeus verurteilt worden, vom Höchsten der damaligen Hierarchie. Also denke ich mir, unser Prometheus hat vor Gericht gestanden und ist verurteilt worden.«

»Als Unschuldiger? Also ein Fehlurteil?«

»Das vermute ich, ja. Kein Zweifel, Prometheus hat ja zumindest gegen Zeus' Verbot verstoßen. Das Fehlurteil hat was mit polizeilichen Ermittlungen zu tun, deswegen schreibt er ans Landeskriminalamt. In seinem Fall ist – so folgere ich mal – schlampig ermittelt worden, so erklärt er sich, dass er verurteilt worden ist. Und wer sich informiert, wird herausfinden, dass Zeus das Wissen des Prometheus' gefürchtet hat. Diese harte Strafe des Leberabfressens hat auch was mit Zeus' schlechtem Gewissen zu tun.«

»Und warum an die Pressestelle?«

»Das scheint mir auch ein Signal zu sein. Ich könnte, so droht unser Prometheus, an die Öffentlichkeit gehen. Aber wenn ihr das nicht tut, tue ich das auch nicht. Ich will mein Geld, meine Wiedergutmachung – wenn man so will, meine Haftentschädigung – und das möglichst ohne großes Aufsehen.«

Caro schaute auf die Tischplatte hinunter. Iris wirkte sehr glaubwürdig, als Sachverständige hatte sie viel Erfahrung darin, eine skeptische Richterbank zu überzeugen und ein Laienpublikum zu begeistern. Aber was sie an Tatsachen vortragen konnte, war dünn, mehr als dünn.

»Dazu gehört auch, dass er nicht prahlt. Seine Briefe ähneln sich so, dass ich vermute, sie sind in seinem Computer auf der Festplatte gespeichert und er verändert nur die Daten, Namen und Summen.«

»Warum zündelt er nur am Wochenende?« Einer der namenlosen Männer neben Raabe knurrte, er hatte schmale Augen.

»Dafür biete ich zwei Erklärungen: Er hat – erstens – unter der Woche keine Zeit, weil er arbeitet. Am Wochenende sind – zweitens – in der Nähe seiner Objekte weniger Menschen unterwegs, das Risiko einer Zufallsentdeckung sinkt.«

»Der materielle Schaden ist von Feuer zu Feuer gestiegen – Zufall?«

»Wahrscheinlich Zufall. Ich glaube nicht, dass Prometheus diesen Aspekt in seiner Planung berücksichtigt hat.«

»Vermutest du, dass es zwischen den Objekten – oder ihren Besitzern – einen wie auch immer gearteten Zusammenhang gibt?«

»Nein. Ich glaube, Prometheus hat sie nach dem Zufallsprinzip ausgewählt. Oder auch danach, wie unkompliziert er sich Zugang verschaffen konnte. Vielleicht mit der Ausnahme des *Möbelstudios Braam.* Ich finde sonst keine Erklärung dafür, warum er sich ausgerechnet dieses Objekt mit dieser komplizierten Methode vorgenommen hat.«

»Wenn wir unterstellen, dass es so ist und er nicht wusste, dass dieser *Club 99* mit der organisierten Kriminalität verbandelt ist – dann müsste er jetzt eigentlich OK an den Hacken haben.«

Der Gedanke war neu für Iris und auch für Ohnefeldt, beide schnauften erstaunt. Caro hob lakonisch die Schultern, weil Raabe sie ansah. »Daran hab ich noch nicht gedacht – nein, dazu kann ich nichts sagen.«

Iris fuhr energisch fort: »Bisher sind keine Menschen zu Schaden gekommen – ich meine, direkt durch das Feuer. Das war wohl Absicht?«

»Ja«, erwiderte Caro laut. »Ich denke mir, das ist Absicht. Er will den Staat, den Urheber des Fehlurteils, erpressen; er übt keine Rache an unbeteiligten Menschen.«

»Prometheus hat aus Liebe zu den Menschen gegen das Gesetz verstoßen und das Feuer auf die Erde gebracht.«

»Ja. So heißt es. Aber Vorsicht – wie ehrgeizig oder ruhmsüchtig war er dabei?«

»Hältst du unseren Prometheus für ehrgeizig?«, fragte Ohnefeldt.

»Nein, ehrgeizig scheint mir nicht das richtige Wort zu sein. Konsequent, zielstrebig, geduldig, aus schlechten Erfahrungen klug und vorsichtig geworden.«

Was Ohnefeldt dachte, war seiner jetzt wieder ausdruckslosen Miene nicht zu entnehmen. Raabe wartete einen Moment; er zeigte seinen Unglauben deutlich, bemühte sich aber um einen höflich-konzilianten Ton: »Wo ist dieses Fehlurteil ausgesprochen worden?«

»Hier in Terborn.«

»Eine längere Freiheitsstrafe? Oder nur eine deftige Geldstrafe?«

Iris hustete angelegentlich, Raabes Spott war kaum zu überhören. »Meiner Meinung nach hat er viele Jahre gesessen. Und ich stelle mir vor, dass sein Fall seinerzeit einiges Aufsehen erregt hat.«

Der letzte Schweiger richtete sich jetzt auf. »Frau von Sellin, ein paar Fragen noch. Handelt es sich um einen Serientäter?«

»Nein.« Iris schien den Frager zu kennen, ihre Miene war von einer Sekunde auf die andere ausdruckslos geworden.

Degener war Referendar in der Staatsanwaltschaft. Polizeipräsident Udo Storck, der die erfolglose Arbeit der Soko Feuer sorgenvoll verfolgte, hatte seinen Parteifreund Wolfram Ohnefeldt in einer langen und erregten Debatte davon überzeugt, einen Vertreter der Staatsanwaltschaft zu dieser Sitzung einzuladen.

»Um einen Pyromanen?«

»Nein.«

»Wir müssen natürlich folgende unschöne Möglichkeit bedenken. In Wahrheit wollte Prometheus – sagen wir – nur das Architekturbüro schädigen. Um dieses Motiv zu vertuschen, hat er vorher einen und hinterher noch drei Brände gelegt.«

»Ich verstehe. Nein, das ist hier nicht der Fall.«

»Ist er ein Fachmann? Chemiker meinetwegen? Oder vielleicht Feuerwehrmann?«

»Das kann ich nicht beurteilen. Ich glaube aber, eher nein. Die Spuren würden zu schnell zu ihm führen.«

»Unterstellt, Prometheus hat wirklich längere Zeit unschuldig gesessen. Vor wie vielen Jahren ist er entlassen worden?«

»So ganz verstehe ich Ihre Frage nicht. Meinen Sie, wie lange er gebraucht hat, sich die Objekte auszusuchen und die Feueraktionen vorzubereiten?«

»Genau so.«

»Woher soll ich – so schnell wie möglich. Vor zwei, drei Jahren vielleicht entlassen.«

»Können Sie aus den Schreiben oder dem Modus Operandi etwas über sein Verhalten in der Haft vor der Entlassung herauslesen? War er, ist er ein Querulant? Hat er immer und ewig seine Unschuld beteuert, alle Mithäftlinge mit dem Fehlurteil genervt?«

»Nein, das denke ich nicht. Ich halte ihn für so konsequent, dass er bereits in der Haft begonnen hat, diese Erpressung vorzubereiten, zumindest in Gedanken, also zu planen, und dass er deshalb gegenüber den Mithäftlingen eisern geschwiegen hat.«

»Dann haben wir keinen Anhaltspunkt, um ihn identifizieren zu können.«

»Das sieht so aus, aber gerade das will mir nicht in den Kopf. Wir übersehen etwas. Das Unterbewusste offenbart immer mehr, als der Verstand erlauben will, warum soll ausgerechnet unser Prometheus eine Ausnahme machen?«

»Aber was das Unterbewusste verrät …?«

Iris hob hilflos beide Arme. Dass sie passen musste, schmerzte sie.

»Frau von Sellin, eine letzte Frage noch: Verkriecht, versteckt sich Prometheus zwischen den Brandanschlägen?«

»Nein, nein, er bewegt sich. Viel und offen. Ich vermute,

er hat sich nach der Haft eine neue Identität zugelegt und muss nur fürchten, durch Zufall auf der Straße erkannt zu werden. Deswegen lebt und arbeitet er jetzt in anderen Teilen der Stadt als vor seiner Inhaftierung.«

»Vielleicht sogar unter seinem richtigen Namen?«

»Das würde mich sehr wundern. Nein, für so unvorsichtig halte ich ihn nicht.«

Vor der Tür hielt Ohnefeldt Caro am Ärmel zurück: »Eine Sekunde bitte noch, Frau Heynen.«

»Sicher.«

Die Gruppe verlief sich rasch, niemand drehte sich nach ihnen um, Raabe hatte sich sofort nach dem allgemeinen Aufbruch verabschiedet. In der Nähe der Treppe lehnten die beiden Leibwächter des Innenministers an der Wand und gähnten diskret. Einen Moment irrten Caros Gedanken ab. Eigentlich war es ein starkes Stück von Ohnefeldt, seine Bodyguards in das Gebäude des Landeskriminalamtes mitzunehmen – so, als traue er den LKA-Leuten nicht einmal die Abwehr eines Angreifers zu. Wollte er sie provozieren, ihnen sein Misstrauen aussprechen? Oder hatte er gedankenlos gehandelt? – Was ihm nun gar nicht ähnlich sah.

»Haben Sie noch Lust auf einen Schluck Wein, Frau Heynen?«

So etwas hatte sie geahnt und log deshalb gleichmütig: »Große Lust und großen Durst, Herr Minister.«

Ohnefeldt hatte hoch gepokert und verloren; was immer er Caro vorwerfen wollte – das konnte und musste sie durchstehen.

»Fein. Iris hat mich heute ziemlich genervt. So, als habe sie Mitleid mit diesem Schurken.«

Caro zuckte zusammen. Dieser Satz kam ihr sehr bekannt vor. »Wir alle haben mittlerweile den Eindruck, Herr Minister, dass Prometheus Ihnen persönlich eine Lektion erteilen will.«

»Den Eindruck haben Sie. Aber keine Beweise?«

»Nein. Uns erscheint möglich, dass Sie in dem Prozess, in dem Prometheus verurteilt worden ist, die Anklage vertreten haben.«

»Aber wenn ich Iris richtig verstanden habe, zürnt er doch nicht wegen der Anklage, sondern wegen der unzulänglichen polizeilichen Ermittlung.«

»Sie waren als Staatsanwalt der Herr des Verfahrens.«

»Natürlich. Wissen Sie eigentlich, wie viele Verfahren ich als Staatsanwalt durchgestanden habe? Sie hatten doch einmal einen Mann im Visier, der vielleicht Prometheus sein könnte.«

»Richtig. Er ist ordnungsgemäß gemeldet, betreibt ein kleines Geschäft, zahlt brav alle Steuern und Gebühren, ist nicht verheiratet, unauffällig und, so viel wir wissen, nicht vorbestraft. Bis jetzt fehlen uns seine Fingerabdrücke für einen Abgleich. Aber weil ja nicht einmal ein formelles Ermittlungsverfahren eingeleitet worden ist, weiß ich nicht, wie ich an die Abdrücke kommen soll, ohne einem findigen Rechtsanwalt eine schlimme Blöße zu bieten. Die wenigen materiellen Dinge, die wir von Prometheus haben, die Briefe, die Umschläge, der dafür benutzte Drucker, sind Massenware und haben keinerlei Beweiskraft.«

»Kein Ermittlungsverfahren, Frau Heynen. – Noch nicht!«, setzte Ohnefeldt nach eine Weile hinzu und Caro überlegte, ob er jetzt vor Prometheus kapitulieren wollte. Vielleicht hatte er auch verstanden, dass sich Iris von Sellin mit ihrer Interpretation von ihm verabschiedet hatte und dass er mit seiner Taktik gescheitert war.

Im Schlosskeller genügte eine Frage, um das kleine Adlerzimmer zu bekommen. Seinen Namen verdankte der Raum einem plastischen Reichsdoppeladler an der Decke, der nach der Renovierung mit satten Farben prunkte, Schwarz für den Körper, Rot für Fänge und Schnabel, Gold für Krone und Zepter, und trotzdem erinnerte der Adler mehr denn je an ein siamesisches Reichssuppenhuhn. Aber die gepolsterten Armsessel waren hoch und bequem, die dicke Tür sperrte jeden Lärm aus und der Wein – eine Rheingau Riesling Spätlese aus einem hessischen Staatsweingut – duftete regelrecht.

»Zum Wohl, Frau Heynen.«

Natürlich machte sich Ohnefeldt Sorgen. Keine Spur vom Brandstifter, aber die einhellige Meinung der Experten, dass Prometheus weiter Feuer legen werde. Dazu den Ministerpräsidenten im Nacken.

»Überzeugt Sie Iris' Theorie?«

»Der Gedanke hat was für sich. Prometheus verlangt Wiedergutmachung. Oder Entschädigung. Keine Rache, sondern ein Geschäft.«

»Was meinen Sie damit?«

»Wenn Sie zahlen, spricht viel dafür, dass er seine Wochenendausflüge sofort einstellt und gegenüber der Öffentlichkeit absolutes Stillschweigen bewahrt.«

»Der Staat darf sich nicht erpressen lassen.« Das klang sehr mechanisch.

Caro musterte Ohnefeldt aufgebracht. Warum zum Teufel sprach er nicht aus, was er vermutete oder sogar wusste. Caro hatte Ohnefeldt doch mehr als deutlich zu verstehen gegeben, dass sie darauf wartete und vorher nichts weiter unternehmen würde. Natürlich beherrschten Raabe und sie genügend Tricks, um sich Hellers Fingerabdrücke zu beschaffen, aber was war damit erreicht? Nach wie vor fehlte jeder gerichtsfeste Beweis, dass Heller als Prometheus fünf Brände gelegt hatte.

»Einverstanden. Aber nach dem Ermittlungsstand von heute ist die einzige Chance, Prometheus zu fassen, die Geldübergabe.«

Ohnefeldt schnitt eine süßsaure Grimasse. »Ein Koffer mit echten fünf Millionen?«

»Vorsicht! Wenn Sie Prometheus mit Zeitungsschnitzeln täuschen oder mit chemischen und technischen Geräten fassen wollen und er entkommt bei der Übergabe, wird er dem Staat erst recht eine Lektion erteilen.«

Nach einer Weile nickte Ohnefeldt gleichmütig. Das alles hatte er sich auch schon überlegt. Die Entscheidung war doch zu ihm zurückgekommen – zahlen oder nicht? Prinzipienfest oder pragmatisch? Die Soko hatte unter der Bedingung, nicht aufzufallen und die Brandserie unter der Decke zu halten, alles getan, was möglich war. Und nichts deutete daraufhin, dass sie eine Spur bewusst oder fahrlässig übersehen oder vernachlässigt hatten, es lag nicht am bösen Willen des LKAs, dass Prometheus noch nicht gefasst war – wie schlecht auch immer das Verhältnis der Behörde zu ihrem obersten Dienstherrn sein mochte. Die ganze Geschichte musste Ohnefeldt an die Ermittlungen nach dem Mord an seiner Frau Sonia erinnern.

»Mir geht im Kopf herum, was Iris über den Prozess und das Fehlurteil erzählt hat. Was für ein Prozess kann das gewesen sein?«

»Vermutlich hat er mit einer längeren Freiheitsstrafe geendet. Mord, Totschlag, Menschenraub, so was in der Preisklasse.«

»Ob man – aber nein, vergessen Sie's, jeder zweite Verurteilte wandert unschuldig hinter Gitter, wenn man die so hört.« Ohnefeldt lachte unfroh. »Jeder dritte droht dem Staatsanwalt, jeder vierte den Richtern. Sie können sich mein Dilemma vorstellen?«

»Sicher. Majestät wird Sie im Regen stehen lassen.«

»Oder rausschmeißen. Vielleicht haben Sie noch nicht gehört ...?«

»Ich habe, Herr Minister.«

»Sie haben – na klar, sicher. Iris Sellin.«

»Eine fantastische Quelle.«

»Natürlich, Iris hört das Gras wachsen. Ist der Name meines potenziellen Nachfolgers auch gefallen?«

»Werner Zurwege, ja.«

»Sie kennen ihn?«

»Nicht persönlich. Dienstlich sind wir uns drei- oder viermal beim Landgericht begegnet.«

»Was halten Sie von ihm?«

»Intelligent und wendig, bis zur totalen Geschmeidigkeit.«

Über die knappe Antwort schien Ohnefeldt zuerst enttäuscht, doch nach einer Weile verzog er einen Mundwinkel: »Intelligent und wendig, ja, das trifft's haargenau. Geschmeidig, nicht prinzipientreu. Pragmatisch, so würde Zurwege sich wohl nennen.«

»Womit wir ja den Konflikt umschrieben hätten, den Sie jetzt für sich lösen müssen.«

»Das prometheische Problem auf dem Olymp: Prinzip oder Pragmatismus. Sie sagen es.«

»Und ich frage mich, ob es wirklich ein Zufall ist, dass Prometheus jetzt auftritt.«

Ein schnelles Blinzeln war alles, mehr Überraschung zeigte Ohnefeldt nicht, sondern griff zum Glas. Natürlich beschäftigte ihn genau dieses Zusammentreffen, dieser Zweifel, aber er wusste auch, wie abenteuerlich dieser Verdacht klang. Nie und nirgends durfte er ihn aussprechen, und wenn Caro Heynen jetzt – »nur mal laut gedacht, ein wenig herumfantasiert« – formulieren würde, dass Zurwege möglicherweise hinter der Brandserie Prometheus steckte, um den Minister in genau die Zwangslage zu manövrieren, in der sich Ohnefeldt jetzt befand –, dann musste Ohnefeldt Caro auf der Stelle widersprechen. Oder ihr den Mund verbieten. Ein Innenminister konnte – durfte sich nicht zum Komplizen einer Hauptkommissarin machen, weder aktiv noch passiv. Und noch weniger durfte er sich in eine Situation bringen lassen, die ihn erpressbar machte. Aber ohne diesen nagenden Zweifel oder heimlichen Verdacht hätte er die Kripo nicht in die Brandserie Prometheus eingeweiht und Caro gebeten, die Arbeit des Landeskriminalamtes zu überwachen.

So etwas nennt man einen Eiertanz, dachte Caro müde. Politik ist und bleibt die Kunst, die Wahrheit auszudrücken, indem man die Unwahrheit heftig dementiert.

Auch Ohnefeldt war in Gedanken versunken. Keine Chance, Prometheus zu überführen, es sei denn, die planstellenlosen Kommissare Glück und Zufall entschlössen sich zu einer netten Geste. Wenn also überhaupt, dann bei der Geldübergabe, und die nur mit echten fünf Millionen Euro. Verdammt bitter. Nach Iris' Charakterisierung hatte Prometheus wahrscheinlich längst eine Erfolg versprechende Methode der Geldübergabe ausgeheckt, bei der die Polizei sehr dumm aussehen würde. Selbst wenn es ihnen anschließend gelang, die ganze Geschichte geheim zu halten – zu viele wussten schon davon. Nein, wenn Prometheus mit dem erpressten Geld verschwinden konnte, würde Ohnefeldt wohl zurücktreten müssen. König Johann würde Bestürzung über den Verlust seines tüchtigen Innenministers heucheln und sich hinter verschlossenen Türen die Hände reiben, Werner Zurwege würde schweigen, ob er das ganze Manöver nun eingefädelt hatte oder nicht. Weil er intelligent und wendig war.

»Der Wein ist ausgezeichnet«, murmelte Caro und Ohnefeldt wachte aus seiner trüben Grübelei auf.

»Hessische Staatsweingüter. Die Obrigkeit wusste immer schon, was gut ist. Trinken Sie noch ein Glas?«

»Nein, vielen Dank, ich muss noch fahren. Es macht sich immer schlecht, wenn die Kollegen von der Schutzpolizei eine angetrunkene Kollegin von der Kripo anhalten.«

»Reden Sie noch mal mit Iris?«

»Vielleicht. Sie hat mich auf eine Idee gebracht.«

»Die Sie mir nicht verraten wollen?«

»Lieber nicht, notfalls müssen Sie ehrlich behaupten können, von dem Quatsch der Heynen hätten Sie nichts gewusst.«

Ohnefeldt lächelte gequält. Jetzt sah er grau und müde aus, aber noch wollte er nicht gehen und Caro ahnte, dass sie hier auf jemanden warteten, der vielleicht eine gute Nachricht bringen würde. Die Leibwächter hatten vor der Tür Platz genommen. Ein älterer Mann mit einer langen grünen Schürze hatte ohne Worte sofort zwei Stühle und einen kleinen Tisch herangeschleppt und auf dem Gang abgestellt. Ein seltsames Leben, fast immer bewacht, selten allein. Ein Leben unter Aufsicht. Und die Zahl der Menschen, denen man rückhaltlos vertrauen durfte, nahm mit jeder Stufe auf der Karriereleiter rapide ab. Ein hoher Preis für einen Aufstieg, nach Caros Geschmack zu hoch.

Dann klapperten draußen hohe Absätze energisch auf den Fliesen vor der Tür, die von einer wütenden Maren Liebekind aufgerissen wurde.

»'n Abend!«, schnarrte sie Caro an, die aus ihrem Dösen erwachte und sich hochrappelte.

»Guten Abend, Maren.«

Maren Liebekind hatte sich schon weggedreht und blieb vor Ohnefeldt stehen, beide Fäuste in die Seite gestemmt: »Nein.«

»Das hab ich mir gedacht«, erwiderte er tonlos. »Setz dich und trink ein Glas. Frau Heynen, nicht doch …«

»Nein, vielen Dank, ich gehe jetzt. Guten Abend.« Ohnefeldts Optimismus war verflogen, als seine persönliche Referentin hereinplatzte.

Sie hatten sich in Bad Doberan getroffen, Maren Liebekind und Peter Göschen. Göschen zog regelrecht den Kopf ein, als er ihr König Johanns Entscheidung übermittelte: Das war und blieb einzig und allein Aufgabe des Innenministers. Mit allen guten wie schlechten Konsequenzen. Er würde Ohnefeldt nicht hineinreden, aber auch keinerlei Schützenhilfe leisten.

Es verwunderte Ohnefeldt nicht wirklich, es kränkte ihn auch nicht, damit hatte er gerechnet. König Johann würde mit Vergnügen zusehen, wenn sein Innenminister über die Affäre Prometheus stolperte, und gleichzeitig würde er vor der Öffentlichkeit Bestürzung heucheln. Wenn auch nur mäßig; denn sein schlechtes Verhältnis zu Ohnefeldt war zu vielen Journalisten bekannt.

Maren Liebekind stürzte den schönen Wein wie Wasser

hinunter und fauchte: »Ich verstehe nicht, dass du so ruhig bleiben kannst.«

»Was soll ich denn tun?«

»Diesen Prometheus finden!«

»Wenn es ihn gibt, Maren«, murmelte Ohnefeldt und schnitt eine Grimasse. Bei ihrer Intelligenz und Erfahrung mit den schmutzigen Seiten im Politgeschäft hatte sie selbst schon daran gedacht, wie gelegen die Feuerserie König Johann kam. Auch Peter Göschen hatte es ausgesprochen, als er seine Krawatte aufknotete.

»Nachdem er mir tief in die Augen geschaut hat, hat Göschen aus dem Nähkästchen geplaudert.«

»Ach nee! Nur in die Augen?« Darauf antwortete Maren nicht, natürlich hatte Göschen ihr nicht nur in die Augen geschaut, das Doppelzimmer war groß und angenehm kühl gewesen, das Bett breit und bequem.

»Zurwege hat Majestät im Urlaub besucht.«

»Das habe ich mir schon gedacht.«

»Cornelia Kayser mag Zurwege nicht.«

»Das spricht für ihre Menschenkenntnis, aber Kayser hört nicht auf seine Frau.«

»Leider nicht. Ich bin aber noch nicht fertig.«

»Göschen …?«

»Er ist schon ganz in Ordnung, Chef. Aber er kann ja König Johann nicht in den Rücken schießen.«

»Woher weiß der eigentlich von der prometheischen Erpressung?«

»Von einer frustrierten Sekretärin aus der Pressestelle des LKA. Sie schwatzt für ihr Leben gern und viel und ist deswegen nach dem ersten Brief aus der Pressestelle versetzt worden, mit Höherstufung und Gehaltserhöhung, aber sie hat die Abschiebung zu genau gerochen und von dem ersten Brief unseres Prometheus eine zusätzliche Kopie angefertigt, die sie König Johann zugespielt hat. Das hat mir Göschen verraten. Vom Stand der Ermittlungen habe ich ihm nichts erzählt.«

»Wie gemein, Göschen hat sich doch in dich verknallt.«

Plötzlich entspannte sich Maren Liebekind und kicherte geschmeichelt: »Ich war auch besonders attraktiv hergerichtet heute. Na gut. Wenn ich alle kryptischen Andeutungen des lieben Peter richtig interpretiere, gibt es einen sachlichen und einen persönlichen Grund für deinen Rausschmiss.« Dabei streckte und dehnte sie sich, dass Ohnefeldt ihre gute Figur in dem engen Kleid bewundern musste; er klemmte die Mundwinkel ein.

»Den persönlichen kennen wir. Die verspätete Gebietsreform. Einen sachlichen?«

»Er muss Zurwege bezahlen.«

»Wofür?«

»Dass der den *Marlensern* alle kommunal- und landespolitischen Ambitionen ausredet.«

»Lächerlich!«

»Vorsicht, Chef, so lächerlich ist das nicht.«

»Die bilden doch nie und nimmer eine Partei, Maren!«

»Nein, aber vielleicht eine Freie Wählervereinigung. Das Geld haben sie, über die nötigen Leute mit dem nötigen Ehrgeiz verfügen sie – und bekannt genug sind sie auch. Sie müssen ja nicht flächendeckend antreten.«

»Und dort, wo sie antreten, schaden sie der *Liberalen Mitte.*«

»Unterstellt, sie wildern nur bei der *LM*. Das kann bedeuten – für *SVP* und *LM* langt es in zwei Jahren nicht mehr zur Mehrheit, weil die Liberalen an der Fünf-Prozent-Hürde scheitern ...«

Ohnefeldt griff heftig nach der Flasche. Das Thema hatten sie schon oft durchgekaut und leider sprachen die monatlichen Wählerumfragen für Marens pessimistische Prognose: Die *SVP* verlor Zustimmung, noch stärker ging zurzeit der Anteil der *LM* zurück, die konservative *Bürgerallianz* legte dagegen zu – trotz der skandalösen Eskapaden ihres Landtagsabgeordneten Hugo von Pöttringhausen. Eine Freie Wählervereinigung durfte mit vier bis viereinhalb Prozent rechnen, das ergaben die Umfragen, die die Regierung in

Auftrag gegeben hatte – wenn diese Vereinigung als Protestbewegung gegen die Etablierten antrat, und das musste sie bald entscheiden, spätestens bis Weihnachten, besser noch gleich nach den Parlamentsferien.

»Zurwege ackert angeblich wie ein Stier, um die *Marlenser* von solchen Plänen abzubringen.« Maren Liebekind musterte Ohnefeldt eindringlich. Dass er Zurwege nicht ausstehen konnte, wusste sie, auch, dass diese Abneigung auf Gegenseitigkeit beruhte; das verstand sie auch sehr gut, aber sie betrachtete es als ihre Pflicht, Ohnefeldt Tatsachen vorzuhalten und ihn daran zu hindern, nach seinen ohnehin ausgeprägten Vorurteilen zu entscheiden und deshalb unnütze Fehler zu begehen. Die Mitte-Links-Koalition hatte sich einfach schneller verschlissen als gedacht. Zwei Jahre nach der Wahl zeigten sich deutliche Risse und die Frage, wer dafür die Verantwortung trage, war müßig zu stellen, solange ein Ersatz für den Regierungschef Johann Kayser nicht in Sicht war. Volker Brill, zurzeit Fraktionsvorsitzender der *SVP*, hatte deutlich und glaubhaft abgewinkt, er wünsche, so bald wie möglich in den Ruhestand zu treten. Für ihn stand sein Stellvertreter, Martin Korbel, in den Startlöchern bereit, energisch, jung, ehrgeizig und unverbraucht, dem war der Sprung in die Staatskanzlei zuzutrauen, nicht schon bei der nächsten Wahl in zwei Jahren, aber beim übernächsten Wahlgang. Die Dissidenten in der *Liberalen Mitte*, die so genannten Jungtürken, waren sich zwar einig in der Ablehnung Kaysers, darüber hinaus aber untereinander heillos zerstritten, von der Seite drohte der Koalition vorerst keine Gefahr. Ein Deichbruch war dagegen an anderer Stelle zu befürchten, eben durch eine Wählervereinigung, die ihre Stimmen aus der Wählerklientel der *LM* holen würde. Wenn es Zurwege, als Schriftführer im Vorstand der *Marlenser* einigermaßen einflussreich, gelingen sollte, den *Marlensern* dieses Experiment auszureden, hatte er in der Tat eine Belohnung verdient. Bitter, dass ausgerechnet Ohnefeldt dafür zahlen sollte, aber er bewegte sich lange genug in der Politik, um zu wissen, dass Dankbarkeit in diesem Geschäft keine ernst zu nehmende Kategorie darstellte. Dankbarkeit plus Anstand wurden nur in Sonntagsreden beschworen.

Für zwei, drei Sekunden blinzelten Maren Liebekind und Ohnefeldt sich zu. Jeder kannte die Gedanken des anderen, zwischen ihnen brauchte es nicht mehr viele Worte und seinen – wie sie fand – hirnrissigen Verdacht, hinter der Prometheus-Serie stecke eine politische Intrige, die ihn stürzen wolle, gedachte sie nicht zu bestärken. In letzter Zeit neigte der Chef ohnehin zu resignierender Dickköpfigkeit und Schwarzseherei. Wenn er so weitermachte, würde Iris von Sellin ihn bald verlassen.

»Tja, dann setzen wir mal alles auf eine Karte. Prost.«

»Viel Glück, Chef.«

Am nächsten Vormittag hielt Caro es nicht länger aus und rief ihren Vorgänger im Kommissariat an: »Jens, ich lade dich zum Essen ein.«

»Prima, eine sehr gute Idee, Caro.«

»Wann passt es dir?«

»Ich richte mich nach dir.«

»Heute Abend?«

»Gebucht, liebe Caro.«

»Zweite Frage. Womit kann ich dich am besten bestechen?«

»Ich erinnere mich mit großem Vergnügen an deine gefüllten Paprika mit Reis und Käsesauce.«

»Gegen neunzehn Uhr, einverstanden?«

Kriminalhauptkommissar Jens Rogge war vorzeitig in den Ruhestand gegangen oder – wie er es ausdrückte: gegangen worden –, nachdem er eine illegale Zusammenarbeit der Geheimdienste aufgedeckt hatte. Heute, im Zeichen der internationalen Terrorismusbekämpfung, würde kein Hahn mehr nach diesen kleinen Gesetzesverstößen krähen, aber damals reichte es noch, dass ein Leitender Oberstaatsanwalt, ein hohes Tier im Bundeskriminalamt und ein Abteilungsleiter im Bundesamt für Verfassungsschutz ihre Hüte nehmen mussten. Als Rogge ging, war die Kriminaloberkommissarin Caroline Heynen gerade zehn Monate in der Mörderei gewesen und bewarb sich eigentlich nur pro forma um den Posten des Ersten Hauptkommissars im Ersten Kommissariat. Sie und alle Welt rechneten damit, dass Rogges langjähriger Stellvertreter, Oberkommissar Hans Kirchbauer, eine Stufe auf der Leiter höher steigen würde. Zu ihrem maßlosen Erstaunen bekam jedoch Caro die Leitung und erwarb sich mit dem zutiefst gekränkten Kirchbauer einen erbitterten Feind.

Rogge hatte Caro darüber hinaus einen Hauptmeister zurückgelassen, der im Selbstverständnis der Mannschaft als sein Adlatus gegolten hatte. Kilian, genannt Kili, Haindl war nicht nach Caros Geschmack, zu flott, zu draufgängerisch, zu selbstbewusst, ein nicht zu bremsender Schürzenjäger und dank eines reichen, kinderlosen und großzügigen Onkels, der immer noch darauf hoffte, Kili für die Leitung des florierenden Familienbetriebes zu gewinnen, finanziell unabhängig. Außerdem war nie ganz klar, ob sich Kili für seinen Beruf oder nur für seine Computer interessierte. Rogge hatte Caro gewarnt: »Er ist ein patenter, intelligenter Kerl, aber er neigt dazu, manchmal fünf gerade sein zu lassen. Du musst schon ein Auge auf ihn haben.« Eben solche Kontrolle missfiel Kili höchlichst. Aber er war, wie Caro dankbar lernte, zwar frech und widerborstig, aber unerschütterlich loyal und half ihr, die Querschüsse ihres Vertreters Kirchbauer abzuwehren.

Nach sechs Monaten führte Caro eine längere Unterredung mit ihrem Vorgesetzten, Kriminalrat Karl Simon. »Na, haben Sie sich gegen Kirchbauer durchgesetzt?«

»Mehr oder minder.«

»Kann ich also Kili abziehen? Es wird höchste Zeit, dass er seinen Kommissarslehrgang absolviert.«

Sie hatte geschnauft, aber genickt; und Simon war fair. »Sie wissen, dass Kilis Stelle wegen der allgemeinen Sparmaßnahmen sechs Monate lang nicht besetzt werden kann?«

»Ja. Das ist mir klar.«

»Okay.« Kili hatte seinen Lehrgang mit Bravour absolviert und war wegen seiner Computerkenntnisse sofort von der Staatsanwaltschaft mit Beschlag belegt worden. Kilian Haindl leitete jetzt eine eigene, neue Abteilung Computerkriminalität.

Kirchbauer wollte nach Kilis Abgang die Chance nutzen, die ungeliebte Vorgesetzte stolpern zu lassen, doch Caro hatte sich genug Respekt und Anerkennung bei den anderen Mitarbeitern des Ersten Kommissariats erworben, sodass sie Kirchbauers Attacken spielend überstehen konnte.

Rogge erschien auf die Minute pünktlich und schwenkte einen winzigen Blumenstrauß und eine größere Rotweinflasche. »Wie schön, dich wieder einmal zu sehen, Caro. Und wie gut es schon riecht.«

»Vorher gibt es einen Sherry und du liest diese Kopien von Erpresserbriefen, die ich dir eigentlich gar nicht zeigen darf. Strengster Befehl von unserem geliebten Innenminister Ohnefeldt. Wenn du etwas verrätst, verliere ich meinen Job. Alles klar?«

Rogge nickte. Vor einigen Monaten hatten sie abends einen Wein getrunken und dabei hatte er ihr verraten, was sie schon ahnte, dass er seinerzeit hinter den Kulissen dafür gesorgt hatte, dass sie das Erste Hauptkommissariat bekam und nicht Kirchbauer, den Rogge für einen unverbesserlichen Intriganten hielt und nie hatte leiden können.

»Ach du meine Güte, Caro. Da tanzt du aber auf verdammt dünnem Eis.«

»Noch einen Sherry?«

»Aber immer.«

Caro erzählte Jens Rogge, was sie über die politischen Hintergründe erfahren hatte, und berichtete über den Verlauf der Soko-Sitzung mit Ohnefeldt, auf der Iris die Briefe und das Verhalten von Prometheus interpretiert hatte.

»Das klingt vernünftig«, lobte Rogge, der normalerweise Psychologen und Profiler nicht ausstehen konnte.

»Weißt du, dass die schöne Iris ein Verhältnis mit Ohnefeldt hat?«

»Natürlich. So ganz bin ich aus der alten Welt noch nicht abgemeldet.«

»Jens, ich habe das blöde Gefühl, dass in diesen Briefen eine Botschaft versteckt ist, aber ich komme nicht dahinter, welche und an wen sie gerichtet ist.«

»Über den Inhalt der Botschaft kann ich nichts sagen, aber vielleicht etwas über den Adressaten. Weißt du, wer Pongo war?«

»Nein.«

»Klar«, sagte Rogge zerknirscht. »Dafür bist du noch nicht lang genug hier. Wir hatten im Zoo einmal einen wunderschönen Gorilla, einen riesigen Weißrückenmann. Er hieß Pongo und stammte aus dem Kongo. Damals galten Gorillas noch als blutrünstige und aggressive Mordmaschinen. Nach einer Gerichtsverhandlung schrieb das *Tageblatt*, das einen sehr erfahrenen und beachteten Gerichtsreporter hatte, über eine Verhandlung: ›Staatsanwalt Ohnefeldt hat sich wieder einmal benommen wie Pongo im Kongo.‹ Damit hatte Ohnefeldt für Jahre seinen Spitznamen weg. Bis der arme Pongo, der hinter dicken Gittern und auf Betonboden vegetieren musste, starb und sein Name langsam vergessen wurde. Prometheus muss ihn noch gekannt haben, was wohl heißt, dass er vor Pongos Tod vor Gericht gestanden hat. Vielleicht hat Ohnefeldt damals die Anklage vertreten.«

»Moment mal, du lebendes Lexikon«, unterbrach Caro nervös und holte ihr Handy heraus.

Olli Herzberg hockte noch vor seinen Akten und Computern und staunte. »Nein, Caro, hundert pro. Klaus Heller hat nie vor Gericht gestanden, das wäre in den Dateien vermerkt.«

Rogge grübelte und schüttete in der Zeit den schönen Sherry wie Wasser hinunter. »Ich habe eine mögliche Erklärung, Caro, aber die ist verdammt unschön. Euer Klaus Heller ist eine Dublette des echten Klaus Hellers, dessen Lebenslauf Olli in seinem Computer hat. Weißt du, wie früher bei manchen Autos der Terroristen. An das gestohlene Auto wurde das Nummernschild eines anderen Autos geschraubt, ebenfalls eines blauen Golf oder schwarzen Ford.«

»Und wie soll unser Klaus Heller an die Lebensdaten des anderen, echten Hellers gekommen sein?«

»Das musste er nicht. Dafür gibt es teure Spezialisten. Habt ihr euch den Heller aus Ollis Computer einmal in natura angeschaut?«

»Nein«, gestand Caro schwer atmend und Rogge schmunzelte.

»Tja, der Computer lügt nicht, wie? Ich will nicht unhöflich sein, Caro, aber es riecht jetzt sehr durchdringend aus der Küche.«

Ihre stille Hoffnung, sie habe für zwei Tage gekocht, trog. Ihr Gast langte zu, als habe er eine Woche lang nichts Warmes bekommen, und lobte ihre Kochkünste so ausgiebig und aufrichtig, dass sie den Irrtum verschmerzte. Nein, an einen speziellen Fall, in dem Ohnefeldt vor Gericht ein Fehlurteil erstritten hatte, erinnerte Rogge sich nicht.

»Bist du eigentlich gut mit dem damaligen Staatsanwalt Ohnefeldt ausgekommen?«

»Anfangs überhaupt nicht. Er hatte – oder hat wahrscheinlich immer noch – zwei sehr unangenehme Eigenarten. Erstens kennt und versteht er das Wort ›Geduld‹ nicht und zweitens hat er den Begriff ›Herr des Verfahrens‹ immer wörtlich genommen. Ich habe mehr als einmal erlebt, dass Ohnefeldt vor mir und der Spurensicherung am Tatort war, weil es kein Kommissar vom Dienst gewagt hätte, Staatsanwalt Ohnefeldt nicht sofort anzurufen, wenn ein gemeldeter Fall wahrscheinlich in seinen Aufgabenbereich fiel. Er verstand eine Menge von Tötungs- und Gewaltdelikten und neigte deshalb dazu, mir und meinen Leuten Vorschriften bis ins letzte Detail zu machen und uns als bessere Handlanger zu betrachten, denen er jederzeit ins Handwerk pfuschen konnte. Ich musste einige Male den Rücken steif machen, dann hat es furchtbar gekracht zwischen uns und erst danach kamen wir recht gut miteinander aus. Zu den schlechten Eigenarten kam nämlich auch eine gute: Er war loyal zu seinen Leuten und hielt für sie den Kopf hin, wenn es kritisch wurde.«

»Also kein rundum angenehmer Vorgesetzter.«

»Kein leichter, das stimmt. Man musste lernen, sich nichts gefallen zu lassen. Dafür war er ein Mann, der seine Leute deckte, sie nie im Regen stehen ließ, wenn was schief gelaufen war. Zum Schluss habe ich sogar gerne mit ihm zusammengearbeitet.«

»Diese Ungeduld hat Ohnefeldt nicht verloren, aber jetzt hat er eine tüchtige persönliche Referentin, die ihn bremsen kann.«

»Ja, ich weiß. Maren Liebekind. Früher konnte das nur seine Frau. Schwarze Hare, schwarze Augen, du, ich habe selten wieder eine so schöne Frau getroffen. Klug, gebildet und reich. Dabei war Sonia Ohnefeldt etwas schwermütig und schweigsam und dirigierte ihren Wolfram eher mit einem Blick als mit einer Bemerkung.«

»He, Jens, höre ich da, wie ein erfahrener Mann schwärmt?«

»Warum nicht?«

»Sie lebt nicht mehr, Jens.«

»Umso unverständlicher diese Fehde zwischen ihm und dem LKA.«

Caro nickte zustimmend.

»Entre nous: Weder LKA noch Kripo haben sich bei der Fahndung nach Sonia Ohnefeldts Mörder mit Ruhm bekleckert. Und das hatte zum Teil mit diesen verdammten Kompetenzkriegen zu tun. Ohnefeldt war ausgefallen, der tobte nur wie ein Verrückter herum und behinderte jeden und alles. Keiner war in der Lage oder traute sich, die Arbeiten von LKA und Kripo und BGS auf eigene Faust vernünftig zu koordinieren. So ging wertvolle Zeit verloren und du weißt, dass man von der Unfallstelle bis zur tschechischen Grenze nur zwei Stunden braucht.«

Rogge war keine fünf Minuten weg, als Raabe Sturm klingelte. »Ich dachte schon, der geht nie mehr fort.«

»Eifersüchtig?«

»Man weiß nie. Die Liebe der Frauen ist unerforschlich und kein Mann kann vorhersagen, wohin sie fällt und wen sie trifft.«

»Donnerwetter, so viel Klugheit hätte ich dir nicht zugetraut.« Caro umarmte ihn und küsste ihn hungrig. »Lieber Günter, man soll die Weisheit alter Männer nicht verachten. Rogge hat mich auf eine Riesendummheit hingewiesen, die wir begangen haben. Ist der Klaus Heller, dessen Daten Olli in seinem Computer verwaltet, eigentlich unser Klaus Heller, der in der Frankfurter Straße wohnt?«

Raabe hustete aufgeregt. »Eine Dublette? – Das ist eine Idee. Wir müssen unbedingt diese Hübsche mit den Pudellocken fragen, seit wann sie Heller kennt.«

»Das darfst du erledigen.«

»Einverstanden, und du fährst mit den Fotos nach Bernburg.«

Caro fuhr also am nächsten Tag nach Bernburg und fragte in der Illerstraße nach Klaus Heller. Eine Nachbarin wusste, dass er vor Monaten nach Escherstadt verzogen war und in einer Export-Import-Firma am Lortenkanal arbeitete. Mit etwas Klinkenputzen bekam Caro den Namen der Firma heraus und stand nach drei Stunden vor einem mittelgroßen Mann, der eindeutig nicht ihr Klaus Heller war. Caro zeigte ihm eines der vielen Fotos, die sie von ›ihrem‹ Klaus Heller mittlerweile gemacht hatten, und der echte Heller, der sich mit Personalausweis und Geburtsurkunde ausweisen konnte, schüttelte den Kopf: »Nie gesehen … Nein, ich habe nie in Terborn gewohnt.«

Auch Raabe tobte. Er hatte bei Nele an der Bar gesessen und sich von ihr erzählen lassen, dass sie Klaus Heller seit mehr als zehn Jahren kannte. Begonnen hatte ihre Bekanntschaft, als Heller regelmäßig in ihre Kneipe *Wassertor* in

Terborn kam. Bruder Computer hatte die Soko-Mannschaft mächtig in die Irre geführt.

6.

Am Donnerstag fuhr Busche mit dem Bus nach Werlebach und kaufte sich dort ein *Tageblatt*. Direkt an der Bushaltestelle gab's ein kleines Café, das am frühen Vormittag fast immer leer war. Auch heute konnte Busche sich den schönsten Tisch aussuchen, bestellte ein Kännchen Kaffee und breitete die Zeitung aus. Die lokalen Kleinanzeigen befanden sich auf der vorletzten Seite des zweiten Produktes.

Eine unendlich lange Minute traute Busche seinen Augen nicht. Da stand es. Schwarz auf weiß. Seine Anzeige. Er schüttelte den Kopf, als müsse er ein lästiges Insekt verscheuchen, rieb sich die Augen und las noch einmal. Der Skatclub *Blanke Zehn* gratulierte seinem Kartenbruder Johannes. Wie oft hatte er sich diesen Moment vorgestellt, wenn sie kapitulierten, und nun konnte er es nicht glauben. Es war eine Falle – es musste eine Falle sein. Oder waren sie nach der Chemiekatastrophe in Schlüpen aufgewacht? Sie durften nicht länger warten, jetzt mussten sie ihn schnappen.

Eine unsichtbare Hand drehte den Schraubstock um seinen Brustkorb zu. Die Panik stieg wie Säure in seiner Speiseröhre hoch. Lange Zeit zwang Busche sich, tief und regelmäßig zu atmen, bis der Anfall abebbte und er in seine Wohnung zurückfahren konnte. Den Brief hatte er seit langem auf seiner Festplatte gespeichert, nachdem er ihn neun-, zehnmal neu formuliert, geändert, überarbeitet, verbessert hatte. Natürlich war die Geldübergabe der heikle Punkt. Alles, aber auch wirklich alles würden sie daran setzen, ihn dabei zu erwischen, erst recht nach dem Tod des Feuerwehrmannes. Der Plan einer Erpressung hatte überhaupt erst festere Formen angenommen, als Busche eine Möglichkeit entdeckte, seine Verfolger bei der Geldübergabe in die

Irre zu führen, dreist zu bluffen. Mit einem simplen Trick, ohne große technische Spielereien, ohne große Gewalt und Gefahr, andere Menschen schwer zu verletzen.

Der Zufall hatte ihm die Lösung in die Hände gespielt. Vor gut zwölf Monaten hatte Busche sich im Gänsemarktzentrum verirrt und den falschen Eingang genommen. Als er im dritten Stock aus dem Fahrstuhl stieg, suchte er auf dem kurzen Flur vergeblich nach dem Eingang der Arztpraxis Dr. Pfeiffer. Ein Makler, ein Rechtsanwalt, ein Steuerberater, aber kein Arzt. Ärgerlich ging Busche zum Aufzug zurück, der inzwischen natürlich weggefahren war, und wollte schon die Treppe hinunterlaufen, als sein Blick auf eine Verbindungstür fiel. Feuersicheres, geriffeltes, bruchfestes undurchsichtiges Glas mit Stahldrahteinlage. Und im Schloss steckte ein einzelner Schlüssel. Warum er die Klinke drückte, vermochte er sich später nicht zu erklären. Bewusst geschah es jedenfalls nicht. Abgeschlossen. Er drehte den Schlüssel, öffnete die Tür einen Spalt weit und schlüpfte hindurch, schloss hinter sich wieder ab und steckte instinktiv den Schlüssel ein. Oder es geschah vielleicht auch, weil ihm schon eine Idee gekommen war, vage, noch ohne feste Umrisse, aber elektrisierend. Auf dieser Seite der Tür lag ebenfalls ein Gang, etwas länger, der an Büros vorbeiführte, auch an der Arztpraxis Dr. Pfeiffer, die Busche jetzt nicht mehr beachtete. Am Ende des Flurs ein Treppenschacht und ein Aufzug. Busche zögerte, sah sich um, lief dann die Treppe hinunter. In der Halle im Erdgeschoss beachtete ihn niemand; unsicher schob er die Drehtür und staunte, als er auf der Straße stand. Von dieser Straße aus hatte er das Zentrumsgebäude nicht betreten!

Das Rätsel löste sich, als Busche einmal um den Block herumwanderte. Er hatte den Nebeneingang in das Geschäftszentrum benutzt, weil er sich als Adresse des Internisten Dr. Pfeiffer die Anschrift Gänsemarktzentrum gemerkt hatte. Was zwar stimmte, der Arzt hatte seine Praxis im Gänsemarktzentrum, aber der Eingang zu den rückwärtigen Büros und Praxen lag in der Gänsemarktpassage, auf der Rückseite des zehnstöckigen Gebäudes, an einer schmalen Fußgängerstraße. Aus nicht klar erkennbaren, vielleicht Sicherheitsgründen waren der vordere und der rückwärtige Teil auf jeder Etage durch feuerfeste Türen mit bruchfestem Glas getrennt.

Der Gedanke ließ Busche keine Ruhe. Er kehrte um, fuhr mit dem Aufzug in den zehnten Stock und probierte, als er die Treppe hinunterlief, auf jeder Etage die Verbindungstüren aus. Alle waren verschlossen, in keiner Tür steckte ein Schlüssel und sein Schlüssel passte mit Ausnahme des dritten Stocks auf kein Schloss. Aus der vagen Idee wurde ein Plan, noch etwas vorläufig, aber brauchbar.

Am Freitag war Busche um neunzehn Uhr dreißig in das Zentrum gegangen. Die meisten Geschäfte hatten noch geöffnet, das Bistro rechts an der Halle platzte aus allen Nähten und im *Fliegenpils* links floss, nach dem Lärm zu urteilen, das Bier in Strömen. Gegenüber dem Haupteingang des Zentrums lag auf der anderen Straßenseite das viel besuchte *Café Ente,* so benannt nach der Inhaberin Martina Schwan. Das Bistro schloss um zweiundzwanzig Uhr, die Bierschwemme um Mitternacht. Um dreiundzwanzig Uhr drückte Busche auf einen der Fahrstuhlrufknöpfe, obwohl die Schrift *Außer Betrieb* leuchtete. Keine Reaktion. Die Tür in den Treppenschacht war um einundzwanzig Uhr noch offen gewesen, er rieb sich das Kinn und überlegte. Hinein konnte er jetzt nicht mehr, aber weil Busche überall auf den Etagenkorridoren die Feuerfluchtschilder gesehen hatte, vermutete er, dass sich die Türen von innen, als Fluchttüren aus dem Gebäude, auch jetzt noch öffnen ließen.

Das überprüfte Busche drei Tage später und fand seine Vermutung bestätigt. Wenn sich die Türen von außen nicht mehr aufziehen ließen, konnten sie immer noch von innen mit der Klinke aufgestoßen werden. Am Mittwoch stellte Busche fest, dass der Treppenschacht im hinteren Trakt nach derselben Methode gesichert war. Und der Schlüssel passte immer noch auf die Verbindungstür im dritten Stock, offenbar hatte niemand sein Fehlen bemerkt und den Schlosszylinder ausgewechselt. Am nächsten Freitag erschien er so früh im Bistro, dass er einen günstigen Tisch belegen und durch ein Fenster zur Halle die Treppenschachttüren und die Aufzüge beobachten konnte. Ein Hausmeister tauchte um kurz nach einundzwanzig Uhr auf und machte sich an einer Treppenhaustür zu schaffen; was er tat, verdeckte sein Rücken. Offenbar benutzte er einen Schlüssel für ein Schloss neben einer Leiste mit Lichtschaltern; eine dünne Schrift *Außer Betrieb* leuchtete über den Rufknöpfen für die Aufzüge auf.

Das *Café Ente* war jeden Tag bis zur letzten Minute voll besetzt. Großartig. Der Plan bekam festere Formen, aber endgültig entschieden hatte Busche sich noch nicht, mit der gebotenen Vorsicht untersuchte er noch andere Geldübergabe-Möglichkeiten.

Auf eine Geldübergabe im Gänsemarktzentrum legte sich Busche im Juni fest. Bei einem der Kontrollbesuche lief er aus Neugier bis in den Keller hinunter und stand vor einer Stahltür mit dem Schild: *Zur Tiefgarage.* Diesen Weg nach draußen würde er nicht benutzen dürfen, er griente schief; denn die Polizei würde unter Garantie die Ausfahrt kontrollieren. Was immer Busche auch verlangte und an Bedingungen stellte – die Polizei würde den Koffer nicht aus den Augen verlieren. Und ganz bestimmt jedes Auto anhalten, das aus dem Zentrum wegfuhr. Die Metalltür war verschlossen. Warum Busche auf die Idee kam, den Schlüssel aus der Verbindungstür im dritten Stock zu probieren, wusste er selbst nicht – aber der Bart fasste. Ein Sesam-öffne-dich. Busche zog die Tür auf und stand in einer etwa zwei mal zwei Meter großen Zelle, die von einer Neonlampe grell erleuchtet wurde. Eine Art Luftschleuse gegen die Abgase aus der Garage. Die andere Tür in das Parkdeck hatte kein Schloss, nur eine Klinke. Nun ja.

Busche drehte sich um und stutzte. Auf der einen Wand

leuchtete ein großes rotes F in einem weißen Kreis auf einer schmalen, fast mannshohen Blechtür; er drehte den Ringverschluss, zog das Blech auf und holte tief Luft. Ein besserer Schacht, ausgemauert, etwa eineinhalb auf eineinhalb Meter groß. Den größten Teil der Fläche nahmen die Steigrohre für die Sprinkleranlage und die Löschwasseranschlüsse auf den einzelnen Etagen ein. Absperr- und Entlüftungsventile, ein aufgerollter Schlauch. Und an die Wand geschoben ein massiver, mit Stahlhaken festgemauerter, leerer Blechkasten, wahrscheinlich für Werkzeug gedacht, doch auch für Busches Zwecke wie geschaffen. Ganz sachte klappte er den Deckel zu.

Eine Stunde später hob er den Deckel wieder an, noch immer leer. Diesmal verschloss er den Klappriegel mit dem eben gekauften Hängeschloss. Auch die Zugangstür ließ sich mit einem einfachen Bartschlüssel absperren.

Etwas Besseres, mit dem sich die Polizei bluffen ließ, hatte er nicht mehr gefunden. Busche holte tief Luft und setzte sich an seinen Computer, rief den Brieftext auf und setzte nur darüber:

Prometheus (VI)
An das Landeskriminalamt
- Pressestelle -
Postfach 5567

Sehr geehrte Damen und Herren,
ich habe Ihre Nachricht empfangen. Die Geldübergabe findet am Freitag dieser Woche gegen Abend statt. Obwohl ich weiß, dass Sie sich nicht daran halten werden, bitte ich Sie dennoch, auf alle elektronischen und chemischen Spielereien zu verzichten – und zwar in Ihrem Interesse.
Packen Sie das Geld in einen Metallkoffer. Er muss so dicht schließen, dass der Peilsender, den Sie mir sicherlich zugedacht haben, nicht zu empfangen ist – ich werde es

überprüfen. Verzichten Sie auf Rauch- und Stinkbomben oder Explosions- und Blendladungen – ich werde die Überbringerin zwingen, den Koffer in einem kleinen, geschlossenen Raum zu öffnen. Bitte kein Falschgeld, keine präparierten oder markierten Scheine, sonst sehe ich mich zu weiteren Aktionen veranlasst.
Den Koffer soll eine nicht bewaffnete Schutzpolizistin in Zivil überbringen, und zwar in einem voll aufgetankten Zivilwagen. Schärfen Sie der Kollegin bitte ein, dass sie auf keinen Fall die Heldin spielen soll, es täte mir aufrichtig Leid, wenn ich Gewalt anwenden müsste.
Ihre Kollegin soll sich mit Geld und Auto, ferner mit einem funktionstüchtigen Handy im Landeskriminalamt bereithalten. Ich werde in der Pressestelle anrufen, mich mit dem Kennwort Prometheus ausweisen und die Nummer ihres Handys erfragen. Die Botin soll meine telefonischen Anweisungen genau befolgen, auch wenn sie den Sinn nicht versteht. Sollte ihr Auto mit einem Peilsender bestückt sein, sollten Sie zur Verfolgung Hubschrauber einsetzen oder sollte die Beamtin von verdeckten Polizisten in Zivil begleitet werden, breche ich die Aktion ab. Es gibt nur diesen einen Übergabeversuch. Falls er durch Ihre Schuld scheitert, werde ich bei den folgenden Brandstiftungen auf Menschenleben keine Rücksicht mehr nehmen und Kopien meiner bisherigen Briefe an die Presse schicken.

Gegen elf Uhr verließ Busche seine Wohnung und schloss sorgfältig ab. In der Tiefgarage fröstelte er, nicht nur, weil es hier sieben oder acht Grad kühler war. In seiner Parknische kontollierte er noch einmal den Inhalt des Stoffbeutels: Brief, Plastikhandschuhe, Geld, Münzen für die Parkuhren, eine Wollsocke mit Sand gefüllt, ein kleiner Seitenschneider, zwei Holzkeile, Führerschein, Wagenpapiere, alles da. Den Beutel verstaute er im Kofferraum.

An der nächsten Kreuzung bremste er scharf. Vor lauter Nervosität hätte er fast vergessen, die Schlüssel für die Verbindungstür und die Schlösser am Kasten und der Schachttür ein letztes Mal auszuprobieren. Möglich, wenn auch nicht wahrscheinlich, dass dem Hausmeister der verschlossene Blechkasten inzwischen aufgefallen war.

Aus dem *Fliegenpils* torkelten zwei Männer, schon vor Mittag sturzbesoffen, die ihren Streit in der Halle fortsetzten; die Besucher der Passage schlugen zwar einen Bogen um die Streithähne, schauten aber doch nach ihnen und Busche gelangte unbemerkt ins Treppenhaus des Vorderhaustraktes. Im dritten Stock öffnete er die Verbindungstür, verschloss sie sofort wieder, lief im Hintertrakt in den Keller hinunter und versteckte sich, bis eine Frau mit drei prall gefüllten Einkaufstüten es endlich geschafft hatte, die Stahltür zur Tiefgarage zu öffnen und sich durch den Spalt zu quetschen.

Die Schlösser waren unverändert. Es durchfuhr Busche wie ein Stromstoß – nun gab es keinen Grund mehr, etwas abzublasen, was er so lange und so mühsam vorbereitet hatte.

Den Brief warf er am Bahnhof ein.

Der Countdown lief, aber anders als die Astronauten in ihrer Kapsel konnte er jederzeit aussteigen. Damit tröstete Busche sich und wusste zugleich, dass er sich belog. Nun wollte er es auch durchziehen. Obwohl er sich ein Leben ohne diese permanente Spannung schon gar nicht mehr vorstellen konnte.

In der Nacht schlief Busche spät ein, träumte schwer und schwitzte alles durch, weil das Fenster immer wieder zufiel, bis er aufstand und eine Vase auf das Fensterbrett stellte.

Beim Rasieren betrachtete Busche sich sorgenvoll im Spiegel; brütete er eine Grippe aus? Weil er ohnehin ins Gänsemarktzentrum musste, beschloss er, bei Dr. Pfeiffer vorbeizugehen und sich auch neue Tabletten gegen seine Magenkrämpfe verschreiben zu lassen.

Die Arzthelferin saß schon am Empfang und versprach, das Rezept sofort auszustellen.

Busche packte sein Werkzeug in einen großen Leinenbeutel; seinen Wagen ließ er in der Tiefgarage stehen, nahm nur den Leinenbeutel aus dem Kofferraum und fuhr mit dem Bus zum Hauptbahnhof, ging dort in eine Telefonzelle und rief das Landeskriminalamt an. In der Pressestelle meldete sich ein Mann mit einer auffallend tiefen Stimme.

»Guten Morgen«, sagte Busche, »hier spricht Prometheus. Ich hätte gerne die Handynummer.«

»Moment«, erwiderte Raabe, von der Höflichkeit des Anrufers verblüfft. »Haben Sie etwas zu schreiben? Okay? 0177-2468357. Alles klar?«

»0177-2468357.«

»Okay.«

»Danke. Ich melde mich wieder.« Mit dem Handy stand Busche noch auf Kriegsfuß, es dauerte eine Ewigkeit, bis er die Nummer auf eine Kurzwahltaste gelegt hatte.

Raabe fluchte leise vor sich hin, die Hintergrundgeräusche hatte er sehr wohl erkannt, vor allem die Lautsprecheransagen für den ersten der beiden ICEs des Tages von Terborn nach Berlin. Völlig zwecklos, die Kollegen jetzt noch zum Hauptbahnhof zu hetzen. Der Kerl mochte in den nächsten Stunden durch die halbe Republik gondeln.

Das hatte Busche nicht vor. Er fuhr mit einem Regionalexpress nur nach Stadtausa. Dort kaufte er eine Fahrkarte für den Schnellbus nach Terborn, stellte sich neben die Tür des abfahrbereiten Busses und tastete die Handykurznummer.

»Ja?« Eine helle, etwas aufgeregte und nicht unsympathische Frauenstimme.

»Guten Morgen, hier spricht Prometheus. Wie soll ich Sie anreden?«

»Ich heiße Vera.«

»Fein, Vera. Fahren Sie bitte zum Parkplatz an der Drahtseilfähre in Werlebach. Dort rufe ich Sie wieder an.« Busche gab sich keine Mühe, seine Stimme zu verstellen, obwohl er wusste, dass sie jeden Laut von ihm aufzeichnen würden. Mit ihrer Analysetechnik konnten sie auch jede verstellte Stimme identifizieren.

»In Ordnung.«

Busche wusste, dass es relativ leicht war, die Funkzelle festzustellen, aus der heraus er über Handy angerufen hatte, er wusste auch, dass die Handynetzbetreiber der Polizei diese Informationen weitergeben mussten, weswegen es sich empfahl, nach jedem Gespräch den Standort weiträumig zu wechseln.

Wie er die Polizei kannte, würde jetzt in Werlebach am Fluss eine Hundertschaft aufmarschieren und die Nummern aller Autos notieren, die dort parkten oder vorbeifuhren. Busche stieg ein, der Bus startete Richtung Terborn.

Vom Hauptbahnhof aus rief Busche Vera noch einmal an. »Wenn Sie bei diesem schönen Wetter Lust haben, können Sie ruhig mit dem Schiff bis zum Schlossanlieger in Terborn fahren und sich im Schlosspark sonnen. Es wird noch etwas dauern.«

Sie seufzte laut und er musste lachen: »Keine Sorge, ich bin genauso aufgeregt wie Sie, doch ich verspreche Ihnen, wenn Sie sich an meine Anweisungen halten, wird Ihnen nichts passieren.«

Raabe telefonierte schon mit den Technikern der Netzgesellschaft: »Zelle 3345, das ist der Hauptbahnhof und der Zentrale Busbahnhof, zwecklos.«

»Warum scheucht Prometheus die Botin durch die ganze Stadt?«, wollte Herzberg wissen.

»Erstens wird er sich bis zur Dämmerung mit der Übergabe Zeit lassen und zweitens kann er so hoffen, Vera an dem Metallkoffer erkennen zu können.«

Ohnefeldt hatte durchgesetzt, dass zwar die Seriennummern aller Banknoten notiert wurden und ein Teil der Scheine war mit drei plus zwei Nadellöchern gekennzeichnet worden, aber der Minister hatte Falschgeld genau so strikt abgelehnt wie Peilsender, Stink- und Farbbomben oder Betäubungsgasladungen. Raabe hatte Caro erstaunt gemustert, das sah Ohnefeldt eigentlich nicht ähnlich.

Caro verstand den Minister sehr gut; Prometheus hatte sich bestimmt eine Methode der Geldübergabe ausgedacht, die seine Verfolger sehr alt aussehen lassen würde. Und dann noch alle Briefe in der Presse und eine verletzte Polizistin – damit wäre der Skandal komplett. Auf der anderen Seite sprach viel dafür, dass Prometheus sein Versprechen halten wollte: Er bekam sein Geld und alles blieb unter der Decke. Das hieß aber auch: Ohnefeldt hatte gar kein Interesse an einem öffentlichen Verfahren gegen Prometheus, und deswegen wollte sich Caro nicht darüber erregen, dass Heller ihnen am frühen Vormittag durch die Lappen gegangen war. Er würde sich in der Nähe des wertvollen Metallkoffers einfinden, und was mit Heller geschah, sobald sie ihn geschnappt hatten, sollte Ohnefeldt entscheiden.

Vera nahm den nächsten Ausflugsdampfer Richtung Innenstadt und ärgerte sich bald über die bewaffneten Kollegen in Räuberzivil, die sie und den Koffer keinen Moment aus den Augen ließen.

Busche ging noch für ein paar Stunden in sein Geschäft und erledigte Abrechnungen, half Lukas, Stapel zu bilden, Adressaufkleber auszudrucken und alles für Montag vorzubereiten.

Im Gänsemarktzentrum herrschte um sechzehn Uhr noch lebhafter Betrieb, Busche war froh, dass die Arzthelferin sein Rezept bereitgelegt hatte; das Wartezimmer war brechend voll.

Im Treppenhaus probierte er aus, wie gut die Handyverbindung zu Vera war.

Sie meldete sich sofort und Busche spielte den zornigen Mann: »Nun ist es aber gut, Vera. Langsam werde ich wütend. Schicken Sie Ihre Bodyguards sofort nach Hause oder heute findet kein Übergabe statt, mit allen Konsequenzen.«

»Ich muss erst mit meinem Chef reden«, erwiderte Vera kläglich.

»Okay«, willigte Busche ein, »in einer Viertelstunde rufe ich noch mal an.«

Veras Anruf löste im LKA eine wilde Debatte aus. »Er blufft«, warnte Raabe. »Reiner Bluff, er kann nur vermuten, dass wir Vera und den Koffer begleiten.«

Stöger wollte wissen, von wo aus Prometheus angerufen hatte, und begann zu brüllen, als er hörte, dass sich dieses Mal niemand um die Ortung gekümmert hatte.

Caro blieb ruhig: »Er entwischt uns nicht.«

Raabe war anderer Meinung. »Dieser verdammte Ausflugsdampfer von Werlebach nach Terborn. Wenn Vera auf dem Oberdeck saß, hatte Prometheus mehr als eine Gelegenheit, sie und den Metallkoffer von einer Brücke oder von der Uferpromenade aus durchs Fernglas zu beobachten. Also abziehen, lockere Abschirmung durch zwei oder drei gute Leute.«

Als Busche wieder anrief, diesmal von einer Telefonzelle im Bahnhof aus, schwor Vera ihm hoch und heilig, dass die Kollegen an der nächsten Haltestelle aussteigen würden. Die meisten taten das auch, zwei Kollegen und eine Kollegin in Zivil blieben an Bord, suchten sich aber Plätze unter Deck.

Busche kicherte: »Aber natürlich werden Sie per Handy immer mitteilen, wohin Sie gehen.«

»Über Funk«, verbesserte sie unwillkürlich.

»Na gut, dann melden Sie mal, dass ich Sie in den Schlosspark schicke. Wenn Sie Durst bekommen, setzen Sie sich ruhig in ein Café oder in die Eisdiele an den Fontänen. Wir haben noch viel Zeit.« Danach ging Busche in die nächste Apotheke und besorgte sich seine Tabletten gegen die Magenkrämpfe.

Die Stunden bis zwanzig Uhr verstrichen quälend langsam. Dann rief Busche Vera noch einmal an. »Fahren Sie bitte in das *Café Ente* am Gänsemarkt. Wenn Sie dort etwas bestellen, zahlen Sie sofort, damit Sie bei meinem nächsten Anruf direkt aufbrechen können.«

»Mach ich.«

Busche fuhr um zwanzig Uhr dreißig mit dem Aufzug in den dritten Stock und wartete dort, schloss die Verbindungstür auf und ließ den Schlüssel stecken. Um Viertel vor neun stieg er die Treppen hoch in den achten Stock, fünf Minuten vor einundzwanzig Uhr holte er den Aufzug in den achten Stock und rief Vera wieder an. Der Aufzug kam, Busche blockierte die Aufzugtür mit einem Holzkeil. »Kommen Sie sofort in den siebten Stock des Gänsemarktzentrums! Aber allein, bitte, und warten Sie dort auf weitere Anweisungen. Und sagen Sie den Kollegen, die Sie bewachen, sie sollen gefälligst im Bistro auf Sie warten. Wenn Sie das nicht tun, breche ich die Übergabe sofort ab.«

Dann lief Busche über die Treppe in den dritten Stock hinunter und wartete dort an der aufgeschlossenen Verbindungstür. Sein Schlüssel steckte schon auf der richtigen Seite. Wenn alles klappte, würde der Hausmeister Punkt einundzwanzig Uhr unmittelbar hinter Vera die Aufzüge abstellen und die Treppenhaustüren verschließen. Dann mussten Veras Begleiter sich erst die Tür zum Treppenschacht öffnen lassen und zu Fuß in den siebten Stock laufen, was Busche hoffentlich genug Vorsprung gab.

Minuten später rief Busche wieder an. »Wo sind Sie jetzt?«

Vera schnaufte schwer. »Im siebten Stock. Ich stehe gerade vor dem Fahrstuhl. Der Fahrstuhl funktioniert nicht.«

Wunderbar! »Laufen Sie über die Treppe wieder hinunter! Wo sind Ihre Begleiter?«

»Die sind nicht mitgekommen.«

Busche seufzte erleichtert. Sie hielten sich also an seine Bedingungen. Die Angst vor dem Skandal war immer noch größer als der Wunsch, ihn zu fassen.

Wenig später hörte Busche durch die nur angelehnte Verbindungstür ihre eiligen Schritte. Von ihren Begleitern war nichts zu hören. Die zankten sich hoffentlich noch mit dem Hausmeister herum. Vera kam näher; Busche lauschte angestrengt. Kein Geräusch von unten. Dann hatte Vera den letzten Treppenabsatz vor der Verbindungstür erreicht, ging daran vorbei. Busche glitt lautlos heraus und zog die Tür hinter sich zu. Da befand sie sich bereits vor der Aufzugstür, kehrte ihm den Rücken zu. Busche trat lautlos von hinten an Vera heran und schwang die mit Sand gefüllte Socke. Der vorsichtige Schlag warf sie gegen die Wand. Vor Schreck schrie sie auf und sackte zusammen, ließ den Griff des Koffers los. Busche musste den Seitenschneider benutzen, um die Kette von ihrem Stahlarmband abzuschneiden. Von unten hörte er laute Stimmen und energische Schritte auf den Steinstufen. Es hatte geklappt, leise ging er durch die Verbindungstür in den längeren Gang, schloss hinter sich ab und wartete, bis sich seine Augen an das Halbdunkel gewöhnt hatten und sein Herz wieder normal schlug. Auf der anderen Seite der Tür rief ein Mann aufgeregt: »Hier liegt sie, der Koffer ist weg.«

Busche stiefelte, sich zur Ruhe zwingend, in den Keller, verstaute den Koffer und alle anderen Utensilien in der Blechkiste in dem Rohrschacht und verließ das Zentrum durch eine Seitentür, die auch als Garagenausgang diente. Draußen wurde er von einem uniformierten Polizisten angehalten, neben dem ein Kriminalbeamter stand, der Busche intensiv musterte.

»Darf ich bitte Ihren Personalausweis sehen?«

Der Uniformierte notierte die Angaben vom Personalausweis. »Was ist denn los?«, erkundigte sich Busche harmlos.

»Ein Raubüberfall«, brummte der Kripobeamte. »Gut möglich, dass wir den Täter noch fassen, wenn er das Zentrum verlassen will. Erlauben Sie eine Kontrolle Ihrer Taschen?«

»Gerne.«

Der Obermeister trat bald zurück. »Nichts, vielen Dank.«

»Viel Erfolg«, wünschte Busche und freute sich, dass alles so glatt gelaufen war. Irgendwann würde sich die erste Aufregung wieder legen und dann konnte er das Geld aus dem Versteck holen.

»Sie haben kein Auto?«, fragte der Kriminalbeamte auf einmal misstrauisch.

»Doch«, erklärte Busche ruhig und holt das Tablettenfläschchen aus der Jackentasche, »aber ich schlucke Hensamatol gegen meine Magenkrämpfe und danach heißt es, zehn bis zwölf Stunden auf das Auto zu verzichten.«

Der Uniformierte nickte zustimmend, zufällig kannte er das Medikament und Busche vor ihm sah mit seinen tiefen Falten links und rechts des Mundes ganz so aus, als litte er unter periodischen Schmerzattacken.

Für die Heimfahrt leistete Busche sich ein Taxi und spürte, wie die Spannung Stück für Stück zerbrach und von ihm abfiel. Wenn sie den Koffer in der Blechkiste finden sollten, würde ihn das mächtig ärgern, aber nachweisen konnten sie ihm gar nichts. Koffer und Kiste hatte er nur mit Plastikhandschuhen angefasst. Er hatte sie überlistet. Dann kam ihm eine Idee und er dirigierte den Fahrer in die Bahnhofstraße. Lukas lächelte geschmeichelt, als Busche ihn fragte, ob er ein paar Tage allein mit allem fertig werden würde. »Mir geht's gar nicht gut, ich möchte gerne bis zum Dienstag oder Mittwoch ausspannen.«

»Alles klar, Chef. Erholen Sie sich gut!«

Auch Nele reagierte verwundert, als Busche sie aufforderte, einen kleinen Koffer für ein verlängertes Wochenende zu packen und sich den Montag und Dienstag im Casino freizunehmen. »Wohin soll's gehen?«

»Was hältst du vom Bellhorner See? Vergiss deine Badesachen nicht. – Nein, bitte, du musst mit deinem Wagen fahren, ich kann nicht. Holst du mich in meiner Wohnung ab? Frankfurter Straße 185.«

Auf seinem Computer löschte Busche alle Dateien, indem er seine Festplatte zweimal neu formatierte und sie dann von der CD mit Nullen und Einsen beschrieb. Während der Computer rödelte, packte er einen kleinen Koffer und machte aus dem Briefpapier, den Umschlägen und den Plastikfingerhandschuhen ein kleines Paket, das er irgendwo in einer fremden Mülltonne versenken konnte. Wie Busche die Bullen einschätzte, würden sie in seiner Abwesenheit seine

Wohnung öffnen und durchsuchen, es war sicher zwecklos, noch zu putzen, um möglichst viele Fingerabdrücke zu beseitigen. Ein paar würden wahrscheinlich sowieso zurückbleiben.

Caro kehrte aufgebracht in das Präsidium zurück. Prometheus war ihnen durch die Maschen geschlüpft mit einem unverschämt billigen, aber wirkungsvollen Trick. Den Hausmeister im Gänsemarktzentrum hätte sie am liebsten in Stücke zerhackt.

Dann las sie die Einsatzprotokolle und begann vor Zorn zu schreien. Ihr Klaus Heller war am Tatort gewesen und in aller Seelenruhe aus dem Zentrum herausspaziert. Raabe kam in ihr Zimmer gestürzt, um zu schauen, was los war.

»Jetzt ist Schluss mit lustig«, tobte sie, »jetzt schauen wir uns seine Wohnung an.«

»Ohne richterlichen Beschluss?«

»Gefahr im Verzug, das reicht mir.«

Sie öffneten Hellers Wohnungstür und erkannten sofort, dass sie zu spät gekommen waren. Neben dem Computer lag eine CD und Olli wusste, wozu sie gut war. »Mit der sind alle Texte vernichtet worden, da steht jetzt nur millionenfach null und eins hintereinander. Die Dateinamen sind weg, da finden wir nichts mehr.«

»Trotzdem. Ausbauen und mitnehmen.« Caro war immer noch geladen wie eine Tretmine. Vor der Wohnungstür erhob sich eine gereizte Auseinandersetzung und dann stand Charly in dem Arbeitszimmer, erkannte Caro und fragte verblüfft: »Was machen Sie denn hier?«

»Wir suchen Klaus Heller.«

»Der ist vor einer halben Stunde weggefahren.«

»Wissen Sie, wohin?«

»Nein. Seine neue Freundin ist vorbeigekommen. Sie mit Koffer, er mit Koffer. Ich denke, die machen sich ein schönes Wochenende.« Das klang halb gehässig, halb gereizt.

»Keine Vorstellung, wohin die beiden gefahren sein könnten?«

»Nein, tut mir Leid. Warum wollen Sie denn Klaus unbedingt sprechen?«

Darauf gab Caro keine Antwort und winkte Raabe zu. »Fingerabdrücke, Günter.«

Auch der war am Ende seiner Geduld. »Ich bin doch kein Anfänger, Caro!«

»Umso besser. Ich ziehe los und schaue mal nach, ob Heller mit seinem Auto gefahren ist.«

Das war er nicht. Der alte Karren stand in der Tiefgarage und Caro scheuchte Olli auf.

»Nele Obermann. Hat sie ein Auto? Wenn ja: Marke, Modell, Farbe und Kennzeichen.«

Lukas Bode fiel aus allen Wolken, als die Ermittlungsbeamten in das Büro in dem Hochbunker hereinschneiten, kramte aber die Versicherungspolicen mit den Kennzeichen heraus. Auf den Betrieb waren zwei Autos zugelassen: Ein ziemlich alter Lieferwagen und ein uralter VW-Passat.

Caro tröstete ihn: »Keine Angst, es geht um Ihren Chef, nicht um Ihre Zuhälterei.«

»Wie kommen Sie dazu …?«

»Wenn Sie Theater spielen möchten, kann ich Sie mit ins Präsidium nehmen. Meine Kollegin Wessel würde wohl gerne mit Ihnen sprechen.«

»Okay, okay. Der Chef war eben noch da.«

»Wo? Hier im Büro?«

»Ja, er hat nur etwas aus dem Lager geholt, da hat er einen Sicherheitsschrank.«

»Zeigen Sie mal!«

Die Schranktüren standen weit offen. Busche hatte die letzten Brandsätze und seine Werkzeuge, die Zutaten und Einzelteile für die Brandsätze und seine Zeitzünder mitgenommen.

»Wissen Sie, was der Chef hier drin aufbewahrt hat?«

»Nein«, versicherte Bode nachdrücklich. »Ich habe ihn einmal danach gefragt, da hat er nur spöttisch gegrinst – da drin läge das Familiensilber. Sein Notgroschen.«

Nele wunderte sich, dass sie zuerst an den Velstersee fuhren und in ein Wochenendhaus gingen.

Busche riskierte, das Deckenlicht einzuschalten. Im Keller steckte der Schlüssel im Schloss der Tür zur ›Schatzkammer‹. Was Gesine nach dem letzten Sommer zurückgelassen hatte, besaß höchstens antiquarischen Wert: ein uraltes Röhrenradio, ein defektes Schwarz-Weiß-Fernsehgerät, ein durch und durch verrosteter Toaster, etwas muffige Bettwäsche und Geschirr mit vielen Sprüngen und ausgebrochenen Rändern. Es sah nicht so aus, als wolle sie noch einmal in das Haus zurückkommen. Umso besser. Er verstaute die Reste seiner Prometheus-Tätigkeit in der Kammer und verschloss sie sorgfältig.

Als er ins Erdgeschoss zurückkehrte, stand Nele vor einem Bild und fragte verwirrt: »Wie kommst du in dieses Haus?«

Also gestand er seine kurze Affäre mit Gesine Wandrey. Nele seufzte. »Du liebst es, alles Stück für Stück zu gestehen, wie?«

»Schon, aber das ohne Ausflüchte und Entschuldigungen.«

»Ein schwacher Trost. Hatte Gesine nicht das Geschäft mit dem komischen Namen – hier kriegen Sie, was es woanders nicht gibt?«

»Nein, das war ihre Tante Mathilde, ein ziemlicher Drachen, der mich nicht leiden konnte. Mein Chef Semper war hinter beiden Frauen her – eine jung und hübsch, die andere älter, aber noch ganz proper und stinkreich.«

»Die Gesine hat sich später nach dir erkundigt.«

»Wo? Im *Wassertor?*«

»Ja. Da lief dein Prozess schon. Das habe ich ihr natürlich erzählt und sie ist aus allen Wolken gefallen. Angeblich hatte sie in Nürnberg kein Sterbenswörtchen davon erfahren.«

Busche sagte nichts. Gerade deshalb hätte Gesine auf seinen Brief antworten können. Dann spürte er Neles Blick von der Seite und gab sich einen Ruck. Aus, Ende, Vergangenheit, von der er sich heute endgültig trennte.

Busche und Nele hatten Glück, dass im Bellhorner Motel noch ein Doppelzimmer frei war. Spät abends gingen sie im Hauptgebäude essen, Nele hatte sogar daran gedacht, ein passendes Kleid einzupacken, sie genoss die wohlwollenden Blicke der Männer und die säuerlichen Mienen der Frauen. Zum Wochenendauftakt wurde im Freien getanzt; Busche musste bekennen, dass er zwei linke Füße an zwei linken Beinen besaß, doch die Verletzungen und blauen Flecken, die er Nele bei dem Kurzlehrgang zufügte, hielten sich in Grenzen und verdarben ihr die gute Laune nicht. Vor dem Schlafen besuchten sie noch die *Aquarium-Bar* und Nele erkannte jetzt, um was es sich bei dem Bellhorner Motel handelte. Es war ein recht gepflegter Bumsschuppen. Mit Sicherheit trugen fünfundsiebzig Prozent der anwesenden Damen andere Familiennamen als ihre Begleiter. Busche fiel nichts auf.

In der Nacht wachten sie zur selben Zeit auf, die totale Stille war ungewohnt. Vom See her wehte es angenehm kühl herein.

Morgens konnte man auf der Veranda frühstücken.

»An solche Ferien könnte ich mich gewöhnen«, lobte sie sehnsüchtig.

»Kannst du schwimmen?«

»Recht gut sogar.«

»Dann mal los, bevor das Wasser im Stausee verdunstet.«

»Nicht so hastig, Frank! Wir haben Ferien.«

Ohnefeldt brüllte, als wollte er der gesamten Mannschaft den Kopf abreißen. Auch die verschüchterte Vera bekam ihr Fett ab, weil sie sich so billig hatte übertölpeln lassen und überhaupt keine Beschreibung von Prometheus liefern konnte. Caro schwieg. Sie wollte den Vergleich der Fingerabdrücke abwarten. Nachdem Raabe über Funk Alarm geschlagen hatte, dass Vera ohne Geldkoffer gefunden worden war, hatten sie doch einige Minuten gebraucht, alle Ausgänge des Gänsemarktzentrums und des *Café Ente* zu besetzen. Gut möglich, dass der kaltblütige Prometheus in dieser Frist mit dem Geldkoffer entkommen war. Und wenn er es nicht riskiert hatte, weil er sich ausrechnen konnte, dass alle Ausgänge kontrolliert würden – wo er das Geld versteckt haben mochte, blieb ein Rätsel. Sie hatten alle Autos, die aus der Tiefgarage wegfuhren oder draußen vor den Eingängen parkten und von Personen benutzt wurden, die aus dem Gänsemarktzentrum herauskamen, gründlich durchsucht. Im Augenblick lief eine – wenn auch auf freiwilliger Basis – rechtlich höchst bedenkliche Durchsuchung aller Büros, Praxen und Geschäftsräume im Zentrum, weil die Möglichkeit bestand, dass sich Prometheus Nachschlüssel besorgt hatte, um in einem der Büroräume den Metallkoffer abzustellen. Viele Mieter, die sie anriefen, weigerten sich, am Samstagvormittag ins Geschäft zu kommen. Caro wie Ohnefeldt wussten, dass sie mit ihren windigen Hinweisen nie einen richterlichen Durchsuchungsbeschluss für mehrere Dutzend Geschäfte und Büros erhalten würden – und verlangten jeweils eine stichhaltige Erklärung, warum jemand nicht ins Zentrum kommen wollte. Den verbal härtesten Protest legte ein Rechtsanwalt Dr. jur. Werner Zurwege, MdL, ein, der seine Zustimmung erst gab, als Caro ihm nach Rückfrage bei Ohnefeldt enthüllte, um was es ging.

Zurwege grinste hässlich und ließ das Team in seine Kanzlei eintreten. »Na, wenn Ohnefeldt das man übersteht …«

Caro sah ihn stumm an, weil sie sich an das erinnerte, was Iris von Sellin erzählt hatte.

Ohnefeldt stöhnte: »Ausgerechnet Zurwege. Ich möchte wetten, dass er schon mit König Johann telefoniert hat.«

Die Wette hätte Ohnefeldt gewonnen.

Auch die beiden Hausmeister mussten, ungeachtet ihrer Proteste und massiven Hinweise auf ihre ver.di-Mitgliedschaft, antreten und gemeinsam mit ihnen durchkämmten zwei Trupps das gesamte Zentrum vom Dach bis in den Keller. Raabe stand unschlüssig vor der verschlossenen Metallkiste in dem Rohrleitungsschacht, ließ sich aber von der Erklärung des jüngeren Mannes, der es eilig hatte, wieder nach Hause zu kommen, um zu seiner neuen Freundin ins Bett zu kriechen, nur zu gerne ablenken: »Darin verstauen die Elektriker, die hier manchmal arbeiten, über Nacht das wertvolle Werkzeug. Nein, ich hab keinen Schlüssel für das Vorhängeschloss.«

Auch Stöger und sein Trupp fanden nichts. Aber irgendwann würde dieser vorsichtige und überlegte Prometheus das Geld aus dem Metallkoffer gegen garantiert saubere Scheine auswechseln müssen. So viele Geldwäscher, die fünf Millionen Euro umtauschen konnten, gab es gar nicht, erst recht nicht in Oberleiningen, und deshalb verzog sich Caro ohne ein Wort, als Ohnefeldt eine Atempause in seiner Schimpfkanonade einlegte, und telefonierte ausführlich mit dem Kollegen Benno Wunderlich.

»Wie viel hast du ergaunert, meine Schöne?«

»Fünf Millionen, Benno. Echtes Geld, aber zum größten Teil markiert; die Seriennummern sind notiert.«

»Prächtig. Und dazu noch deine Pension. Liebe Caro, du hast ausgesorgt, wenn man dich nicht erwischt. Ich kann dir in unserer Gegend nur einen Geldtauscher empfehlen. Er heißt Alexander von Hylo und wohnt, wenn er nicht gerade wieder brummt, in Stadtausa.«

»Sehr schön. Kann ich einfach zu ihm hingehen?«

»Würde ich dir nicht raten. Du brauchst wohl ein Kennwort für die telefonische Anmeldung.«

»Wie heißt das Kennwort?«

»Ich sage immer ›Kriminalpolizeiinspektion Bellhorn‹.«

»Und? Wirkt es?«

»Zumindest sperrt er seinen Kampfhund ein.«

Als Caro in den Saal zurückkehrte und einen fast flehenden Blick von Ohnefeldt auffing, zuckte sie die Schultern – und wie bestellt klingelte in der Sekunde ihr Handy.

Ottfried Stoeger erklärte: »Klaus Heller heißt richtig Frank Busche, lebenslänglich wegen Raubmords, gesessen hat er in Lennsen. Nach zehn Jahren begnadigt. Die Anklage hat Ohnefeldt vertreten …«

»Na endlich. Alle Unterlagen auf meinen Schreibtisch. Und Olli soll seine Beziehungen spielen lassen, ich möchte alle Zeitungsberichte über die Tat und über das Verfahren haben.«

»Einen Moment bitte, Herr Minister«, wandte sich Caro dann an Ohnefeldt. »Wir sind ein Stück weiter. Wir haben Prometheus identifiziert, er lebt unter einem falschen Namen mit gefälschten Papieren hier in Terborn. Wir haben Bilder von ihm, kennen seine Autos und wissen, wo und wie er sein Geld verdient.«

Ohnefeldt holte tief Luft. »Eine Spur von dem erpressten Geld?«

»Nein, noch nicht. Aber ich fahre jetzt los, weil wir einen Tipp bekommen haben, der sehr ordentlich klingt.« Das war, streng genommen, gelogen, aber etwas Hoffnung durfte Caro dem schwer angeschlagenen Minister machen. Nach dem Stand ihrer Kenntnisse war es nur eine Frage der Zeit, bis ihnen Busche ins Netz ging.

In der Justizvollzugsanstalt Lennsen war die Mannschaft bereits angetreten, der Leiter hieß Schürer und hätte nur zu gern gewusst, wie es eine Hauptkommissarin fertig gebracht hatte, dass ein leibhaftiger Minister ihn und seine Leute anwies, am heiligen Samstag geschlossen zum Dienst anzutreten, um Auskünfte zu erteilen. Caro dachte nicht daran, Schürers Neugier zu befriedigen. Der JVA-Leiter bestätigte nach einem Blick auf die Fotos von ›Klaus Heller‹: »Ja, das ist Frank Busche.«

Das Gespräch verlief etwas zäh. Nein, Busche hatte sich mit keinem Häftling wirklich angefreundet, wenn überhaupt, gab es eine gewisse Verbindung zu den Brüdern Lothar und Alexander von Hylo, die über viel Geld und Beziehungen verfügten, aber nicht über Körperkräfte und deshalb von einer Gruppe rechtsradikaler Neuzugänge, die sich im Bau eine Art Führungsposition anmaßten, schwer unter Druck gesetzt und verprügelt wurden, bis diese Neonazis den Fehler begingen, sich auch mit Frank Busche anzulegen. Der war kräftiger, härter und wendiger, als man es ihm ansah. Es gab einige wüste Schlägereien mit zwei Anführern der braunen Truppe, aus denen Busche als Sieger hervorging; der Chef der Braunen hatte sich selbst außer Gefecht gesetzt, als er im Duschraum bei einer Attacke auf seiner eigenen nassen Seife ausrutschte und mit dem Kopf gegen die Wand knallte. Seitdem hatte Busche die Hylos als seine Schützlinge betrachtet, was allgemeinen Neid erregt hatte – nicht nur wegen des Geldes der Hylos und ihrer Fähigkeit, so ziemlich alles in den Knast zu schmuggeln und zu schleusen, was man dort bestellte, sondern auch wegen ihrer Frauen. Busche hatte sich einen Computer gewünscht und die Hylos verschafften ihm im Knast sogar einen eigenen Raum, in dem er das Gerät wegschließen und ungestört benutzen konnte.

»Natürlich ein wenig gegen die Anstaltsordnung«, höhnte Caro, doch Schürer nickte ungerührt: »Na klar. Aber lieber da und dort ein Auge zudrücken, eine kleine Abweichung von den heiligen Vorschriften, als allgemeinen und permanenten Zoff in der Bude.«

Über die Macht einzelner Häftlinge, auch gegenüber dem Personal, machte sich Caro keine Illusionen. Es war schon ein großer Vorteil, wenn Schwache nicht körperlich misshandelt wurden und Rechtsextremisten keine Möglichkeit bekamen, ihre widerlichen Ideen mit Gewalt zu verbreiten. Denn auch das gab es, dass Neonazis die JVAs zu Missionierungsstandpunkten oder Befehlszentralen ausbauten. Dann schon lieber die an sich friedfertigen Brüder Hylo und am Wochenende verbotenerweise mal Frauen in den Zellen.

Die aus Rumänien stammenden Hylos waren mit Zwillingsschwestern verheiratet, zwei höchst attraktiven Blondinen, die sich so sehr ähnelten, dass man sie beim besten Willen nicht auseinander halten konnte. Wenn sich Elena von Hylo an der Pforte anmeldete, um ihren Ehemann Lothar zu besuchen, war sich keiner sicher, ob nicht in Wahrheit Elise ihrem Schwager einen Besuch abstattete.

»Eine Zeit lang ging das Gerücht, die Schwestern hätten ihre Namen auf die Pobacken tätowiert. Aber man konnte ja schlecht an der Pforte befehlen, lassen Sie mal die Hosen runter!«

Schürer seufzte schwer und Caro konnte sich gut vorstellen, dass der Anstaltsleiter eben dies zu gerne angeordnet hätte.

Lothar und Alexander von Hylo waren kurz nacheinander entlassen worden, aber Elena – oder Elise? – von Hylo hatte Busche noch einige Zeit später mit korrekter Besuchserlaubnis besucht und Nachrichten von Lothar – oder Alexander? – überbracht. Die Hylos verliehen Geld und der Vorbesitzer eines kleinen Boten- und Verteilergeschäftes in Terborn hatte es nicht fristgerecht zurückzahlen können. Busche zeigte Interesse an dem Betrieb und die Hylos reservierten den Laden für ihn; die aus Dankbarkeit sehr niedrig angesetzten Raten und Zinsen drückten Busche nicht allzu sehr.

»Sonst hatte Busche keine Besuche?«

Schürer blätterte in dem dicken Kontrollbuch: »Ein paar Mal ist seine Schwester gekommen, aber auf ihren Besuch legte Busche ersichtlich keinen Wert. Sonst sind hier keine weiteren Namen verzeichnet. Bis auf die Damen von Hylo. Und natürlich ab und zu sein Verteidiger, Wilhelm Bülow, ein älterer Herr, der bald gestorben ist, worauf sein Sohn Dr. Christian Bülow die Kanzlei und die meisten Fälle seines Vaters übernommen hat.«

»Wie war Busche während der Haft?«

Ein ruhiger, verschlossener Häftling, der großen Wert darauf legte, allein sein zu können. Sein größter Wunsch war eine Einzelzelle, der zweitgrößte eine Arbeit in der Bibliothek, die er auch bekam, weil er einer der wenigen Häftlinge war, die keinen Ärger oder Schwierigkeiten machten. Er las viel, trieb bei jeder Gelegenheit Sport, half auch mal mit Vergnügen in der Küche aus und hatte sich zum Schluss wohl mit seiner Strafe abgefunden. Manche Häftlinge nutzen jede Gelegenheit, lang und breit zu erzählen, dass sie nur aufgrund eines Fehlurteils eingebuchtet worden waren, Busche bestritt nie, dass er seinen ehemaligen Chef Richard Semper erstochen hatte, klagte nur ab und zu darüber, dass er in seinem Prozess »unfair« behandelt worden sei. Was genau er mit ›unfair‹ meinte, erklärte er nicht.

»Die Hylos sind eine Marke für sich?«, vergewisserte sich Caro.

»O ja, und erst recht, wenn auch ihre Frauen auf freiem Fuß sind. Elena und Elise sind berüchtigte Trick- und Taschendiebinnen. Alexander von Hylo hat fantastische Beziehungen zu einem Fälscher, sodass beide Hylo-Damen jeweils zwei ›gültige‹ Personalausweise und Pässe besitzen. Man kann doch nicht bei jeder Begegnung Material für eine DNA-Analyse entnehmen. Ich habe nie gelernt, die Handschriften von Elena und Elise auseinander zu halten.«

»Ob die Brüder ihre Frauen unterscheiden können?«

Schürer kicherte schmutzig: »Im entscheidenden Moment können sie ja wohl nachlesen, mit wem sie es zu tun haben.«

Auf der Fahrt nach Stadtausa verabredete sich Caro mit Raabe zu einem ausgedehnten Leseabend bei Häppchen und Rotwein. Er warnte sie, als er hörte, dass sie allein zu den Hylos fuhr. In Stadtausa verfuhr sie sich nur einmal, bis sie vor einem Illustriertentraum aus weißen Ziegeln, Holz und Glas anhielt. Im Vorgarten kniete eine Blondine auf dem Rasen und stach Unkraut aus. Ein großer Hund begann sehr unfreundlich zu knurren, als Caro ausstieg und auf den niedrigen Zaun zuging. Die Blondine pfiff leise und der Hund setzte sich neben ihr hin.

»Was wollen Sie?«

»Ich heiße Caroline Heynen und bin Hauptkommissarin aus Terborn. Ich möchte mit Lothar oder Alexander von Hylo sprechen.«

»Moment!« Die Blondine sprang erstaunlich fix auf die Füße. »Würden Sie mir bitte Ihren Ausweis zeigen?« Danach holte sie ein kleines Funkgerät aus der Tasche. »Lothar? Die Terborner Kripo möchte dich oder Alexander sprechen.«

Der vielleicht vierzig Jahre alte Mann, der aus dem Haus kam, war mittelgroß, schlank, schwarzhaarig und tief gebräunt. Caro hätte ihn bei einer Begegnung auf der Straße für einen Sinto oder Rom gehalten. Er musterte Caro ungehalten und knurrte: »Sie kenne ich noch nicht. Arbeiten Sie neuerdings in Bellhorn?«

»Nein, in Terborn.«

»Dann sind Sie hier nicht zuständig.«

»Richtig, aber die Bellhorner Kollegen wissen Bescheid.«

»Um was geht es denn?«

»Ich war eben in Lennsen und möchte Ihnen ein paar Fragen zu Frank Busche stellen.«

»Ja, und?«

»Herr von Hylo, es geht das Gerücht um, dass Sie und Ihr Bruder Geld waschen.«

»Gerüchte sind wohlfeil.«

»Busche hat den Staat Oberleiningen um fünf Millionen Euro erpresst. Weil er ein intelligenter und vorsichtiger Mann ist, wird er das Geld waschen wollen. Und weil er Sie und Ihren Bruder aus Lennsen kennt, vermuten wir, dass er sich an Sie wenden wird.«

»Aha! Sie vermuten. Verehrte Frau – ich vermute mal – Hauptkommissarin …«

»Heynen, Caroline Heynen. Erste im Ersten.«

»Respekt. Also, wir haben natürlich in der Zeitung davon gelesen, dass Frank Busche begnadigt worden ist. Aber seit unserer Entlassung aus Lennsen habe wir ihn weder gesehen noch gesprochen noch mit ihm telefoniert.«

»Okay, aber eine Ihrer Ehefrauen – Sie kennen die Schwierigkeiten für die Pforte, Elise und Elena auseinander zu halten – war später noch einmal in der JVA und hat mit Busche gesprochen.«

»Richtig, mein Bruder und ich hatten Grund, uns erkenntlich zu zeigen, und hatten für Frank Busche einen kleinen Betrieb reserviert, den er dann auch gekauft hat. Elena hat ihm nur den Namen des Notars und einen möglichen Termin für die Unterzeichnung überbracht. Von Geldwäsche wissen unsere Frauen so wenig wie wir.«

»Es wäre gut, wenn es dabei bliebe, Herr von Hylo. Vielen Dank und auf Wiedersehen.« Caro winkte der Blonden zu, die fröhlich zurückwinkte und dem Hund einen leichten Klaps auf die Flanke versetzte. Sofort sprang das Tier auf und raste an den Zaun, wobei es knurrte, als wollte es Caro in Stücke reißen.

Nach zwei Stunden spürte Busche seine Muskeln. Außerdem hatte er unfreiwillig Wasser geschluckt, das wenigstens sauber war; auf dem Stausee, der zur Trinkwasserversorgung Terborns diente, waren Motorboote verboten.

»Schluss für heute?«

»Von mir aus gern«, stimmte Nele zu. Sie schwamm sehr viel besser und ausdauernder als Busche. Eine Stunde trockneten sie in der Sonne, und als ihm die Augen zufielen, weckte sie ihn. »Nicht hier in der prallen Sonne einschlafen, Frank. Außerdem habe ich Hunger.«

»Dem kann abgeholfen werden.«

Der Portier wusste Bescheid, wie man am besten nach Marlensa kam. Je eine Stunde Fußmarsch hin und zurück oder den Bus nehmen. Nele war noch nie in Marlensa gewesen und Busche erklärte, wie die Dorfbewohner im Dreißigjährigen Krieg zu Helden avanciert waren. Das hier flacher werdende Mittelgebirge wurde scherzhaft die Bellhorner Alpen genannt. Der schnellste Weg Richtung Terborn und Terborner Furt führte in der Tat an einigen schroffen Steilwänden vorbei, und als gegen Ende des langen Krieges ein Haufen katholischer Soldaten das bisher verschonte protestantische Herzogtum Oberleiningen bedrohte, machten sich die Marlenser auf und besetzten einen Gipfel oberhalb des Pfades, legten Felsbrocken bereit und rollten sie auf den Heerhaufen der Liga hinunter. Sie trafen so genau, dass die katholische Truppe vernichtet wurde; die Marlenser erbeuteten zudem die Artillerie und schossen erfolgreich auf die nachrückenden Einheiten. Terborn blieb verschont, der Herzog von Oberleiningen sprach das geflügelte Wort: »Das war mit Gottes Hilfe Rettung in letzter Minute« und gewährte den Marlensern und ihren Nachfahren auf ewig das Privileg der Steuerfreiheit, das bis zum Reichsdeputationshauptschluss von 1806 – so genau wusste Busche nicht, was das bedeutete, aber er fand den Begriff so schön – nicht infrage gestellt worden war.

»Daher der Name *Marlenser?*«, fragte Nele neugierig.

»Ja, die *Marlenser* wollen helfen, auch wenn es oft in letzter Minute geschieht.«

»Bist du auch ein Mitglied?«

Darüber musste Busche laut lachen. Davon würde er nicht einmal träumen. Die *Marlenser* nahmen nicht jeden auf, zwei Mitglieder mussten einen Bewerber vorschlagen und bei der Abstimmung in der Vollversammlung durfte es keine Gegenstimme geben. Deshalb war zum Beispiel der amtierende Ministerpräsident Johann Kayser mit Pauken und Trompeten durchgefallen, ebenso der Oberbürgermeister von Terborn, Christoph Landsberg, und für den exzentrischen Landtagsabgeordneten Hugo von Pöttringhausen hatte sich lange Zeit der zweite Fürsprecher nicht melden wollen. Nele staunte: »So was gibt's?«

»Und ob. Frauen werden übrigens auch nicht aufgenommen.«

»Das habe ich mir schon gedacht. Alles Machos.«

»Das kann sich ändern. Bislang war Voraussetzung, dass jeder *Marlenser* seinen Wehrdienst geleistet haben musste, und wenn jetzt die Bundeswehr Frauen aufnimmt, halte ich es für gut möglich, dass die *Marlenser* in Zukunft auch Frauen akzeptieren.«

Das Dörfchen Marlensa war gegen Ende des Zweiten Weltkrieges durch eine verirrte Fliegerbombe vollständig zerstört, aber mit viel Geld und zu viel Farbe wieder aufgebaut worden. Nele stromerte entzückt durch die engen Gassen und Häuser, in denen altes Handwerk ausgeübt wurde und fast alle Werkstätten zu besichtigen waren. Die Barchentweberei begeisterte sie so, dass sie sich unbedingt eine knielange Jacke aus diesem Stoff kaufen musste. Busche überredete sie, sich einen großen, mit Strohblumen geschmückten Strohhut mit breiter Krempe schenken zu lassen, der ihr gut stand und ihre auffälligen Pudellocken vollständig bedeckte.

Im Bus schlief Nele sofort ein und auch Busche hatte Mühe, wach zu bleiben.

Beim Abendessen flüsterte sie: »Das war ein schöner Tag, vielen Dank, Frank. Auch wenn ich morgen einen fürchterlichen Muskelkater haben werde.«

»Hm«, sagte Busche, »dann muss ich wohl die Frist nutzen, bevor der Muskelkater deine Stimmbänder erreicht. Willst du mich heiraten, Nele?«

Nele Obermann antwortete schlicht und deutlich: »Ja.«

Raabe hatte Häppchen besorgt, mehrere Weinflaschen geöffnet und Sprudelflaschen aus dem Keller geholt. Der Tisch in Caros Essecke war groß genug, um die Akten auszubreiten, nebenbei etwas zu futtern und die Kehle zu schmieren. Es war keine amüsante Lektüre, Caro seufzte und griff sich gelegentlich an den Kopf, als wollte der platzen. Otto Krüger, der die Ermittlungen leitete, hatte sich von Staatsanwalt Ohnefeldt nicht nur zu einem völlig unnötigen Tempo antreiben lassen, sondern war auch schlampig vorgegangen. Drei von fünf Nebenspurenakten waren nicht ordentlich abgeschlossen und am meisten erschütterte Caro, dass die

Ermittlungsbeamten nur durch Zufall von dem hohen Casinogewinn Sempers erfahren hatten, weil sie in Sempers Jacke eine Jahreskarte für das Spielcasino Neuenburg gefunden hatten. Damit stand fest, dass Busche aller Voraussicht nach von Sempers Gewinn nichts gewusst hatte, als er sich entschloss, in das Büro einzudringen, um die Portokasse im Schreibtisch zu plündern. Und ungewöhnlich war auch, dass Semper den vollen Betrag von über einhunderttausend Mark in bar mitgenommen hatte, statt sich einen Verrechnungsscheck ausstellen zu lassen. Wo hatte Semper die Stunden zwischen dem Spielgewinn im Casino und der tödlichen Begegnung mit Busche verbracht?

Raabe sah Caroline nachdenklich an: »Warum ist Semper wohl mit so viel Bargeld losgezogen?«

»Semper war Geldverleiher und, wie sich leider erst später herausstellte, auch Hehler. Gut möglich, dass er an dem Abend für einen Besucher viel Bargeld brauchte.«

»Der dann auch den Tresor geplündert hat?«

»Denkbar, oder nicht? Günter, je länger ich in diesem Haufen Papier lese, desto besser verstehe ich Busches Klage, er sei bei seinem Prozess ›höchst unfair‹ behandelt worden.«

»Von Ohnefeldt?«

»Vom Staatsanwalt, von wem sonst?«

»Und Busches Verteidiger?«

»Der hat auch kein Meisterstück abgeliefert.«

»Hast du Otto Krüger noch gekannt?«

»Nur aus der Kantine.«

»Ist er vor Ohnefeldt eingeknickt?«

»Das fürchte ich. Aus Ohnefeldts Anweisungen geht klar hervor, dass er wieder einmal als Erster am Tatort gewesen war und Krüger und dessen Leute nur als eine Art Erfüllungsgehilfen betrachtet hat.«

»Wo war der von dir so geschätzte Jens Rogge?«

»Der war auf Urlaub. Und sein Stellvertreter Kirchbauer hat sich vornehm zurückgehalten. So, und nun darfst du mich für verrückt halten. Ohnefeldt muss doch einen Grund gehabt haben, Krüger so zur Eile anzutreiben. Ob das vielleicht das Ende von Rogges Urlaub war?«

»Caro! Das geht zu weit. Was unterstellst du Ohnefeldt da?«

»Nur das Schlimmste. Also nichts Außergewöhnliches.«

Am nächsten Morgen ließ Busche sich von der Auskunft mit Gudrun Fellner, Rollesheim, Treidelpfad 28 verbinden.

»Hei, Gudu, hier ist Frank ...«

»Wer?«

»Frank Busche. Sag bloß, du hast mich vergessen.«

»Ich muss auf jeden Fall erst mal überlegen.«

»Wir kennen uns aus dem *Wassertor* in Terborn.«

»Ach ja, ich erinnere mich schwach. Und was willst du?«

»Ich möchte dich besuchen. Montagabend, einverstanden?«

»Warum nicht gleich?«

»Nein, es sollte schon dunkel sein, damit mich niemand sieht.«

»Um was geht es denn?«

»Als wir mal einen Abend zusammen in deiner Wohnung verbracht haben, hast du mir erzählt, warum man dir gekündigt hat. Dir und dem armen Willy. Weißt du noch, über Mittag warst du mit fast der gesamten Staatsanwaltschaft auf Willys Beerdigung gewesen? Und kurz darauf hast du dann meinen Chef im *Wassertor* getroffen.«

»Wen?«

»Er hieß Richard Semper.«

»Es dämmert. Okay, also am Montag, sobald es dunkel geworden ist.«

Busche legte auf und fing einen besorgten Blick von Nele auf. »Hör mal, Frank, so weit kenne ich dich mittlerweile, was hast du vor?«

»Stell dir vor: Du hast dich von einem Mann mitnehmen lassen und sitzt oben in seiner Wohnung, im Wohn- oder Schlafzimmer. Er oder sie hört unten im Büro ein Geräusch, schnappt sich seine Pistole und geht runter. Zwei Schüsse knallen, dann kracht eine Haustür ins Schloss. Nach einiger Zeit wirst du ungeduldig und gehst runter ins Büro. Der Mann, mit dem du ins Bett gehen wolltest, liegt blutverschmiert auf dem Schreibtisch. Was tust du?«

»Ich rufe den Notarzt oder die Polizei?«

»Okay. Und was tut Gudrun?«

Nele musste einen Moment überlegen. »Keins von beidem, stattdessen durchstöbert sie das Büro, bis sie den Tresor findet ...«

»... der hinter einer Schranktür verborgen war«, ergänzte Busche schnell. »Siehst du, Nele, und dann knöpft Gudrun dem toten Mann den Tresorschlüssel vom Gürtel, räumt den Tresor aus, befestigt den Schlüssel wieder am Gürtel der Leiche und verschwindet aus dem Büro, ohne Spuren zu hinterlassen.«

»Etwas unwahrscheinlich«, zweifelte Nele.

»Denke ich auch. Deshalb vermute ich, dass Gudrun Hilfe herbeitelefoniert hat, und die oder der hat den Tresor ausgeräumt und Gudruns Spuren beseitigt. Den Namen dieses Mannes möchte ich nun von der Grünen hören.«

»Sei bloß vorsichtig.«

»Bin ich, und wenn mir doch etwas passieren sollte, gehst du zur Kripo.«

Den restlichen Sonntag vertrödelten sie im und auf dem Wasser. Der Wetterbericht hatte zwar behauptet, es würde kühler werden und endlich auch wieder einmal richtig regnen, aber offenbar sah Petrus nicht fern; es blieb heiß und schwül. Dafür wurde jetzt vor Waldbränden gewarnt.

7.

Unmittelbar nach Ende seiner Ferien traf sich Ministerpräsident Kayser mit den Fraktionsvorsitzenden von *Sozialer Volkspartei* und *Liberaler Mitte*. Volker Brill und Heiko

Limmer hatten sich im Lauf der Jahre angefreundet und gemeinsam vieles repariert und ausgebügelt, was der überhebliche oder ungeduldige Regierungschef verbockt hatte. Obwohl Kayser den Liberalen Limmer regelrecht verabscheute, wusste er doch sehr genau, was er an dem Duo hatte, und hütete sich, den einen gegen den anderen auszuspielen. Beide fielen aus allen Wolken, als Kayser ihnen eröffnete, dass er so rasch wie möglich Ohnefeldt gegen Zurwege austauschen wollte.

»Du bist verrückt«, platzte Volker Brill heraus. »Warum denn das?«

König Johann erzählte weitschweifig, mit hörbarer Schadenfreude, die Erpressungsgeschichte Prometheus, soweit er sie kannte. Brill und Limmer schüttelten ungläubig die Köpfe, davon hatten sie nichts mitbekommen, obgleich sie beide sonst das politische Gras wachsen hörten.

»So eine Scheiße aber auch!«, fauchte Brill, der sich gerne deutlich-deftig ausdrückte. »Keine Spur?«

»Nein, der Kerl ist mit dem Geld über alle Berge.« Kayser hatte kurz mit Ohnefeldt telefoniert, um sich von dem auf den neuesten Stand bringen zu lassen. Maren Liebekind und Peter Göschen waren danach zusammengekommen, und Maren Liebekind hatte Peter alle Einzelheiten erzählt. Göschen machte sich Sorgen: »Dann brauchst du bald einen neuen Job.«

»Wahrscheinlich, mit Zurwege arbeite ich keine Minute zusammen.«

»Ich werde sehen, was ich für dich tun kann.«

Brill ereiferte sich: »Kein Grund, Ohnefeldt auszuwechseln, Hannes. Und wenn, dann sicher nicht gegen das Arschloch Zurwege.«

»Ganz meine Meinung«, pflichtete Limmer bei. »Ich möchte Sie warnen, Herr Ministerpräsident, Ohnefeldt ist in meiner Fraktion alles andere als beliebt, wird aber geradezu verehrt im Vergleich mit Zurwege. Der wird mit Sicherheit nicht alle Stimmen der Liberalen bekommen.«

»Aus unserer Partei auch nicht«, grunzte Brill. »Du läufst Gefahr, mit deinem Kandidaten ganz gewaltig auf den Bauch zu fallen.«

Kayser veranstaltete noch viel Theater, aber Brill und Limmer ließen sich nicht erweichen, Zurwege hatte keine Chance in der Koalition. Sachlich bot er keine Alternative zu Ohnefeldt und persönlich war er aus Gründen, die Kayser genau kannte, regelrecht verhasst. Es gelang ihm daher nicht, den beiden ein Versprechen zu entlocken, dass sie wenigstens versuchen würden, Volksparteiler und Liberale umzustimmen. Brill und Limmer blieben hart, Kayser schäumte, aber seine Niederlage war komplett. Immerhin konnte er beiden die Zusage abringen, keine Silbe über das Gespräch verlauten zu lassen, er wollte auf keinen Fall, dass Zurwege von einem Dritten informiert wurde, dieses unangenehme Gespräch mit dem gescheiterten Kandidaten musste er selbst führen.

Brill und Limmer staunten über diese Absicht, die Majestät Johann so gar nicht ähnlich sah, versprachen aber absolutes Stillschweigen, das sie auch einhielten.

Am Montagvormittag fuhren Busche und Nele für eine Stunde nach Neuenburg. Nele kannte dort ein Schmuckgeschäft, das auch Trauringe führte, und suchte sich einen Verlobungsring aus. Nach einem langen Mittagsschlaf überredete er sie zu einem Spaziergang nach seinem Geschmack: einmal rund um den Stausee. »Ist das etwa dein Normalmaß?«, erkundigte sie sich etwas besorgt.

»So in etwa.«

»Ich fürchte, dann muss ich alle meine Schuhe wegwerfen.«

»Nicht so voreilig. Ich hätte einen Job für dich, bei dem du sie noch gut tragen könntest.«

»Lass mal hören.«

»Später. Vorher muss ich leider noch einiges erledigen.«

»Stimmt«, sagte sie schnell, »zum Beispiel auf dem Standesamt.«

»Ich weiß nicht, ich finde den Namen Nele Obermann fast hübscher als Nele Busche.«

»Na warte, du Schuft!«, drohte sie und warf sich gegen ihn. Zum Glück standen sie neben den Betten und fielen weich; als sie wieder aufstanden, war bereits die Dunkelheit heraufgezogen.

Busche fuhr in einem weiten Bogen nördlich um Bellhorn herum, verließ die Autobahn erst an der Abfahrt Bellhorner Berge und steuerte von dort nach Süden Richtung Rollesheim. Zu dieser Tageszeit wurden in dieser Schlafsiedlung schon die Bürgersteige hochgeklappt. Er parkte direkt vor dem Haus Treidelpfad 28, in dem Gudrun Fellner wohnte. Ganz offen unter einer hellen Straßenlaterne. Hier dürfte ihn niemand kennen. Bei Gudrun Fellner brannte kein Licht mehr, auch auf der Rückseite des Hauses nicht. Obwohl er Sturm klingelte, musste er fast zehn Minuten warten, bis der Haustüröffner summte. Eine Gegensprechanlage gab es nicht. Er drückte das Licht im Treppenhaus an und stieg in den ersten Stock hoch. Sie wartete unter der Tür und starrte ihn mit offenem Mund an.

»Wer bist du denn?«, murmelte sie unruhig. »Kennen wir uns?«

»Doch, ja«, sagte er gelassen. »Wir haben uns vor vielen Jahren häufiger im *Wassertor* gesehen. Und haben eine Nacht in deinem Bett verbracht.«

»Richtig«, nickte sie nach einer Pause. »Ich erinnere mich. Frank. Frank Busche, nicht wahr? Und was führt dich zu dieser späten Stunde zu mir?«

»Müssen wir das im Treppenhaus besprechen?«

»Nein«, gab sie nach. »Komm rein!«

Er folgte ihr und kam an der geöffneten Schlafzimmertür vorbei. Das Bett war zerwühlt. Sie hatte seinen Blick bemerkt.

»Ja, ich hatte Besuch. Stört es dich?«

»Nein. Kenne ich ihn?«

»Nein. Er kennt dich auch nicht.«

Im Wohnzimmer standen zwei Gläser neben einer halb vollen Champagnerflasche auf dem Tisch. »Magst du einen Schluck? Er ist noch kalt.«

»Nein, vielen Dank, ich muss noch fahren.«

»Du willst nicht bleiben?«

»Nein. Ich wollte dich nur um einen Gefallen bitten.«

»Und der wäre?« Sie nestelte an dem Knoten des Bademantels und Busche sah sie fest an.

»Das meine ich nicht, Gudu«, sagte er leise und sie zuckte zusammen, als er ihren alten Spitznamen gebrauchte. »Du hattest früher in deinem Flur ein großes, gerahmtes Foto von einem Betriebsausflug des Amtsgerichts hängen.«

»Ja«, bestätigte sie harmlos. »Das stimmt. Meine Güte, hast du ein Gedächtnis. Wie oft bist du eigentlich in meiner Wohnung in der Korffstraße gewesesen?«

»Nur einmal. Darf ich mir das Foto ausleihen?«

»Wozu?«

»Da sind mehrere Personen darauf, die ich gut kenne. Ich möchte mir eine Kopie machen lassen.«

»Von mir kannst du ein schöneres Foto bekommen.«

»Das nehme ich mit Dank zusätzlich.«

Ihr schräger Blick verriet, dass sie ihm nicht traute, aber er dachte nicht daran, ihr mehr als unbedingt nötig zu verraten.

»Na schön«, resignierte sie, als ihr klar wurde, dass er seinen Wunsch nicht begründen wollte. »Ich hab's in den Keller geräumt.«

»Bist du so nett und holst es mir gleich? Ich will so rasch wie möglich wieder verschwinden.«

»Du bist ungemütlich, mich um diese Zeit in den Keller zu schicken, aber gut, ich gehe schon. Wir waren für den Abend verabredet, wenn ich mich recht erinnere, nicht für die Nacht.«

»Stimmt, ich bin aufgehalten worden, tut mir Leid.«

Dass er nur wegen eines alten Fotos gekommen sein wollte, alarmierte sie. Wenn das Bild für ihn so wertvoll war, bestand vielleicht die Möglichkeit, dass es auch für sie wertvoll war. Bloß – warum? Das musste er ihr noch verraten. Sie stand auf und setzte sich neben ihn auf die Sessellehne, lehnte sich an ihn und streifte den Bademantel ab, knöpfte die Pyjamajacke auf und schlüpfte aus den Ärmeln.

»Na, gefällt dir meine Figur noch?«

»Ich habe jahrelang davon geträumt«, sagte er ehrlich. Die Antwort schmeichelte ihr so sehr, dass sie überhörte, wie elegant er sich vor einer Antwort gedrückt hatte.

»Immer noch keine Lust?«

»Lust schon«, log er, »aber wirklich keine Zeit.«

»Schade«, murmelte sie und erhob sich wieder, zog sich an und ging aus dem Zimmer. In der Diele suchte sie nach den Schlüsseln und rief halblaut: »Bis gleich dann.«

Er hörte, dass sie die Wohnungstür leise und vorsichtig hinter sich schloss. Busche zündete sich eine Zigarette an und schaute dabei auf die Uhr. Die liebe Gudrun brauchte verflixt viel Zeit. Dann hörte er, dass der Schlüssel in das Schloss der Wohnungstür geschoben wurde. Ungeduldig stand er auf und ging in die Diele. Sie winkte mit einem Päckchen Fotos. »Ich hab die Aufnahme nicht gefunden. Aber dafür etwas anderes.«

»Nachher«, sagte er hastig und riss ihr das Päckchen aus der Hand. In dem Moment bewegte sich links von ihr etwas, ein bedrohlicher Schatten, doch bevor Busche ihn erkennen konnte, landete ein schwerer Gegenstand auf seinem Schädel und warf ihn zurück. Mit dem Hinterkopf knallte er gegen den Türrahmen, ein böser Schmerz durchzuckte ihn vom Kopf bis zu den Zehen und dann wurde es dunkel vor seinen Augen.

Irgendwann träumte er heftig. Er raste auf der Autobahn Richtung Norden und zwei verrückte Streifenwagenbesatzungen wollten ihn unbedingt anhalten. Aber sein Auto war schneller und sobald er wieder Gas gab und sie abhängte, stellten sie ein besonders lautes Martinshorn an. Der Lärm war unerträglich und das grelle, zuckende Blaulicht nahm ihm jede Orientierung. Wenn er so weiterfuhr, würde er gleich einen fürchterlichen Unfall bauen. Es war besser, auf den Standstreifen zu steuern und dort etwas zu warten. Als er im Traum die Handbremse anzog, wachte er auf. Ihm war kalt, er lag irgendwo auf dem Boden und wusste im ersten Moment nicht, wo er sich befand. Das Geräusch der Martinshörner blieb, weit weg zwar und nicht mehr so laut, aber deutlich zu vernehmen. Er drehte den Kopf. Er lag in einer fremden Diele auf dem Boden ausgestreckt. Und an der Wand rechts von ihm eine weitere Person, die von dem Lärm noch nicht aufgewacht war.

Nach einer Minute entschloss er sich, hinzukriechen und den Fremden zu wecken – die Fremde. Es war eine nackte Frau, bedeckt mit den Fetzen eines zerrissenen Pyjamas. Sie rührte sich nicht, auch nicht, als er ihre Schulter rüttelte und schüttelte. Seine Hände waren blutig und hinterließen rote Flecken auf ihrer Haut. Neben ihr lag ein weißer Stoffgürtel, daneben ein Päckchen von Aktaufnahmen. Buntfotos, die alle dieselbe nackte Frau zeigten, und plötzlich erkannte er das Gesicht, das war Gudrun Fellner, und jetzt kam auch die Erinnerung wieder zurück. Gudu war im Keller gewesen, um das gerahmte Bild zu holen, er war ihr entgegengegangen und hatte in der Diele etwas auf den Kopf bekommen. Und dann wurde ihm blitzartig klar, was hier ablief. Gudrun war tot, jemand hatte sie mit dem weißen Stoffgürtel ihres Frotteemantels erdrosselt. Auf einer Wange war Blut aus einem tiefen Riss gequollen. Der Mörder hatte ihr den Pyjama vom Leib gerissen und die Fetzen über dem Körper und in der Diele verstreut. Die Martinshörner waren keine Einbildung, sondern Gudruns Mörder hatte die Polizei alarmiert, damit man Busche neben der Leiche fand.

Plötzlich besaß er wieder genug Kraft, sich auf die Knie zu stemmen, die Martinshörner hörten auf, die Polizisten hatten sie etwas zu spät abgestellt – zu seinem Glück. Er kam auf die Füße, trat auf einen Schlüsselbund, den er automatisch einsteckte, erinnerte sich im letzten Moment an die Aktaufnahmen, ergriff das Päckchen, wobei fünf oder sechs Fotos herausfielen, und rannte nach draußen in das Treppenhaus. Er durfte auf keinen Fall der Polizei in die Hände fallen. Er hatte schon einmal zehn Jahre für einen Mord gesessen. Instinktiv sprang er die Stufen hinunter, an der Haustür vorbei bis in den Keller; dort war es so finster, dass er sich an den Wänden entlangtasten musste, bis vor ihm eine Tür mit einem etwas helleren Viereck im oberen Teil auftauchte. Wenn ihn nicht alles täuschte, die Hintertür zum Hof. So leise wie möglich probierte er alle Schlüssel an dem Bund, den er eingesteckt hatte, ein Schlüssel fasste, er konnte die Tür aufklinken und stand nach fünf Stufen im Freien. Für alle Fälle schloss er hinter sich wieder ab und setzte Fuß vor Fuß Richtung Hausecke. Er durfte es noch nicht wagen, zu seinem Auto zu laufen, entweder wurde er gesehen oder – dümmer noch – sein Auto war von den Streifenwagen eingekeilt. Jetzt halfen nur Glück und Geduld. Nicht noch einmal panisch flüchten!

Bald fuhren andere Wagen vor, er hörte, wie jemand innen an der Kellertür rüttelte. Über ihm gingen Lampen an, Fenster wurden hell. Die Polizei kontrollierte im Haus alle Wohnungen und bald würde ein kluger Kopf auch anordnen, den finsteren Hof mit Lampen abzusuchen. Lautlos ging Busche zurück Richtung Hintertür, bis er mit hochgestreckten Armen einen Balkon berühren konnte. In dem Zimmer dahinter brannte Licht; als es erlosch, riskierte er es, sich mit aller Vorsicht hochzuziehen und über das Gitter auf den Balkon zu klettern; das Glück blieb ihm hold, dort standen keine Gegenstände, die er umwerfen konnte. Er setzte sich auf den Betonboden und lehnte sich an die Hauswand. Seine Uhr konnte er in der Finsternis nicht ablesen, deshalb musste er schätzen.

Nach fast eineinhalb Stunden hörte er ein ärgerliches »Bin ja schon unterwegs«. Und dann erschien ein schwacher Lichtschimmer auf dem Hof, kippte in die Höhe. Jemand auf dem Hof leuchtete von außen die Balkone ab. Der Atem wollte Busche stocken; im letzten Moment legte er sich flach hin und presste sich an den Balkonboden. Der Lichtkegel fuhr über ihn hinweg; er hatte das Gesicht fest auf die Arme gedrückt. Der Polizist hätte seine Lampe nur eine Winzigkeit senken müssen und Busche wäre entdeckt worden, doch so fuhr der Lichtkegel über ihn hinweg, wanderte weiter nach links und eine Minute später hörte Busche wieder die Stimme: »Nichts.«

Ein zweiter Mann fluchte ausgiebig: »Der kann sich doch nicht in Luft aufgelöst haben.«

»Vielleicht war er schon weg, als wir kamen.«

Noch einmal eine Stunde später trat Ruhe ein. Es wurde Zeit für ihn, er musste weg, bevor es dämmerte. Busche ließ sich wieder auf den Hof hinab und lauschte an der Hausecke minutenlang, bevor er den Kopf vorzustrecken wagte.

Nichts. Er riskierte es und ging aufrecht auf Neles Wagen zu. Kein Ruf, keine Bewegung, kein Geräusch. Als der Motor ansprang, dachte er, alle Bewohner müssten bei diesem Lärm an die Fenster stürzen. Was, wenn sie den Halter dieses Wagens schon festgestellt hatten? Ob sie eine Ringfahndung eingeleitet hatten? Also nicht direkt zur Autobahn. Die Aktaufnahmen hatte er auf der Rückbank unter einer Decke versteckt.

Auf der Uferstraße steuerte er nach Osten und fuhr in das Flusstal hinein, bis die Panik abklang und er methodisch nachdenken konnte. Ein gründlicher Einsatzleiter würde auch an dieser Straße eine Sperre einrichten. Wie gut, dass er die Gegend von früher her so gut kannte. Auch wenn sich in mehr als zehn Jahren viel verändert hatte. Doch da war er ja, der Wirtschaftsweg für die Holzfäller und Holztransporte.

Der Weg führte links ziemlich steil den bewaldeten Hang hinauf bis zur Kuppe und auf der anderen Seite in einem weiten Bogen Richtung Bellhorner Stausee. Vor dem Ort Bellhorn würde es wohl keine Sperren mehr geben. Jetzt brauchte Busche nur noch einmal viel Glück, der schmale Pfad, bestehend aus zwei tief ausgefahrenen Spurrillen, durfte nicht zugewachsen sein. Der Motor jaulte Protest. Selbst im ersten Gang wurde ihm das Letzte an Leistung abverlangt. Die Temperaturanzeige stieg beängstigend schnell.

Busche beugte sich weit vor. Manche Äste sah er zu spät, sie knallten gegen die Windschutzscheibe oder schleiften bedrohlich über das Dach. Zum Glück hatte sich zwischen den Feldsteinen etwas Lehm angesammelt, der Karren tanzte trotzdem wie betrunken, die Stoßdämpfer ächzten. Aber nun gab es kein Zurück mehr. Die Kuppe erkannte Busche nicht, sondern spürte nur, dass sein Auto schneller wurde, weil der Weg abwärts führte. Ab und zu schlug das Steuerrad nach rechts und links, als wollte es ihn aus dem Auto schleudern. Dann endlich ein weißes Schild mit rotem Rand, die Sperrkette. Er stieg aus, befestigte sie nachher wieder und rollte nun auf einer asphaltierten Straße talwärts.

Das Schlimmste hatte er geschafft. Bis zum Stausee brauchte er nur fünfzehn Minuten, jetzt – weit nach Mitternacht – gab es so gut wie keinen Verkehr auf der Landstraße.

Nele war bleich vor Angst. »Wo hast du bloß gesteckt, ich bin vor Sorge fast zersprungen. Und wie siehst du aus? Ist das Blut? Frank, was ist passiert?«

»Sofort.«

Dass er nur wegen eines gerahmten Fotos so lange unterwegs gewesen sein wollte, glaubte sie ihm nicht. Mit sicherem Instinkt drehte sie ein Buntfoto um und hielt ihm die Rückseite mit dem Stempelaufdruck unter die Nase. *Gudrun wartet auf Dich.* Darunter eine vierstellige Ortsnummer und eine Telefonnummer.

»Gefalle ich dir nicht mehr?«, fragte Nele vorwurfsvoll. »Musst du jetzt schon zu einer Nutte gehen?«

»Wie kommst du denn darauf?«, erwiderte er verblüfft.

»Das ist doch ein Werbebild für eine Prostituierte.«

»Nein«, sagte er müde. »Ich habe nicht mit dieser Gudrun geschlafen. Sie hatte schon Besuch, als ich kam, und der Kerl hat die Chance genutzt, sie umzubringen und die Tat mir in die Schuhe zu schieben.«

Er musste alles haarklein erzählen und sie hörte wie gebannt zu. »Wenn du vor dem Haus geparkt hast, hat die Kripo bestimmt das Kennzeichen meines Wagens notiert.«

Sie mussten morgen einen Leihwagen mieten und durften nicht direkt zu den Hylos fahren.

Raabe erfuhr am nächsten Mittag in der Kantine zufällig von dem Mord in Rollesheim; ein übermüdeter Kollege, der sich die Nacht um die Ohren hatte schlagen müssen, schimpfte, dass ihnen der Täter wohl nur um Minuten entkommen sei. Dann erwähnte er die erfolglose Ringfahndung nach einem Kleinwagen, der auf eine Nele Obermann, Neuenburg, zugelassen war. Raabe horchte auf und alarmierte Caro. Was hatte Nele Obermann mit Gudrun Fellner zu tun?

Nach zwei Telefonaten mit dem Casino in Neuenburg wussten sie, dass Nele immer noch unterwegs war, an einem unbekannten Ort Kurzurlaub machen wollte und erst am Mittwoch wieder zur Arbeit in der Casinobar antreten würde. Caro gab eine neue Fahndung nach dem Kleinwagen heraus, doch wieder kamen sie zu spät. Minuten vorher hatte Nele Frank an einem Autoverleih abgesetzt und ihren Wagen auf einem großen öffentlichen Parkplatz, hinter Hecken versteckt, abgestellt.

Auf der Fahrt zum Gänsemarktzentrum gestand Busche der fassungslosen Nele, wozu er ihre Hilfe brauchte. Sie wurde ziemlich blass, riss sich aber zusammen, drückte den Hut mit der breiten Krempe fester auf ihre auffälligen Haare und zog die Schleife unter ihrem Kinn zu. Sie steuerte die Tiefgarage unter dem Zentrum an, fand sogar einen sichtgeschützten Platz neben einer Säule. Gemeinsam bummelten sie durch die Stadt und kauften in einem Geschäft für Campingbedarf einen großen Metallkoffer mit Geschirr, Gläsern, Besteck und Spiritus-Brenner, den sie in den Kofferraum des Mietwagens legten. Außerdem erstanden sie einen großen Rucksack aus festem, buntem Stoff, der mit breiten Schnüren verschlossen werden konnte. Danach ging Busche in das

Zentrum und wartete darauf, dass er unbemerkt die Tür zu dem Rohrleitungsschacht öffnen konnte.

Ein höflicher Parkgast hielt ihm die Tür zum Treppenhaus auf, Busche musste noch eine Minute zugeben, bis er allein vor der Schachttür stand und in den kleinen Raum hineingehen konnte. So weit er feststellte, hatte sich nichts verändert. Die Metallkiste war nach wie vor verschlossen, das Hängeschloss unbeschädigt. Nun musste er es riskieren. Wenn der Metallkoffer eine Spreng- oder Rauch- oder Betäubungsgasladung enthielt, war er in diesem engen Raum geliefert. Er spürte, wie ihm der Schweiß ausbrach und zwischen den Schulterblättern hinunterlief. Mit angehaltenem Atem setzte er die Zange an das erste Kofferschloss und kniff zu. Keine Reaktion, kein Geräusch, kein Zischen. Er schnitt das zweite Schloss auf. Noch immer nichts. Mit einem Stoßgebet klappte er den Deckel hoch. Natürlich hatte Busche sich Plastikhandschuhe angezogen, berührte vorsichtig das obere Geldbündel und sah sich dann die Fingerkuppen an. Keine Farb-, kein Geruchs-, keine Blendladung; offenbar hatten sie sich an seine Forderung gehalten. Ein-, Zwei- und Fünfhunderter, ein schöner Anblick. Er stopfte alle Scheine in den Rucksack; obenauf blieb sogar noch Platz für zwei trockene Geschirrtücher aus dem Campingkoffer.

Dann warf er alles, was er für die Geldübergabe gebraucht hatte, bis auf das Handy und den Schlüssel für die Durchgangstür, in die Metallkiste, klinkte das Vorhängeschloss wieder ein und verschloss die Kiste. Die beiden Schlüssel versenkte er in einer halb vollen Mülltonne, legte den Geldsack in den Kofferraum des Leihwagens und wartete drei, vier Minuten, bis sich sein rasendes Herz etwas beruhigt hatte. Ihm war schlecht vor Angst, aber er durfte nicht länger warten. Sie würden heute aufpassen, genauso wie die nächsten Tage, zwecklos, darauf zu hoffen, dass sie es aufgeben würden. Einen Moment lehnte er sich an die Wand, von seinen Magenschmerzen fast umgeworfen. Es wurde höchste Zeit, dass er mit diesem Geschäft zum Ende kam. Minutenlang lehnte er sich an die Wand und zwang den Krampf mit gleichmäßigen Atemzügen nieder.

Nele wartete vor dem Eingang in die Tiefgarage, sie schüttelte den Kopf, sagte aber nichts, sondern verließ ihn wortlos, um die Parkgebühren zu bezahlen.

Über den wertvollen Rucksack hatte er wie zufällig eine Decke drapiert.

»Die Polizei darf auf keinen Fall den Rucksack im Kofferraum öffnen. Wie du sie ablenkst, ist mir egal. Hauptsache, du tust es, falls nötig.«

Sie wollte lachen, wurde aber ernst, als sie sein verkrampftes Gesicht sah. »Willst du mir nicht verraten, was ich da rausschmuggeln soll?«

»Lieber erst später. Ich will nicht, dass du dich verrätst. Und wenn du glücklich an allen Kontrollen vorbeigekommen bist, fährst du zum Leipziger Platz. Wir treffen uns dort an der Tankstelle. Liebe Nele, bis dahin kein Unfall und kein Strafmandat bitte.«

Oben an der Ausfahrt wurde Nele tatsächlich angehalten. Ein Mann in Zivil hielt ihr einen Ausweis unter die Nase. »Würden Sie mir bitte Führerschein und Wagenpapiere zeigen und Ihren Kofferraum aufschließen.«

Nele gehorchte wortlos und Pete Sanders glaubte seinen Augen nicht zu trauen: ein Metallkoffer. »Bitte öffnen Sie den Koffer!«

»Warum denn das?«, wehrte sie sich.

»Ich möchte den Inhalt sehen.«

»Gibt es dafür einen Grund oder eine Berechtigung?«

Pete Sanders stutzte und zögerte. Die Frau ließ sich offenbar nicht so leicht einschüchtern; sie schien bereit, Ärger zu machen. Pete legte vorsichtshalber den Rückwärtsgang ein. »Und wenn ich Sie darum bitte? Es hat hier einen Raubüberfall gegeben und der Täter soll mit der Beute in einem Metallkoffer dieser Art geflüchtet sein.«

»Da haben Sie bei mir kein Glück«, murmelte Nele und

pulte sehr umständlich die Kofferschlüssel aus dem engen Täschchen ihrer stramm sitzenden Jeans hervor. »Wir konnten dieses Jahr keinen Urlaub machen, und deswegen will mein Freund das gute Wetter wenigstens am Wochenende noch ausnutzen.«

Pete Sanders war müde und schlecht gelaunt. Von dieser Überwachungsaktion hielt er gar nichts und darüber hinaus kränkte ihn, dass Caro ihm einen Dienst aufgehalst hatte, den normalerweise die grünen Anfänger aus der Bereitschaftspolizei erledigten. Zum Glück lachte und kicherte Nele nicht, als Sanders den Kofferdeckel aufschlug und perplex auf einen vollständigen Geschirrsatz plus Besteck, Gläser, Töpfe, Servietten und Spiritusbrenner starrte.

»In Ordnung«, brummte er schließlich. Den Rucksack, der halb unter der Decke verborgen war, nahm Sanders gar nicht wahr. »Nur eine Frage noch – bitte«, fügte er schnell hinzu, weil sie ungeduldig schnaufte. »Was haben Sie im Zentrum gemacht?« Denn wenn er sich richtig erinnerte, gab es da drin kein Geschäft für Campingbedarf.

Die Frau lächelte freundlich. »Nichts, aber in der Umgebung gibt es keine anderen Parkplätze. Der Parkschein ist immer noch billiger als ein Strafzettel.«

»Okay, vielen Dank, Sie können weiterfahren.«

»Bis dann.« Sorgfältig schloss sie den Kofferraum ab und fuhr vorsichtig zum Leipziger Platz; Busche wartete schon vor der Tankstelle.

Bis Stadtausa brauchten sie zwei Stunden. Nele fuhr, als habe sie unverpackte rohe Eier zu transportieren, und Busche schaute mehr nach hinten als durch die Windschutzscheibe: kein Verfolger, keine Streife, kein auffälliger Wagen am Straßenrand.

Über Mittag rief Busche die Nummer an, die Elise – oder Elena? – ihm im Knast gegeben hatte: »Ich würde gern ein Geschäft mit dir machen.«

»Nicht am Telefon«, warnte Hylo sofort, »ich fürchte, die Bullen hören mich ab.«

»Wie kommen wir dann zusammen?«

»Wo hat man dir den Schlüssel gegeben?«

»In Lennsen.«

»Das ist gut. Du sollst auch einen dummen Satz zitieren.«

»Der von der Süpplinburg grüßt Roxane.«

»Exakt. Finde meine Adresse heraus, besuche mich und zeige den Schlüssel vor – dann kommen wir vielleicht ins Geschäft.«

Busche stand in einer Telefonzelle mit einem ausnahmsweise nicht zerfledderten Telefonbuch. Hylo, Alexander von und Lothar von waren eingetragen, Kaulbachstraße 13. Und neben der Zelle hatte eine fürsorgliche Stadtverwaltung einen Stadtplan aufgestellt.

Busche setzte Nele für mehrere Stunden im Bahnhofsimbiss ab, merkte sich die Fahrtroute und brauchte nur zwanzig Minuten bis zu dem weiß gekalkten Bungalow, der nicht unbedingt viel Geschmack, aber sehr viel Geld verriet. Im Vorgarten arbeitete eine hinreißende Blondine in einem eng anliegenden Trikot, allerdings scharf bewacht von einem ziemlich unfreundlich aussehenden Hund, der sofort losknurrte und ein gewaltiges Gebiss bleckte, als er Busche bemerkte, der den Rucksack aus dem Kofferraum holte.

»Hallo!«, rief Busche.

Die Blondine richtete sich auf und legte den Hund an eine Leine. »Ich werd verrückt, der Frank.«

»Genau der. Ich möchte gerne zu Alex.«

»Ja, Moment.« Sie zog ein winziges Funkgerät aus der Tasche und murmelte etwas.

Der Türöffner schnarrte. Frank Busche holte tief Luft. Als er an dem Hund vorbeikam, beschnupperte der den Rucksack und knurrte so friedlich, als habe er das Geld gerochen.

In der großen, lichtdurchfluteten Halle mit den blendend hellen Fliesen stand ein mittelgroßer, eher schmächtiger Mann in Jeans und T-Shirt, der die Fäuste in die Seite stemmte. »Ich glaub's nicht. Tatsächlich Frank Busche.«

Busche legte einen Finger vor die Lippen: »Irrtum, Alex, ich heiße Klaus Heller.«

»Verstehe. Dann sind die neuen Papiere gut?«

»Hervorragend, nochmals vielen Dank für die Adresse.«

»Gern geschehen. Petersen ist ein Schatz, nicht wahr?«

»Ist er, leider etwas teuer, selbst für diese Qualität.«

»Gute Ware kostet. Ich muss dich übrigens warnen. Die Kripo ist hinter dir her. Hinter Frank Busche. Der bei mir auftauchen würde, um fünf Millionen Euro zu waschen.«

»Scheiße!«, fluchte Busche laut. »Wie hieß der Bulle?«

»Eine sie. Caroline Heynen aus Terborn. Morddezernat.«

»Das kann doch nicht wahr sein. Die schießen doch mit Schrot blind in den Nebel.«

»Vorsicht, Frank. So sah die Tante eigentlich nicht aus. Stimmt es denn? Willst du fünf Millionen tauschen?«

»Ja, sie sind echt, aber sie stammen aus einer Erpressung. Mit Sicherheit sind die Seriennummern notiert.«

»Fünf Millionen kann ich heute nicht mal so eben wechseln. Zwei oder drei vielleicht, das kommt auf den Tauschkurs an.«

»Ich will nicht mehr tauschen. Ich hätte gern, dass ihr die Summe ratenweise, möglichst unauffällig auf mein Geschäftskonto einzahlt. Noch besser – überweist.«

»Verstehe. Man kann vieles arrangieren, aber fast alles kostet.«

»Damit rechne ich. Zum Schluss muss nur etwas für mich übrig bleiben. Ich möchte mir ein Haus kaufen, weil ich den Betrieb aus dem Bunker auslagern muss.«

»Dafür geben wir dir eine Hypothek, die ganz korrekt im Grundbuch eingetragen wird. Lass mich mal machen, wenn ich das Finanzamt ärgern und die Steuerfahnder überlisten kann, geht's mir gut. Und den Rest kriegen wir auch noch hin. Mach mal ein Angebot!«

»Sechzig vierzig«, schlug Busche vor.

Alex schüttelte den Kopf: »Fünfzig fünfzig, mehr ist beim besten Willen nicht drin.«

»Meinetwegen, ich hab's eilig.«

»Na schön, dann lass uns mal zählen und rechnen.«

Während des Zählens begann Alex unfein zu fluchen. »Die sind ja doch markiert, Frank.«

»Ich sehe nichts.«

»Du musst fühlen, hier, hier, am Rand in der Ecke.«

»Drei plus zwei Löcher.«

»Das ist eine beliebte Markierung in Puffs und Spielsalons. Leider kennen das mittlerweile auch die Kassierer in den Banken. Wem hast du die Knete denn abgenommen?«

»Dem Landesinnenminister.«

»Deinem speziellen Freund Ohnefeldt also?«

»Eben dem!«

»Sei bloß vorsichtig. Der ist nachtragend und hartnäckig.«

»Ihm verdanke ich zehn Jahre Knast.«

»Das wird er anders sehen.«

Alex verabschiedete seinen Besucher sehr freundlich. In den vergangenen zwei Stunden hatte er ein sehr gutes Geschäft gemacht und drückte deshalb Busche einen »Vorschuss« in die Hand, »garantiert echte und saubere Euros. Vielleicht kannst du sie bald brauchen.«

Für die monatlichen Überweisungen würde Alex noch eine Begründung finden, vielleicht mithilfe seines Freundes Petersen.

»Willst du nicht noch einen Moment bleiben?«

»Nein. Danke. Eine sehr schöne Braut erwartet mich am Bahnhof.«

Stöger und ein kleiner Trupp warteten schon auf Nele, als sie ihre Haustür in Neuenburg aufschloss. Stöger wies einen Durchsuchungsbeschluss vor und Nele wehrte sich nicht.

»Wo steht Ihr Auto, Frau Obermann?«

»Auf dem Parkplatz vor dem Schwimmbad am Kestenwald.«

»Dürfen wir bitte Ihre Wagenschlüssel haben?«

Während die Männer alle Schränke und Schubladen durchsuchten, verwickelte Stöger die ungläubig lächelnde Nele in ein Gespräch. »Kennen Sie eine Gudrun Fellner?«

»Ja.«

»Und woher, Frau Obermann?«

»Sie war mal Stammkundin in meinem Lokal.«

»Wie heißt das Lokal?«

»Hieß. Das *Wassertor* am Zollplatz in Terborn.«

»Was heißt ›hieß‹?«

»Es ist abgerissen worden, um dort ein Hotel zu bauen.«

»Wann haben Sie Frau Fellner das letzte Mal gesehen?«

»Vor ein paar Wochen. Wir haben uns zufällig in einem Kaufhaus in Terborn getroffen.«

»Und weshalb hat dann Ihr Auto gestern Abend vor dem Haus in Rollesheim geparkt, in dem Gudrun Fellner wohnte?«

»Das weiß ich nicht.«

»Hatten Sie Ihr Auto an jemanden verliehen?«

Nele schwieg.

Stöger betrachtete sie mit seiner besten triefäugigen Miene. »Frau Obermann, wenn Sie den Wagen an Ihren Freund Klaus Heller verliehen hatten, werden wir das herausfinden. Er hat mit Sicherheit Fingerabdrücke, Haare und Hautschuppen hinterlassen und wir haben seine Abdrücke in unserem Archiv. Sie wissen doch, dass er in Wahrheit Frank Busche heißt? Und wegen Raubmords zu lebenslänglicher Haft verurteilt war?«

»Natürlich weiß ich das. Auch, dass er begnadigt und vorzeitig entlassen worden ist. Ich habe Frank vor zwölf, dreizehn Jahren sehr gut gekannt.«

Stöger rang mit sich, aber seine Korrektheit siegte schließlich. »Frau Obermann, dann muss ich Ihnen etwas sagen. Ab jetzt werden Sie als Beschuldigte befragt und haben folglich das Recht, jede Aussage zu verweigern.«

»Beschuldigte?« Nele bekam kaum noch Luft.

»Gudrun Fellner ist ermordet worden und möglicherweise haben Sie Beihilfe geleistet.«

»Das ist doch lächerlich! Warum sollte Frank diese Gudu ermorden?«

Jetzt bekam Stöger kaum Luft. »Wie haben Sie Frau Fellner eben genannt?«

»Gudu. So wurde sie von vielen Gästen des *Wassertors* genannt. Gudu oder die grüne Kuh. Auch viele Staatsanwälte kannten sie recht gut – oder näher. Horizontal sozusagen. Zum Beispiel Wolfram Ohnefeldt.« Stöger schnaufte wie ein verschnupftes Walross. »Frank hat mich wieder darauf gebracht. Der letzte Gast, den sie an meinem Tresen aufgegabelt und abgeschleppt hatte, war ein gewisser Richard Semper. Und der ist genau an dem Abend von Frank erstochen worden. Wo befand sich die liebe Gudu eigentlich zu dieser Zeit? Lag sie schon in Sempers Bett?«

Stöger hatte nur kurz mit Caro gesprochen und von ihr gehört, dass sie die Ermittlungen im Fall Semper als schlampig und schludrig beurteilte. Einzelheiten kannte er nicht. Als der Name Ohnefeldt fiel, durchzuckte es ihn. Er ging in ein anderes Zimmer, schloss die Tür und rief Caro an. Die fiel fast vom Stuhl, als Stöger in Kurzform berichtete, was Nele Obermann ausgesagt hatte. »Weiß sie, warum Busche gestern diese Gudu aufgesucht hat?«

Stöger hatte Mühe, Nele zu einer Antwort zu überreden. »Ja, Frank glaubt, dass Gudrun Fellner, nachdem sie den toten Semper im Büro entdeckt hatte, Hilfe herbeitelefoniert hat und dass diese Hilfe den Tresor gefunden und ausgeräumt hat. Den Namen dieses Mannes wollte Frank von ihr hören; außerdem wollte er sich von ihr ein bestimmtes Foto ausleihen.«

Caro schluchzte fast vor Erregung. »Bring Nele Obermann sofort ins Präsidium!«

»Hör mal, Caro. Ich hab sie auf ihre Rechte hinweisen müssen. – Ja, sicher, Beschuldigte, Beihilfe zum Mord an Gudrun Fellner.«

»Pech! Trotzdem, wir müssen sie weichkochen. Hast du angedeutet, dass wir Busche für Prometheus halten?«

»Nein, kein Wort; über die Brände haben wir kein Wort verloren.«

»Sehr schön, Ottfried.«

Nele Obermann wiederholte bereitwillig vor dem Mikrofon, was sie Stöger schon berichtet hatte, und unterschrieb auch ein Protokoll. Vor dem Mittagessen meldete sich Caro bei Staatsanwältin Saling an, die auf ihrem Sessel immer kleiner wurde und freiwillig die Cognacflasche herausholte. »Na sicher doch, Frau Heynen, vor dem Gang zum Minister habe ich Manschetten.«

»Den Gang nehme ich Ihnen ab, wenn Sie für mich herausfinden, wann diese Gudrun Fellner in der Staatsanwaltschaft gearbeitet hat und ob sie zu der Zeit Wolfram Ohnefeldt näher kannte.«

Kirchbauer begriff die Welt nicht mehr, als Caro ihn bat, alle Papiere und Unterlagen durchsehen zu dürfen, die die Kollegen in der Fellner-Wohnung in Rollesheim sichergestellt hatten. Das gerahmte Foto war im Keller in einer Kiste mit alten Kleidern versteckt gewesen. Ein Betriebsausflug nach Burg Okersberg. Ein junger Wolfram Ohnefeldt stand neben einer jungen, recht attraktiven Frau, die die langen Ärmel ihrer Bluse aufgekrempelt hatte.

Unter den Papieren fand sich auch ein mit der Maschine geschriebener Brief.

Liebe Gudu,
deinen Brief habe ich erhalten. Du glaubst doch nicht im Ernst, dass ich mich deinetwegen scheiden lasse! Ob du wirklich schwanger bist, weiß ich nicht, ich bestreite aber, dass das Kind von mir ist. Bei deinem Männerverschleiß kommen sehr viele als Väter infrage. Versuche nie wieder, mich zu erpressen. Ich habe dir bei der Kündigung geholfen, aber mehr kannst du nicht von mir erwarten. Bei deinem nächsten Anruf werde ich einfach einhängen.
W.

»Das ist deutlich«, murmelte Caro und schob das Blatt zu Raabe rüber.

Sie saßen wieder in Caros Wohnung an dem großen Küchentisch, tranken Weißwein, aßen Pizzastücke und wussten nicht, ob und wie sie sich mit dem Innenminister anlegen sollten. Die Telefonnummer auf den Aktfotos hatte einmal zu einer Wohnung gehört, die vor Jahren ein Udo Morzek gemietet hatte, um dort mit einer Gudrun Fellner zusammenzuleben.

»Was war das mit der Kündigung?«

»Sie arbeitete damals in der Poststelle der Staatsanwaltschaft und hat Briefe unterschlagen oder geöffnet, um Kopien für Unbefugte anzufertigen, und Willy, der Bote, hat ihr dabei geholfen, bestimmte Briefe vierundzwanzig Stunden später auszuliefern oder zu vernichten. Dafür bekamen sie viel Geld, aber es wurde nie ermittelt, wer sie bezahlt hat. Weil man einen Skandal vermeiden wollte, hat man Willy und Gudrun Fellner fristlos gekündigt. Willy hat daraufhin Selbstmord begangen. Die Fellner war dreister und hat mit Skandal gedroht und bekam deshalb eine normale Kündigung.«

»Wer steckte dahinter?«

»Ich weiß es nicht, und wenn die Saling was weiß, dann traut sie sich nicht, einen Namen zu nennen. Bewiesen wurde nie etwas.«

Nach zwei Minuten knurrte Raabe: »Schau mal, wieder ein bekannter Name. Der Werner Zurwege. Heute MdL.«

»Ganz recht«, brummte Caro. »Er verteidigte damals einen Udo Morzek, wegen Einbruch und Diebstahl angeklagt. Freispruch ›in dubio pro reo‹. Und stell dir vor, die Fingerabdrücke dieses Morzeks haben die Kollegen in der Wohnung der ermordeten Gudrun Fellner gefunden.«

»Die kurz vor ihrem gewaltsamen Tod noch Geschlechtsverkehr hatte.«

»Ja, aber nicht mit Frank Busche, sondern mit einem anderen Mann.«

»Jetzt möchte ich doch einmal wissen, wer die Blutgruppen-Untersuchung des Spermas veranlasst hat.«

»Die Dame sitzt vor dir, mein Lieber. Eine schlampige Ermittlung reicht für Busche.«

Nele Obermann zögerte am nächsten Tag keine Sekunde und deutete auf die Frau neben Ohnefeldt: »Ja, das ist Gudrun Fellner, die grüne Kuh. Der Mann neben ihr ist Wolfram Ohnefeldt, heute Innenminister.«

Am Mittwochmorgen erschien Busche wieder im Büro, Raabe wartete bereits auf ihn, präsentierte einen Durchsuchungsbeschluss für Büro, Wohnungen und Autos.

Seine Leute fanden aber bei der erneuten Durchsuchung nichts, was Busche mit Prometheus in Verbindung bringen konnte.

»Hätten Sie was dagegen, mit ins Präsidium zu fahren? Hauptkommissarin Heynen würde gern mit Ihnen sprechen.«

»Als was? Als Zeuge oder als Verdächtiger?«

»Als Verdächtiger«, musste Raabe zugeben.

»Dann komme ich freiwillig nicht mit, sondern mache von meinem Recht auf Aussageverweigerung Gebrauch und warte auf eine formelle Vorladung. Reicht es, wenn ich Ihnen das hier vor Zeugen erkläre oder muss ich meinen Anwalt ins Präsidium bitten?«

»Ich nehme es zur Kenntnis und werde es entsprechend weiterleiten.«

Am Abend erschien Caro im Bunkerbüro und rückte sich einen Stuhl zurecht. Busche sah sie lange stumm an. Jetzt wurde es ernst.

»Hätten Sie Lust auf ein kleines Schwätzchen?«

»Es kommt darauf an, worüber.«

»Wissen Sie, wer Prometheus war?«

»So ein Knabe aus der griechischen Mythologie, den der Oberboss aus Zorn an einen Felsen gefesselt hatte.«

»Schon richtig. Wissen Sie aber auch, warum Zeuss so wütend war?«

»Weil Prometheus gegen den Befehl des Chefs den Menschen das Feuer gebracht hatte.«

»In Kurzform ist auch das richtig. Wissen Sie auch, dass in den vergangenen Wochen ein Mann in Terborn fünf Mal Feuer gelegt und unter dem Kennwort Prometheus das Landeskriminalamt, also den Staat Oberleiningen, um insgesamt fünf Millionen Euro erpresst hat?«

»Nein, davon habe ich nichts gehört«, schnurrte Busche sanft und Caro holte tief Luft: »Wir glauben, dass Sie dieser Prometheus sind.«

»Mich beißt der Adler. Nein, das bin ich nicht.«

»Kennen oder kannten Sie das Kino *Lux* in Norringen?«

»Aber ja. Ich bin in der Hüttenstraße aufgewachsen und als Schüler bin ich oft im *Lux* gewesen. Warum fragen Sie?«

»Das *Lux* ist durch die erste Brandstiftung zerstört worden.«

»Wirklich? Schade. Aber das war ich nicht.«

»Kennen Sie das Architekturbüro *Petersen & Schroth?*«

»Ja. Im Parterre des Hauses gibt's ein Reisebüro. *Bauers Bildungsreisen.* Für den Laden verteilen wir jeden Herbst einen Werbeprospekt mit den Reiseprogrammen des Winters und des kommenden Frühjahrs.«

»Was ist mit dem *Club 99?*«

»Von dem habe ich viel im *Tageblatt* gelesen.«

»Aber in dem Club sind Sie nicht gewesen?«

»Nein, in Lennsen bekam man so wenig Ausgang.«

Darüber konnte Caro nicht lachen, sie schnaubte ärgerlich. »Sie kennen den Club also nicht?«

»Nein. Vor den Zeitungsberichten hatte ich den Namen nie gehört.«

»Was ist mit dem *Möbelstudio Braam?*«

»Sie sitzen gerade auf einem Stuhl aus der Braam'schen Büromöbel-Abteilung.«

Jetzt musste Caro doch grinsen.

»Okay, der letzte Brand hat eine Kunststoffgießerei vernichtet.«

»Auch davon weiß ich nur aus dem *Tageblatt*.«

»Aber Sie kennen sich in der griechischen Mythologie aus?«

»Auskennen wäre übertrieben, Frau Hauptkommissarin. Im Knast hat man nicht viel Unterhaltung, wenn man nicht liest. Und so gewaltig ist der Buchbestand in Lennsen nicht.«

»Na schön. Verlassen wir die Gegenwart und reden wir etwas über die Vergangenheit. Ich meine den Mord an Richard Semper.«

»Was gibt es darüber zu reden, Frau Heynen? Ich habe gestanden, Semper erstochen zu haben, und habe dafür zehn Jahre gesessen.«

»Könnte es sein, Herr Busche, dass Sie mit dem Urteil nicht zufrieden waren, weil im Prozess nicht alles zur Sprache gekommen ist?«

»Damit liegen Sie ganz richtig. Die Anklage hat sehr schlampig ermittelt und mich sehr unfair behandelt. Aber was würde es bringen, diese alten Kartoffeln wieder aufzuwärmen?«

»Das kann ich Ihnen nicht sagen, ich bin keine Juristin. Aber der Kriminalbeamtin sind bei der Aktenlektüre einige Ungereimtheiten aufgefallen – und etwas Erfahrung habe ich, wie Sie mir hoffentlich zubilligen.«

»Das tue ich, aber ich verstehe nicht, warum Sie sich jetzt, nach dieser langen Zeit, dafür interessieren.«

»Wir reden ja offen miteinander. Ich halte Sie nach wie vor für Prometheus, den Brandstifter, und ich vermute, das Motiv liegt in diesem verdammten Prozess, der Ihrer Meinung nach unfair gelaufen ist. Vielleicht auch in den vorhergehenden Ermittlungen.«

»Danke für Ihre Offenheit. Dann bestreite ich besser, dass mir in meinem Prozess einige Dinge ausgesprochen spanisch vorgekommen sind.«

»Sie sind doch ein intelligenter Mann und haben längst

begriffen, dass wir Ihnen die Brandstiftungen nicht nachweisen können.«

»Warum sollte ich Ihnen das glauben?«

»Rufen Sie Ihren Anwalt an und fragen Sie ihn, ob man mir trauen darf. Bülow junior kennt mich gut.«

»Später vielleicht, Frau Heynen. Fahren Sie mal fort: Was ist mir Ihrer Meinung nach spanisch vorgekommen?«

»Sie haben nie bestritten, dass Sie Semper mit dem Brieföffner niedergestochen haben. Aber warum hat Semper auf Sie geschossen?«

Busche zuckte die Schultern. »Ich weiß es wirklich nicht.«

»Aber Sie vermuten etwas?«

»Ja, das tue ich. Ich hatte vorher einmal mit einer jungen Frau geschlafen, auf die auch Semper ein Auge geworfen hatte.«

»Und wie soll Semper davon erfahren haben?«

»Gesine – so hieß sie – wird es ihrer Tante Mathilde gestanden haben, mit der Semper befreundet war. Semper hat auf mich geschossen, weil er eifersüchtig war und mich hasste, nicht, weil er mich für einen gefährlichen Einbrecher hielt.«

»Na schön. Ein anderes Thema. Sie kannten eine Gudrun Fellner?«

»Ja.« Busche holte tief Luft. »Vom Sehen, meine ich. Sie kam oft in meine Stammkneipe und riss Männer auf. Wegen ihrer tiefen Ausschnitte, ihres gewaltigen Busens und ihrer Vorliebe für grüne Blusen nannten wir Männer sie die grüne Kuh. Damals fand ich sie nicht sonderlich sympathisch.«

»Da habe ich etwas anderes gehört, Herr Busche.«

Busche lachte gequält. »Na schön. Ich bin eine Nacht bei ihr in der Korffstraße geblieben, nachdem wir uns gegenseitig unsere Herzen ausgeschüttet hatten. Uns beiden war gekündigt worden.«

»Das heißt, Sie haben ihr von Semper erzählt?«

»Wahrscheinlich viel zu viel. Mit allen Einzelheiten über Sempers Spielleidenschaft, den scheußlichen Familienschmuck im Bürotresor und seine Neigung zu willigen Frauen.«

»Semper hatte an dem Abend viel Geld im Neuenburger Casino gewonnen.«

»Ja, das war nicht zu überhören. Er prahlte am Tresen damit wie ein kleiner Junge und Gudu hat ihn sofort abgeschleppt. Sie war blank und brauchte Geld.«

»Wissen Sie, dass Sie diesmal ungeheuer Glück gehabt haben?«

»Wie meinen Sie das?«

»Gudrun Fellner ist am Montagabend ermordet worden. Sie waren in der Wohnung, um sich von ihr eine Fotografie auszuleihen. Sie haben Glück, dass Gudrun Fellner schon Besuch hatte, von einem Mann, dem sie vor Jahren einmal geholfen hatte, eine Verurteilung zu vermeiden, für den sie später sogar auf den Strich gegangen ist. Er heißt Udo Morzek. Aus einem Grund, den wir noch nicht kennen, hat er sich entschlossen, die liebe Gudrun zu erdrosseln, als Sie in die Wohnung kamen.«

»An Ihrer Stelle, Frau Heynen, würde ich einmal nachschauen, ob Sie im Büro des ermordeten Richard Semper die Fingerabdrücke dieses – wie heißt er noch – dieses Morzek gefunden haben. Der Tresor war hinter einer Schranktür versteckt, den fand man nicht zufällig, sondern nur, wenn man danach suchte, und den Schlüssel dazu trug Semper an einer Kette, die an seinem Gürtel befestigt war. Ich glaube nicht, dass Gudu die Nerven besessen hat, dem toten, blutverschmierten Semper die Schlüssel abzuschnallen und später wieder an dem Gürtel zu befestigen. Wie wär's, wenn Morzek ihr geholfen hat, den Tresor auszuräumen? Ich war's nämlich nicht. Sie wissen doch, dass Semper Geld verlieh. In dem Tresor müssen Dutzende von Schuldscheinen gelegen haben. Was haben Morzek und Gudrun Fellner damit angestellt?«

»Wir werden uns um alle Details noch einmal kümmern, Herr Busche.«

»Hoffentlich. Begnadigung ist schön, erwiesene Unschuld schöner.«

Die Villa war hervorragend renoviert und hergerichtet, beim Garten würde es freilich noch länger dauern, bis die Vernachlässigung der letzten Jahre ausgewachsen war. Eine Aufgabe für einen sorgsamen Hausherren: Den größten Teil seines Lebens hatte Hugo, wie er es formulierte, in würdevoller Armut als mäßig erfolgreicher und sprichwörtlich fauler Rechtsanwalt gefristet, bis das große Finale seines Familienclans einsetzte, der sich in unzählige Zweige aufgespaltet und zum Schluss die Zeugung von Erben vernachlässigt oder nicht mehr zu Stande gebracht hatte. Wie der Zufall wollte, geriet Hugo immer häufiger in die Position des Universal-, weil alleinigen Erbens, und gut ein Dutzend Jahre nach Beginn dieser Erbschaftsserie betrachtete Hugo Testamentslektüre und Notariatsverhandlungen als die ihm gemäße Form des Broterwerbs. Nicht jeder Nachlass, der ihm zufiel, geriet ihm zur reinen Freude, manche Verwandten hatten ihre Schulden sehr geschickt kaschiert, aber darüber schwieg Hugo diskret, wie es sich für einen Mann von Adel und Stand gehörte. Besser ausgepolsterte Vermächtnisse nahm er dankbar an, über seinen Reichtum kursierten deswegen inzwischen wahnwitzig übertriebene Gerüchte. Aber seine gelegentlich taktlose Neigung zur Clownerie verhinderte, dass man sich näher und ernsthaft mit ihm und seinen Verhältnissen beschäftigte oder ihn in seriöse Geschäfte einspannen wollte. Das kam Hugo sehr gelegen, er wollte sein Leben genießen und niemandem verpflichtet sein. Den Vorsitz der *Marlenser* hatte er nur unter der Bedingung angenommen, dass ihm daraus keine Arbeit erwuchs, und ganz besonders keine, die bis zu einem bestimmten Zeitpunkt erledigt werden musste. Erträglich war Hugo allein wegen seiner Großzügigkeit.

Albert Kornemann, Schatzmeister der *Marlenser,* hatte sich an Hugo gewöhnt. Leicht war es ihm nicht gefallen, denn sein Lebensweg war völlig anders verlaufen. Aus kleinen Verhältnissen kommend, harte Arbeit, unerbittliche Schufterei von früh bis spät, einige böse Rückschläge privater Natur und im Geschäft und erst sehr spät ein finanzieller Erfolg, der ihn nicht übermütig, sondern im Gegenteil bescheiden stimmte. Im Laufe der Zeit hatten Hugo und Alnert zur gegenseitigen Überraschung festgestellt, dass sie zwar keine Freunde werden würden, sich aber vertrauten, und auf dieser Basis verkehrten sie mittlerweile sehr entspannt miteinander.

Rechtsanwalt Dr. Werner Zurwege, MdL, hatte sich lange gesträubt, das Amt des Schriftführers zu übernehmen. Mit dem Sitz im Landtag und seiner florierenden Anwaltspraxis war sein öffentlicher Ehrgeiz ausgefüllt; er widmete sich lieber seinen diversen Hobbys, über die seine zahlreichen Feinde lästerten, sie hätten alle lange Beine und lange Haare. Gegen weibliche Schönheit hatte Zurwege in der Tat nichts einzuwenden, aber mit derselben diskreten Leichtigkeit, mit der er Frauen eroberte, trennte er sich auch wieder von ihnen. Und seine zweite Leidenschaft, das Geld, verbarg er geschickt; seit langem musste er nicht mehr arbeiten und gab nicht einmal mehr die Erträge seines Vermögens aus. »Geld hat man, über Geld spricht man nicht« – auf dieses Motto konnte sich das Trio auf der Veranda einigen.

»Tja, dann also der schönste Punkt der Tagesordnung – Verschiedenes.«

Ihre Vorstandssitzungen liefen immer sehr entspannt und gegen Ende feucht-fröhlich ab, wofür Hugos permanenter Durst verantwortlich war. Hugo jammerte ewig, seine Konzentrationsfähigkeit hinge ausschließlich von seinem Alkoholpegel im Blut ab. Zurwege trank weniger, Kornemann so gut wie gar nicht, weil er nichts vertrug.

»Wir müssen uns bald über die Landtagswahl einig werden.«

»Nein!«, winkte Kornemann entsetzt ab.

»Doch, Albert! Inzwischen laufen so viele Gerüchte um, wir würden uns als Wählerinitiative daran beteiligen, dass wir reinen Tisch machen müssen. Ja oder nein.«

»Es sind noch Ferien ...«

»Eben. Sauregurkenzeit. Jetzt haben wir eine Chance, in der Presse beachtet zu werden.«

»Ich weiß gar nicht, wer dieses dumme Gerücht aufgebracht hat«, murrte Hugo und verrenkte sich den Hals. Auf dem Nachbargrundstück war eine hoch gewachsene Rothaarige erschienen, die sich in der Nähe des Zaunes zu schaffen machte und ihr sehr ordentliches Profil in bester Manier präsentierte. Sie trug einen knappen Bikini und rollte ein großes Handtuch aus.

»Das spielt auch keine Rolle mehr, Hugo. Selbst wenn es König Johann war, der uns provozieren wollte – jetzt müssen wir reagieren.«

»Der Gedanke hat einerseits was für sich«, erklärte Hugo zwischen zwei Schlucken, »andererseits bedeutet er viel Arbeit und viel Verlust von Freizeit ... Sag mal, Werner, kennst du zufällig die Schöne da drüben?«

»Nein. Und lenke jetzt nicht ab. Ich will gern für die Vollversammlung im September eine Tischvorlage formulieren, aber wir drei müssen uns einig werden, wohin wir wollen. Die anderen folgen uns dann schon, das ist doch immer so.«

»Hätten wir denn überhaupt eine Chance, in den Landtag einzuziehen?« Kornemann schnüffelte. »Fünf Prozent aus dem Stand – das erscheint mir ziemlich vermessen.«

»Mir auch«, stimmte Zurwege zu. »Bei Kommunal- und Kreistagswahlen sieht das anders aus, da gibt's Regionen, in denen wir's schaffen könnten. Aber landesweit fünf Prozent – ich weiß nicht.«

»Woher kämen denn die Stimmen für uns?«

Zurwege lachte lautlos auf. Hugo der Tollpatsch traf mal wieder den Nagel auf den Kopf. »In erster Linie wohl aus dem Wählerreservoir der *Liberalen Mitte.*«

»Die deine *Soziale Volkspartei* für die Regierungsmehrheit benötigt.«

»So ist es. Selbst Kayser träumt nicht mehr von einer absoluten Mehrheit.«

»Dann kann es also passieren, dass wir mit 4,8 Prozent und die Liberalen mit 4,9 Prozent draußen bleiben.«

»Nicht auszuschließen.«

»Und wenn ich immer alles verstehe, was ich im *Tageblatt* so lese, wendet sich im Moment der Wähler mit einigem Grausen von der *Sozialen Volkspartei* und der *Liberalen Mitte* ab.«

»Das Wort ›Grausen‹ weise ich als unzulässige Übertreibung zurück, aber die Richtung stimmt. Leider.«

»Kann also heißen, dass die *Bürgerallianz* stärkste Fraktion wird und nach Mandaten sogar die absolute Mehrheit erringt.«

»Bis zur Wahl ist's zwar noch lang hin – aber im Augenblick ist das nicht ausgeschlossen.«

»Also hast du ein verständliches Eigeninteresse daran, dass die *Marlenser* keine Wählergemeinschaft bilden.«

»Hugo, du solltest in die große Politik und nicht nur in den Landtag gehen.«

»Ach, dann müsste ich auf zu viel verzichten«, knurrte Hugo, kippte den Rest des Glases und drehte den Kopf wieder zur Seite. »Täusche ich mich oder cremt sie sich jetzt ein?«

»Sie brät in der Sonne, ein hinreißender Anblick, aber du zügelst deine Hormone noch ein paar Minuten.«

»Verstehst du jetzt, warum ich nicht in die große Politik will? Oder bin ich etwa schon drin, nur weil ich im Landtag sitze?«

Ihr alten Gauner, dachte Zurwege belustigt. Ihr habt euch doch abgesprochen. »Worauf wollt ihr hinaus?«

»Die *Bürgerallianz* liegt mir näher als die *Volkspartei*«, sagte Kornemann nachdenklich. »Wenn's ums Geld geht, bin ich halt ein sturer Konservativer. Und was sich König Johann im Moment auf seiner Wolke sieben leistet …«

»Richtig«, stimmte Zurwege rasch zu. »Aber drück dich jetzt nicht vor der Konsequenz deiner Einsichten.«

»Wie meinst du das?«

»Bleiben wir bei dem Szenario. Wir haben die *Liberale Mitte* aus dem Landtag gekegelt, sind selbst nicht reingekommen, die *Bürgerallianz* hat die Mehrheit der Sitze – wie viel Einfluss üben wir dann noch auf die kommende Regierung aus?«

»Null Komma null«, schnurrte Hugo. »König Johann können wir noch etwas quietschen lassen, etwa mit der Drohung, wir würden antreten, aber diese sturen konservativen Hunde – sag mal, Werner, du tust immer so, als würden die Liberalen so mächtig abstinken. Ist das eigentlich realistisch?«

»Nach den jüngsten Umfragen – ja.«

»Dieser Lambert ist auch die größte Pfeife, die mir je über den Weg gelaufen ist«, sagte Hugo böse. »Können wir den nicht irgendwie abmeiern?«

»Und wen an seine Stelle setzen?«, fragte Zurwege milde. Kornemann grunzte erheitert und Hugo schnaufte tief, bevor er zur Champagnerflasche griff. Nichts als Entscheidungen sollte er treffen, dabei war das Wetter so schön, der Nachmittag so friedlich und die neue Nachbarin so attraktiv.

»Okay, Ende der lustigen Runde. Was wollt ihr Gauner?«

»Wir? – Wie kommst du …«

»Hugo! Bitte!«

»Fürs Ernsthafte ist Albert zuständig.«

Kornemann griente ein wenig schuldbewusst. »Das Landesschulgesetz. Das Wirtschaftsförderungsgesetz. Und das ganze Paket Innere Sicherheit.«

»Warum denn das?«, fragte Zurwege ehrlich erstaunt. »Wieso haben wir auf Landesebene mit Innerer Sicherheit …«

»Euer Entwurf schmeißt die privaten Sicherheitsdienste vollkommen aus dem Konzept raus. Werner, das ist doch eine Wachstumsbranche, da entstehen Arbeitsplätze und ihr macht einfach dicht, obwohl ihr genau wisst, dass ihr nie genug Polizisten besolden könnt, um das Defizit auszugleichen.«

»Das hast du bestimmt schon auf Heller und Pfennig berechnet, wie ich dich kenne.«

»Na klar.« Kornemann fischte eine dünne Mappe aus dem Stapel, der vor ihm lag, und schob sie Zurwege hin. »Keine

Aufweichung des staatlichen Gewaltmonopols, aber ihr dürft nicht so stur mauern.«

»Ich schau's mir an, Albert, aber auf Ohnefeldt habe ich wenig Einfluss.«

»Und das Schulgesetz – warum müsst ihr so rabiat gegen private Schulen und Träger vorgehen?«

»Um ein Klassensystem in der Bildung zu unterbinden, das ohnehin schon entsteht. Reiche Eltern, gute Ausbildung. Arme Eltern, miserable Schulen, das geht nicht, Albert. Das schadet auf Dauer auch der Wirtschaft.«

»Aber so läuft es doch nicht. Vorrang für die Bildung! Wie wollt ihr das finanzieren? Ihr lügt euch doch was in die Tasche.«

Darauf blieb Zurwege eine Antwort schuldig. Er hätte natürlich fragen können, welches der Schlösser, das Hugo gerade wieder geerbt hatte, sich verkaufen und mit staatlichen Zuschüssen zu einem Landschulheim umbauen ließ, schenkte sich die Spitze jedoch. Denn in einem Punkt lag Freund Albert völlig richtig. In der *SVP*-Fraktion setzte sich lautlos, aber unaufhaltsam die alte Linke durch: gegen die Globalisierung und für den Marxismus. Die verlockende These, der Sozialstaat werde alles richten, so man es nur per Gesetz reguliere und organisiere, gewann erneut an Boden. Fraktionschef Brill und sein tüchtiger Vertreter Martin Korbel kämpften anscheinend schon auf verlorenem Posten. Das hatte sicher mit dem Ärger zu tun, den die Zusammenarbeit mit der *Liberalen Mitte* bereitete. Die Liberalen waren als rechte Bremser in das Regierungsbündnis eingetreten, so stand's für jeden, der zwischen den Zeilen zu lesen verstand, überdeutlich im Koalitionsvertrag. Doch nach zwei Jahren hatte sich das Klima so verschlechtert, dass die Einheit in der *SVP* zerbröselte und die ›Traumtänzer‹, wie auch der pragmatische Zurwege sie nannte, den Ton angaben. So sehr, dass die *Marlenser* mehr oder minder ungeniert ein hübsches Erpressungsmanöver einleiteten, um die Regierung zu Kurskorrekturen zu zwingen. Zurwege war nie so naiv gewesen anzunehmen, bei den *Marlensern* hätten sich uneigennützige Philanthropen zum Zwecke der sozialstaatlichen Wohltätigkeit zusammengeschlossen. Sie waren knallharte Geschäftsleute mit sehr ausgeprägten Globalisierungs- und Privatisierungsinteressen, sie taten Gutes, sie redeten viel und laut darüber und sie erwarteten Zinsen für ihre Großzügigkeit.

»Okay, ich rede mit König Johann. Wenn wir schon dabei sind, was ist mit der Verwaltungsreform?«

»Immer noch zu viele Beamte«, seufzte Kornemann und Hugo rülpste diskret Zustimmung: »Und viel zu viele Vorschriften, Werner.«

»Ihr seid mir die rechten Gauner. Und was stört euch an der Wirtschaftsförderung?«

»Eine landeseigene Bank für Risikokapitalbeteiligungen? Was wird die EU dazu sagen?«

»Albert, daran beißt ihr euch die Zähne aus. Das private Bankgewerbe hat alles getan, während der Krise das Risiko für sich zu minimieren und für die Kreditnehmer zu vergrößern.«

»Da widerspreche ich nicht«, räumte Kornemann ein und zog eine weitere Akte aus seinem Stapel, »da haben wir uns tatsächlich nicht mit Ruhm bekleckert. Hier, ein Entwurf einer Selbstverpflichtung – es könnte ein fairer Kompromiss werden.«

»Ich komm mir vor wie auf dem Pferdemarkt ...« Zurweges Handy piepte durchdringend.

Hugo zwinkerte Kornemann zu. Solche Vorstandssitzungen schätzte er, man vertrug sich und regelte die wichtigen Dinge lautlos, ohne Debatten und Abstimmungen. Die schöne Nachbarin war immer noch nicht weggelaufen.

»Was?«, fragte Zurwege böse. »Das darf doch nicht ... Nein, nein, das regele ich noch heute ... und zwar endgültig. – Sicher, klar, wie üblich. – Eine schöne Überraschung. Die hat mir gerade noch gefehlt. Du musst halt warten, bis wir fertig sind ... – In Hugos neuer Villa«. Wütend klappte er das Gerät zusammen und Hugo riss die Augen lüstern auf: »Krach? Ist sie auch rothaarig?«

»Ja!«, fauchte Zurwege. »Aber die Haare hat sie auf den Zähnen.«

»So ein Pech aber auch! Wir sind ja eigentlich fertig, was, Albert?«

»Von mir aus.« Kornemann beugte sich vor und goss sich das nächste Glas ein. »Bis auf den einstimmigen Beschluss, dass Werner eine Tischvorlage formuliert, nach der die *Marlenser* auf ihrer nächsten Vollversammlung beschließen, allen Plänen einer Beteiligung an der Landes- und Kommunalpolitik ein für alle Mal abzuschwören.«

Zurwege brauchte eine Weile, bis er seinen Zorn unter Kontrolle gebracht hatte. »Warum eigentlich dieses absurde Theater heute Nachmittag?«

Hugo lachte und es klang nicht sehr freundlich. »Eine gute Frage. Wenn Kayser meint, er müsse uns nicht anhören, er könne uns schneiden oder wie die kleinen Kinder behandeln, müssen wir uns eben auf andere Weise Gehör verschaffen.«

»Dass er was plant, weiß ich. Aber ihr könnt mich lebendig häuten – ich ahne nicht, was.«

»Wolke sieben«, zischte Hugo, ließ sich aber von einer Bewegung jenseits des Zauns sofort ablenken. »Sobald er ein positives Zeichen gegeben hat, unterhalten wir uns über die Wahlkampfunterstützung für seine *SVP.*«

»Versprochen!«, stimmte Kornemann zu.

Zurwege schlenderte aus dem Haus und winkte Maren Liebekind zu, die in ihrem Sportwagen vor der Villa wartete. Ihre roten Haare leuchteten in der Sonne. Es war gut, dass Hugo sie nicht sah. Man konnte nie wissen, was seine Hormone beim Anblick einer schönen Frau anstellten.

»Na, wie war's?«, erkundigte sie sich neugierig.

»Majestät kriegen den förmlichen Beschluss der *Marlenser.*«

»Das ist gut.«

»Aber dafür muss er etwas leisten.«

»Und das wäre …?«

»Er muss Ohnefeldt überreden, dem privaten Sicherheitsgewerbe im Gesetz entgegenzukommen.«

»Au weia, können wir das nicht später erledigen?«

»Dann schreit doch diese blöde Möllner sofort auf, König Johann verschachere Ministerposten!«

Heike Möllner, die scharfsichtige und unerschrockene Redakteurin für Landespolitik im Terborner *Tageblatt*, zählte zu Kaysers Intimfeindinnen.

»Na, dann viel Glück!«, wünschte ihm Maren Liebekind, als sie vor der Staatskanzlei bremsten.

Johann Kayser ließ sich den Verlauf der Vorstandssitzung in allen Einzelheiten berichten, bevor er Zurwege die Hiobsbotschaft kurz und knapp verkündete. »*SVP* und *Liberale Mitte* wollen dich nicht als Innenminister. Also wird leider nichts aus unseren Plänen.«

Zurwege zuckte zusammen. Dass er in seiner Fraktion nicht beliebt war, wusste er; die Stimmung in der liberalen Fraktion hatte ihn nicht gekümmert. Aber dass König Johann sich in seiner eigenen Partei mit einer Personalentscheidung nicht durchsetzen konnte, überraschte ihn. Auch, dass Majestät es nicht auf eine Kraftprobe ankommen lassen wollte. Undank ist der Welt Lohn, dachte er ernüchtert. Für Majestät war es nur darauf angekommen, die *Marlenser* von ihren landespolitischen Plänen abzubringen. Aber den Teufel würde Zurwege tun, ihm nun auch noch das nötige Kleingeld für den kommenden Wahlkampf zu besorgen. Die Absprache war klar und unzweideutig gewesen. Für Zurwege das Innenministerium, erst dann zwischen vier und sechs Millionen legaler Spenden oder Kredite für die *Soziale Volkspartei*. Okay, sollte die *SVP* doch sehen, wo sie blieb. Zurwege konnte gut ohne ein Landtagsmandat leben, obwohl Immunität manchmal eine feine Sache war.

Zurwege und Johann Kayser trennten sich mit einem Minimum an Höflichkeit und der Ministerpräsident war sich darüber im Klaren, dass er sich einen gefährlichen Feind geschaffen hatte.

8.

Ohnefeldt seufzte laut, als Caro das Ministerbüro betrat. Vor diesem Termin hatte er sich lange gedrückt, weil er Böses ahnte, und als Caro ihm wortlos eine gerahmte Fotografie und das getippte Blatt auf den Schreibtisch legte, wusste er, dass seine schlimmsten Befürchtungen wahr wurden.

»Also doch … na ja, einmal muss man ja wohl für alle Fehler zahlen …«

»Sie hieß Gudrun Fellner und arbeitete in der Staatsanwaltschaft in der Alfredstraße.«

»Ja, und abends trafen wir uns im *Wassertor*, fast alle Kollegen und Kolleginnen gingen nach Dienstschluss ins *Wassertor* auf ein *Flößerbräu* und einen ungewöhnlichen Likör, *Grüne Lampe.*«

»So benannt nach dem Einfahrtssignal für die Terborner Schleuse – das hat mir die Wirtin erzählt.«

»Diese hübsche Blondine mit den Pudellocken?«

»Genau die. Sie heißt Nele Obermann und wird unseren Prometheus heiraten. Sie haben Frank Busche seinerzeit böse mitgespielt, Herr Minister.«

»Sie meinen, er hat sich deswegen fünf Millionen Euro verdient?«

»Nein«, sagte Caro aufgebracht. »Aber wenn Sie mit offenen Karten gespielt hätten, wären wir Frank Busche viel früher auf die Schliche gekommen.«

»Meinen Sie?«

»Das meine ich, ja. Sie haben doch gleich beim ersten Brief gewusst oder zumindest geahnt, wer sich hinter Prometheus verbirgt.«

»Nein, nicht gleich, Frau Heynen. Das hat etwas gedauert, aber mir ist beim dritten Brand eingefallen, wer Gudu und Willy sind respektive waren. Und dann war da ja noch das Foto …«

»Und warum haben Sie nichts gesagt?«

Ohnefeldt zog die Schultern hoch. »Ich hab gehofft, Sie würden ihn auch ohne meine Aussage überführen.«

»Was ist an dieser Aussage so gefährlich oder peinlich?«

»Wissen Sie das nicht?«

»Nein. Ich vermute, dass Sie mit Gudrun Fellner ein Verhältnis gehabt haben – wie viele Ihrer Kollegen aus dem Amt in der Alfredstraße.«

»Richtig, aber ich bin an ihr quasi hängen geblieben. Fragen Sie jetzt bitte nicht, warum. Bis sie behauptete, von mir schwanger zu sein, und verlangte, ich solle mich sofort von meiner Frau Sonia scheiden lassen.«

»Gudrun Fellner hat versucht, Sie zu erpressen?«

»Ja, hat sie, aber da war sie bei mir an den Falschen geraten.«

»Wie meinen Sie das?«

»Ich hab ihr den Brief geschrieben, den Sie gefunden haben. W – das bin ich. Auf dem Friedhof bei Willys Beerdigung wollte sie mich herumkriegen, sie an dem Abend zu besuchen, aber ich habe sie auf einen anderen Abend vertröstet. Ehrlich gesagt, ich hatte etwas Angst vor ihr. Meine Frau wollte so gern Kinder kriegen, aber sie konnte keine bekommen. Wenn das Aas von Gudu behauptet hätte, sie sei von mir schwanger, wäre etwas für immer zwischen Sonia und mir zerbrochen. Gudu war unberechenbar und deshalb bin ich ihr nach unserem letzten Treffen nachgegangen, als sie von der Korffstraße ins *Wassertor* ging, habe mich neben die Tür gesetzt und abgewartet, was sie tun würde. Sie musste etwas unternehmen, das war mir klar, ihr war gekündigt worden und sie brauchte Geld für das Kind. Zuerst wollte sie auf diesen Busche losgehen, der am Tresen saß, aber gerade noch rechtzeitig tauchte die Wirtin auf und Gudu bog ab. Gudu setzte sich auf einen anderen Hocker am Tresen und trank ein Bier, bis dieser Semper hereinkam.«

»Sie kannten ihn?«

»Vom Sehen – ja. Er kam häufiger ins *Wassertor*, um eine

Frau abzuschleppen. Seinen Namen wusste ich nicht. Er gefiel mir nicht, der Wirtin übrigens auch nicht. Wie der Zufall es wollte, setzte sich Semper neben Gudu, beide kamen ins Gespräch und zogen bald danach zusammen ab. Ich bin ihnen gefolgt, ich war wegen Gudus Drohung doch beunruhigt. Gudu Fellner und Semper gingen dann in ein Haus in der Kortumstraße. Unten war ein Geschäft *Import und Export GmbH Richard Semper* untergebracht, darüber wohnte Richard Semper. Na ja, ich dachte, da hat die grüne Kuh vielleicht einen anderen Dummen gefunden, also bin ich wieder in die Kneipe zurückgegangen. Am frühen Morgen hat mich der KvD angerufen, ein Mordfall in der Kortumstraße. Ich habe Semper sofort als den Mann wiedererkannt, der am Abend zuvor gemeinsam mit Gudu das *Wassertor* verlassen hat.«

Caro nickte. Der übereifrige Staatsanwalt, der manchmal noch vor der Kripo am Tatort erschien. Ohnefeldt sprach wie im Traum weiter.

»Und dann gestand Frank Busche bei der ersten Vernehmung, er habe seinen früheren Chef Richard Semper erstochen. Aber er beharrte darauf, es sei in Notwehr geschehen und er habe nicht ein Krümelchen aus dem Tresor gestohlen, ihn nicht einmal geöffnet. Natürlich drängte sich mir der Verdacht auf, dass Gudu damit etwas zu tun hatte, aber wenn Gudu vernommen oder als Zeugin aufgerufen worden wäre, hätte die Gefahr bestanden, dass sie unser Verhältnis ausplauderte. Und wie hätte ich erklären sollen, dass und warum ich am Abend zuvor Gudrun Fellner und Richard Semper vom *Wassertor* zur Kortumstraße gefolgt war?«

»Also haben Sie Otto Krüger unter Zeitdruck gesetzt und bewusst eine falsche Anklage wegen Raubmordes gegen Frank Busche erhoben.«

Ohnefeldt senkte den Kopf und spielte sinnlos mit einem Kugelschreiber.

»Waren Sie denn der Vater von Gudruns Kind?«

»Wie soll ich das wissen, bei Gudus Männerverschleiß?«

»Dass Prometheus mit diesem Fall zu tun hatte, müssen Sie gewusst haben, schon nach der Lektüre des ersten Erpresserbriefes.«

»Nein, nicht gewusst, aber geahnt. Ich hätte Ihnen einen Hinweis geben sollen, sobald mir der Name Frank Busche wieder eingefallen war. Otto Krüger hieß der Oberkommissar, den ich so bedrängt hatte, Richard Semper das Mordopfer und Wilhelm – darauf hat mich Iris zufällig gebracht – Wilhelm Busch.«

»Noch ein unangenehmes Thema, Herr Minister. Gudrun und Willy hatten ihre Stellung in der Staatsanwaltschaft ausgenutzt, einem unbefugten Dritten den Inhalt von Briefen und Akten mitzuteilen oder Briefe zurückzuhalten oder ganz zu unterschlagen.«

»Ja, dafür wurden sie bezahlt. Willy hat bei der ersten Befragung sofort gestanden.«

»Von wem bezahlt?«

»Beide haben behauptet, das wüssten sie nicht. Das monatliche Honorar kam bar in Briefen ohne Absender. Und dabei lag ein Zettel mit den Stücken, Briefen oder Urkunden, an denen der anonyme Absender interessiert war. Diese Originale oder Kopien sollten postlagernd an einen Kuno Herbert geschickt werden. Ich habe nicht herausgefunden, wer sich hinter diesem Namen verbarg.«

»Der Empfänger ist also nie ermittelt worden?«

»Nein. Es gab einen Verdacht, weil ein bestimmter Anwalt in den Hauptverhandlungen oft so operierte, als kenne er den Inhalt der Handakten und Anweisungen. Aber Sie kennen das ja – Verdacht ohne Beweise.«

Caro zuckte die Achseln.

Ohnefeldt brummte: »Jetzt möchte ich Ihnen einige Fragen stellen: Wo sind die fünf Millionen Euro abgeblieben?«

»Wahrscheinlich hat Busche sie einem professionellen Geldwäscher übergeben, den er im Knast kennen gelernt und dort gegen eine brutale Meute von Neonazis beschützt hat.«

»Mit anderen Worten: Das Geld ist futsch.«

»Für uns – ja. Busche baut sich gerade ein älteres Gemäuer zu einem neuen Büro-, Lager- und Wohnhaus um. Die fünf Millionen schaffen also zumindest Arbeitsplätze, zum Beispiel für Langzeitarbeitslose, die vor Kummer ans Saufen geraten sind, und bringen Steuereinnahmen, Herr Minister.«

»Ein toller Trost, Frau Heynen. Und was machen wir jetzt?«

»Ich mache gar nichts. Ich habe gar keine Lust, lange Berichte zu schreiben oder Protokolle zu diktieren.« Caroline Heynen sah Ohnefeldt fest an und hoffte, dass er die Botschaft wirklich verstanden hatte.

»Sie verbringen Ihre Zeit lieber mit Günter Raabe, wie? … Nun schauen Sie nicht so verblüfft, natürlich hat Iris die Augen aufgesperrt. Woher kommt mir der Schwarzhaarige eigentlich so bekannt vor?«

»Ihre Frau Sonia hat bei seiner Mutter im Fach Archäologie promoviert. Seine Mutter und er waren zu Ihrer Hochzeit eingeladen.«

Ohnefeldt schüttelte ungläubig den Kopf.

»Apropos Hochzeit, Herr Minister. Günter Raabe und ich sind zur Hochzeit von Frank Busche und Nele Obermann eingeladen.«

»Das finde ich stark.«

»Ja, schon eine Spur dreist. Aber Busche weiß genau, dass wir nicht an das erpresste Geld herankommen, auch nicht auf dem Umweg über das Geldwäschegesetz; vielleicht hilft uns später einmal das Finanzamt oder die Steuerfahndung. Er hat es, wie gesagt, bei professionellen Geldwäschern gebunkert, die nebenbei Geld verleihen und an Busche wohl Zinsen zahlen. Ich denke mir, sie verdienen gut daran und lassen sich schon deshalb nicht erwischen. Im Übrigen, Herr Minister, wenn ich mit Günter Raabe zusammen bin, haben wir Besseres zu tun, als uns über diesen Fall zu unterhalten. Oder über eine Behinderung der Justiz zu diskutieren.«

»Ich verstehe! Mein Freund Storck hatte mich vorgewarnt; Sie seien zäh, geduldig und auch verschwiegen. Was ist mit Gudus Mörder?«

»Die Fahndung läuft noch. Wir vermuten, dass Gudrun Fellner Angst bekam, als Busche seinen Besuch ankündigte, und deshalb ihren alten Kumpel Udo Morzek zum Schutz und zu Hilfe rief. Der beseitigte dann eine lästige Mitwisserin, mit der er auch noch teilen musste. Die Kollegen in Gelsenkirchen haben den fehlenden Semper'schen Schmuck und die Beute aus dem Marburger Raubmord in Morzeks Garage eingemauert gefunden. Wir kriegen den Kerl, keine Sorge.«

Als Caro ohne Abschied zu Tür ging, sagte Ohnefeldt leise: »Frau Heynen, bitte noch auf ein Wort. Stimmt es, dass Iris von Sellin und Oliver Herzberg ein Verhältnis angefangen haben?«

»Ja, Herr Minister, das stimmt. Iris möchte gerne heiraten, so richtig kitschig in Weiß und in der Kirche und möchte dann, wenn es nur nach ihr ginge, gleich Drillinge bekommen.«

Nele Obermann und Frank Busche heirateten, als der Umbau der Nebengebäude von Haus Abendfrieden abgeschlossen war. Neben dem Lager und Sortierraum gab es einen abgetrennten Raum für ein Folienschweißgerät, einen ›Serienpacker‹, um verschiedene Prospekte schmutzfest und übersichtlich zusammenzufassen. Vor der Feier fuhren Nele und Busche noch einmal an den Velstersee und holten aus der ›Schatzkammer‹ des Wochenendhauses die beiden letzten Brandsätze und den Rest des Werkzeugs und des Materials, das Busche für die Brandstiftungen gebraucht hatte. Sie versenkten alles in verschiedenen Mülltonnen in Norringen. Danach atmeten sie tief durch und widmeten sich den Vorarbeiten für das Fest.

In der zukünftigen Lagerhalle war eine lange Kaffeetafel für das Personal, alle Bewohner des Altenheims und ›Busches Kinder‹ gedeckt. Alt und Jung verstanden sich auf

Anhieb besser, als Busche befürchtet hatte. Opa Steiners Enkelinnen in weiten dunkelblauen Röckchen und engen weißen Blusen kümmerten sich um Kaffee und Kuchen und ließen sich von den älteren Jungen ausgiebig bewundern. Doch den Vogel schossen Elena und Elise von Hylo ab, die es durch Kleidung und Schmuck, Frisur und Aufmachung darauf anlegten, dass man sie nicht unterscheiden konnte. Auch Raabe ließ sich gern in die Irre führen und wusste nicht, ob Elena oder Elise ihm beim Tanzen den Kopf verdrehte, während Caro vergnügt mit einem äußerst aufgekratzten und agilen Opa Steiner linksherum walzte. Nur bei Iris von Sellin und Olli Herzberg kam nicht so schnell die richtige Stimmung auf. Iris hatte eine bitterböse Auseinandersetzung mit Ohnefeldt hinter sich, der ihr Untreue und Undankbarkeit vorgeworfen hatte.

»Von wegen Undankbarkeit!«, widersprach Caro. »Er nimmt dir krumm, dass du bei deiner Prometheus-Interpretation mit dem Finger auf ihn gezeigt hast.«

Maren Liebekind und Peter Göschen schauten spät abends noch kurz herein, als Iris von Sellin schon den Brautstrauß aufgefangen hatte, wünschten den Paaren viel Glück und schöne gemeinsame Jahre. Busche überlegte, dass er mit dem finanziellen Rückhalt und den Zinsen seines Guthabens bei den Hylos, die regelmäßig und korrekt, vor allem völlig unauffällig zahlten, ruhig das Verteilergeschäft fortführen konnte – trotz der zunehmenden Konkurrenz der Tageszeitungen und der Post, die immer mehr Reklamebeilagen verteilten. Miletzki hatte ihm angeboten, sich an dem nicht schlecht laufenden Anzeigenblatt zu beteiligen, und mit Lukas' Hilfe ließ sich das durchaus zu einer elektronischen Tauschbörse ausweiten und unter Umständen umbauen. Außerdem konnte Busche den Zustelldienst für noch andere Waren und Objekte anbieten. Mit so viel Geld im Rücken durfte er sich Experimente leisten.

Nele stieß ihn an: Tanja Ritter, immer noch mit Zottelkopf, aber nicht mehr so blass, hatte eine Zwei in Mathe geschrieben und bekam zur Belohnung Champagner, dem sie eifrig zusprach und nach dem sie laut und richtig Evergreens und Liebeslieder zu singen begann, von Raabe stimmungsvoll auf dem Akkordeon begleitet. Niemand hätte einem so kleinen und schmächtigen Mädchen so eine prachtvolle Stimme zugetraut. Ihre Mutter hatte sich entschuldigt und war nicht erschienen. Lukas Bode übrigens auch nicht. Beide wurden nicht vermisst.

»Er will nun doch im Amt bleiben«, vertraute Maren der vergnügten Caro an.

»Wer will bleiben?«

»Ohnefeldt. König Johann hat mit den Fraktionschefs gesprochen und erfahren, dass er seinen Kandidaten Zurwege auf keinen Fall in den Koalitionsfraktionen durchbekommt.«

»Das heißt, du brauchst keinen neuen Job?«

»Genau.« Peter Göschen schmunzelte. »Ich hätte schon einen für sie, zumindest halbtags und nachts. Aber den will sie nicht, noch nicht.«

Krimis von Horst Bieber

Eckhoffs Fall
255 Seiten, ISBN 3-89425-229-4
Ein Mann unter Mordverdacht – Ingenieur Peter Eckhoff gerät in Panik und taucht unter. Mit Gelegenheitsjobs schlägt er sich durch, immer auf der Hut, nicht mit der Polizei in Berührung zu kommen. Dann findet seine Flucht ein überraschendes Ende ...
»Horst Biebers Krimi liest sich wie eine Reportage, ohne viel Sentiment, klar, sachlich, kühl.«
(Hamburger Abendblatt)

Der Abstauber
262 Seiten, ISBN 3-89425-260-X
»Ein tiefschwarzes Vergnügen für alle Noir-Fans! 260 Seiten voller Verbrechen bis hin zu Mord – und nicht mal die Andeutung von so etwas wie Polizei.«
(Stadtmagazin Mönchengladbach)
»... ein spannendes Katz- und Mausspiel, das mit einem unerwarteten Finale endet.« (Gig)

Das graue Loch
307 Seiten, ISBN 3-89425-269-3
Ausgehend von einer ›Vermisstensache‹ entwirft der Autor eine brisante Geschichte, die davon erzählt, wie die ›Dienste‹ unseres Landes Menschen erst wie Schachfiguren hin und her bewegen, um sie dann zu opfern.

Beas Beute
263 Seiten, ISBN 3-89425-279-0
Ein Routineauftrag für Rolf Kramer: Bauunternehmer Thomas Jordan möchte wissen, warum seine Lebensgefährtin Beate Thielen neuerdings so viel unterwegs ist. Der Detektiv erlebt eine Überraschung, denn Beate verbringt ihre Zeit nicht etwa bei einem Geliebten, sondern sie kauft ein: Tabakwaren, Süßigkeiten und Spirituosen. Was soll das?

Krimis von Wilfried Eggers

Ziegelbrand

ISBN 3-89425-277-4

»Raffiniert verknüpft Eggers die historische Wirklichkeit der NS-Diktatur mit der Fiktion von Einzelschicksalen, die für das grauenvolle Los der absolut rechtlosen Zwangsarbeiter stehen. … Vor allem die handelnden Figuren sind voller Kraft und Leben, schillernd in ihrer Zerrissenheit. Ein Lesevergnügen – nicht nur für Krimifans.« (Bremervörder Zeitung)

»›Ziegelbrand‹ ist ein außergewöhnlicher Krimi, denn die Hauptdarsteller sind nicht die gut aussehenden Jungen, sondern die Alten, Gebrechlichen und Kranken, für die schon wenige Schritte eine Herausforderung darstellen können. Aber die trotz allem, wenn sie gebraucht werden und ihr Leben wieder als sinnvoll empfinden, zu Großem fähig sind.« (x-zine.de)

»Auch die neue Geschichte Eggers' lebt von widerborstigen und kantigen Charakteren, deren Leben von der geheimnisumwitterten Torflandschaft geprägt ist. ... Gequatscht wird nicht bei Wilfried Eggers. Hier hat Sprache Hand und Fuß in den Geschichten und über Geschichte.« (Ostthüringer Zeitung)

Die Tote, der Bauer, sein Anwalt und andere

ISBN 3-89425-233-2

»Mann tötet Frau – der ›Bauernkrimi‹ handelt von einem ganz normalen Fall mit einem nicht ganz so normalen Ende. Er erzählt von dem Leben auf dem Land, den angeblich Normalen und den herrlich Verrückten, die es überall gibt. Und er vermittelt einen Einblick ins Intimleben der blinden Justitia.« (Land & Forst)

»Das Buch ist ein echter Geheimtipp. Ein bodenständiger Roman von kraftvoller Sprache, ein Gerichtsroman, der die Justiz bei aller Distanz in einfachen Gedanken näher bringt, ein psychologischer Roman über Schuld und Sühne.« (Richter ohne Robe)

»Ohne je an Fahrt zu verlieren, gewürzt mit bissigen Schilderungen aus dem Innenleben der Justiz, lockt der Roman mit prallen Bildern in die Tiefe von Landschaft, Geschichte und Schicksal. ... Was als klobige Dorfgeschichte begonnen hatte, entpuppt sich als tiefgründiges Drama um Schuld und Sühne.« (Robert Hültner, Münchener Abendzeitung)

Krimis von Fabian Lenk

Brandaktuell
ISBN 3-89425-064-X
Der erste Krimi mit Boulevard-Reporter Bachmann
»Im Spannungsfeld von brennenden Asylbewerberheimen, Sensationspresse, Fascho-Szene und kommunalem Filz liegt der Reiz von Fabian Lenks ›Brandaktuell‹.« (Mainpresse)
»Neben der Krimi-Handlung bringt der Band sehr gut den alltäglichen Zynismus rüber, den wohl Menschen entwickeln, die im Boulevard-Journalismus voyeuristische Leser mit Stoff versorgen.« (Die Wage)

Schlaf, Kindlein, schlaf
ISBN 3-89425-075-5
Der zweite Krimi mit Boulevard-Reporter Bachmann
Lenk erzählt packend von Menschen zwischen Profilierungsssucht, der Jagd nach der heißen Story und dem Bemühen, einen Rest von Anstand zu bewahren.
»Hochspannung bis zum furiosen Schluß!« (Radio 8)

Mitgefangen, mitgehangen
ISBN 3-89425-209-X
Der dritte Krimi mit Boulevard-Reporter Bachmann
Im Urlaubsparadies geht die Angst um: Erst wird der Hotelmanager Richard Bergen in einer Scheune erhängt gefunden, dann der Richter Friedrich Seeger an einem Obstbaum aufgeknüpft. Wer wird das nächste Opfer des »Henkers«?

Der Gott der Gosse
ISBN 3-89425-223-5
Der vierte Krimi mit Boulevard-Reporter Bachmann
»Fabian Lenk ist ... ein herausragendes Stück Spannungsliteratur gelungen.« (Gießener Anzeiger)

Schattenland
ISBN 3-89425-241-3
Der fünfte Krimi mit Boulevard-Reporter Bachmann
Eine unheimliche Mordserie beunruhigt die Nürnberger Polizei: Den Opfern fehlen Organe. Tat eines Psychopathen oder Werk der chinesischen Organmafia?

Paparazzi-Poker
ISBN 3-89425-258-8
Paparazzo fotografiert Fernsehstar beim Seitensprung. Doch dann wird der Prominente ermordet – der Fotograf hat von Thens letzte Sekunden im Bild festgehalten und wittert ein profitables Geschäft.